HEYNE <

Das Buch:
Ein Dorf in der Provence im Jahre 1504. Das Mädchen Madeleine berichtet von einer Marienerscheinung. Kurz darauf sterben zwei Dorfbewohner unter mysteriösen Umständen und der Müller beschuldigt Madeleine, vom Teufel besessen zu sein.
Der reiche und mächtige Kaufmann Maurand will die Situation nutzen und Madeleine für sich gewinnen. Er hat schon lange ein Auge auf das schöne Mädchen geworfen, das sich ihm jedoch stets widersetzte. Jetzt schlägt er Madeleines Vater einen Handel vor, den dieser nicht mehr ablehnen kann. Was er nicht weiß: Madeleine ist heimlich mit Sicard verlobt, seinem hoch begabten Lehrling.
Als der Inquisitor aus Avignon gerufen wird, nehmen die Ereignisse eine unerwartete Wendung. Madeleines Eltern bringen ihre Tochter zu deren eigener Sicherheit in einem Kloster unter. Eine der Schwestern gerät daraufhin völlig außer Kontrolle und gerät als erste in die Fänge der Inquisition. Ein Scherge des Inquisitors, Bernard, erkennt in Madeleine jedoch seine ehemalige große Liebe und will ihr helfen, dem Tod zu entkommen.

Der Autor:
Colin Falconer hat sich seit Erscheinen seines Bestsellers »Die Sultanin« als Verfasser historischer Romane einen Namen gemacht. Der gebürtige Engländer lebt heute als Journalist und freier Schriftsteller in Australien.

Colin Falconer im Heyne-Taschenbuch:
Die Sultanin (01/9925)
Die Königin vom Nil (01/13311)
Zorn der Meere (01/13552)

COLIN FALCONER

Die Novizin

ROMAN

Aus dem Englischen
von Michélle Pyka

WILHELM HEYNE VERLAG
MÜNCHEN

HEYNE ALLGEMEINE REIHE
Band-Nr. 01/13775

Umwelthinweis:
Dieses Buch wurde auf
chlor- und säurefreiem Papier gedruckt.

Redaktion: lüra, Klemt & Mues GbR

Deutsche Erstausgabe 07/2003

Der Wilhelm Heyne ist ein Verlag der
Ullstein Heyne List GmbH & Co.KG
Printed in France 2003
Umschlaggestaltung: Hauptmann und Kampa Werbeagentur,
München Zürich, unter Verwendung eines Freskos
DAS JÜNGSTE GERICHT von Michelangelo, 1536/1541
Satz: KompetenzCenter, Mönchengladbach
Gesetzt aus der Berkeley
Druck und Bindung: Maury Eurolivres, Manchecourt
http://www.heyne.de

ISBN: 3-453-86964-8

MADELEINE

Die Königin des Himmels zwinkerte mit ihren Marmoraugen, stieg von dem Sockel herab und streckte mir ihre weiße Hand entgegen.

Ich war nicht allein in der Kathedrale. Im Sommer kamen jeden Tag Pilger zur großen Kirche von Saint Gilles, um über den Gebeinen der Heiligen zu beten. Ich schreckte aus meinen Gedanken hoch und warf einen Blick auf die anderen Gläubigen, um zu prüfen, ob auch sie dieses Wunder bemerkten. Doch keiner von ihnen hatte seine Augen auf die Statue der Mutter Gottes in ihrer Nische hoch oben in der Wand gerichtet. Einen Moment lang war ich versucht, laut zu rufen, damit es Zeugen für dieses unglaubliche Ereignis gab.

Aber meine Stimme wurde von Zweifeln erstickt.

Ich konzentrierte mich auf meine Hände, die im Gebet fest ineinander verschlungen waren, und wartete lange Zeit, ehe ich erneut die Augen hob. Ich sagte mir – und es war in der Tat mein inbrünstiger Wunsch –, dass sie fort sein würde, wenn ich erneut hinsah, zurückgekehrt zu ihrer beruhigenden, gebieterischen Wache über meinem Kopf. Doch als ich es schließlich wagte, den Blick zu heben, war sie immer noch da, und diesmal sprach sie zu mir. Ihre Stimme hallte durch das gewölbte Hauptschiff, süß und klar wie die des Bischofs, wenn er die Messe las.

Sie sagte, dass ich mit einer besonderen Art des Sehens gesegnet sei und dass man diese Gabe weder leichtfertig gebrauchen noch vernachlässigen dürfe. Sie erklärte mir, ich sei geboren, um zu leiden und die Elevation zu erfahren. Dann berührte sie meinen Kopf mit ihrer Hand, und ich weiß noch, dass ihre Marmorfinger sich ganz warm anfühlten.

Ich sah mich noch einmal um. Die meisten Pilger trugen Abzeichen auf ihren Mänteln. Sie verdienten also ihren Lebensunterhalt, indem sie den Heiligen huldigten. Aber sie schienen weder etwas gesehen noch gehört zu haben. Plötzlich fühlte ich mich einer Ohnmacht nahe, und in meinem Kopf summte es wie in einem Bienenstock. Als ich wieder zu mir kam, war die Jungfrau Maria an ihren Platz zurückgekehrt. Ihre Augen, die ich als leuchtend blau in Erinnerung hatte, blickten leer. Sie waren in Stein gemeißelt und poliert.

Nachdem ich die Stille der Kirche verlassen hatte und dem Lärm und Gestank von Toulouse entgegenschritt, kam mir der Gedanke, dass ich entweder wahnsinnig sein musste oder jedoch gesegnet war. Schließlich entschied ich – vielleicht eher aus Furcht denn aus Überzeugung –, dass es mir bestimmt war, mein Leben in den Dienst Gottes zu stellen.

Ich konnte nicht ahnen, dass dieser Entschluss – den man durchaus als hysterische Vision eines jungen, leicht zu beeindruckenden Mädchens bezeichnen kann – mich stattdessen zu Vater Bernard Donadieu und jenem grauenhaften Pogrom führen würde, das die Stadt von Saint-Ybars heimsuchen sollte.

BERNARD

Es heißt, Eva sei vom Teufel erschaffen worden. In der Heiligen Schrift wird sie als Verführerin bezeichnet, die für den Sündenfall verantwortlich ist. Wie oft hatte ich Predigten darüber gehört? Und dennoch vollzog sich mein eigener Sündenfall mit einer Leichtigkeit, die mich sowohl entsetzte als auch erstaunte. Frauen sind ein notwendiges Übel, wie Augustinus gesagt hat, denn ohne sie kann die Menschheit keine Nachkommenschaft zeugen. Nichtsdestotrotz stehen sie der christlichen Lehre und ihren Idealen im Wege.

Den Steinmetz trifft keine Schuld. Ich bin davon überzeugt, dass er immer in gutem Glauben gehandelt hat. Er war in seiner Zunft ein angesehener Mann, ein Mann, der die Geschicklichkeit seiner Hände lieber zum Ruhm Gottes einsetzte als für die Häuser, die sich die reichen Bürger und Konsulen in der freien Stadt erbauen ließen. Deshalb fiel die Wahl des Priors auch auf ihn.

Unser Orden lebte damals in bescheidenen Verhältnissen, in einem Haus, das uns von Peter Seilha gestiftet worden war und das nicht weit vom Chateau Narbonnais, der Stadtburg von Toulouse, entfernt lag. Wir verbrachten unsere Tage in Demut und Armut, aßen nur wenig und befolgten die Ordensregeln. Wir hatten ein Kapitel, ein Refektorium und eine Kapelle errichtet und predigten zur Ehre Gottes.

Wegen der geringen Größe unseres Hauses fand die Befragung und Aburteilung von Häretikern im Kloster von Saint Sernin statt. Dennoch waren gewisse Ausbauten in unserem Priorat nötig, für deren Ausführung der Prior einen Meistersteinmetz namens Anselm de Peyrolles unter Vertrag nehmen wollte. Jener wirkte am Bau der Kathedrale des Heiligen Stefan mit und wurde für seine Kunstfertigkeit und Ehrlichkeit hoch geschätzt.

Als Sekretarius des Priors war ich damit betraut worden, die Instandsetzungen in Auftrag zu geben. Ich traf mich also mit Anselm, um die Reparaturen zu besprechen und den Lohn für ihn und seine Arbeiter auszuhandeln.

Während dieses Treffens, das auf dem Platz vor der Kathedrale stattfand, erblickte ich zum ersten Mal Madeleine de Peyrolles. Sie bahnte sich gerade einen Weg durch die Menge auf dem Markt und trug einen Weidenkorb mit Brot, Speck und einem Krug Wein. Zuerst sah ich allerdings nur ihr flammend rotes Haar, das inmitten der grauen Menschenmasse vor der Kathedrale wie eine Fackel leuchtete.

Einige Herzschläge lang bemerkte ich nichts mehr vom Lärm der Straßenhändler, von den feilschenden und streitenden Marktgängern, dem Hundegebell und dem Gestank der Leute. Mein Blick haftete an der Besitzerin dieser Mähne, einer jungen Frau, schlank und biegsam wie ein Schilfrohr. Dann bemerkte ich, dass sie genau auf uns zusteuerte, und verspürte eine vage Furcht.

Anselm de Peyrolles' Stimme ließ mich aufschrecken und holte mich in die Realität zurück. Er hatte mit einem Stock den Grundriss des Dominikanerpriorats in den lehmigen Boden gezeichnet und wies nun auf eine der Markierungen.

»Wenn wir die Wand auf dieser Seite des Gebäudes entfernen und es dann bis dorthin ausbauen, müsste das den Ansprüchen des Priors genügen. Falls es Euch möglich ist, mich und drei Zimmermänner sowie sechs Hilfsarbeiter zu bezahlen, können wir die Arbeit bis zum Herbst erledigen.«

»Die Frage der Kosten ist noch zu klären«, sagte ich und versuchte, mich wieder auf die vor mir liegende Aufgabe zu konzentrieren. Doch inzwischen hatte uns die junge Frau mit den roten Haaren erreicht, war stehen geblieben und wartete geduldig darauf, dass Anselm ihre Anwesenheit zur Kenntnis nahm. Was er auch bald darauf tat.

»Dies ist meine Tochter Madeleine, Vater«, sagte er.

Wie ich bald erfuhr, war das junge Mädchen seine einzige Tochter. Ich will Madeleine hier beschreiben, denn ich habe sie noch immer so klar und deutlich vor Augen als würde sie vor mir stehen.

Da ihr Vater kein armer Mann war, trug sie ein langes, feinwollenes Oberkleid mit engen Ärmeln und darunter ein hochgeschlossenes Unterkleid aus Leinen. Ihr Rock reichte bis fast auf den Boden. Ihre Füße steckten in Schuhen aus weichem Kalbsleder.

Ihr rotes Haar wirkte wild und ungebändigt, dennoch war es sauber und leuchtete in der Sonne. Ihre Kleidung verströmte den Duft von Lavendel, und wer jemals den Markt vor der Kathedrale besucht hat, wird wissen, dass dies in der Tat ein äußerst betörender Wohlgeruch ist.

Als Zweites fielen mir ihre Augen auf. Sie waren von einem kräftigen Grün und verhießen einem Mann wie mir die ewige Verdammnis.

Ich gestehe, dass ich sie länger anstarrte als es sich geziemte. Und als sie meinen Blick bemerkte, senkte sie nicht ihre Augen, wie es sich ebenfalls geziemt hätte, sondern starrte auf eine Art und Weise zurück, die ebenso aufwühlend wie unanständig war.

Ihr mögt euch darüber wundern, dass ein Mönch wie ich ihr solche Beachtung schenkte. Und Ihr habt vollkommen Recht. Es war eine Sünde. Vom ersten Moment an hatte sie mich verhext. Ich war ganz und gar in ihrer Gewalt. Der Teufel hatte meinen Sturz zweifelsohne erwartet, genüsslich und seines Erfolges gewiss.

Ich erinnere mich, dass ich schließlich meinen Blick von ihr losriss – so bereitwillig, wie ein Verhungernder einen voll gehäuften Teller fortschiebt. Von diesem Augenblick an gab ich vor, sie zu ignorieren, was mir allerdings nicht besonders gut gelang. Es war, als lägen Felsbrocken auf meiner Brust. Begierde – oder Liebe, wie die Minnesänger jenes Gefühl nennen – ist der altbekannte Feind jedes Mönches, und ich glaube noch immer, dass ich diesen Feind eines Tages hätte besiegen können, wenn der Teufel nicht derart raffiniert in den Lauf der Dinge eingegriffen hätte.

Anselm nahm seine Mahlzeit entgegen, und ich setzte das Gespräch mit ihm fort. Aber ich gebe zu, dass meine Augen seiner Tochter folgten, die sich durch das Menschengedränge auf der Straße langsam von uns entfernte und schließlich verschwand.

Während Anselm seine Pläne für unser Priorat erläuterte, hörte ich nur mit einem Ohr zu und brachte unsere Unterhaltung schnell zu einem Ende. Ich hatte bereits die halbe Stadt durchquert, als mir einfiel, dass ich gar nicht über die Höhe der Entlohnung mit ihm verhandelt hatte. Also ging ich den ganzen Weg noch einmal zurück und unterbrach ihn bei seiner Arbeit. Er muss mich wahrhaft für einen Narren gehalten haben.

Schließlich wurde eine Vereinbarung getroffen, und ich kehrte voller Verwirrung zum Priorat zurück. Dort angekommen warf ich mich in meiner Zelle auf die Knie und versuchte, meinen Seelenfrieden durch Gebete und Kontemplation wiederzuerlangen.

Und welcher Art diese Gebete waren! Sie strotzten nur so vor Selbsthass und Gejammer. Wir können Gott zwar angesichts der Versuchung um Stärke anflehen, doch wir müssen ihr auch widerstehen *wollen*. Ich habe Käfer gesehen, die, von einem Messer aufgespießt, zappelten, sich in ihrer Hilflosigkeit und Qual wanden und dennoch mehr Macht über ihr Schicksal besaßen als ich.

Es war offensichtlich, was geschehen würde. Obwohl ich ein Mönch bin, kennt man mich als eigensinnig und verstockt. Das sind meine Fehler. Ich war wie eine reife Frucht, die darauf wartet, gepflückt zu werden.

Mea culpa. Mea maxima culpa!

Ich beichtete meine Sünde der Wollust unserem Prior, einem guten Mann mit müden Augen. Ich bin sicher, dass er bereits viele junge Mönche mit ihrem Keuschheitsgelübde hatte ringen sehen, wenngleich er seinen eigenen Kampf vergessen hatte. Er erteilte mir Absolution und erlegte mir eine Buße auf. Derartiges war mir natürlich nicht zum ersten Mal passiert. Ich gelobte jedoch, dass ich letzten Endes über den Versucher triumphieren würde. Alle Mönche haben schließlich mit ihrer menschlichen Schwäche zu kämpfen.

Doch der Erzfeind gibt die menschliche Seele nicht ohne weiteres frei, vor allem nicht die eines Klosterbruders. Obgleich ich mich dagegen wehrte, den Pfad der fleischlichen Begierde einzuschlagen, versteifte sich jener Widersacher auf mich, um meinen Ruin herbeizuführen.

Nun, im Rückblick, bin ich von mir selbst angewidert. Denn als die Gelegenheit zur Umkehr kam, nahm ich trotz all meiner Beteuerungen eifrig wie ein Hund die Witterung auf und folgte der Fährte ohne zu zögern.

*

Ich sollte euch etwas über meine Person erzählen.

Mein Name ist Bernard Donadieu, vom Predigerorden der Dominikaner in Toulouse. Zweifellos habt Ihr von unserem Orden gehört, denn aus unserem Priorat entstammen die ersten Inquisitoren, welche die Auswüchse ketzerischer Verderbtheit untersuchten.

Ich gestehe, dass ich nicht die Erfahrung einer wahren Berufung vorzuweisen hatte, bevor ich in das Kloster eintrat. Ich war der jüngste von fünf Söhnen. Mein Vater, ein Wollhändler in der Gegend um Carcassonne, war ein einflussreicher und wohlhabender Mann, allerdings nicht wohlhabend genug, um all seinen Söhnen ein Einkommen zu sichern. Also nutzte er seinen Einfluss, um mir einen Platz in einer Abtei zu verschaffen.

Es war keine schlechte Wahl, denn obwohl ich beim Eintritt in den Orden ein Armutsgelübde ablegte, war das Kloster selbst doch reich an Besitztümern. Und die Kirche an sich bot einem intelligenten jungen Mann schnelles Vorwärtskommen und eine gewisse Muße. Selbstredend bin ich meinem Vater dankbar für das, was er für mich getan hat, denn es führte mich zu einem gesegneten Leben.

Nach meinem Noviziat legte ich die Gelübde des Gehorsams, der Keuschheit und der Armut ab, Gelübde, die für einen jungen Mann wie mich schwer einzuhalten waren. Ich hatte viele Sünden begangen und ich war sehr stolz. Meine Gemütslage wechselte zwischen Aufsässigkeit und Reue. Ich kasteite meinen Leib mit Peitschen, und der Schmerz des Hungers während des beinahe ständigen Fastens war mir wohl vertraut.

Dennoch war ich der Meinung, dass mein Vater hinsichtlich meiner Zukunft richtig entschieden hatte, denn ich entdeckte in mir nicht nur eine gewisse Begabung für religiöse Studien, sondern auch eine tiefe Liebe zu Gott und seiner heiligen Kirche. Ein Mann kann für sein Leben eine schlechtere Wahl treffen, als sich der Rettung der menschlichen Seelen zu widmen.

Ich meisterte das Trivium aus Grammatik, Rhetorik und Dialektik und danach das Quadrivium aus Arithmetik, Geometrie, Astronomie und Musik. Ich studierte die Schriften von Ovid und Horaz, Euklid und Cicero und befasste mich mit dem *Organon* des Aristoteles. Mit fünfzehn trat ich dem Orden des Heiligen Dominik bei und im Alter von einundzwanzig Jahren lehrte ich Philosophie in Carcassonne. Fünf Jahre später war ich Studienmeister an der Universität von Toulouse.

Man setzte große Erwartungen in mich, und wie in vielen anderen Fällen führten schon allein diese Erwartungen dazu, dass ich befördert wurde.

Auch Hochmut zählt zu meinen Fehlern. Daher sollte ich meinen Werdegang nicht weiter ausbreiten und nur noch hinzufügen, dass meine Zukunft innerhalb des Ordens gesichert war, bis Madeleine de Peyrolles in mein Leben trat. Als ich sie kennen lernte, hatte ich bereits über die Hälfte meines Lebens mit theologischen Studien und Betrachtungen zugebracht und war zum persönlichen Assistenten des Priors ernannt worden. Ich hatte mich um die Verwaltung unserer Gebäude und Geldmittel hier in der Stadt zu kümmern.

Eben deshalb fand ich mich einige Wochen später im Kreuzgang unseres Priorats wieder. Ich führte dort ein weiteres Gespräch mit Anselm de Peyrolles.

*

Der Steinmetz war ein Mann mit beeindruckenden körperlichen Attributen. Ich habe ihn einmal einen Stein hochheben sehen, mit dem sich zuvor drei seiner Arbeiter vergeblich abgemüht hatten. Dennoch vermochten diese Hände, deren Haut so dick, ledrig und voller Schwielen war, Lilien und Weinblätter auf Kapitelle zu zaubern. Er vollbrachte dieses Wunderwerk mit einer Leichtigkeit, als forme er weichen Ton. Seine Stimme klang tief und hallte wie eine Trommel. Seine Unterarme waren so kräftig wie die eines Henkers. Trotz alledem erkannte ich in ihm einen sanftmütigen Mann, der nur selten die Hand gegen seine Frau oder seine Diener erhob. So mancher legte ihm dies als Schwäche aus, doch das schien ihn nicht weiter zu stören.

Wir waren mit unserer Besprechung am Ende. Die Umbauten und Reparaturen schritten zügig voran und sollten Anselms Berechnungen zufolge tatsächlich im Herbst abgeschlossen sein. Ich händigte ihm den Wochenlohn aus, den er wiederum an seine Arbeiter verteilen wollte. Es handelte sich um eine stattliche Summe. Unser Orden konnte auf viele Wohltäter zählen, und ihm stand daher viel Geld zur Verfügung.

Ich hatte vor, mich zu verabschieden und mich wieder meinen Pflichten zuzuwenden. Ich war damit betraut worden, die Oblaten, unsere zukünftigen Mönche, in der Kunst der Rhetorik zu unterrichten. Doch dann merkte ich, dass Anselm mir noch etwas zu sagen wünschte.

»Vater …«, murmelte er in seinen Bart. »Da gibt es noch etwas … Ich frage mich, ob Ihr mir vielleicht einen Gefallen tun könntet.«

»Falls es in meiner Macht steht«, erwiderte ich und nahm an, dass er sich für eine seiner Sünden eine besondere Dispens erhoffte. Leider war es keineswegs ungewöhnlich, dass skrupellose Geistliche den Büßern gerade für jene Sünden die Absolution verweigerten, die ihnen am schwersten auf dem Gewissen lasteten. Sie hofften, ihnen dadurch mehr Geld für die Lossprechung zu entlocken. Für einen Ehebruch verlangten solche Priester von einem Bauern zwei oder drei Sol und von einem Mann wie

Anselm, der es sich leisten konnte, zwanzig oder dreißig Sol. Vielleicht wusste er, dass ich niemandem die Gnade Gottes verweigern würde, sofern er wirklich bereute.

»Es geht um meine Tochter«, fuhr er fort, und mein Herz erbebte.

»Eure Tochter?«

»Ihr habt sie einmal getroffen, Vater. Ihr Name ist Madeleine. Sie ist eine gute Tochter, sie ist tugendsam und der Kirche sehr zugetan.«

»Wenn doch alle Menschen so gesegnet wären!«

Er runzelte die Stirn.

»Was ist denn nun Euer Begehr?«, fragte ich.

»Ich fürchte, dass sie der Kirche ein wenig zu sehr zugetan ist.«

Ich hatte Mühe, ihn inmitten des Lärms der hämmernden Meißel rings herum zu verstehen. »Können wir unserer Kirche denn überhaupt zu sehr zugetan sein, Anselm?«

»Ihr kennt mich, Vater, ich bin ein einfacher Mann, ich verstehe nichts von diesen Dingen. Die Fertigkeiten, die Gott mir in seiner Weisheit gegeben hat, stelle ich in den Dienst der Kirche, wann immer ich kann. Aber es gibt einige Dinge ...«

Langsam schwand meine Geduld. Er erkannte dies wahrscheinlich an meiner Miene, denn im nächsten Augenblick stieß er hervor: »Madeleine möchte sich Gott weihen. Sie hat den Wunsch geäußert, die Gelübde abzulegen und als Nonne nach den Ordensregeln zu leben. Würdet Ihr mit ihr sprechen, Vater?«

Ich glaubte, den Schatten des Höllenfürsten vor uns auf dem Gras zu sehen, und zitterte trotz der Wärme des Tages.

»Zu welchem Zweck?«

»Ihr seid ein Mann Gottes. Ihr versteht etwas von diesen Dingen.«

»Ihr möchtet, dass ich Eurer Tochter diesen Wunsch ausrede?«

»Ja, das möchte ich.«

»Das ist völlig unmöglich!«, erwiderte ich schnell und wandte mich ab, damit er nicht sah, wie mir das Blut in die Wangen schoss. Doch der Elende folgte mir wie ein Bettler. Ich vermochte nicht schnell genug fortzueilen, da überall vor meinen Füßen Steinquader lagen.

»Sie ist zwar nur ein Mädchen, aber ich liebe sie mit ganzer Seele, Vater.«

»Eure Seele gehört Gott allein!«, wies ich ihn zurecht.

»Vater, Ihr wisst, dass sie mein einziges Kind ist. Es war nicht Gottes Wille, mich mit weiteren Kindern zu segnen. Ich habe auf einen Enkelsohn gehofft, an den ich eines Tages meine bescheidene Handwerkskunst weitergeben kann … wenn Ihr doch nur mit ihr reden würdet, Vater!«

»Es gibt keinen besseren Lebenssinn, als Gott zu dienen.«

»Aber sie ist nur ein Mädchen und hat gute Heiratsaussichten, Vater …«

Ich fuhr herum, in der Absicht, ihn für sein aufdringliches Benehmen zu rügen. Gern würde ich behaupten, dass es der Anblick dieses händeringenden Goliath war, der mein Herz milde stimmte. Doch das entspräche nicht der Wahrheit.

Wenn dieser arme Mensch doch nur gewusst hätte, wie es in meinem Herzen aussah! Die Mittel und Wege des Bösen sind wahrlich heimtückisch. Offenbar sollte das Objekt meiner niedrigsten Begierden ausgerechnet *mir* zum Zwecke der Belehrung anvertraut werden – mit dem Segen des Vaters.

Statt bei meiner Weigerung zu bleiben, gab ich schließlich nach. Zu meiner Verteidigung sei gesagt, dass ich dies als Gelegenheit betrachtete, die Macht des Teufels zu überwinden und ihn so zu bezwingen, genau wie er von unserem Herrn in der Wüste bezwungen wurde. Es war eine Prüfung, bei der ich meiner Schwäche ins Auge sehen und sie besiegen musste.

Ein anderer, zynischerer Mann hätte es wahrscheinlich als hervorragende Gelegenheit dafür bezeichnet, der Versuchung zu erliegen.

»Bitte sprecht mit ihr, Vater! Sie ist doch nur eine Frau. Wenn ich einen Sohn hätte, würde ich ihn Gott zum Geschenk machen, denn dieses Geschenk hätte einen Wert. Aber eine Tochter … Werdet Ihr sie dazu bringen, diesen Wunsch aufzugeben?«

»Ich werde sehen, was ich tun kann«, entgegnete ich und beließ es dabei. Aber ich wusste genau, was ich tun würde. Ich wusste es nur zu gut.

*

Einige Geistliche aus meiner Bekanntschaft weigern sich, auch nur das Wort an eine Frau zu richten. Sie verachten alle Mitglieder des weiblichen Geschlechts für die Sünden Evas – so behaupten sie zumindest. Aber ich glaube eher, dass sie Angst vor Frauen haben und sich selbst nicht über den Weg trauen. Sie fürchten die Reize, mit denen der Teufel die Frauen ausgestattet hat und die einen Mann davon abhalten, ein tugendhaftes Leben zu führen.

Ich selbst gehörte nie zu jenen Geistlichen. Ich habe schon oft mit Frauen gesprochen – selbstverständlich nur in der Öffentlichkeit. Ansonsten achte ich darauf, niemals mit einer Frau allein zu sein. Ihr wisst vermutlich, dass es in unserer Kirche ein großes Ausmaß an Lüsternheit gibt. So mancher Kleriker kennt sich mit der Unzucht besser aus als mit den Worten der heiligen Messe. Und einige Mönche scheinen lieber einen anrüchigen als gar keinen Ruf zu pflegen.

Solche Männer wird man allerdings nicht im Predigerorden finden. Ihr werdet Euch also mit Recht fragen, warum ich beschloss, mich mit diesem Mädchen nicht an einem öffentlichen Ort wie zum Beispiel im Kreuzgang von Saint Sernin zu treffen.

Stattdessen suchte ich einige Tage später den Steinmetz auf. Er stand gerade auf seiner Leiter, mit einer dicken Schicht von Steinstaub auf Gesicht, Haaren und Schürze. Der schwere Hammer wirkte in seiner riesigen Faust wie eine Kinderrassel. »Ich bin bereit, mit Eurer Tochter zu reden«, verkündete ich ihm.

Er wirkte erleichtert, als hätte ich ihm eine große Last von den Schultern genommen. »Danke, Vater.«

»Wo kann ich unter vier Augen mit ihr sprechen?«

Das hatte er natürlich noch nicht bedacht.

»Ich werde sie an einen Ort Eurer Wahl bringen, Vater.«

Ich setzte eine ungeduldige Miene auf, als sei es mir lästig, mich um derartige Einzelheiten kümmern zu müssen. »Ich werde morgen zur neunten Stunde in Euer Haus kommen«, erklärte ich. Der folgende Tag war ein Sonntag, daher würden sowohl Anselm als auch seine Frau zu Hause sein.

»Ich danke Euch, Vater. Vielen Dank.«

Ich tat seine Dankesbezeugungen mit einer wegwerfenden Geste ab und ging von dannen. Meine Wangen brannten. Ich bat Gott darum, mir Stärke zu verleihen, damit ich meinen Kampf gewann. Doch hoffte ich nicht gleichzeitig voller Inbrunst, dass wir beide besiegt würden?

*

Kennt Ihr Toulouse? Es wird als eine der heiligsten Städte Frankreichs betrachtet. Es liegt auf der Pilgerroute nach Santiago de Compostela und verfügt deswegen über eine Vielzahl von Kapellen, Siechenhäusern und Schänken. Wallfahrer aus ganz Frankreich kommen hierher. Sie wollen an den Grabstätten der Heiligen in der Kathedrale des Heiligen Stefan beten, in der Kirche Notre Dame de la Daurade mit ihren berühmten goldenen Mosaiken von Christus, wollen der Jungfrau und Abraham einen Besuch abstatten oder sich die heiligen Reliquien ansehen, die im Kloster von Saint Sernin aufbewahrt werden. Dort halten unsere Inquisitoren Gericht und verkünden die Strafen für jene Ketzer, die nicht von ihren gottlosen Wegen lassen wollen.

In den Sommermonaten zogen stets Pilger durch die Gassen und sangen Hymnen. Oft bildete sich eine Menschenmenge aus Einheimischen und spendete ihnen Beifall. Allerdings befürchte ich, dass die Pilger nur willkommen geheißen wurden, weil sie Geld in die Stadt brachten. Es gab keinen Pastetenbäcker oder Priester, der nicht von ihnen profitierte.

Manchmal hielt sogar ich auf meinem Weg durch die Stadt inne, um die Wallfahrer zu mustern. Einige von ihnen hatten Bleiabzeichen an ihre Gewänder oder Kopfbedeckungen genäht. Zwei gekreuzte Schlüssel zum Beispiel zeigten an, dass der Träger schon einmal in Rom gewesen war. Viele trugen eine Jakobsmuschel vom Grab des Heiligen Jakob in Santiago de Compostela, jenseits der Pyrenäen. Das berühmteste und wertvollste Emblem war ein Palmwedel, der bedeutete, dass der Pilger die große Wallfahrt nach Jerusalem auf sich genommen hatte.

Fast alle Pilger trugen einen langen Knüttel mit Haken, an den sie ihre Wasserflasche und andere Notwendigkeiten gehängt hatten. Einige gingen zum Zeichen der Reue barfuß.

Mochte ihr Einzug in die Stadt auch festlich sein – nicht alle kamen freiwillig. Viele von ihnen waren bekehrte Ketzer, denen die Pilgerfahrt als Buße für ihre Sünden auferlegt worden war. Auf ihrer Kleidung prangten gelbe Kreuze, und sie mussten die Geistlichen in den jeweiligen Kirchen um Briefe bitten, die bezeugten, dass sie ihre Reise ordnungsgemäß absolviert hatten.

Toulouse ist jedoch nicht nur eine heilige Stadt, sondern auch eine Stadt der Kaufleute und Bürger, die nicht von einem Bischof, sondern von einem gewählten Konsul regiert wird. In den Straßen drängen sich Pilger und Mönche, aber ebenso prächtig gekleidete, feiste Männer, die mehr Gold in ihren Beuteln haben als gut für sie ist.

Dies mag jedoch ein allzu hartherziges Urteil sein.

Wie in jeder florierenden Stadt trifft man auch in Toulouse auf Bettler jeglicher Art, vor denen sich ein rechtschaffener Mann in Acht nehmen muss. Einige täuschen ihre blutigen Schwären nur vor, indem sie mit Maulbeersaft getränkte Lumpen um völlig gesunde Gliedmaßen binden und sich dann an Stöcken durch die Gassen schleppen. Sie nehmen den wirklich Armen bei Tag die Almosen weg und verwandeln sich des Nachts in Schurken und Beutelschneider, die einem redlichen Mann für ein paar Silberstücke die Kehle aufschlitzen.

Doch als ich mir am Morgen des folgenden Tages einen Weg

durch die engen Straßen bahnte, war ich geneigt, zu ihnen allen großzügig zu sein – vielleicht, weil mir die Schuld schwer auf der Seele lastete.

Ich muss sagen, dass es in Toulouse sehr viel weniger Ketzerei gab, als der Heilige Vater und seine Legaten annahmen. Wenn man manche Leute reden hörte, konnte man meinen, die Stadt sei immer noch ein Schlangennest voller Katharer und Waldenser. Falls es sie tatsächlich noch gab, dann wohl in diesen verwinkelten Gassen an der Garonne, nahe den Werkstätten der Bleicher, Flickschuster und Gerber rings um die Kirche St.-Pierre-de-Cuisines. Dorthin waren die alteingesessenen, vermögenden Bürger gezogen, jene Bürger, die die Ketzerei pflegten, weil sie in ihr eine Methode zur Schwächung des Klerus sahen. Sie verachteten die Geistlichkeit, die mit ihnen um Macht und Reichtum konkurrierte.

Mein Weg führte mich durch mehrere schäbige Gassen, gesäumt von Werkstätten und Händlerständen. Die heiseren Schreie der Händler, die Flüche der Huren und das Kreischen der rotznäsigen Kinder waren eine Plage. Halbwüchsige lungerten in Horden herum, verspotteten alte Frauen und Lahme und lieferten sich vor den Schänken Faustkämpfe.

Die Einwohner von Toulouse hatten nur eine Möglichkeit, ihren Abfall loszuwerden: Sie warfen alles auf die Straße. Die wackligen oberen Stockwerke der Häuser ragten im spitzen Winkel über den engen Straßen in den Himmel. So war es keineswegs ungewöhnlich, im Vorbeigehen den Inhalt eines Nachttopfes auf den Kopf zu bekommen. Einmal ist sogar der Bischof auf diese Weise gesalbt worden. Der widerlichste Unrat türmte sich vor den Häusern, wo Hunde und Schweine sich um alles Essbare balgten. Ohne ein parfümiertes Taschentuch vor der Nase wagte ich mich nie hinaus.

An diesem Tag wurde der übliche Gestank durch einen warmen Nieselregen noch verstärkt. Es herrschte eine seltsam gereizte Atmosphäre. Ein Fuhrmann peitschte sein Ochsengespann durch die enge Gasse, sodass alle aus dem Weg springen mussten und selbst ein Soldat auf seinem Schlachtross beiseite gedrängt wurde. Gleich dahinter trieb ein Schäfer eine Herde schlammbespritzter Schafe vor sich her. Dergestalt waren die Ärgernisse, wenn man in einer großen Stadt lebte. Daran habe ich mich nie gewöhnt.

Ich gelangte zu einem kleinen Platz mit einem Steinkreuz in der Mitte. Hier stießen drei Straßen aufeinander. Rings herum befanden sich Geschäfte, deren schmiedeeiserne Schilder quietschend im Wind schwangen. Ich zog meine Kapuze über und eilte weiter.

Trotz des schlechten Wetters hatte sich nicht weit entfernt eine Menschenmenge versammelt, um einem Bärenkampf zuzuschauen. Ich hörte Wetten und Flüche, das Jaulen von Hunden und die verzweifelten und zugleich wütenden Laute des Bären, der um sein Leben kämpfte. Überall wälzten sich die Menschen in ihrer Sünde, und auch ich würde bald zu ihnen in die Suhle steigen. Mochte Gott mir vergeben!

*

Anselm de Peyrolles führte ein gutes Leben, denn der Wochenlohn für einen Meister seiner Zunft betrug immerhin vierundzwanzig Silbersol, eine Summe, die für ein solides Steinhaus reichte und ohne Zweifel auch jeden Tag Fleisch auf seinen Tisch brachte. Er empfing mich im Wohnraum, wo die Mahlzeiten eingenommen wurden und wo auch der größte Teil des Familienlebens stattfand. Mitten im Raum gab es einen Kamin, in dem ein mir äußerst willkommenes Feuer prasselte.

Ich blickte mich genau um. Durch drei kleine, mit geöltem Leinen bespannte Fenster drang trübes Licht in das dämmrige Innere. Um die strenge Düsternis ein wenig zu aufzulockern, hatte man die Deckenbalken leuchtend rot und grün gestrichen.

Meine Gastgeber rieten mir, für eine Weile vor dem Feuer stehen zu bleiben, damit ich mich aufwärmen konnte. Dampf stieg aus meinem feuchten Umhang, und Anselms Frau brachte mir rasch einen Becher Glühwein. Die Mutter hatte sehr viel Ähnlichkeit mit ihrer Tochter, obwohl bereits graue Strähnen ihr wildes, rotes Haar durchzogen.

Als sich meine Augen an die Dunkelheit gewöhnt hatten, bemerkte ich Madeleine, die still in einer Ecke saß. Sie trug ein hellgraues, eng anliegendes Oberkleid. An Hals und Handgelenken lugte ein leinenes, mit Spitze besetztes Unterkleid hervor. Ich bildete mir ein, einen schwachen Geruch nach Safran wahrzunehmen, der von der letzten Wäsche stammen musste.

Ein Schauer der Erregung und Furcht durchlief mich. Ich erinnere mich, dass ich – Heuchler, der ich bin – Gott um Beistand anflehte.

Nach einer halbherzig geführten, zähen Unterhaltung voller gezwungener Frömmigkeit ließen Anselm und seine Frau mich mit ihrer Tochter allein, die bis zu diesem Zeitpunkt noch kein einziges Wort gesagt hatte.

Mir wird bewusst, dass ich ihr bei meiner Schilderung bisher nicht gerecht geworden bin. Ich habe Euch lediglich ihre körperlichen Merkmale geschildert, ohne jedoch die stille Kraft ihrer Persönlichkeit zu vermitteln. Dies lässt sich mit Folgendem vergleichen: Man kann zwar die Buntglasfenster in einer Kathedrale beschreiben, doch man kann niemandem mit Worten ihre Wirkung begreiflich machen, wenn man im Mittelschiff steht, zum Gewölbe hochblickt und das Licht von den Gaden durch sie hereinströmen sieht. Es ist, als würde man den Himmel selbst betrachten.

Wären es nur die Rundungen ihrer Brüste und Hüften gewesen, die mich in Versuchung führten, dann hätte ich ihr unter Aufbietung all meines Willens widerstehen können. Doch als ich ihr ins Gesicht blickte, lag eine Herausforderung in ihren Augen, die meinen Willen zum Widerstand brach und mich aufs Heftigste entflammte. Ich stellte mir vor, dass ein Mann eines Tages nicht nur ihren Körper, sondern auch ihr Herz erobern würde, und auf einmal drängte es mich, zu erfahren, wie Derartiges wohl zu erreichen sei.

Kurz gesagt – sie schien mir, dem Mönch, ein größeres Rätsel zu sein als Gott, und das verbotene Vergnügen, das ich beim Anblick ihres Gesichts empfand, wühlte mich tiefer auf als das Antlitz unseres Herrn am Kreuz.

Damit verglichen waren all die Sünden, die noch folgten, absolut bedeutungslos.

Ich bemerkte mit einem Mal, dass ich sie unverhohlen anstarrte.

»Nun denn«, hob ich schließlich an. »Euer Vater berichtet mir, dass Ihr Euer Leben in den Dienst Gottes zu stellen gedenkt.«

Sie antwortete nicht sofort, und ich wollte sie schon rügen, als sie schließlich sagte: »Ich glaube, dass Gott dies von mir erwartet.«

Ich wärmte meine Beine am Feuer, nippte an dem Wein und ließ mich dann auf einem Stuhl nieder. Nun, da das Gespräch begonnen hatte, fühlte ich mich ein wenig sicherer. Von den Geschichten über Märtyrerinnen und Heilige wie Agnes und Agathe sind schon viele junge Frauen beeinflusst worden, denn das weibliche Geschlecht ist ja für seine hysterischen Auswüchse bekannt. Ich hatte keinen Zweifel daran, dass ein Mann mit meiner Ausbildung und meinem Geist Madeleine von derartigen Vorstellungen befreien konnte. Sogar zu diesem Zeitpunkt war ich noch davon überzeugt, dass ich trotz meiner sündigen Gedanken das Desaster in einen Triumph verwandeln und meine Aufgabe erfüllen konnte, ohne dass Makel auf meiner Seele zurückblieben. Ich würde dieses Haus in dem Wissen verlassen, dass ich einen Sieg über das Böse errungen hatte.

»Wie kann es sein, dass eine Jungfrau wie Ihr den Willen Gottes kennt, während sich Gelehrte seit Jahrhunderten mit den göttlichen Wegen beschäftigen, und unter ihnen noch immer Uneinigkeit herrscht?«, fragte ich sie. »Das Göttliche kann nur der Heilige Vater in Rom wirklich verstehen, und sogar seine Heiligkeit bekundet gelegentlich Verwirrung.«

Sie gab keine Antwort.

»Nun – heraus mit der Sprache, mein Kind!« Ich hätte sie vielleicht nicht ›Kind‹ nennen sollen, denn ich hatte ihr nur wenige Jahre voraus.

Sie hob den Blick. Die Wut und Leidenschaft in ihren Augen raubten mir den Atem und verursachten eine Regung in meinen Lenden, die ich durch jahrelanges Beten und Arbeiten beinahe vollständig vertrieben hatte. Sie biss sich auf die Lippen. Ich glaube nicht, dass sie mich mit ihren Gesten in die Falle locken wollte. Vielmehr versuchte sie zu verhindern, in meiner Gegenwart über gewisse Dinge zu sprechen.

Inzwischen weiß ich natürlich, warum.

»Haltet Ihr es als Mann Gottes für falsch, dass ich mein Leben dem Dienst an Gott widmen möchte?«, wollte sie wissen, wobei die Sanftheit ihres Tonfalls nicht mit ihrem Gesichtsausdruck übereinstimmte.

Auf diese Frage gab es eine einfache Antwort, aber ihr Blick irritierte mich. Einen Moment lang konnte ich gar nichts sagen. Als ich meine Stimme wiederfand, erinnerte ich sie daran, dass es nicht genüge, Gott zu lieben. Vielmehr müsse man eine ausreichend robuste und hingebungsvolle Disposition haben, um fähig zu sein, ihm wirklich zu dienen.

»Ihr meint so wie Bischof Guillaume?«, erkundigte sie sich scheinbar demütig. Erneut brachte mich dieses schreckliche Mädchen aus dem Gleichgewicht, denn die weltliche Gesinnung des Bischofs war in der Stadt wohl bekannt, auch wenn man nicht öffentlich darüber sprach.

Wenigstens besaß ich noch die Geistesgegenwart für eine Erwiderung. »Ihr habt doch sicherlich nicht vor, Bischof zu werden, oder?«

»Ich glaube nicht, dass ich die Kraft dazu hätte. Nach einer Woche wäre ich erschöpft von all der Zecherei und Unzucht.«

»Das ist Blasphemie!«, stieß ich keuchend hervor. Die Kontrolle über diese Unterredung war mir bereits entglitten. Madeleine war lediglich die Tochter eines Steinmetzes, doch ihre Zunge war so scharf wie das Beil eines Henkers. Was sollte ich bloß mit ihr anfangen?

Zumindest besaß sie genug Anstand, ihren Blick zu senken und sich den Anschein von Zerknirschtheit zu geben. »Es tut mir Leid, Vater. Manchmal sitzt mir die Zunge ein wenig zu locker.«

»Es ist mehr als deutlich, dass Ihr keine der nötigen Voraussetzungen für das Klosterleben erfüllt«, schalt ich sie. »Gehorsam und Fügsamkeit sind die Grundsteine der Ordensregeln. Großer Wert wird zudem auf Gelassenheit und Demut gelegt, und wenn Ihr außerstande seid, Eure Zunge im Zaum zu halten, dann ist mir völlig unklar, welchen Dienst Ihr Gott erweisen könntet.«

Sie ließ den Kopf hängen. Ich vermeinte, wieder Herr der Lage zu sein und Einfluss auf sie zu haben.

Allerdings fürchtete ich, dass sie in allem Recht hatte, was den Bischof betraf.

*

Ich erhob mich, wärmte meine Gliedmaßen erneut am Kamin und fand langsam Gefallen an diesem Thema. Ich erzählte Madeleine von Augustinus und Benedikt von Nursia, um zu veranschaulichen, was wahre Gottesliebe bedeutet und was sie mit sich bringt. Während ich dies tat, gab mir der Erzfeind viele lüsterne Visionen ein, um mich zu quälen und in Versuchung zu führen. Aber ich klammerte mich an die Weisheiten des Augustinus wie ein Ertrinkender an ein Stück Treibholz. Nach einer Weile spürte ich, wie Madeleines Macht über mich schwächer wurde.

Ich verwandte schließlich immer weniger Zeit darauf, den Widerschein des Feuers auf ihrem Haar zu beobachten.

Doch gerade als ich das Martyrium der Heiligen Agnes ansprechen wollte, blickte sie mir direkt ins Gesicht und sagte: »Ich habe Visionen, Vater. Ich sehe Dinge, die ich nicht sehen sollte.«

Ich erstarrte, als hätte mir jemand einen Eimer kaltes Wasser über den Kopf gegossen. Mir wurde klar, dass sie mir überhaupt nicht zugehört hatte. Zunächst vermutete ich, dass es sich bei diesen angeblichen Visionen um ähnlich sündhafte Fantasien handelte wie jene, die mich während meines gesamten Besuches plagten.

»Ihr müsst darum beten, von diesen Visionen erlöst zu werden«, sagte ich.

»Das habe ich schon getan. Aber sie kommen dennoch zu mir.«

»Welcher Gestalt sind sie denn?«

Madeleine schüttelte den Kopf. »Das kann ich Euch nicht erzählen, Vater.«

»Warum nicht?«

»Ihr würdet es als Gotteslästerung auffassen.«

»Das müsst Ihr mich schon selbst beurteilen lassen.«

Ich starrte in diese unergründlichen grünen Augen und wartete gespannt.

Nach einer Weile sagte sie: »Mir ist eine Frau erschienen, die aussah wie die Jungfrau Maria. Ich glaube jedoch nicht, dass sie aus Fleisch und Blut war.«

Wieso war ich dermaßen enttäuscht? Was hatte ich hören wollen? Ein Liebesgeständnis?

Ich suchte nach Worten. »Wo? Wo habt Ihr dies gesehen?«

»Einmal in der Kirche von Saint Gilles, als ich für meine kranke Mutter betete. Und einmal vor der Kirche, spät am Abend.«

Ich hatte keine Ahnung, was ich darauf erwidern sollte. Ich war erschüttert. »Was veranlasste Euch zu dem Glauben, diese ... Vision ... sei die Jungfrau Maria?«

»Es war ihre Statue in der Kirche, Vater. Sie stieg von ihrem Sockel herab.«

»Sie bewegte sich?«

»Ja, Vater.«

»Pure Einbildung!«

»Ja, Vater.«

Ich verspürte das verzweifelte Bedürfnis, Madeleine zu berühren, und merkte, wie sich meine rechte Hand unwillkürlich zur Faust ballte. Wie konnte ich an so etwas auch nur denken? »Hat sie zu Euch gesprochen?«, hörte ich mich selbst fragen.

»Ja. Ich fühlte ihre Worte hier, in meinem Herzen.«

Sie führte eine Hand zu ihrer Brust. Ich starrte die Stelle an, auf der sie zu liegen kam.

»Ihr müsst zur Beichte gehen.«

»Dann ist es also eine Sünde?«

»Natürlich ist es eine Sünde!«

»Aber ich habe keine Macht über diese Dinge.«

»Das ist unwichtig.«

»Vater?«

»Ja?«

»Ist es unrecht, einem Priester dieselben Gefühle entgegenzubringen wie einem gewöhnlichen Mann?«

Ich sprang auf die Füße, wobei ich nicht nur meinen Stuhl umstieß, sondern auch den Glühwein auf dem Boden aus festgestampfter Erde verschüttete. Wir starrten einander an. Einen Augenblick lang zögerte ich.

»Euch ist nicht zu helfen!«, rief ich dann und floh ohne ein weiteres Wort aus dem Haus.

MADELEINE

Ich weiß nicht, was er Euch von unserer Begegnung erzählt hat. Es hat sich so zugetragen, wie ich im Folgenden darlegen werde.

Ich gestehe, dass ich nicht viel von ihm hielt, als ich ihn zum ersten Mal unser Haus betreten sah. Ich erkannte ihn sofort als einen Dominikanermönch, denn er trug das weiße Gewand des Piedmont unter dem schwarzen Umhang der Kanoniker des Augustinus. Seine Hände fielen mir zuerst ins Auge. Sie waren glatt, weich und weiß, ganz anders als die meines Vaters. Es waren Hände, die nur Bücherseiten umblättern und sich sanft im Gebet verschränken konnten.

Er kam mir aufgeblasen vor wie die meisten Geistlichen. Er hatte strahlend blaue Augen, die jedoch nur verstohlen in meine Richtung blickten. Ich erkenne stets, wenn ein Mönch mir gegenüber wollüstige Gedanken hatte. Nur sehr wenige Geistliche haben unseren Respekt verdient, und das ist eine Schande, denn Gott hätte treu ergebene Boten auf dieser Erde nötig.

Ich wusste, warum mein Vater ihn in unser Haus eingeladen hatte. Er tat es auf das Betreiben meiner Mutter hin, die nicht viel für die Kirche übrig hatte und noch viel weniger für meine Bestimmung. Nach einigen höflichen Floskeln zogen sich meine Eltern in das Schlafzimmer im oberen Stockwerk zurück und ließen mich mit dem Mönch allein. Der nippte an seinem Wein und starrte nervös ins Feuer. Mir fiel auf, dass seine Hände zitterten.

Während ich darauf wartete, dass er zu sprechen begann, machte ich keinerlei Anstalten, ihm seine Aufgabe zu erleichtern. Dazu war ich nicht aufgelegt.

»Nun denn. Ihr gedenkt also, Euer Leben in den Dienst Gottes zu stellen«, sagte er schließlich, ohne mir dabei wirklich ins Gesicht zu blicken.

»Ich glaube, dass Gott dies von mir erwartet«, antwortete ich.

Er nahm diese Bemerkung zum Anlass, mir seine theologischen Theorien darzulegen, und glaubte wohl, mich mit seiner gelehrten Art einschüchtern zu können.

Viele junge Männer – so sagte er – betrachteten das Klosterleben als Gelegenheit, sich zu bessern. Wenn sie das Armutsgelübde ablegten, bedeute dies lediglich, keinerlei Eigentum an Söhne weitergeben zu können, die sie ohnehin niemals haben würden. Sie wollten ein vergleichsweise ruhiges Leben führen, gut speisen und im Namen der Kirche Besitztümer für sich selbst erwerben. Und es sei eine Tatsache, dass ihr Leben oftmals mit einer Muße gesegnet sei, die dem gemeinen Volk verwehrt bliebe.

Er fügte hinzu, dass einige Frauen eine ähnliche Zuflucht suchten, vor allem jene, die keinen Ehemann fanden, weil sie unansehnlich oder ohne Mitgift waren.

»Findet Ihr mich unansehnlich?«, fragte ich ihn.

»Keineswegs, nein«, erwiderte er und errötete. »Nein, überhaupt nicht!«

»Was hat dann all dies mit meinem Fall zu tun?«

»Ich weise nur darauf hin, dass dies die gewöhnlichen Gründe sind, warum ein Mädchen in das Noviziat einzutreten wünscht. Ich kann mir nicht erklären, warum Ihr dasselbe zu tun wünscht.«

»Weil ich glaube, dass Gott es von mir erwartet – wie ich Euch bereits sagte.«

»Wie kann es sein, dass eine Jungfrau wie Ihr den Willen Gottes kennt, während sich Gelehrte seit Jahrhunderten mit den göttlichen Wegen beschäftigen, und unter ihnen immer noch Uneinigkeit herrscht? Das Göttliche kann nur der Heilige Vater in Rom wirklich verstehen, und sogar seine Heiligkeit bekundet gelegentlich Verwirrung.«

Ich gab keine Antwort. Er hatte die Absicht, mich mit seinen Argumenten zu verunsichern, was unter diesen Dominikanern eine gebräuchliche Methode war. Aber es gibt Überzeugungen des

Herzens, denen mit den Mitteln des Verstandes nicht beizukommen ist.

»Heraus mit der Sprache, mein Kind!«

Es erstaunte und verärgerte mich, dass er es wagte, mich ›Kind‹ zu nennen, obwohl er nur wenig älter war als ich selbst. Andere mögen vor den Worten eines Mönches ebenso große Ehrfurcht haben wie vor dem Wort Gottes, aber ich war von einer Frau großgezogen worden, die zwar Gott liebte, nicht jedoch seine Geistlichen.

»Warum seht Ihr mich auf diese Weise an?«, fragte ich ihn.

Meine Direktheit verursachte ihm Unbehagen, was mich nicht weiter wunderte. Er gab vor, verwirrt zu sein, und errötete bis an die Wurzeln seines schönen blonden Haars.

»Ich verstehe nicht, was Ihr damit meint.«

»Solche Blicke bin ich von den Arbeitern und Zimmermännern meines Vaters gewöhnt, nicht aber von einem Mönch.«

Diese Bemerkung verschlug ihm den Atem. Ich weiß, dass ich zu vorlaut bin, mein Vater hat mir dies schon viele Male vorgehalten. Ich nahm an, dass der Mönch mir nun einen Vortrag über die Sünden Evas halten würde, wie üblich bei den Geistlichen. Doch stattdessen sanken seine Schultern wie unter der Last einer schweren Bürde nach vorn, und er starrte angestrengt in das Kaminfeuer.

»Ich habe Gott gegenüber ein Treuegelöbnis abgelegt«, sagte er. »Dennoch bin ich immer noch ein Mann. Dieses Gelübde ist keine Kleinigkeit, denn ich ringe jeden Tag damit.«

Seine Offenheit wirkte entwaffnend. Ich hatte nicht damit gerechnet, dass sie mich derart anrühren würde. Nun taten mir meine Worte Leid.

»Das Gelübde mag Euch unbedeutend erscheinen«, fuhr er fort. »Aber mit jedem Jahr lastet es schwerer auf mir. Darüber solltet Ihr nachdenken, bevor Ihr diesen Weg wählt.«

»Aber Ihr seid ein Mann Gottes, Vater. Haltet Ihr es für falsch, dass ich mein Leben Gott widmen möchte, nur weil sich dieses Leben vielleicht als schwierig erweisen könnte?«

»Es genügt nicht, Gott zu lieben. Wenn Ihr die Gelübde ablegen wollt, müsst Ihr über eine ausreichend robuste Disposition verfügen, um ihm Euer Leben lang zu dienen und nicht nur für ein oder zwei Jahre.«

»Ihr meint so wie Bischof Guillaume?«

»Ihr habt doch sicherlich nicht vor, Bischof zu werden, oder?« Er lächelte, und dieses Lächeln erhellte sein ganzes Gesicht und verwandelte es. Es war, als würden Sonnenstrahlen durch eine Sturmwolke brechen. Ich verspürte ein Gefühl in meinem Bauch, als würden sich dort nackte, neugeborene Welpen tummeln.

»Ich glaube nicht, dass ich die Kraft dazu hätte. Nach einer Woche wäre ich gewiss erschöpft von all der Zecherei und Unzucht.«

»Das ist Blasphemie!«, rief er, und diesmal konnte ich sehen, dass er aufrichtig bestürzt war, obwohl er mir nicht widersprach.

*

Er verstand mich nicht im Entferntesten. Er dachte, ich sei irgendein dummes Mädchen, dem die Geschichten von heiligen Märtyrerinnen wie Agnes und Agathe zu Kopf gestiegen waren. Aber ich registrierte, dass seine Stimme hypnotisch klang, und als er über die Liebe zu Gott sprach, leuchtete sein Gesicht von innen her. Ich hätte ihm den ganzen Tag lang zuhören können.

Obwohl ich seinen Worten lauschte, begriff ich kaum etwas. Es waren sein Gesicht und sein Tonfall, die mich verzauberten, nicht der Kern dessen, was er sagte. Während er von seiner Liebe zu Gott sprach, verliebte ich mich in ihn. Und als er sich über die unsterbliche Seele äußerte, dachte ich daran – zu meiner Schande muss ich es gestehen –, wie es wäre, seine Arme um meinen Körper zu spüren.

Ein Mann der Kirche würde jetzt erkennen, dass der Erzfeind von mir Besitz ergriffen hatte. Er würde behaupten, dass ich diesen Mönch umgarnen wollte, nicht *obwohl*, sondern *weil* er ein Priester war. Womöglich steckt darin ein Funken Wahrheit. Ich beteuere jedoch, dass ich nicht die Absicht hatte, sein Verderben herbeizuführen. Zum ersten Mal in meinem Leben genoss ich die Gegenwart von etwas Gutem, Edlem. Ich empfand Wärme in meinem Inneren und Aufruhr in meinem Herzen. Vielleicht war dies das Werk des Teufels – ich persönlich halte es allerdings für bloße Zuneigung.

Ich unterbrach den Mönch, um den Zauber zu lösen, und hörte mich selbst sagen: »Ich habe Visionen, Vater. Ich sehe Dinge, die ich nicht sehen sollte.«

Er hielt inne und starrte mich überrascht an. »Welche Art von Visionen, Madeleine?«

»Mir ist eine Frau erschienen, die aussah wie die Jungfrau Maria. Ich glaube jedoch nicht, dass sie aus Fleisch und Blut war.«

»Wo? Wo habt Ihr diese Dinge gesehen?«

»Einmal in der Kirche von Saint Gilles. Als ich für meine kranke Mutter betete. Und einmal vor der Kirche, spät am Abend.«

»Was veranlasste Euch zu dem Glauben, diese … Vision … sei die Jungfrau Maria?«

»Es war ihre Statue in der Kirche, Vater. Sie stieg von ihrem Sockel herab.«

»Sie bewegte sich?«

»Ja, Vater.«

»Pure Einbildung.«

»Ja, Vater.«

Er schwieg lange und fragte dann: »Hat sie zu Euch gesprochen?«

»Ja. Ich fühlte ihre Worte hier, in meinem Herzen.« Ich führte eine Hand an meine Brust.

Er starrte mich mit leicht geöffneten Lippen an. Ich erwartete, dass er mich im nächsten Augenblick ein dummes Kind schelten würde. Dass er mir zu verstehen geben würde, dass die Jungfrau niemals zu einem gewöhnlichen Mädchen wie mir spricht. Und dass ich Buße tun müsse, weil ich derartige Geschichten erfand.

Stattdessen sagte er: »Ihr seid sehr schön, Madeleine.«

Es war wohl nicht seine Absicht, dies laut auszusprechen. Ich glaube, es erschütterte ihn ebenso sehr wie mich, dass ihm diese Worte über die Lippen gekommen waren. Nachdem ihm klar geworden war, was er gesagt hatte, sprang er auf die Füße, wobei er den Stuhl umstieß und seinen Wein verschüttete, und stürzte ohne ein weiteres Wort aus dem Haus.

*

Die Kirche von Saint Gilles ist der Ort, an dem das Papsttum seinen ersten großen Sieg in unserem Sprachraum errang. Viele Jahre ist es her, dass Raymond, einer unserer Grafen, hierher kam, um für den Mord an einem päpstlichen Legaten Abbitte zu leisten.

Man sagt, dass drei Erzbischöfe und zwanzig Bischöfe als Zeugen zugegen waren und dass die Geistlichen von allen Seiten herbeiströmten und sich in der Kirche und auf dem Vorplatz drängten. Nackt bis zur Hüfte, mit einer Schlinge um den Hals und einer Büßerkerze in der Hand schritt unser hoher Herr zum Westportal mit den beiden goldenen Löwen und schwor dem Papst bei den Reliquien, die in ihren Schreinen auf den Stufen ausgebreitet worden waren, ewige Treue.

Dann führte ihn der Erzbischof in das Innere der Kirche, wobei er ihn mit einer Geißel aus Birkenzweigen auf den bloßen Rücken schlug. Indessen wuchs die Menge der Menschen, die diesen außergewöhnlichen Anblick nicht verpassen wollten, dermaßen an, dass Raymond der Rückweg versperrt war und er durch die Krypta hinausgeschmuggelt werden musste. Letzten Endes nutzte seine öffentliche Demütigung jedoch nichts, denn der Papst ließ trotzdem de Montfort und seine Soldaten auf uns los.

*

Die Menschen, die sich an jenem Tag in der Kirche drängten, waren keine Geistlichen, sondern Pilger. Sie beteten vor den Reliquien der Heiligen wie dereinst Raymond. Es ist wirklich eine prachtvolle Kirche. Fresken und Gobelins schmücken das Hauptschiff und die Nebenschiffe, und der Goldfaden in den seidenen Spruchbändern spiegelt den Schein von tausenden von Kerzen. Damals gab es mehr Gold zu sehen als heute. Vor allem die Altäre und Schreine in den Nischen, die von den beiden Querschiffen abzweigten, waren damit verziert. Ich hatte schon oft in dieser Kirche gebetet, aber wenn ich sie betrat, verschlug es mir jedes Mal aufs Neue den Atem.

Ich ging zu der Statue der heiligen Jungfrau mit ihrem in Rot und Blau bemalten Gewand und kniete vor ihr nieder. Dann schloss ich die Augen und wandte all meine Willenskraft auf. Ich wollte sie dazu bewegen, erneut zu mir zu sprechen.

»Sag mir, was ich mit dem Priester machen soll!«, murmelte ich wieder und wieder. »Sag mir, was ich mit dem Priester machen soll!« Ich ballte die Fäuste und presste sie gegen meine Stirn, bis es schmerzte. Doch es kam keine Antwort.

Den ganzen Morgen lang wartete ich darauf, dass die Statue sich bewegen würde, wie sie es schon einmal getan hatte. Aber sie blieb eine Figur aus kaltem, wunderschönem Stein, ein Kunstwerk, nichts weiter.

Nichts geschah.

Wie ich Vater Bernard gesagt hatte – ich besaß keinerlei Macht über diese Visionen, auch dann nicht, wenn ich ihrer dringend bedurfte.

Als ich in jener Nacht auf meiner Strohmatratze neben dem Kamin lag, hörte ich den Nachtwächter draußen mit seinem eisenbeschlagenen Stab klappern und sein »Alles ist gut« ausrufen. Aber in meinem Herzen wusste ich, dass keineswegs alles gut war. Zumindest nicht für mich und meinen schönen, gequälten Mönch.

BERNARD

Das Priorat war ein Ort des Schweigens, an dem die Zunge stillstand und sich der Blick nach innen kehrte. Der Leidende machte seine Kümmernisse mit Gott und sich selbst aus. Wir schwatzten nicht über unsere Probleme wie die übrige Welt. Wir rangen allein mit ihnen. Ganz gleich, in welchem Aufruhr sich das Herz befinden mochte, nur durch äußere Gelassenheit entging man der Züchtigung und – wage ich tatsächlich, es auszusprechen? – versicherte sich der guten Meinung seiner Vorgesetzten.

Die Beichte war der einzige Weg, der es uns erlaubte, unsere Gefühle uns selbst und anderen gegenüber zu erforschen. Daher suchte ich sofort nach meiner Rückkehr den Prior auf, damit er mir noch einmal die Beichte abnahm.

Sobald wir allein waren, vergrub ich mein Gesicht in den Händen und fiel auf die Knie. »Vergib mir, Vater, denn ich habe gesündigt! Seit meiner letzten Beichte ist eine Woche vergangen.«

Vater Hugues kniete sich neben mich und legte seine kalte, trockene Hand auf meine Tonsur. »Wie lautet deine Beichte, Bruder?«

Ich erzählte ihm, dass ich auf dem Marktplatz eine Frau gesehen und lüsterne Gedanken gehegt hatte. Ich bat um Vergebung.

Unser Prior war ein guter Mann. Ich beobachtete seine Miene und wartete auf eine Reaktion, aber die blieb aus. Selbstverständlich konnte er nicht wissen, wie sehr ich mich verstellte.

Er sagte, was er schon tausend Mönchen vor mir gesagt haben muss: »Du bist jung, und derlei Gedanken sind nur natürlich. Sie werden dir von Gott als Herausforderung gesandt. Du musst deine Schuld annehmen und sie als Gelegenheit betrachten, dich zu reinigen.«

Ich bin sicher, dass er Recht hatte. Kannte denn nicht jeder

Mönch das Lied auswendig, das wir zur Vesper sangen, bevor wir uns zur Nachtruhe zurückzogen?

> Halt den Alpdruck von uns fern,
> die Nachtangst und das Traumgebilde.
> Tritt den Dämon in den Staub,
> der uns Verderbtheit lehren will.

Der Prior sprach mich von meiner Sünde los und erlegte mir als Buße zehn *Vaterunser* auf. Beschämt und mit einem Gefühl der Leere verließ ich ihn. Ich allein wusste, wie sehr ich ihn getäuscht hatte. Aber Gott konnte ich nicht täuschen.

Wir sind niemals völlig allein. Er ist immer da und wacht über uns. Er sieht all unsere Taten und kennt jeden einzelnen unserer sich windenden Gedanken, selbst wenn unsere Herzen das Licht scheuen wie ein Käfer, den man unter seinem Stein gestört hat.

*

Ihr nehmt nun vielleicht an, dass ich das Haus des Steinmetzes nicht wieder betrat, da dies eine Torheit gewesen wäre und eine Katastrophe geradezu herausgefordert hätte.

Doch nur eine Woche später tat ich genau das. Ovid schreibt: »Nach dem Verbotenen streben wir stets, das Versagte begehrend.«

Aber zuerst suchte ich noch einmal Anselm auf, der begierig war zu erfahren, wie mein Gespräch mit seiner Tochter verlaufen war.

»Hat sie Euch gegenüber weiterhin ihrem Wunsch Ausdruck verliehen, Nonne zu werden?«, fragte ich ihn.

»Nein, Vater. Sie wirkt allerdings sehr gedankenverloren. Überhaupt nicht mehr wie sie selbst. Sie spricht kaum noch.«

Vergebt mir, aber ich hörte diese Worte mit einiger Genugtuung. Nicht der Mönch war es, den dieser Stand der Dinge befriedigte, sondern der Mann in mir.

»Ich glaube, dass ich einigen Fortschritt erzielt habe, aber ich werde noch einmal mit ihr reden müssen.«

»Natürlich, Vater.«

»An diesem Sonntag«, erklärte ich und überließ ihn seiner Arbeit, bevor mein Blick mich verriet.

*

Und erneut hieß mich Anselm voller Demut und Respekt willkommen, in dem Glauben, dass ich in seinem Interesse handelte. Madeleine jedoch wirkte erstaunt über meinen unerwarteten Besuch, wie Ihr wohl verstehen werdet. Und ich empfand einen Schauer schuldbewussten Vergnügens, sobald ich sie sah. Allein ihr Anblick genügte mir. Ich gedachte nicht weiter zu sündigen und hatte mir deshalb geschworen, dass dies das letzte Mal sein würde.

Im Anschluss an diesen Tag würde ich meine Dämonen bezwingen und mich von ihr befreien.

Doch sie schien mir tatsächlich übermäßig blass zu sein, ganz wie ihr Vater es geschildert hatte. Ihre grünen Augen wirkten umwölkt, ihr Blick bekümmert. Während ich die gemurmelten Ehrerbietungen Anselms und seiner Frau über mich ergehen ließ, brachte Madeleine kein Wort hervor. Mir wurde bewusst, dass ich Macht über dieses Mädchen besaß, und mit dieser Erkenntnis wuchs die Versuchung, bis ich ihr nicht mehr zu widerstehen vermochte.

Bald darauf zogen sich ihre Eltern in den oberen Raum zurück. Wieder saßen wir allein am Feuer. Ich begann, sie über die verschiedenen Arten der Gottesliebe zu belehren.

»Nun, Madeleine«, hob ich an. »Habt Ihr über unsere Unterhaltung neulich nachgedacht?«

»Ja, Vater. Ich habe seither an nichts anderes mehr denken können.«

»Und habt Ihr gebetet?«

»Aus vollem Herzen.«

»Genau wie ich. Ich bat Gott um die Kraft und Einsicht, Euch in dieser Sache richtig unterweisen zu können. Hattet Ihr weitere Visionen?«

»Nein, Vater.«

»Das ist gut.« Nach außen hin wirkte ich wahrscheinlich ruhig, doch ich war nicht in der Lage, ihr in die Augen zu blicken.

»Aber Vater …« Sie sah mich eindringlich an. In ihren grünen Augen spiegelten sich die Flammen. Natürlich war dies ein Omen, eine Vorahnung jenes Ortes, an den diese Augen mich führen würden. »Aber Vater, ich leide Qualen.«

»Was quält Euch denn?«

»Könnt Ihr Euch das nicht denken?«

Ich wusste, dass Gott, unser Herr Jesus Christus und der Heilige Dominik über mich wachten, und schöpfte Kraft aus ihrer Gegenwart. Dann begann ich mit der Rede, die ich mir vor meinem Besuch zurechtgelegt hatte. Ich kam auf meine Studien der Werke von Hieronymus und Paulus zu sprechen und zitierte die Lebensdarstellungen der jungfräulichen Märtyrerinnen. Ich erklärte Madeleine, dass die Liebe zu Gott von sehr viel größerer Bedeutung sei als die Liebe, die zwei Sterbliche füreinander empfinden können.

Inzwischen weiß ich, dass ich nicht Madeleine davon zu überzeugen suchte, sondern mich selbst.

»Ihr scheint mir heute sehr erregt zu sein, Vater«, unterbrach sie mich in meinem Diskurs über die Auffassung des Heiligen Augustinus bezüglich der Natur der Liebe.

Ich konnte sie nur anstarren. Dass die Tochter eines Steinmetzes, dass überhaupt eine Frau sich eine Bemerkung über das Verhalten eines Mönchs erlaubte, zeugte von ungeheurer Anmaßung.

Mein Mund war merkwürdig trocken.

»Ihr seid nicht leicht zu belehren«, stellte ich fest.

»Und Ihr seid zweifellos sehr jung dafür, dass Ihr bereits eine solche Stellung in der Kirche erlangt habt. Mein Vater sagt, dass man von Euch als einem zukünftigen Bischof spricht.«

Ich bin schon viele Male der Sünde des Stolzes verfallen. So war es auch diesmal, denn anstatt diesen Worten mit der gehörigen Bescheidenheit zu begegnen, ließ ich sie zunächst unwidersprochen stehen.

»Ich glaube nicht, dass dies jemals geschehen wird«, antwortete ich schließlich nicht sehr überzeugend. »Ich habe mein Leben Gott gewidmet und bin der Meinung, dass ich ihm als einfacher Mönch am besten dienen kann.«

Als seien wir beide an einer Verschwörung beteiligt, verzog sich ihr Mund zu einem vertraulichen Lächeln. Die Intimität des Augenblicks brachte mich aus der Ruhe. Ich spürte, wie mir die Röte ins Gesicht stieg.

»Aber darüber nachgedacht habt Ihr doch«, warf sie ein.

Ihr versteht, warum die Frau das Werkzeug des Teufels ist. Welch genialer Einfall von ihm, es gegen mich einzusetzen! Aus eben diesem Grund müssen sich Männer in Klöster zurückziehen, denn alle Frauen sind lüsterne Kreaturen, und diese Madeleine war die schlimmste von allen.

»Ich habe über nichts von alledem nachgedacht«, log ich.

»Ich glaube, Ihr würdet einen guten Bischof abgeben«, sagte sie und lachte. Sie lachte! Noch ehe ich eine passende Erwiderung anbringen konnte, stellte sie bereits die nächste unverschämte Frage. »Warum verbringt ein Mann wie Ihr sein Leben in einem Kloster?«

Ein Mann wie ich?

»Ihr haltet mich also für ein Kind des Klosters?«, fragte ich sie. Sie schien zu glauben, dass ich zu jenen gehörte, die als Säugling vor einem Kloster ausgesetzt und dort aufgenommen worden waren.

»Seid Ihr das denn, Vater?«

»Mein Vater war ein wohlhabender Mann. Mir als seinem jüngstem Sohn bestimmte er eine Laufbahn in der Kirche.«

»Ihr habt seine Wahl nie bedauert?«

Sie hatte selbstverständlich kein Recht, mir eine dermaßen persönliche Frage zu stellen. Aber ich antwortete trotzdem. »Doch, manchmal denke ich darüber nach, was unter anderen Umständen aus mir geworden wäre.«

»Und was wäre das?«

»Zweifellos ein Sünder.«

»Wir sind alle Sünder, nicht wahr, Vater?«

»Ja, aber einige von uns hoffen auf Erlösung.«

Unsere Blicke trafen sich, und ich fühlte meine Einsamkeit wie nie zuvor. Ich wusste, dass ich den Rückzug antreten musste. Andernfalls war ich verloren. »Jene Entscheidungen, die für mich getroffen wurden, bedauere ich nicht. Wenn ich an die Welt denke, an all den Lug und Trug, an die Vergeblichkeit, an all das Böse, das ich jeden Tag zu sehen bekomme, dann weiß ich, dass ich den richtigen Weg gewählt habe.«

Ich schlug die Augen nieder, und mein Blick fiel auf ihre Hände, die sie bisher in den Falten ihres Oberkleides verborgen hatte. Da waren Wunden in ihren Handflächen, tiefe Wunden, die nicht älter als einen Tag sein konnten.

»Was habt Ihr da?«, fragte ich entgeistert.

Auf einmal war sie wie verwandelt. Aus irgendeinem Grund versteckte sie ihre Hände in ihrem Schoß.

»Es ist nichts.«

»Kommt, heraus mit der Sprache.«

»Ich habe mich verbrannt, als ich den Kessel vom Feuerhaken nehmen wollte«, sagte sie.

»Ihr solltet eine Salbe auf die Wunden streichen, um die Heilung zu beschleunigen. Unser Infirmarius …«

»Sie werden von selbst heilen. Wie immer.«

»Wie immer?«

»Das war nicht das erste Mal.«

»Ihr solltet vorsichtiger sein.«

Ihr seht, wie diese Begegnung verlief. Als wäre ich nicht ausreichend gewarnt gewesen … Mehr war im Übrigen nicht aus ihr herauszubringen, und ich war schon damit zufrieden, wieder einen gewissen Vorteil erlangt zu haben. Sie quälte mich nicht weiter, dafür erkundigte ich mich nicht näher nach den Wunden in ihren Händen.

Wir nahmen unser Gespräch über den Heiligen Augustinus wieder auf. Als sich das Thema erschöpft hatte, verließ ich das Haus und sagte mir, dass ich sie niemals wieder sehen würde.

MADELEINE

Er kam noch dreimal, um mich zu sehen. Ich vermute, dass er Euch nichts davon erzählt hat. Er versuchte nicht, mir den Hof zu machen, aber in seinen Augen erkannte ich, dass er es gern getan hätte. Er war zwar ein Mönch, aber mehr noch war er ein Mann. Und eine Frau spürt, wenn ein Mann sie begehrt.

Wir unterhielten uns über die Lebensgeschichten der Heiligen, über die Kirche und über die Hingabe an Gott. Wenn er von Gott sprach, leuchtete sein Gesicht. Er betrachtete den Glauben als Weg in eine bessere Welt. Natürlich erörterten wir auch das Klosterleben. Mein Vater hatte ihn darum gebeten, mir den Eintritt ins Kloster auszureden, und seine Argumente waren sehr bestechend.

»Wie Euer Vater mir sagt, seid Ihr immer noch entschlossen, einem Orden beizutreten.«

»Ich habe gründlich über Eure Worte nachgedacht, Vater.«

»Aber nicht gründlich genug, um Eure Meinung zu ändern.«

Ich gab keine Antwort.

Er erzählte mir, dass die Einhaltung der Ordensregeln nicht so leicht sei, wie ich es mir vielleicht vorstelle. Dass die Opfer, die eine Frau bringe, nicht so bedeutend seien wie die eines Mannes und gerade deswegen noch sorgfältiger überlegt sein wollten. Er erinnerte mich zudem an meine Pflicht gegenüber meinem Vater.

»Aber lehrt uns die Kirche denn nicht, Gott mehr zu ehren als unsere Eltern?«, entgegnete ich.

»So ist es. Aber es gibt viele Wege, Gott zu ehren. Dazu müsst Ihr nicht unbedingt in ein Kloster eintreten.«

Es war nicht richtig, aber ich begann zu jenem Zeitpunkt, dieses geistige Kräftemessen zu genießen. Wenn ich einsichtiger gewesen wäre, hätte er keinen Grund mehr gehabt, uns weiterhin zu besuchen. Also täuschte ich vor, noch zu zweifeln, obwohl er mich schon lange umgestimmt hatte.

»Ihr solltet die Gelübde, so Ihr sie denn ablegt, nicht auf die leichte Schulter nehmen«, beharrte er. »Sie sind nur sehr schwer einzuhalten und allzu schnell gebrochen.«

»Sprecht Ihr vom Keuschheitsgelübde?«, fragte ich.

»Ihr seid jung. Ich glaube nicht, dass Ihr voll und ganz begreift, was Keuschheit bedeutet.«

»Ihr seid ebenfalls jung. Bereitet es Euch nicht manchmal auch Schwierigkeiten, dieses Gelübde einzuhalten, Vater?«

Mein Ton war harmlos, doch ich gebe zu, dass mir der Schalk im Nacken saß – vielleicht hatte ihn ja der Teufel dorthin gesetzt. Da ich wusste, was in dem Priester vorging, hätte ich ihm diese Frage nicht stellen dürfen. Wie Eva hielt ich ihm den Apfel hin. Am Tag des Jüngsten Gerichts werde ich mich für die Vernarrtheit eines jungen Mädchens verantworten müssen. Ich hätte an seine Position in der Kirche denken sollen.

Er begann, mit langen Schritten den Raum zu durchmessen, rang die Hände und suchte nach einer passenden Antwort. »Ja«, räumte er schließlich ein. »Wir alle ringen mit unserer Menschlichkeit.«

»Ihr habt Eure Dämonen bezwungen, Vater. Wäre es nicht möglich, dass ich die meinen ebenso besiege?«

»Für eine Frau ist dies schwieriger, denn Frauen sind schamloser als Männer.«

Diese Ansicht hatte ich Priester und Mönche schon oft äußern hören, auch wenn sie überhaupt nicht meiner eigenen Erfahrung entsprach. Ich war noch keine achtzehn Jahre alt, doch mir schien, dass Männer mindestens ebenso lüstern waren wie Frauen – zumindest den Bemerkungen nach zu urteilen, die sie auf Markt und Straße hinter meinem Rücken machten. Derartige Dinge würde eine Frau niemals sagen.

»Bevor Ihr Mönch wurdet, habt Ihr da jemals eine Frau geliebt, Vater?«

»Als mein Vater mich der Kirche übergab, war ich noch ein Kind.«

»Trotzdem … Ihr habt niemals …?«

Er wirkte schockiert über diese Frage. »Ich habe die Gelübde abgelegt.«

»Nicht alle Mönche gehorchen ihren Gelübden.«

»Ich bin ein Bruder des Predigerordens, nicht irgendein gewöhnlicher Mönch.«

»Ich frage dies nur, weil … nun, wenn man niemals von einer bestimmten Frucht gekostet hat, kann man ihren Geschmack auch nicht vermissen.«

Er schüttelte den Kopf. »Ich habe noch niemals geliebt.«

Lange Zeit herrschte Schweigen. Er war unfähig, mir in die Augen zu sehen.

»Noch niemals zuvor, Vater?«

Gott möge mir vergeben, aber ich genoss es, ihn in die Falle zu locken. War es mein Stolz? Wollte ich ihn umgarnen, weil die ganze Stadt seinen scharfen Verstand rühmte, oder wegen seiner blauen Augen oder einfach nur, weil er unerreichbar war? Mich verlangte nicht nach seinem Körper, sondern nach der Gewissheit, dass ich einen solchen Mann, einen Mann Gottes, haben könnte. Gewiss haben die Geistlichen Recht – auf diese Weise wirkt der Teufel in einer Frau und auf diese Weise wirkte er auch in mir.

Der Priester schien nicht zu wissen, wie er reagieren sollte. Er beschloss so zu tun, als wären diese Worte nie gefallen.

»Wenn Ihr Euch dermaßen unnachgiebig zeigt, muss ich nun gehen«, murmelte er.

Wie Ihr seht hatte ich gewonnen, doch mein Sieg bereitete mir keine Freude. Im Gegenteil, er erfüllte mich mit Furcht. Ich hatte Angst, dass er unser Haus jetzt verlassen und nie mehr wiederkommen würde.

»Vielleicht lasse ich mich doch noch umstimmen, Vater.«

»Ich habe sämtliche Argumente vor Euch ausgebreitet. Ihr seid das verstockteste Geschöpf, das mir jemals begegnet ist.«

»Falls ich nicht ins Kloster gehe – welche Zukunft seht Ihr dann für mich?«

»Ihr werdet eine gute Ehefrau und Mutter sein. Genügt Euch das nicht?«

»Würde das Gott denn besser gefallen?«

»Ein tugendsames Leben ist der Weg des Heils, Madeleine de Peyrolles.«

»Ein tugendsames Leben, Vater? Aber wenn ich die Kirche von Saint Gilles oder die Kathedrale des Heiligen Stefan betrete, spüre ich, wie mein Geist sich erhebt und wächst … Dann fühle ich, dass es mehr geben muss.« Meine Worte waren nur ein schwacher Ausdruck für das Gefühl von Vorsehung, das meine Visionen von der heiligen Jungfrau in mir geweckt hatten. Sie riefen in dem Mönch ein nachsichtiges Lächeln hervor, das mich rasend machte.

»Wir alle haben derlei Empfindungen, Madeleine de Peyrolles. Das liegt an der Kunst der Steinmetze. Aus genau diesem Grund wohnt Euer Vater auch in einem Steinhaus in der Stadt – weil er solche Erfahrungen in anderen hervorzurufen vermag.«

»Ich verstehe nicht …«

»Lasst mich Euch die Kirche zeigen«, flüsterte er und setzte sich wieder auf seinen Stuhl. »Beginnen wir mit den Säulen und Bögen, die sich im Hauptschiff bis hoch über unsere Köpfe erstrecken – wie die Dunkelheit des Waldes, aus dem wir zu entkommen suchen. Vor uns erblicken wir die Fensterrosette wie eine Sonne, und unter der Sonne den gekreuzigten Christus, der all unsere Schuld auf sich genommen hat und dessen Tod uns Erlösung verspricht. Seht, er wartet dort am Ende des langen Mittelgangs, am Ende unseres Lebensweges, dort am Altar unseres Todes, und verheißt uns die Auferstehung und das ewige Leben. Während wir ihm entgegenschreiten, betrachten wir rings um uns her die Heiligen und die Gobelins mit Szenen aus den Evangelien, denn unsere Kirche ist eine steinerne Bibel, in der wir die Antworten auf alle Rätsel und Fragen des Lebens finden. Wenn wir unser Ziel schon fast erreicht haben, blicken wir auf, folgen den aufsteigenden Linien der Baumeister und entdecken über uns das Licht des Himmels, das durch die Gaden strömt. Im Gewölbe erkennen wir das himmlische Jerusalem, das uns erwartet. Jede Kirche hat ihren eigenen Duft, ihr eigenes Licht, ihr eigenes Chiaroscuro, ihre eigene Weise, uns die Geschichte unseres Lebens zu erzählen und uns näher zu Gott zu bringen. Und wir erfreuen uns an dem Frieden, der uns dann erfüllt. Wenn wir die Kirche betreten, wird jeder einzelne von uns zur gesamten Menschheit, die Kathedrale zur ganzen Welt und das hereinfallende Licht zum göttlichen Geist, der die Dunkelheit vertreibt.«

Ich betrachtete sein Antlitz, das sich während seiner Worte verwandelt hatte. Die Kraft des Glaubens ließ es wie durch ein inneres Licht erstrahlen. Voller Ehrfurcht starrte ich den Priester an. Er hatte Recht – sein Vater hatte für ihn die richtige Wahl getroffen.

Doch dann kehrte er zurück von dem Ort, an den ihn seine Gedanken geführt hatten, und seine Miene verfinsterte sich wieder.

»Aber bei all dem handelt es sich lediglich um Baukunst, die Ihr nicht mit Heiligkeit verwechseln dürft. Denn der Weg zu Gott besteht aus Schmerz, Reue und harter Arbeit.«

Er seufzte und erhob sich. Auf dem Platz vor dem Haus wurde es langsam dunkel. Durch das geölte Leinen vor den Fenstern sickerte nur noch graues Dämmerlicht herein.

»Ich muss gehen«, sagte er.

Ich starrte ins Feuer. Als ich aufsah, war er fort.

Meine Eltern hatten ihn wahrscheinlich das Haus verlassen sehen, denn kurz darauf kamen sie mit einer rußenden Talgkerze in den Händen die Treppe herunter. Sie blickten mich mit großen Augen an und schienen zum ersten Mal den Verdacht zu haben, dass etwas nicht stimmte.

Warum sonst kam der Priester so oft her und blieb immer so lange? Und warum war ihre Tochter nach seinen Besuchen stets so erschöpft, so schweigsam und traurig?

BERNARD

Toulouse ist der Ort, an dem Simon de Montfort fiel. Während seiner Belagerung der Stadt wurde ein Felsbrocken auf ihn geschleudert, der ihn zerquetschte. Man sagt, dass er bei der Auferstehung keinen schönen Anblick bieten wird, da der größte Teil seines Kopfes dort im Schlamm zurückblieb. Aber da er ohnehin eher für seinen Mut und seine Frömmigkeit bekannt war als für sein gutes Aussehen, wird dies Gott wohl einerlei sein.

Falls Ihr die Stadt kennt, wisst Ihr, dass sie sich sehr gefällig darstellen kann, wenn man am anderen Ufer der Garonne steht und über ein Mosaik von Weinbergen und Gemüsegärten hinweg ihr Panorama aus Türmen und Türmchen erblickt, die noch nicht einmal de Montfort alle niederzureißen vermochte. Am südlichen Ende der Stadt ragen die erhabenen Mauern des Chateau Narbonnais über der Garonne auf, in der Tat ein imposanter Anblick. Wenn nach einem Regenschauer die Sonne durch die Wolken bricht, verleihen ihre Strahlen dem gelben Stein der Stadtmauern einen goldenen Schimmer.

Es wird behauptet, dass die Silhouette von Toulouse mehr als dreihundert Türme zählt, obwohl die Stadt unter der Belagerung und Besatzung Simon de Montforts weitgehend zerstört wurde. Und erst die Kirchen! Zählt die Kirchtürme – die runde Basilika von Saint Sernin, den viereckigen Turm der Kathedrale des Heiligen Stefan, Notre Dame de la Daurade, die weißen Mauern der Eglise Dalbade, St. Romain ... Sie alle drängen sich in den Stadtmauern wie große Schiffe in einem Hafen.

Doch wenn Ihr Euch innerhalb der Stadttore bewegt, wirkt diese große Zahl von Bauwerken über Euch eher bedrohlich. Die schiefen Häuser mit ihren Kragen und die zerrissene Wäsche, die zum Trocknen an Stangen aus den Fenstern der oberen Stockwerke gehängt wird, versperren beinahe vollständig die Sicht auf den Himmel.

Obwohl ich schon viele Jahre in der Stadt lebte, hatte ich mich nie an den Lärm gewöhnen können. Verglichen mit der Stille des Klosters sind die Gassen der Stadt eine einzige Qual – das Gegröle in den Schänken und auf den Märkten, das Geschrei der Esel unter ihrer Last, das Quieken der Schweine auf dem Weg zum Schlachthof …

Doch als ich an jenem Tag aus Madeleines Haus stolperte, hörte ich nichts von all dem. Meine Gedanken waren nach innen gerichtet, und ich war vollkommen mit mir selbst beschäftigt. Es dauerte nicht lange, bis ich mich verlaufen hatte.

Ich wanderte durch eine Gasse voller Weingeschäfte, Bordelle und Kesselflickerbuden und musste mir ein Taschentuch vor die Nase pressen, denn die tiefen Karrenfurchen im Schlamm waren mit jeder erdenklichen Form von menschlichem und tierischem Abfall gefüllt und stanken bestialisch. Jedes Mal, wenn ein Ochsenkarren vorbeiknarrte, zog ich mich in einen Hauseingang zurück, um zu vermeiden, dass dieser widerliche schwarze Dreck mein Habit bespritzte. Die Dirnen verwechselten mich offensichtlich mit dem Bischof. Eine von ihnen entblößte vor mir ihre Brüste und bot an, für drei Denier an der Wand mit mir zu verkehren.

Ich drängte mich mit einem ärgerlichen Aufschrei an ihr vorbei. Ihr fauliger Atem, ihre schlechten Zähne – es war, als würde der Teufel selbst mir ins Gesicht lachen. Ich hatte mich zum Gespött gemacht, ich war ein Mönch, den eine Frau betört hatte. Eigentlich war mein Leben der Kontemplation des Göttlichen gewidmet, doch stattdessen konnte ich nur noch an die weibliche Anmut denken.

Ich kam an einem Mann vorüber, der als Strafe für irgendein Verbrechen geblendet worden war. Seine leeren Augenhöhlen waren entsetzlich anzusehen. Er hockte mit ausgestrecktem Arm im Schmutz der Gosse und bettelte. Ein paar kleine Jungen machten sich ein Vergnügen daraus, ihn zu quälen. Sie kniffen und schlugen ihn, während er gegen sie wütete und vergebens versuchte, sie zu packen. Das machte das Spiel für sie natürlich noch interessanter.

Ich betrachtete dies als ein weiteres Omen. Ich wusste, wie dieser Elende sich fühlte, denn wurde ich nicht auf ähnliche Weise vom Ewigen Widersacher gequält? Meine Verteidigungsmaßnahmen erschienen mir ebenso fruchtlos wie die des Bettlers.

Ich zog einen der Plagegeister am Ohr und rügte ihn im Namen der Kirche. Dann holte ich ein paar Münzen aus meinem Beutel und gab sie dem Unglücklichen. Er war zweifellos ein Dieb – oder war es zumindest gewesen –, aber er hatte einen furchtbaren Preis für seine Sünden gezahlt, und es war mir zuwider, ihn leiden zu sehen. Ohnehin überlebten nur wenige solcher Geschöpfe mehr als ein Jahr lang auf der Straße.

Als ich endlich den Weg zurück zum Priorat fand, war es schon beinahe dunkel. Ich kam zu spät zur Komplet und erntete dafür die tadelnden Blicke meiner Brüder. Ich hatte das Gefühl, als wüssten sie alle von meiner Schuld. Es war, als würde ich nackt vor dem Angesicht der Welt stehen.

Der Teufel blieb die ganze Nacht über mein Gefährte, sowohl in der Kapelle als auch auf meinem Lager. Er hielt mich vom Schlafen ab, indem er kunstvolle Träume von Madeleine de Peyrolles spann. Er stand zwischen mir und dem Gebet, denn er entkleidete sie vor meinen Augen. Ich flehte Gott an, die Versuchung von mir zu nehmen, doch wir sind auf der Welt, um uns Prüfungen zu stellen, und nicht, um von ihnen befreit zu werden. Die Seele wächst durch Schmerz und Pein. Warum sollte mir erspart bleiben, was jeder Mann ertragen muss, wenn er sich selbst retten will?

Während die Nacht voranschritt, erhoben sich ganze Legionen von Teufeln aus der Hölle, von denen jede mich auf ihre eigene Art quälte. Eine bezichtigte mich der Heuchelei, eine andere verspottete mich, weil ich jener Schwäche erlegen war, für die ich andere gerügt hatte. Ich hatte das Keuschheitsgelübde abgelegt, doch woran musste ich ununterbrochen denken? An eine Frau.

Als ich endlich einschlief, spürte ich Madeleine de Peyrolles'

Atem auf meinem Gesicht, so süß wie Erdbeerwein. Ihr Haar duftete wie der Sommer, und ihre Hüfte lag weich und nachgiebig in meinem Arm. Sie flüsterte, dass sie bei mir schlafen wolle, doch wie bei Träumen üblich blieben unsere dunklen, verbotenen Wünsche unerfüllt. Jedes Mal, wenn ich sie zu küssen versuchte, wurden wir auf irgendeine verwirrende und unlogische Weise daran gehindert.

In einem Traum sah ich sie schließlich nackt in einem Kornblumenfeld liegen und wollte zu ihr gehen. Aber jemand zog mich fort. Dann hörte ich einen Mann meinen Namen rufen und wusste, dass der Moment verloren war.

Ich schreckte hoch und fand mich in meiner kalten Zelle wieder. Bruder Guillaume rüttelte mich wach. Es war Zeit für die Matutin und die Laudes. Schuldbewusst fuhr ich mit der Hand an meinen Lenden entlang. Ein Mann versteht vielleicht meine körperliche Frustration in dem Augenblick und jene Enttäuschung, die schlimmer ist als physischer Schmerz. Ich zog mir in der Dunkelheit mein Habit über und schwieg verzweifelt.

Selbst eine gequälte Seele auf der Folterbank hat das Recht aufzuschreien. Mir war noch nicht einmal dies vergönnt.

Ich war während der Matutin nicht bei der Sache. Ich hatte einen Traum gehabt, doch meine Erinnerung an ihn war so lebendig, als sei er real gewesen. So real, dass ich tatsächlich glaubte, dass auch sie in genau diesem Augenblick auf ihrem Bett saß, in die Dunkelheit starrte und mein Gesicht ebenso deutlich sah wie ich das ihre. Ich konnte unmöglich einen dermaßen innigen Moment heraufbeschwört haben, ohne dass auch sie ihn fühlte.

Im Traum hatte sie mir gesagt, dass sie mich liebte, und wie ein Wahnsinniger war ich nun davon überzeugt, dass es auch im wirklichen Leben so sein müsse.

Die Kerzen im zugigen Chorraum flackerten, beleuchteten die Bibel des Sakristans und ließen die Mönche mit ihren Kapuzen und die Heiligenskulpturen über ihren Köpfen lange Schatten werfen. Die Reihen der Heiligen standen mir im Halbdunkel gegenüber.

Meine Lippen formten die Worte der Psalmen und Antworten, ich sprach das *Vaterunser* und das *Credo*, doch meine Augen starrten ins Leere. Dann sah ich sie erneut vor mir und spürte, wie unser warmer Atem sich selbst in dieser kalten, dunklen Kapelle vermischte. Gott hilf mir, ich glaubte sogar, den salzigen Schweiß in ihrem Nacken schmecken zu können.

Nach dem Gottesdienst suchte ich schneller als sonst meine Zelle auf und hoffte, zu meinem Traum und Madeleine de Peyrolles zurückkehren zu können. Aber ein Traum ist kein Ort, man kann ihn nicht ein zweites Mal aufsuchen. Es würde bei meinen nächtlichen unerfüllten Fantasien bleiben.

Ich wälzte mich auf meinem Lager hin und her, bis das erste, blasse Licht des Morgengrauens in meine Zelle fiel. Noch nie war mir ein neuer Tag so willkommen gewesen.

*

Eines muss ich noch einmal sagen: Unser Prior war ein guter Mensch, der keinerlei Schuld an meinem Sündenfall trug. Er erhielt eine strenge Disziplin aufrecht, achtete genau auf unsere Gewohnheiten und duldete in unserem Kloster kein anstößiges Benehmen.

Am folgenden Morgen empfing er mich in seiner Zelle. Ich fiel sofort auf die Knie und bat ihn, mir die Beichte abzunehmen.

Er setzte sich auf den Stuhl hinter seinem Schreibpult. Seine grauen, vom Alter wässrigen Augen mit ihren schlaffen Lidern betrachteten mich matt. Dies zeigte mir, dass er sich wahrscheinlich sechzig Jahre lang immer dieselben Klagen über den Teufel angehört hatte.

»Wieder dieses Mädchen?«, fragte er mich.

»Ja, Vater.«

»Du hast gebetet?«

»Ich tue nichts anderes.«

Ich erzählte ihm nicht, dass ich freiwillig jede Anstrengung unternahm, um das Mädchen zu besuchen und mich ihren Reizen auszusetzen.

»Du hast mit ihr gesprochen?«

Kurzes Schweigen. »Nein, Vater.«

Er seufzte. »Du bist ein junger Mann, Bruder Bernard. Es ist nicht leicht, das Keuschheitsgelübde einzuhalten. Selbst der selige Stifter unseres Ordens, der Heilige Benedikt höchstpersönlich, war nicht immun gegen diese unreinen Gedanken. Der Teufel bahnt sich auf verschiedene Weise einen Weg in die Seele eines Mannes, aber das mächtigste seiner Werkzeuge ist die Frau.«

»Was soll ich tun?«

»Als der Heilige Benedikt ein junger Mann war, wandte er der Welt den Rücken und ging in die Wüste, um sich von den weltlichen Versuchungen zu befreien. Doch auch dort wurde er Tag und Nacht von der Erinnerung an eine Frau verfolgt, die er – genau wie du – einmal auf dem Marktplatz seiner Heimatstadt erblickt hatte. Je stärker er gegen diese Erinnerung ankämpfte, desto mehr Raum nahm sie in seinem Geiste ein, bis er an nichts anderes mehr denken konnte. Er stand kurz davor, der Versuchung zu erliegen, in die Stadt zurückzukehren und sich ihren weltlichen Vergnügungen hinzugeben, als er sich der Nähe eines Dornbusches bewusst wurde. Er zog sein Gewand aus, warf sich in den Busch und wälzte sich darin. Sein Fleisch hing in Fetzen herab, an seinem Leib gab es keine Stelle mehr, die nicht blutete und ihm keine Qualen verursachte. Aber diese heiligen Wunden erlösten ihn von den gottlosen Begierden seines Fleisches und seiner Seele.«

»Ein rabiates Heilmittel.«

»Aber es war notwendig. Möchtest du, dass ich mir nun deine Beichte anhöre?«

Ich gestand ihm mein Verlangen, doch auch nachdem er mir die Absolution erteilt und eine Buße auferlegt hatte, war ich in innerster Seele nicht gereinigt, denn ich hatte ihm nicht alles gesagt. Es ging nicht darum, dass ich auf der Straße einen flüchtigen Blick auf eine Frau geworfen hatte, wie es beim Heiligen Benedikt der Fall gewesen war. Ich war dieser Frau nachgelaufen und hatte dabei außerdem ihren Vater getäuscht.

Und mir war selbst zu jenem Zeitpunkt klar, dass ich für einen

Augenblick in ihren Armen bereitwillig meine Begabungen, meine Zukunft innerhalb des Ordens und sogar meine unsterbliche Seele weggeworfen hätte.

*

In jener Nacht befolgte ich den Rat des Abts. Ich zog mein Habit aus und versuchte, mit einer Peitsche die gottlosen Flammen, die in mir brannten, zu ersticken. Die Riemen der Geißel endeten in eisernen Spitzen und waren daher auch ohne großen Kraftaufwand sehr wirkungsvoll. Ich peitschte mich, bis das Blut in Strömen von meinem Rücken rann und auf den kalten Steinboden meiner Zelle tropfte, bis Tränen des Schmerzes mein Gesicht nässten, und mein Körper verkrampft zusammenzuckte, sobald die Geißel meine Haut berührte.

Doch als ich schließlich erschöpft auf den kühlen Stein sank, musste ich sofort wieder an Madeleine de Peyrolles denken. Ich stellte mir vor, wie ihre Lippen sanft meine Stirn berührten und mir tröstende Worte zuflüsterten. Ich fühlte die Wärme ihres Atems auf meinem Gesicht und wusste in dem Augenblick, dass der Teufel gesiegt hatte.

*

Ich nahm meine Pflichten im Priorat wieder auf und stellte nach außen hin einen gewissen Gleichmut zur Schau, so als sei ich heil an Leib und Seele. Dabei hortete ich meine Erinnerungen an Madeleine de Peyrolles wie ein Bürger sein Gold und Silber. Ich betrachtete sie eine nach der anderen von allen Seiten, gierig und heimlich, während ich eigentlich über meine unsterbliche Seele hätte nachdenken sollen. Ich rief mir meine Besuche ins Gedächtnis, jeden ihrer Blicke, jedes freundliche Wort, das sie gesagt hatte. Ich zählte sie einmal, dann noch einmal, wie ein Geizhals, der Zuneigung hortet, wie ein Sammler, der eingebildete Liebesgeschichten zusammenträgt.

Meine Zerstreutheit gab bald Anlass zu Beschwerden. Meine Mitmönche klagten über meine Nachlässigkeit während der Versammlungen im Kapitelsaal, und meine Schüler über weitschweifige und schlecht vorbereitete Vorträge. Ich erledigte meine täglichen Pflichten, die Gebete und die Meditation, ohne wirklich bei der Sache zu sein.

Ich wusste, was ich zu tun hatte, und dafür verschloss ich mich meiner Vernunft und dem Flehen meiner Seele. Der Pfad, den ich gewählt hatte, konnte für mich zu nichts Gutem führen. Ich würde darüber nachdenken, sobald ich von dieser entsetzlichen Begierde erlöst war, sagte ich mir immer wieder. Dann würde ich frei sein und würde wieder klar denken können.

Ich beobachtete heimlich die Familie des Steinmetzes. Bald kannte ich ihre Gewohnheiten ebenso gut wie meine eigenen. Das war nicht schwer, da es lediglich um drei Personen ging, denn Anselm hatte keine Diener. Ich stellte fest, dass er das Haus jeden Tag im Morgengrauen verließ, um an unserem Priorat zu arbeiten. Seine Frau ging jeden Morgen auf den Markt, um die Zutaten für das Abendessen zu kaufen. Von der dritten bis zur sechsten Stunde war Madeleine allein zu Haus.

Nachdem ich das herausgefunden hatte, wusste ich, was ich zu tun hatte.

*

Zwei Tage vor der Sommersonnenwende machte ich mich auf den Weg. Ich kann nicht mehr sagen, was ich unterwegs sah oder hörte, denn ich war völlig in Gedanken versunken. Ich hätte dem Prior oder einem meiner Brüder auf der Straße begegnen können, ohne sie zu erkennen. Dergestalt war der Zustand meines Geistes.

Ich fürchtete, dass jemand sehen könnte, wie ich Anselms Haus betrat, oder dass er oder seine Frau ausnahmsweise doch anwesend waren.

Dennoch klopfte ich nicht, sondern ging direkt hinein.

Madeleine saß in einer Ecke des Raumes an einem Spinnrad. Sie blickte erstaunt auf. Eine Zeit lang starrten wir einander schweigend an.

»Mein Vater ist nicht zu Hause«, bemerkte sie schließlich.

Ich hatte extra eine Rede vorbereitet, doch nun fiel mir kein einziges Wort mehr ein. Ich stand da wie ein Narr. Sie hingegen war gänzlich unbefangen.

»Ihr könnt gern hier am Feuer auf ihn warten, wenn Ihr wollt«, sagte sie.

Also ließ ich mich zögernd auf einem kleinen Schemel vor dem Kamin nieder. In meinem Kopf war eine gähnende Leere. Ein Gespräch mit einem jungen, ungeschulten Mädchen schien meine Fähigkeiten momentan zu übersteigen, obwohl ich normalerweise mit den gebildetsten Geistern der Universität konversierte und debattierte. Trotz all meiner Pläne wusste ich auf einmal nicht mehr, wie ich nun vorgehen sollte. Für einen Augenblick fühlte ich mich ihr sogar unterlegen, was natürlich lächerlich war.

Wie machte man so etwas? Einer Dirne gab man eine Münze, und sie hob die Röcke hoch – so war es mir zumindest erzählt worden. Eine Gattin lehnte sich im Ehebett pflichtbewusst zurück und erwartete ihren Herrn und Meister. Gab es noch eine andere Möglichkeit? An der Universität hatten sich einige Studenten über die Frauen der Stadt unterhalten, wenn sie mich außer Hörweite wähnten. Sie hatten darüber geredet, dass einige Frauen ihnen gewisse Dinge gestatteten, andere wiederum nicht. Dies schien zwar vom Wesen des jeweiligen Mädchens abzuhängen, aber ebenso sehr vom Wesen des betreffenden Mannes und von der Kühnheit seiner Worte und Taten.

Ich hatte derlei List noch nie angewandt und innerhalb von sechzehn Jahren gelernt, sie mit Verachtung zu betrachten. Daher traute ich meinen Ohren kaum, als ich mich selbst sagen hörte: »Madeleine de Peyrolles, ich denke Tag und Nacht an Euch. Ihr geht mir nicht mehr aus dem Sinn. Ich brenne.«

»Ihr empfindet Zuneigung für mich?«, rief sie mit verständlicher Überraschung.

»Habt Ihr das nicht gewusst?« Ich machte einen Schritt auf sie zu.

»Das dürft Ihr nicht!«, sagte sie, schien jedoch eher um meinetwillen als um ihrer selbst willen beunruhigt.

»Ich kann nichts dagegen tun.«

»Ihr werdet Euch selbst dafür hassen.«

Ich packte ihren Arm, vielleicht ein wenig grob, und zog sie aus ihrem Stuhl zu mir hoch. Schließlich hatte ich mein ganzes Leben im Kloster verbracht und wusste nichts davon, wie man ein Mädchen umwirbt. Jahrelang hatte ich auf harten Lagern geschlafen und mein eigenes Fleisch kasteit, um die natürlichen Reaktionen des Körpers niederzuringen, die der Feind eines jeden Mönches sind. Nun spürte ich, dass ich vor ungezügelter Begierde steif wurde und konnte an nichts anderes denken, als daran, bei ihr zu liegen. Der alte Versucher muss diesen Moment sehr genossen haben.

Ich küsste sie so ungeschickt und drängend wie ein unschuldiger Knabe – der ich im Grunde ja auch war. Dann hörte ich sie keuchen, ob aus Furcht oder Verlangen – ich wusste es nicht, und schändlicherweise kümmerte es mich auch nicht. In jenem Augenblick war keine Zärtlichkeit in mir. Wie jeder andere Sünder war ich nur darauf aus, die Sache hinter mich zu bringen und mir zu nehmen, was ich so dringend haben wollte. Ich fühlte mich wie ein gewöhnlicher Dieb.

Wenn ich zurückblicke, wünsche ich mir manchmal, ich hätte jeden einzelnen Moment zu schätzen gewusst, denn dies war das einzige Mal, dass ich einer Frau nahe kam. Lediglich ein paar Erinnerungsfetzen sind mir als Andenken an jene dunkle Stunde geblieben. Man sollte glauben, dass die Gestalt ihres Leibes sich für immer in mein Gedächtnis eingegraben hätte, doch mein Schuldgefühl und das Drängen meiner Lenden ließen mir keine Zeit, es auszukosten.

Ich zog sie hinunter auf den harten Fußboden und begann beinahe auf der Stelle, ihre Röcke hochzuschieben. Sie leistete keinen Widerstand, aber ich kann mir nicht vorstellen, dass sie meine Bemühungen genoss. Sie erwiderte meine Küsse allerdings mit einer Leidenschaft, die mich erstaunte.

Warum wehrte sie sich nicht? Ich weiß es nicht. Ich hatte ihr nichts zu bieten, ich war kein wohlhabender Bürger oder adeliger Herr. Später wurde mir klar, dass die Antwort auf diese Frage in meiner Berufung lag. Ich war ein Mönch. Das Weib wurde vom Teufel auf die Erde geholt, um den Mann zu versuchen. Und hier ergab sich die Gelegenheit, für die jede Frau ein angeborenes Gespür hat. Die Gelegenheit, einen guten, stolzen Mann zu Fall zu bringen. Ihr gelang es, mich vom Pfad Gottes fortzulocken.

Mein Untergang war rasch vollendet.

Ich muss blind und taub für ihren Schmerz gewesen sein, denn ich kann mich nicht an ihren Protest erinnern. Ich entsinne mich nur ihres Haars auf meiner Wange, ihrer weichen Brust unter meiner Hand und meines Erstaunens darüber, wie schnell die Begierde sich in Bestürzung verwandelte. Es war, als würde ich am Rand eines tiefen Abgrunds stehen und spüren, wie der Höllenfürst mir einen leichten Stoß versetzte. Einen Augenblick lang verschlug es mir den Atem. Ich versuchte, mich zu beherrschen … und dann war es auch schon vorbei.

Ich schrie auf, mein Leib zitterte, und während ich kurz darauf gänzlich zu Boden sank, senkte sich eine schwarze Wolke aus erdrückender Schuld und verzehrender Schande über mich. Ich lag dort, rang nach Luft und war mir bewusst, dass ich im Moment des Ergusses eine unverzeihliche Sünde begangen hatte.

Ich spürte Schweiß und Samen auf meinem Körper erkalten und wurde von einer rabenschwarzen Furcht erfasst, die meine Eingeweide und meine Seele umklammert hielt wie ein Schraubstock. Ich war krank vor Ekel angesichts dessen, was ich getan hatte. Hastig stand ich auf, zog mein Habit an und verließ dieses Haus, ohne mich noch einmal umzublicken.

Wenigstens ist es mir gelungen, sie davon zu überzeugen, dass ein Leben im Kloster nicht ihre Bestimmung ist, dachte ich.

MADELEINE

Eines Tages war ich allein zu Haus, da trat er plötzlich ohne anzuklopfen von der Straße herein. Sein Gesicht war außerordentlich blass. Er wirkte, als käme er geradewegs von einer Hinrichtung. Seine Augen glänzten fiebrig, sodass ich den Eindruck bekam, er sei womöglich krank.

Ich lud ihn ein, sich ans Feuer zu setzen. Er sagte kein Wort. Während er dort hockte, in die brennenden Scheite starrte und ruhelos mit allen Gliedmaßen zappelte, beobachtete ich ihn aus den Augenwinkeln. Schließlich sprang er mit überraschender Heftigkeit von seinem Schemel auf und stieß hervor: »Madeleine de Peyrolles, ich denke Tag und Nacht an Euch. Ihr geht mir nicht mehr aus dem Sinn.«

Ich könnte behaupten, dass ich mich gegen ihn gewehrt habe, doch dies entspräche nicht der Wahrheit. Ich tat der Sittsamkeit Genüge und ließ ihn dann gewähren. Was soll ich zu meiner Rechtfertigung vorbringen? Jeder kannte damals die Geschichte der jungen Frau aus Carcassonne, die von einem Priester verfolgt worden war. Als sie seine Annäherungsversuche zurückwies, hatte er sie wegen Verschmähung des Geschlechtsakts als Ketzerin angeprangert. Die Inquisitoren waren seiner Meinung gewesen und hatten die Frau dem Scheiterhaufen überantwortet.

Hätte er mich vielleicht ebenso behandelt?

Außerdem muss ich gestehen, dass ich ihn zu jenem Zeitpunkt liebte oder dies zumindest glaubte. Ich begrüßte also seine Annäherungsversuche. Dass ein Mann wie er ein ungebildetes Mädchen wie mich liebte, erfüllte mich mit einem gewissen Stolz. Ja, ich wollte, dass er mich liebte.

So, nun ist es heraus.

Doch diese Gewissheit bereitete mir größere Freude als der Akt selbst. Ich hatte so etwas noch nie zuvor getan und war enttäuscht. War das alles, wozu zwinkernde Blicke und gemurmelte Worte schließlich führten? Das brachte Männer also dazu, ihren schwer verdienten Lohn zu Huren zu tragen? Das war es, worüber Minnesänger ihr Leben lang Verse schrieben und komponierten? Es war kurz, schmerzhaft und schändlich. Und nachdem es vorbei war, rollte er sich von mir hinunter, als habe er in einem Kampf einen schwächeren Gegner besiegt und fühle sich nun schuldig, weil er diesem ungleichen Kräftemessen überhaupt zugestimmt hatte.

Aber am besten erinnere ich mich an etwas anderes.

Am meisten liebte ich ihn für die Momente am Feuer, in denen wir über Gott und unsere Menschlichkeit sprachen. Hinterher kam ich zu der Überzeugung, dass der Teufel sich in der Tat an der Unzucht erfreut, denn in eben jenem Augenblick fand die Freundschaft zwischen dem Priester und mir ihr Ende.

BERNARD

Die Stadt war noch immer dieselbe, die Welt allerdings hatte sich vollkommen verändert. Nur eine Stunde zuvor war ich als aufrechter Mensch durch diese Gassen geschritten, doch nun hatte ich das Gefühl, dass ich mit den niedersten Bettlern auf einer Stufe stand und dass der Beutelschneider, der mir aus der stinkenden Gosse einen Blick zuwarf, meine Sünde sofort erkennen konnte.

Ich wich vor einem Aussätzigen zurück, der mir auf der Straße entgegenkam und seine Warnrassel schwang. Tief in meinem Herzen wusste ich, dass er derjenige war, der durch eine Berührung mit mir befleckt worden wäre. Dann kam ich durch die Gasse der Metzger. Das Blut aus ihren Schlachthäusern rann in die Gosse und vermischte sich mit dem Schlamm und dem Müll. Hunderte von Fliegen umschwärmten dieses Festmahl.

Schließlich erreichte ich die Rue Romiguières, wo die Mönche des Klosters Saint Sernin gerade ihre heiligen Reliquien zur Schau trugen und damit Pilger anzuziehen hofften. Mir erschien dies beinahe wie ein direkter Tadel von Gott.

Danach muss ich stundenlang blindlings umhergeirrt sein. Als ich endlich zum Priorat zurückgefunden hatte, eilte ich auf der Stelle in meine Zelle und begann zu beten. Mir war klar, dass ich dem Prior beichten musste, was ich getan hatte, doch ich war dermaßen beschämt, dass ich es einfach nicht über mich brachte.

Wie sehr wünschte ich mir, diesen Tag noch einmal von vorn beginnen zu dürfen! Ich wollte nichts mehr als das ungeschehen zu machen, was passiert war. Ich hatte im Angesicht Gottes meine Seele besudelt. Wäre es möglich gewesen, meinen Geist von meinem Leib zu trennen, hätte ich mit der erstbesten Waffe Hand an mich gelegt. Ich hätte mich geschunden, als sei ich selbst mein größter und unerbittlichster Feind.

Ich begann hemmungslos zu schluchzen.

Ich konnte nicht schlafen, konnte meine Augen nicht schließen, ohne meine Sünde vor mir zu sehen. Dennoch passierte innerhalb des folgenden Tages etwas Merkwürdiges.

Ich fing an, Madeleine erneut zu begehren.

Mein Verlangen begann wie ein unablässiges Flüstern, das unter dem Hagel von Selbstvorwürfen kaum zu vernehmen war. Aber noch ehe der Tag vorüber war, ließ ich den Augenblick meines Falls mit einem gewissen Eifer in Gedanken wieder aufleben und verfluchte mein nutzloses Gedächtnis, weil es sich nicht mehr genau erinnern konnte. Ihr Bild verfolgte mich bereits, selbst während meiner Bemühungen, die Begierde auszumerzen. Ich wurde zu einem Doppelwesen aus Sünder und Heiligem, aneinandergekettet in einem Körper. Sogar als ich Gott demütig um Vergebung bat, sehnte sich ein Teil von mir danach, erneut zu sündigen.

In Schweiß gebadet und unter Tränen blieb ich in meiner Zelle, betete unablässig und täuschte Krankheit vor. Der besorgte Prior schickte mir den Infirmarius, der einen Kräutertrank und einen Aderlass verordnete. Natürlich half keines von beiden, da nicht mein Leib krank war, sondern meine Seele.

Und so schmorte ich in meinem Elend und wartete darauf, dass die Welt von meiner Schande erfuhr, denn es war klar, dass Madeleine nun, da sie mich zu Fall gebracht hatte, in der gesamten Stadt damit prahlen würde, Dirne, die sie war.

Ich wusste, dass ich etwas gegen meine schamlosen Sehnsüchte unternehmen musste, wenn ich meine Seele retten wollte. Und als sich mir dazu schließlich Mittel und Wege boten, war mein Geist bereits dermaßen geschwächt, dass er keinerlei Widerstand gegen das Heilverfahren leistete.

MADELEINE

Sie war die schönste, heiterste und liebreizendste Frau, die ich jemals gesehen hatte, nur existierte sie nicht wirklich.

In jenem Sommer im Jahre des Herrn zwölfhundertfünfundsechzig war ich einundzwanzig Jahre alt. Seit meiner ersten Blutung sah ich Dinge, die andere nicht sehen konnten, und hörte Laute, die aus der Welt der Geister zu kommen schienen.

Doch ich hatte Stillschweigen bewahrt. Ich hatte versucht, keine Aufmerksamkeit zu erregen.

Es war früh am Morgen, mitten im Sommer. Der Dunst, der sich später im heißen Sonnenschein auflösen würde, hing noch zwischen den Kiefern und Kastanien und verbarg die Sicht auf die entfernten blauen Gipfel der Pyrenäen. Ich war von der Stadt heraufgekommen, um eine bestimmte Art von Beere zu suchen, die meine Mutter für ein Heilmittel gegen Ausfluss benötigte. Der kleine Sohn unseres Nachbarn sollte damit behandelt werden. Meine Mutter war eine bekannte Heilerin, die von den Stadtbewohnern oft um Hilfe gebeten wurde.

Die Kalksteinhügel dieser Gegend sind voller Höhlen – einige davon sind natürlichen Ursprungs, andere stammen aus den Zeiten, als die Römer hier nach Gold suchten. In diesen Höhlen hielten Bären ihren Winterschlaf, und man sagte, dass sich die Katharer während der großen Massaker zu Lebzeiten meines Großvaters dort versteckten.

Die Frau musste aus einer der Höhlen getreten sein. Ich wanderte mit meinem Korb über dem Arm den Hügel hinauf und sah einen Moment lang zu Boden. Als ich wieder aufblickte, saß sie am Rande eines schwarzen Tümpels am Fuß des Felsens und beobachtete mich.

Ihr Haupt war bedeckt, und sie trug einen bodenlangen blauen

Umhang über einem roten Oberkleid. Ich nahm an, dass sie eine Pilgerin war oder womöglich sogar eine Katharerin, da es hieß, dass einige immer noch dort oben lebten.

Sie erhob sich und lächelte mir mit einer solchen Anmut und Wärme zu, als wäre sie eine alte Freundin, die auf mich gewartet hatte. Ich blieb stehen und starrte sie unverhohlen an.

Sie sah genauso aus wie auf ihrem Sockel in der Kirche von Saint Gilles in Toulouse. Ich hatte keinen Zweifel, dass ich der Madonna gegenüberstand.

Ihre Augen – ihre Augen waren vom reinsten Meeresblau, dessen ich bis dahin nur einmal in meinem kurzen Leben ansichtig geworden war. Dennoch erschien sie nicht so, wie ich mir eine Heilige vorstellte, weder schimmerte ihre Kleidung noch trug sie einen goldenen Heiligenschein um den Kopf. Ich konnte dunkle Sommersprossen auf ihrem Nasenrücken erkennen, und genau wie ich hatte auch sie den offenen Blick eines Mädchens aus dem Volk.

Ich trat zögernd einen Schritt auf sie zu, doch dann überwältigte mich die Furcht, und ich wich zurück. Als ich abermals hinsah, war die Frau im blauen Umhang fort.

Ich berührte den Stein, auf dem sie gesessen hatte. Er war völlig kalt.

*

Ich kann mich selbst sehen, wie ich, ein geisteskrankes Mädchen, durch die Sonnenblumenfelder nach Saint-Ybars zurückwanderte, wo ich lebte. Ich zitterte so sehr, dass ich meinen Korb mit den wenigen Beeren und Kräutern darin kaum zu halten vermochte.

Schließlich setzte ich mich auf einen Felsen und brach in Tränen aus.

Seit meiner letzten Vision in Toulouse waren drei Jahre vergangen, und ich wusste ja, wohin mich damals die Madonna geführt hatte. Zuvor hatte sich mein Wahnsinn hauptsächlich auf die seherische Gabe beschränkt – wenn man es denn eine Gabe nennen kann, mit seinem kleinen Bruder am Tisch zu sitzen, ihn plötzlich für einen Moment mit zerschmettertem Schädel vor sich zu sehen und dies eine Woche später wirklich zu erleben. Der arme Guillaume, Gott hab ihn selig! Die Räder eines Fuhrwerks quetschten ihn zu Tode, genau wie ich es vorausgesehen hatte.

Ich hatte dem Mönch von meinen Visionen erzählt, und er hatte gesagt, sie seien eine Sünde. Er war ein Priester, er musste schließlich über diese Dinge Bescheid wissen.

Nachdem wir Toulouse verlassen hatten, glaubte ich, von meinem Wahnsinn und den ihn begleitenden Sünden befreit zu sein. Aber nun wurde ich wiederum von Heiligen verfolgt und ahnte, dass das nichts Gutes bedeuten konnte. Ich musste es jemandem erzählen! Vielleicht meiner Mutter? Sie war eine Heilerin und eine weise Frau. Vielleicht verstand sie mich und wusste, was zu tun war.

Ich will Euch berichten, wovor ich Angst hatte, während ich auf diesem Felsen saß, zusah, wie die Sonne den Nebel auflöste, und ihre Hitze auf meinem Rücken spürte. Ich fürchtete, dass ich am Beginn eines langen Wegs in den Irrsinn stand. Dass ich meine Tage in der Gosse einer Straße von Carcassonne oder Toulouse beschließen würde, mit Schaum vor dem Mund, Unflat auf meinen zerlumpten Kleidern und johlenden kleinen Jungen um mich herum, die Steine nach mir warfen.

Der Wahnsinn ließ mich noch immer nicht aus seinen Klauen. Auf einmal vernahm ich das bekannte Summen in meinen Ohren, jenes Geräusch wie von einem Bienenschwarm, das meine Anfälle zu begleiten pflegte. Die seherische Gabe kehrte zurück wie eine Katze von der Jagd, um mir irgendeinen grausigen Kadaver vor die Füße zu legen. Meine Augen waren offen und hätten mein im gelben Sommerlicht schlummerndes Städtchen mit den roten Mauern erblicken sollen. Doch stattdessen sah ich einen Winter voller Tod, Verstümmelung und Trauer, eine Frau auf dem Scheiterhaufen und meinen eigenen Körper, der auf einem Karren aus der Stadt geschafft wurde.

Und ich wusste, dass die Frau im blauen Umhang die Schuld daran trug.

*

Meine Mutter war in unserem Städtchen nicht nur als Heilerin bekannt, sondern auch als Hebamme. Die dazu nötigen Kenntnisse waren seit Generationen von den Müttern unserer Familie an die Töchter weitergegeben worden, und auch ich wurde in die Geheimnisse eingeweiht. Ich hatte bereits gelernt, einen Wickel anzulegen, der die giftigen Säfte aus Wunden zog. Und ich vermochte Tränke herzustellen, mit denen man Fieber und Ausfluss heilen und die Pestilenz abwehren konnte. Meine Mutter hatte mir erklärt, dass im Wald alle Kräuter, Rinden und Pflanzen zu finden sind, die ein guter Heiler jemals benötigt. Sie verachtete die Barbiere und Chirurgen mit ihren Aderlässen und Abführmitteln. Sie bezeichnete sie als Scharlatane und Metzger.

Seitdem wir in Saint-Ybars lebten, hatte meine Mutter mehr als zwanzig Kinder auf die Welt geholt. Ich hatte sie häufig begleitet und dabei die Geheimnisse der Geburt kennen gelernt. Es war ein Furcht erregender Vorgang, den auch ich eines Tages würde ertragen müssen. Jedes Mal, wenn ich eine Frau in den Wehen liegen sah, dankte ich Gott, dass der Priester mich nicht geschwängert hatte.

Wir wohnten in einem kleinen Haus im Schatten der Stadtmauer. Es war nicht so groß wie das Haus in Toulouse, aber recht gemütlich. In der Küche baumelten Schinken und Bündel von getrockneten Kräutern von den Deckenbalken, und stets hing ein Kessel über dem Feuer, in dem meine Mutter einen Heil- oder Stärkungstrank braute. Ihr Haar war mittlerweile beinahe vollkommen ergraut, aber sie bewegte sich noch immer schnell und umsichtig und war schlank wie eh und je.

Als ich eintrat, schnitt sie gerade Gemüse klein und warf es in einen Topf. Aus meinem Gesicht war alles Blut gewichen. Es gelang mir nicht, ein Lächeln aufzusetzen und sie zu täuschen. Sie merkte auf der Stelle, dass etwas nicht stimmte.

»Geht es dir gut, Mädchen?« Sie legte das Messer hin, stand auf und wischte sich die Hände an ihrer Schürze ab. »Ist dir im Wald etwas zugestoßen?«

Ich verspürte den Drang, es ihr zu erzählen, aber ich wusste nicht, wie ich beginnen sollte.

»Dein Gesicht ist so weiß wie die Statue der Jungfrau in unserer Kirche«, stellte sie fest. Es erstaunte mich, dass sie gerade jetzt die Madonna erwähnte. Ich musste ihr unbedingt sagen, was ich gesehen hatte. Sie sollte mir bestätigen, dass ich nicht verrückt war.

»Ich habe auf dem Berg etwas gesehen«, stammelte ich.

»Was? Was hast du gesehen?«

»Eine Frau ... aber dann verschwand sie. Ich weiß nicht ... ich glaube, es war die Madonna.«

»Die Madonna?«

Damals waren Wunder nichts Ungewöhnliches. Es gab Kirchen mit Marienstatuen, die zu gewissen Zeiten blutige Tränen weinten – so wurde zumindest behauptet. Aber einem unbedeutenden Mädchen wie mir konnte kein Wunder begegnen, und viele Menschen hätten mein Geständnis mit Unglauben und Verachtung aufgenommen.

Doch meine Mutter war in Saint-Ybars aufgewachsen, sie kannte die Berge und ihre Legenden und möglicherweise hatte sie schon immer vermutet, dass ich diese Gabe besaß. Nichtsdestotrotz suchten ihre Augen in meinem Gesicht nach Anzeichen dafür, dass ich Schabernack trieb. Doch vergeblich.

»Die Jungfrau?«, flüsterte sie schließlich. »Woher weißt du, dass es die Jungfrau war?«

»Sie sah genauso aus wie in der Kirche von Saint Gilles.«

»Vielleicht hast du dir das nur eingebildet ...«

»Es war nicht das erste Mal«, flüsterte ich und erzählte ihr dann von der Statue, die zu mir gesprochen hatte und sogar von ihrem Sockel herabgestiegen war, während ich zu ihr betete.

Plötzlich sprudelte alles aus mir heraus, auch dass ich vorhergesehen hatte, wie Guillaume vom Eselskarren eines Müllers überrollt wurde.

Meine Mutter umarmte mich. Ich spürte, wie sich ihre Brust heftig hob und senkte. Als ich einen Schritt zurücktrat, sah ich, dass sie weinte. Aus Kummer um meinen Wahnsinn, wie ich dachte.

Aber dann rief sie: »Also ist es wieder geschehen. Mein armes kleines Mädchen!«

»Wovon sprichst du?«

»Als ich in deinem Alter war, ist es mir ebenso ergangen. Ich habe keiner Menschenseele jemals davon erzählt.«

Mir war, als würde eine schreckliche Last von mir abfallen und als könnte ich endlich wieder frei atmen. Heiße Tränen rannen über meine Wangen, Tränen der Erleichterung. Ich war nicht wahnsinnig!

»Es fängt nach der ersten Blutung an und hört nach der Geburt des ersten Kindes auf. Ich weiß nicht, was es bedeutet. Du musst tapfer sein!«

Wir umarmten uns noch einmal, und ich klammerte mich an meine Mutter wie eine Ertrinkende.

Als ich meine Augen wieder öffnete, sah ich meinen Vater im Türrahmen stehen, das Gesicht und die Haare mit weißem Steinstaub bedeckt. Ich schnappte nach Luft und löste mich schnell aus der Umarmung. Meine Mutter wirbelte herum. Angesichts ihrer Miene muss mein armer Vater sich gefühlt haben, als habe er sie mit einem Liebhaber ertappt.

»Anselm!«, stieß sie hervor. »Wie lange stehst du schon da?«

»Die Madonna?«, fragte er. »Sie hat die Madonna gesehen?«

»Du darfst niemandem etwas davon erzählen«, beschwor meine Mutter ihn.

Er gab keine Antwort und starrte mich einfach nur weiter an. In seinen Augen lagen keinerlei Ärger oder Zweifel, sondern lediglich Erstaunen darüber, dass seine eigene Tochter anscheinend dazu auserwählt worden war, eine Heiligenerscheinung zu erleben.

»Niemand darf davon erfahren«, mahnte meine Mutter erneut und brachte meinen Vater dazu, Stillschweigen zu geloben. Aber ich glaube, wir wussten beide, was passieren würde. Er würde es einfach nicht für sich behalten können, es entsprach nicht seiner Natur, Geheimnisse zu bewahren. Seine Aufrichtigkeit machte ihn arglos, und damit war sowohl mein Schicksal als auch seines besiegelt.

*

Über unserem Städtchen thronte das Chateau de Saint Ybars, der Stammsitz eines Adelsgeschlechts, aus dem zwei Großmeister des Templerordens hervorgegangen waren. Wir waren nach Saint-Ybars gekommen, nachdem der Bischof von Toulouse meinen Vater drei Jahre zuvor aus seinen Diensten entlassen hatte. In unserem Haus wurde nie darüber gesprochen, aber natürlich kannte ich den Grund dafür – es war wegen Bernard.

Und so wurden diese verwinkelten, steilen Gassen zu unserem Zuhause. Die Kirche und die wenigen ärmlichen Häuser kauerten sich innerhalb der Stadtmauern zusammen wie ängstliche Kinder, und zur Nacht wurden die Tore vor den umherstreifenden katalanischen Räubern fest verschlossen. Saint-Ybars war ein Ort der Furcht. Im Winter strichen immer noch Wölfe um die Häuser, um sich Hühner und sogar Kleinkinder zu schnappen.

Die Kriege waren seit mehr als vierzig Jahren vorüber, doch einige der alten Leute begannen nach wie vor beim Geräusch eines herannahenden Sturms zu zittern, da sie vermeinten, schweres Belagerungsgerät zu hören. De Montfort hatte überall auf seinem Weg zerstörte Wälle und Mauern und verödete Landstriche hinterlassen. Es gab Felder, die seit einem halben Jahrhundert nicht mehr bestellt worden waren, und Gehöfte, die der Wald zurückerobert hatte.

An jenem Morgen wurde der Klang der Kirchenglocken von dem weißen, schweren Nebel gedämpft, der über dem Fluss lag. Es versprach ein heißer Tag zu werden, die Luft war schwül und drückend. Auf dem Friedhof grasten die Pferde des Seigneurs. Die Wachen öffneten gerade das Westtor. Eine Menschenmenge ergoss sich in die Stadt und begab sich auf direktem Weg zur Kirche, um das Fest der Heiligen Maria Magdalena zu begehen.

Unser kleines Gotteshaus war schon bald überfüllt, sodass die Händler ringsum gute Geschäfte mit ihren Fleischpasteten und Rosinentörtchen machten.

Die Messe begann. Der berauschende Geruch des Weihrauchs verursachte mir Kopfschmerzen, und die lateinischen Worte besaßen für mich keinerlei Bedeutung. Père Michel stank nach Wein und Schweiß und brachte lediglich ein Murmeln zustande. Meine Gedanken schweiften ab.

Ich richtete meinen Blick nach oben und sah Unsere Liebe Frau, die in einer Wandnische über die Gemeinde wachte. Anders als bei ihrem Abbild in der Kirche von Saint Gilles waren die Farben dieser Statue beinahe völlig verblasst, sodass der bleiche Stein durchschimmerte. Ich hatte Angst davor, dass sie genau diesen Moment wählen könnte, um zu mir zu sprechen, doch sie schien ebenso gleichgültig und abwesend zu sein wie ich.

Schließlich mussten wir die Predigt über uns ergehen lassen. Als er in meinem Alter gewesen sei, so hatte mir mein Vater erzählt, habe der Priester keine derartigen Tiraden von sich gegeben und von den versammelten Gläubigen lediglich erwartet, dass sie bei den heiligen Handlungen zugegen waren. Aber damit war die Kirche nicht länger zufrieden. Wir mussten uns Père Michels Ermahnungen anhören, dass wir uns an jedem Tag unseres Lebens um größere Frömmigkeit zu bemühen hätten, nicht bloß an Sonn- und Feiertagen.

Nachdem wir die heilige Kommunion empfangen hatten, verließen wir rasch das düstere Kircheninnere und traten hinaus in die helle Morgensonne. Schon bald versammelten sich die wichtigen und angesehenen Bürger der Stadt auf dem Vorplatz, um über geschäftliche Dinge zu reden. Der Baumeister der Kirche rief meinen Vater zu sich, weil er die Fortschritte der Reparaturarbeiten mit ihm besprechen wollte. Meine Mutter und ich warteten etwas abseits auf ihn.

Dann gesellte sich Monsieur Maurand zu uns. Er galt als einer der einflussreichsten Bürger von Carcassonne und hatte vor kurzem ein Anwesen in der Nähe unserer Stadt gekauft. Ich konnte ihn nicht besonders gut leiden, obschon ich zugeben muss, dass ich ihn kaum kannte. Vielleicht hatte mich die Meinung meines Vaters beeinflusst.

»Ich wünsche einen guten Tag, Madame de Peyrolles und Mademoiselle«, sagte er und verneigte sich kunstvoll.

»Guten Tag, Monsieur Maurand.« Wir erwiderten seinen Gruß so knapp, wie die Höflichkeit es erlaubte.

»Ausgezeichnetes Wetter heute«, bemerkte er.

»In der Tat.«

»Madeleine – Ihr werdet mit jedem Tag schöner.«

Ich rang mir ein Lächeln ab. Er sah zwar nicht schlecht aus, aber aus unerfindlichen Gründen stieß er mich ab.

»Ein so feines Mädchen und noch nicht vermählt.«

»Das hat noch Zeit«, sagte meine Mutter.

»Ihr wollt doch gewiss eine gute Partie machen.« Er musterte mich von oben bis unten, als sei ich ein Pferd, das er auf dem Markt zu kaufen beabsichtigte. Ich starrte ihn feindselig an. Wäre mein Vater ein Edelmann gewesen, der auf eine vorteilhafte Verbindung bedacht war, oder ein armer Mann, der sich seine Tochter möglichst schnell vom Hals schaffen wollte, dann wäre mein Schicksal wohl besiegelt gewesen. Zum Glück hatte er jedoch einen festen Charakter. Ich betete dennoch dafür, dass mein Vater der Versuchung standhalten würde. Schließlich war ich nur eine Frau und konnte keinen Einspruch erheben, falls er beschließen sollte, mich zu verheiraten.

»Sie ist das schönste Geschöpf, das ein Mann in dieser Stadt zu finden vermag. Ist sie jemandem versprochen?«

»Sie hat ihr Herz an den jungen Sicard Paylaurens verloren.«

»Verfügt er über ein Vermögen?« Als meine Mutter keine Antwort gab, begann Monsieur Maurand zu lachen. »Nun, dann werdet Ihr dem bestimmt bald Einhalt gebieten, nicht wahr?« Mit diesen Worten schlenderte er davon. Er verschwand jedoch erst in der Menschenmenge, nachdem er mir noch einen letzten, sehnsüchtigen Blick zugeworfen hatte – wie ein Bär in Erwartung seiner Mahlzeit.

*

Sicard Paylaurens – was soll ich Euch über ihn erzählen?

Er war nicht gerade der attraktivste unter den jungen Männern. Manche fanden sein Äußeres ein wenig seltsam, denn er glich den Skulpturen, die er für die Kapitelle unserer Kirche anfertigte – übergroß um der Wirkung willen. Sein kastanienbraunes Haar fiel ihm über die dunkelbraunen Augen, von denen eines größer und dunkler war als das andere. Auf diesem Auge war seine Sehkraft schwach, was seine Kunstfertigkeit mit Hammer und Meißel nur noch bemerkenswerter machte.

Aber es war gerade das Eigenartige an ihm, das schnell meine Zuneigung gewonnen hatte. Er war ein solch unbeholfener Kerl, mit riesigen, derben Händen und im Gegensatz dazu einer außerordentlich sanftmütigen Art. Ich behaupte, dass ich es war, die sich ihn aussuchte und nicht umgekehrt. Hätte ich darauf gewartet, dass er mir den Hof macht, wären meine Haare darüber so grau geworden wie die meiner Mutter.

Er lehnte vor der Kirche an einer Mauer und wartete auf mich. Sein Blick war finster.

»Was wollte er?«, lauteten seine ersten Worte.

»Wenn du unbedingt eine solch düstere Miene machen willst, Sicard Paylaurens, dann werde ich wohl besser jemand anderen bitten, mich zum Jahrmarkt zu begleiten.«

»Ich habe gesehen, wie er dich angestarrt hat.«

»Und ich sehe, wie du mich anstarrst. Vielleicht sollte ich mir wirklich einen gefälligeren Begleiter suchen.«

»Er ist der reichste Mann der Stadt.«

»Und außerdem der langweiligste. Oder war es zumindest,

wenn ich dich so ansehe … Wäre es dir möglich, ein freundlicheres Gesicht aufzusetzen, wenn wir uns treffen, oder gibt es etwas an mir, das dir missfällt?«

»Du siehst wundervoll aus«, murmelte er, endlich zur Einsicht gekommen. »Du bist die schönste Frau südlich von Toulouse.«

»Südlich von Toulouse? Dann hast du nördlich der Stadt also jemanden gefunden, der dir besser gefällt?«

Damit vermochte ich ihm ein Lächeln zu entlocken. »Du weißt genau, was ich meine.«

»Nein, das weiß ich nicht. Monsieur Maurand hat gesagt, ich sei das schönste Mädchen in ganz Frankreich. Ich denke, dass mir seine Umgangsformen ein wenig besser gefallen. Wirst du nun ein bisschen mehr Höflichkeit an den Tag legen, oder soll ich meinen Vater bitten, einen anderen Heiratskandidaten für mich aufzutreiben?«

Hätte Sicard meinen Vater nicht so gut gekannt und gewusst, dass dieser sein Versprechen ihm gegenüber niemals brechen würde, wäre er angesichts meiner Worte womöglich ernsthaft beleidigt oder gar beunruhigt gewesen. Wenn Sicard einmal verdrießlicher Stimmung war, hielt das meist eine ganze Weile an – das wusste ich aus Erfahrung. Ich hoffte, dass das Fest seine Laune bessern würde.

*

Wie an jedem Feiertag waren die Gassen und Plätze auch heute voller Menschen. An den Schlagbäumen herrschte reger Verkehr, und auf dem Marktplatz war kaum noch Raum für all die Ochsen- und Eselskarren, die in die Stadt gekommen waren. Der Geruch von Dung vermischte sich mit dem Duft von Pasteten, der Lärm von Bärenkämpfen mit den Liedern der Bänkelsänger, und an jeder Ecke konnte man den Streichen der Gaukler zusehen.

Wir blieben stehen, um einem der Spielmänner zu lauschen. Jener hatte seine Leier aus dem Beutel gezogen, fuhr nun mit einem Bogen über die Saiten und begann zu singen.

Sieh diese Rose, meine Rose, und blick mich lachend an,
in deines Lachens Klingen die Nachtigall wird singen.
Nimm du die Rose, oh Rose, da sie der Liebe Blume ist,
und durch diese Rose dein Liebster hier gefangen ist.

Es war eines jener romantischen Lieder, die vor den Kriegen gegen de Montfort an den Höfen der Seigneurs so beliebt gewesen waren. Doch der Bänkelsänger trug es mit dermaßen übertrieben leidender Miene vor, dass sich schon bald eine lachende und johlende Menge um ihn versammelte.

Er spielte weiter, diesmal sang er allerdings kein Lied, sondern hielt einen Monolog, den er mit Leierklängen begleitete.

Ich werde Galane den wahren Weg zu lieben lehren.
Wenn sie meine Lektionen befolgen, werden sie bald zahlreiche Eroberungen machen.
Wollt Ihr eine Frau, die Eurem Namen Ehre macht,
so schlagt beim ersten Anzeichen für Ungehorsam einen drohenden Ton an.
Falls sie es wagt, Widerworte zu geben, sollte Eure Antwort ein Schlag auf die Nase sein.
Falls sie garstig zu Euch ist, seid garstiger noch zu ihr,
und schon bald wird sie Euch stillschweigend gehorchen.
So lange Ihr über genug Zuversicht verfügt, werdet Ihr es in der Welt weit bringen, selbst wenn Ihr nicht singen oder Eure Worte richtig aussprechen könnt.
Hofiert die hässlichsten Frauen und täuscht den schönsten gegenüber Gleichgültigkeit vor, das ist der Weg zum Erfolg.
Weh mir! Ich folge diesem Weg nicht.
Da ich eine sanfte, demütige, treue und zarte Seele bin, liebe ich die Frauen, als seien sie alle meine Schwestern.
Doch Ihr dürft nicht dasselbe tun:
Haltet Euch an meine Regeln, wenn Ihr die Qualen der Liebe fürchtet.

Die Menge lachte während des gesamten Monologs und spendete am Ende stürmischen Applaus. Dann schickte der Sänger einen Affen mit einer kleinen Mütze herum, in die die Zuschauer Münzen warfen, um ihre Anerkennung zu zeigen. Auch Sicard gab einen Denier.

»Und, glaubst du das alles?«, fragte ich ihn, während wir davonschlenderten.

»Natürlich nicht.«

»Du hast also nicht vor, mir, sobald wir vermählt sind, auf die Nase zu schlagen, wenn ich dir widerspreche?«

»Als würde ich das wagen!«, rief er lachend. Ich war froh darüber, dass der Bänkelsänger ihn offensichtlich aufgeheitert hatte. »Dein Vater sagt, dass du früher die Burschen der gesamten Gegend verprügelt hast.«

Ich wurde ernst. »Damals waren die Burschen ja auch noch klein.«

»Was also dann? Wirst du den lieben langen Tag an mir herumnörgeln wie die Frau des Schneiders und mir mit dem Karrenmacher Hörner aufsetzen?«

»Aber natürlich! Ich beabsichtige, der schlimmste Ehedrachen der ganzen Stadt zu werden.« Ich blickte ihn an. Seine Schultern waren doppelt so breit wie die meinen. Ich fand die Vorstellung, dass er sich vor mir ducken könnte wie der Schneider vor seiner Frau, komisch und traurig zugleich. Ich fragte mich, wann wir genug Geld für die Hochzeit und ein eigenes Haus haben würden.

»Ich habe genug von dem Gedränge«, sagte ich.

Wir machten uns auf den Weg hinaus aus der Stadt, vorbei an der Mühle und am Haus des Webers, und wanderten die staubige Straße entlang, die durch die Hügel nach Couiza führte. Wir ließen die Rufe der Gaukler und das Geklimper der Minnesänger hinter uns.

Zu dieser Jahreszeit säumte ein Meer von Thymian, Sauerampfer und Hahnenfuß den Wegesrand. Man vernahm allerdings kein Vogelgezwitscher, denn Grasmücken und Lerchen wurden bei Tisch hoch geschätzt, sodass nicht viele mehr da waren, die hätten singen können. Stattdessen wurde das Tal vom Summen und Zirpen der Zikaden erfüllt.

Wir verließen die Straße und folgten einem Pfad durch die Weinberge und Olivenhaine. Da das Volk sich zum Fest in der Stadt eingefunden hatte, lagen die Felder verlassen da, und wir begegneten niemandem. Schließlich suchten wir uns ein Plätzchen im Schatten eines großen Feigenbaums und legten uns ins Gras.

Natürlich konnten wir nie zusammen sein wie Mann und Frau. Tief in mir verspürte ich zwar den Wunsch, mich mit Sicard zu vereinigen, aber aus Gottesfurcht und Angst davor, was daraus entstehen könnte, taten wir es nicht. An jenem Vormittag jedoch, da die Sonne heiß auf uns nieder brannte und mein Leib halb wahnsinnig vor Verlangen nach meinem Liebsten war, hätte ich mich freudig hingegeben, wenn er mich bedrängt hätte. Doch Sicard, mein guter, unendlich guter Sicard, fürchtete die Sünde ebenso sehr wie ich. Als er sich in meiner Hand Erleichterung verschaffte, fühlte ich das heiße Pulsieren. Dann bedeckte er mein Gesicht mit Küssen der Dankbarkeit.

Das musste uns genügen, bis wir Mann und Frau waren.

*

Am nördlichen Himmel erschien eine tintenschwarze Wolke und versprach für den Abend ein Gewitter. Dadurch würde sich die Luft ein wenig abkühlen. Unter uns schien Saint-Ybars in der heißen Sonne zu schlummern. Die Luft war drückend und einschläfernd und roch würzig nach wildem Thymian. Libellen schwirrten durch die Kornblumen. Die Berge der Pyrenäen waren im Dunst verschwunden.

Unter den Bäumen lagen reife Feigen. Ich öffnete eine von ihnen und genoss die weiche, körnige Frucht im Inneren. Sicard hatte schläfrig seinen Kopf in meinen Schoß gelegt. Wie gern hätte ich auch den Frieden genossen, den unsere Zärtlichkeiten ihm verschafften! Mich entflammten sie jedoch nur noch mehr, sodass ich reizbar wurde und mich leer fühlte. Mit dem Erguss des Samens war für ihn alles vorüber, doch für eine Frau ist es anders. Ich war dazu geschaffen, erfüllt zu werden.

Während ich über seine Wange strich, verspürte ich das Bedürfnis, mit ihm zu reden. Als sich seine Augen langsam schlossen, kniff ich ihn in die Seite. »Was ist denn?«, fragte er blinzelnd.

»Nichts.« Das Summen der Insekten regte mich auf. »Ich träume davon, dass wir eines Tages, wenn wir verheiratet sind, mehr als dies tun werden«, sagte ich.

»Wir können erst heiraten, wenn ich Frau und Kinder ernähren und ein Haus unterhalten kann.«

»Und wann wird das sein?«

»Sobald es mir möglich ist«, brummte er auf seine unglaublich duldsame Art.

Natürlich wusste ich, dass er Recht hatte.

Wäre ich vornehmeren Geblüts gewesen, hätte ich keine Wahl gehabt und wäre niemals in den Zwiespalt geraten, in dem ich mich nun befand. Und wäre mein Vater weniger freundlich und meine Mutter nicht so gütig gewesen, hätten sie mich mit Maurand verheiratet, ohne auf meinen Widerspruch Rücksicht zu nehmen. Vielleicht wäre mein Leben dann jedoch sehr viel einfacher verlaufen …

Manchmal bedauerte ich, dass ich überhaupt Gefühle für einen der Lehrlinge meines Vaters hegte, und Sicard ging es angesichts seiner Verbindung zur Tochter seines Meisters wohl nicht anders. Er konnte sich noch nicht verehelichen, denn ein Haus und Kinder kosteten Geld, und solcherlei Ausgaben würde er sich erst leisten können, wenn er selbst Steinmetz war. Er ging seit drei Jahren bei meinem Vater in die Lehre und arbeitete ohne Lohn, weil er das Handwerk erlernen wollte. Schon bald, vielleicht im nächsten Jahr, würde er Saint-Ybars verlassen und sich in Toulouse Arbeit suchen müssen, um sich einen Namen zu machen. Womöglich wirkte er am Bau der Kathedrale mit oder errichtete Häuser für reiche Kaufmänner.

Mir graute vor dem Tag, an dem Sicard mich verlassen würde, doch zugleich betete ich dafür, dass er bald kommen möge, denn der Tag des Abschieds würde auch der erste Tag auf dem Weg zu einem eigenen Heim sein. Aber wie lange sollte ich auf Sicard warten? Ich war bereits im einundzwanzigsten Lebensjahr und schon seit geraumer Zeit im heiratsfähigen Alter.

Es wäre einfacher gewesen, einen wohlhabenden Kaufmann wie Monsieur Maurand zu lieben. Und wenn mein Vater arm oder habgierig gewesen wäre, hätte ich auch gar keine Wahl gehabt. Doch meine Eltern überließen die Entscheidung mir, obwohl die ganze Stadt hinter ihrem Rücken darüber klatschte. Meine Mutter pflegte immer zu sagen, dass man einem Schwein keinen Schwan zuführte.

Trotz alledem wusste ich, dass mein Vater mich gern verheiratet gesehen hätte, denn die Blicke, die ich auf dem Marktplatz auf mich zog, behagten ihm gar nicht. Er würde erst an jenem Tag ruhiger schlafen, an dem er die Verantwortung für mich einem anderen Mann übertragen konnte.

»Dein Vater sagt, dass mich die Zunft in Toulouse nach drei Jahren als Geselle zum rechtmäßigen Steinmetz ernennen wird. Dann werden wir unser eigenes Haus haben und dazu jeden Abend eine gebratene Gans auf dem Tisch.«

»Und du wirst mich zum Altar führen, wie es sich gehört?«

»Alles, was du willst.«

Drei Jahre … Eine Ewigkeit!

Unter uns auf der Straße entdeckte ich eine einsame Gestalt. Es war Fulquet, der Bucklige, auf dem langen, beschwerlichen Marsch zu seiner Hütte am anderen Ende des Tales.

»Ich habe die Söhne des Bäckers gestern wieder dabei erwischt, wie sie ihn peinigten.«

Sicard setzte sich auf. »Wen?« Als er Fulquet erblickte, runzelte er die Stirn. »Man sagt, er sei besessen.«

Sein gleichgültiger Tonfall machte mich wütend. Vermutlich hätte mich auch ein noch geringerer Anlass erzürnt, denn ich war ohnehin gereizt. »Wie kannst du nur so dumm sein?«

Schon im nächsten Moment hasste ich mich für meine Worte, denn Sicard warf mir einen verletzten Blick zu. »Der Priester sagt das auch«, murmelte er zu seiner Verteidigung.

»Besessen? Nur weil er einen Buckel hat?«

»Es heißt, das sei ein Zeichen des Teufels.«

»Sage mir eines, Sicard – hat Gott nicht alle Dinge erschaffen?«

»Das hat er.«

»Und hat er nicht auch Fulquet erschaffen?«

Sicard schmollte, wie immer, wenn ich ihn in ein Streitgespräch verwickelte.

»Warum sollte Gott ein Geschöpf wie Fulquet schaffen, wenn er es nicht genau so gewollt hat? Wie kann ein wahrhaft guter Gott etwas hervorbringen, was böse ist?«

Sicard erbleichte. In jenen Tagen war es gefährlich, eine solche Aussage zu machen, und ich hatte Ähnliches bisher lediglich von meiner Mutter vernommen. Durch die Soldaten des Papstes hatten viele Leute ihre Meinung über den Nutzen von derlei Gesprächen geändert.

»Pass auf, dass dich nie jemand so reden hört!«, zischte Sicard mir zu und verfiel dann in furchtsames Schweigen.

Auch ich schwieg, denn ich war selbst erschrocken über meine Worte. Außerdem bereute ich meinen harten Ton Sicard gegenüber. Ich fragte mich, welch schelmischer Engel uns zusammengeführt hatte. Eine einfachere Frau mit einer weniger spitzen Zunge und einem sanfteren Wesen wäre für den armen Sicard gewiss besser gewesen. Aber was erwartete er denn von einem Mädchen mit roten Haaren?

Doch anstatt mir böse zu sein, legte er seinen Arm um meine Schultern und hielt mich fest. In seinen Armen hatte ich mich schon immer sicher und geborgen gefühlt. Ich fragte mich, was ich jemals ohne ihn anfangen würde.

»Es heißt, dass du oben auf dem Berg etwas gesehen hast«, bemerkte er.

Mir war, als hätte mir jemand ein heißes Eisen in die Brust gestoßen. Ich machte mich von ihm los. »Wer hat dir das gesagt?«

Natürlich kannte ich die Antwort. Mein Vater tratschte wie ein altes Fischweib. Meine Mutter war die Einzige in unserer Familie, die ein Geheimnis zu wahren vermochte. Schon bald würde es in der ganzen Stadt Gerede darüber geben – gefährliches Gerede.

»Ist es wahr? Dass du auf dem Mont Berenger die Madonna gesehen hast?«

Ich starrte Sicard an. Mein Geheimnis war keines mehr. Was sollte ich da noch sagen?

»Nun?«

»Hast du noch jemandem davon erzählt?«

»Nur meiner Mutter.«

»Deiner Mutter? Die könnte doch noch nicht einmal den Mund halten, wenn man ihr mit einer glühenden Zange die Zunge herausreißen würde!«

»Was macht das schon? Dein Vater hat es doch bereits in der ganzen Stadt verbreitet.« Seine starken Finger rupften ein Grasbüschel aus und rissen es langsam in Stücke.

»Dabei hat er geschworen, es für sich zu behalten.«

»Er prahlt damit, als wärst du die Heilige Agnes.«

Ich ließ den Kopf hängen und schlug die Hände vor das Gesicht. Also war tatsächlich alles bekannt. »Was sollen wir denn jetzt tun?«, flüsterte ich.

Sicard zog mich an sich. Er wirkte ebenfalls verängstigt, doch vielleicht war er auch einfach nur ratlos. Ich fuhr mit meinen Fingern durch seine Locken und er legte seine Hand auf meine Brust.

»Lass uns zusammen sein!«, bat ich leise. »Mich kümmert nicht, was dann geschieht.« Das stimmte, es war mir wirklich egal. Ich hatte einfach den Wunsch, mich selbst und meinen Wahnsinn für eine Weile zu vergessen. Womöglich würde ich nach diesem Tag nie mehr ein normales Leben führen können, und die wenigen Augenblicke unter freiem Himmel im Schatten eines Feigenbaums wären alles, was ich jemals davon erfahren durfte.

*

Hinter unserem Haus befand sich eine enge Gasse mit einer Flickschusterei, einer Herberge, in der sich im Sommer die Pilger auf dem Weg nach Santiago de Compostela drängten, und dem Geschäft des Schneiders Gilles Seguier. Seine Arbeitsstube war zur Gasse hin offen, sodass man die bunt gefärbten Wollstoffe in den Regalen sehen konnte.

Ich kam jeden Tag auf dem Weg zur Kirche hier vorüber, um meinem Vater und Sicard Brot, Käse und Wein zu bringen. Ich konnte gar nicht anders, als fasziniert die feinen Gewänder anzustarren, die Gilles schneiderte. Wenn sich seine Frau nicht in der Nähe befand, war er ein fröhlicher Mann. Jeden Tag plauderte er für eine Weile mit mir, obwohl er genau wusste, dass ich niemals zu seinen besten Kunden zählen würde. Einmal hatte Gilles einen Hermelinmantel für Monsieur Maurand angefertigt und mir erlaubt, mit der Hand über den weichen Pelz zu streichen. Noch nicht einmal im Traum konnte ich mir vorstellen, ein solches Kleidungsstück besitzen.

Einige Tage nach dem Fest der Heiligen Maria Magdalena kam ich wieder an dem Geschäft vorbei und blieb stehen, um seine Arbeit zu bewundern. Er schnitt gerade mit einer großen Schere ein Stück Samt zu, aus dem er eine Haube für die Frau des Müllers machen wollte. Trotz der vom Magistrat erlassenen Kleiderordnung, die nur Edelleuten das Tragen von kostbaren Gewändern und Kopfbedeckungen erlaubte, taten Männer wie der Müller und Monsieur Maurand, was ihnen gefiel – denn welchen Sinn macht Reichtum, wenn man ihn nicht zeigen kann? Es hieß, dass sich in Toulouse jeder Bürger wie ein Seigneur kleidete, während die Bürgersfrauen sich in Atlas aus Genua und Venedig hüllten und Ringe an den Fingern trugen, deren Steine so groß waren wie die Hinterlassenschaften eines Esels.

Gilles erkundigte sich scherzhaft, ob ich für den Winter lieber einen Mantel aus Fuchspelz oder Bärenfell hätte. Ich lachte und erwiderte, dass für mich nur Zobel in Frage käme. Just in diesem

Augenblick hörte ich Schritte hinter mir und den lauten Gruß einer bekannten Stimme. Monsieur Maurand kam offenbar gerade vom Sattler, denn sein Knecht lief hinter ihm her, unter dem Gewicht eines neuen Ledersattels wankend.

Strahlend stemmte Maurand seine Hände in die Hüften und versperrte mir den Weg. »Mademoiselle de Peyrolles! Ich wusste gar nicht, dass eine edle Dame wie Ihr diesen Lumpenhändler beehrt!«

Ich warf Gilles einen Blick zu. Er zwang sich, über Maurands kleinen Scherz zu lächeln, ignorierte die Beleidigung und dachte dabei wahrscheinlich an den Beutel des Kaufmanns, in dem das Silber klimperte.

»Und was wünscht die junge Dame heute?«, fragte Maurand.

»Ich bin nur hier, um die gute Schneiderarbeit zu bestaunen.« Ich suchte nach einer Möglichkeit, an ihm vorbeizukommen, doch dazu hätte ich alle Höflichkeit vergessen und ihn rüde anrempeln müssen.

»Eine schöne junge Frau wie Ihr sollte bekommen, was immer sie sich wünscht. Verdient ein Steinmetz nicht genug Geld, um Euch anständig einzukleiden?«

Mit diesen Worten hatte Maurand meinen Vater beleidigt. Wie konnte er nur in seinem samtenen Gewand und den Wollhosen vor mir stehen und es wagen, so etwas von sich zu geben? Die Art, wie er mich angrinste, gefiel mir überhaupt nicht, und ich wollte nur noch fort von ihm.

»Was hat sie denn heute am meisten bewundert?«, wollte er von Gilles wissen. Obgleich dem Schneider das Verhalten von Maurand sicherlich nicht behagte, siegte doch sein Geschäftssinn, und er hielt die Samthaube für die Müllersfrau in die Höhe.

»Die Dame bemerkte, dass sie eine elegante Haube wie diese zu schätzen wüsste, wenn sie die Mittel besäße, sie zu kaufen«, antwortete er.

Maurand nahm die Haube in die Hand, betrachtete sie prüfend von allen Seiten und blickte dann mich an. »Sie würde in der Tat ausgezeichnet zu Eurer Augenfarbe passen.« Er wandte sich erneut Gilles zu und holte seinen Beutel hervor. »Und was ist Euer Preis für ein solches Stück?«

»Nein!« Ich hatte meine Stimme erhoben, und die Vorübergehenden in der Gasse starrten mich an. Aber ich wusste, dass ich niemals in der Schuld dieses Mannes stehen durfte.

»Nein? Die Haube gefällt Euch nicht?«

»Aber Ihr habt doch gerade erst geschwärmt, wie schön der Samt sei«, sagte Gilles und konnte mir dabei nicht in die Augen schauen.

»Worin besteht denn dann das Problem?« Maurands Vergnügen war offensichtlich. Er hielt die Fäden in der Hand und war darauf aus, dass ich seine Großzügigkeit bewunderte. Ich spürte, wie meine Wangen tiefrot wurden und ärgerte mich darüber. »Eine Dame, die so schön ist wie Ihr, sollte ihren Liebreiz auch so wirkungsvoll wie möglich zeigen können.«

»Das geht nicht.«

»Ihr müsst mir nichts zurückzahlen. Betrachtet es als das Geschenk eines Bewunderers.«

»Das ist sehr freundlich von Euch. Aber ich kann es nicht annehmen.« Maurand war in den Werkraum getreten, und ich ergriff die Gelegenheit beim Schopfe. Ich rannte die Gasse entlang und stieß dabei aus Versehen zwei kleine Jungen, die zufällig meinen Weg kreuzten, in den Schmutz. Erst als ich den Platz erreichte, blieb ich stehen.

Panische Angst erfüllte mich. Ich überlegte, ob ich meinem Vater von dieser Begegnung erzählen sollte, doch in meinem Herzen wusste ich, dass ich es nicht konnte. Warum sollte eine Frau sich dafür schämen, die Aufmerksamkeit eines mächtigen Mannes erregt zu haben? Das hätte ich nicht erklären können.

Am Ende beschloss ich, so zu tun, als wäre das alles nie geschehen. Ich sagte mir, dass Maurand mich vergessen würde. Doch damit hielt ich mich selbst zum Narren. Maurand war daran gewöhnt, zu bekommen, was er wollte, und meine halbherzige Zurückweisung würde ihn nicht im Geringsten von seinen Plänen abbringen.

*

Unsere Kirche war sehr alt. Vor zweihundert Jahren war sie der Heiligen Maria Magdalena geweiht worden. Doch einer Legende zufolge hatte ein Merowingerkönig lange vor jener Zeit an genau dieser Stelle ein hier ansässiges Edelfräulein geheiratet. Als während der Kriege die Vasallen des Papstes aus dem Norden in unserer Gegend einmarschierten, suchte ein großer Teil der Bevölkerung in der Kirche Zuflucht. Auch einige Katharer mit ihren Anhängern waren darunter, aber bei den meisten handelte es sich um Christen. Diese Tatsache kümmerte Simon de Montforts Soldaten allerdings genauso wenig, wie es sie in Béziers gekümmert hatte. Sie durchbrachen die schweren Eichenportale mit Rammböcken und metzelten jeden nieder, den sie im Inneren fanden. Im Hauptschiff waren deshalb an einigen Stellen noch immer Blutflecken auf dem Steinboden zu sehen.

Während der Belagerung hatten de Montforts Wurfgeschosse die Kirche schwer beschädigt, und erst jetzt wurde sie langsam wieder aufgebaut. Mein Vater zeichnete als Meistersteinmetz für die Reparaturarbeiten verantwortlich.

Er war sehr stolz auf diesen Auftrag. Was einmal ein düsteres Kalksteingebäude gewesen war, verwandelte sich durch seine Hand allmählich in ein herrliches Bauwerk. Er wollte die Apsis vergrößern, damit eine neue Kanzel in ihr Platz fand, und diesen Teil des Baus nach beiden Seiten hin zu einem Querschiff erweitern. Somit erhielt der Grundriss der Kirche die Form eines Kreuzes.

Die Farbe auf den Gewölbebalken war verblasst, doch auf den Säulen und Bögen darunter glänzte reinstes Blattgold. Für die Mönche war ein neues hölzernes Chorgestühl angefertigt worden. Auf dem Altar standen sogar zwei goldene Kandelaber und ein goldener Kelch. Es hieß, dass die Komturei der Templer im nahen Maurac für diese Ausstattung aufgekommen war.

Die Reparaturarbeiten schritten nur langsam voran, denn meinem Vater standen lediglich eine Hand voll Gehilfen und Zimmermänner zur Verfügung. Der Seigneur hatte gesagt, dass er sich nicht mehr leisten könne, obwohl das Geld eigentlich von den Templern stammte. Als mein Vater in Toulouse an der Kathedrale gearbeitet hatte, waren ihm Hunderte von Helfern unterstellt gewesen. Dort gab es allerdings keine Aufträge mehr für ihn, und die Schuld dafür hatte ich ausschließlich mir zuzuschreiben.

In Saint-Ybars verfügte mein Vater nur über einen Zimmermann, einen Glaser, einen Maler und einige Leibeigene oder freigelassene Sklaven, die niedere Arbeiten verrichteten. Außerdem gab es noch ein paar Maurer, die aus schweren Quadern die Mauern des neuen Querschiffs errichteten. Dieser Teil des Bauwerks war noch immer hinter einem Gerüst aus miteinander vertäuten Holzpfählen verborgen. Ich beobachtete, wie einer der Quader mittels einer komplizierten Anordnung von Seilen und Flaschenzügen an seinen Platz gehievt wurde. Die Arbeit erfolgte in mehreren Etappen, denn die Männer mussten den riesigen Stein beinahe bis auf die Höhe des Kirchturms ziehen, was nicht leicht zu bewerkstelligen war.

Mein Vater führte die Aufsicht über diese Arbeit, doch sein eigentliches Metier war die Freimaurerei. In jenem Handwerk wird der »freie« Stein behauen, der dann als Ornament in den Kuppeln, den Vorhallen und den Filigranmustern der Gadenfenster auftaucht. Diese Feinarbeit vertraute man ausschließlich meinem Vater und Sicard an.

Die Werkbänke befanden sich im Hof vor der Kirche. Mein Vater trug das Gewand, die Schürze und die kleine runde Kappe, die ihn als Meistersteinmetz auswiesen. Als er und Sicard mich erblickten, ließen sie ihr Werkzeug sinken und steckten die Hämmer und Ahlen in ihre Schürzen. Sie wirkten erleichtert, eine Pause einlegen zu können. Ihre Gesichter waren voller Steinstaub, und kleine weiße Bäche von Schweiß rannen über ihre Wangen.

In meinem Korb lagen ein Laib Brot, ein Stück Käse und eine Kruke Wein. Sicard holte ein Messer aus seiner Schürze und begann sofort, den Käse zu schneiden. Mein Vater nahm die Kruke, setzte sie an den Mund und trank mit zurückgelegtem Kopf.

Nachdem er seinen Durst gestillt hatte, bemerkte er: »Du kommst spät.«

»Ich komme jeden Tag zur selben Zeit.«

»Du bist gewöhnlich beim Angelusläuten hier, aber heute nicht.«

»Ich wurde auf dem Platz aufgehalten.«

»Aufgehalten?«

»Von ein paar Soldaten«, log ich. Dann warf ich Sicard einen kurzen Blick zu und schmückte die Geschichte ihm zuliebe ein wenig aus. »Sie machten im Vorbeigehen einige Bemerkungen.«

Sicards Augen richteten sich zuerst auf meinen Vater und dann auf mich. »Soldaten?«

»Ja, Männer mit Waffen. Sie riefen mir einen Gruß zu und sagten, ich solle mich ihnen anschließen. Natürlich gab ich vor, sie nicht zu hören.«

»Es soll nur mal einer wagen, anzügliche Bemerkungen zu machen, wenn ich dabei bin!«, sagte Sicard heftig. Eitelkeit ist zwar eine Sünde, aber es gefiel mir, wenn seine Augen so funkelten, als würde er es für mich mit sämtlichen Söldnern des Seigneurs aufnehmen.

»Ich hoffe, du hast nichts getan, um sie zu reizen«, sagte mein Vater und warf mir einen bedeutsamen Blick zu.

»Ich verhalte mich immer mit der angemessenen Sittsamkeit.«

»Du verhältst dich immerzu so, als wärst du Eva und sämtliche Männer Adam.«

Ich überging diese Bemerkung und schlenderte stattdessen zu Sicards Werkbank hinüber, um mir anzusehen, woran er gerade arbeitete. Es handelte sich um einen Stein, der später einen Platz im Tympanon über dem Südportal erhalten würde. Sicard meißelte Teufelsgestalten inmitten von Rebenblättern aus ihm heraus. Er benutzte Hammer und Meißel mit solchem Geschick, dass die Dämonen aussahen, als litten sie wirkliche Qualen, als seien sie nicht bloß Skulpturen, sondern lebendige Wesen, die dem rohen Stein entrissen worden waren. Trotz der brennenden Sonne spürte ich, wie mir ein kalter Schauer über den Rücken lief. Mein Sicard war ein ruhiger, schweigsamer Mann, aber die Ergebnisse seiner Arbeit verrieten seine Leidenschaft.

»Was sind das für Teufel, die du da meißelst, Sicard?«

Er schien gekränkt zu sein. »Das sind keine Teufel!«

»Was denn dann?«

Er blickte meinen Vater an, als hoffe er auf dessen Unterstützung. Dann wandte er sich wieder mir zu. »Die Entwürfe stammen von unserer Herrin Eleonore. Sie hat für mich Bilder in den Sand gezeichnet.«

»In den Sand!«, rief mein Vater missbilligend.

»Ich mache genau das, worum sie mich gebeten hat.«

»Und wo sind diese Bilder jetzt?«

»Sie sind natürlich nicht mehr da. Aber es war ihr ausdrücklicher Befehl, dass ich die Figuren nach ihren Entwürfen anfertige.«

»Und wenn ein Mönch die Skulpturen sieht und fragt, wer sie entworfen hat, wirst du ihm sagen, es war die Herrin Eleonore? Dann rösten deine Füße bald im Feuer, mein Junge!«

Ich überließ die beiden ihrem Gezänk, betrachtete stattdessen Sicards Werk eingehender und versuchte herauszufinden, wie er dem kalten Stein diese schreienden, sich windenden Phantome zu entlocken vermochte. Seine Kunst hatte etwas Unheimliches an sich. Eines Tages würde mein Sicard ein hervorragender Steinmetz sein, vielleicht sogar einer der besten.

»Auf eine gewisse Weise sind sie wunderschön«, warf ich ein.

»Das mag sein«, knurrte mein Vater mit vollem Mund. »Aber ich weiß beim besten Willen nicht, was solche Skulpturen in einer christlichen Kirche zu suchen haben.«

»Die Herrin wollte es so haben«, beharrte Sicard. »Und der Herr bezahlt die Ausführung.«

»Diese gottlosen Templer bezahlen dafür, willst du wohl sagen.« Mein Vater schüttelte den Kopf. »Es gibt viele merkwürdige Skulpturen in dieser Kirche. Ich begreife das nicht. Doch es ist, wie du gesagt hast: Der Herr kommt für die Kosten auf.«

Plötzlich hörte ich das vertraute Summen in meinen Ohren und fühlte Kälte durch meinen Körper kriechen. Die Geister in den Steinen erzitterten, die Sekunden dehnten sich zu Stunden, und die Arme der Dämonen umschlangen mich unerbittlich. Ich erblickte meine Mutter. Sie trug das Gewand einer Büßerin und war mit den Füßen an die Wand eines Kerkers gekettet. Dann sah ich Sicard. Ein Messer steckte in seinem Rücken. Ich hörte ihn meinen Namen rufen und wusste nicht, ob dies in Wirklichkeit oder nur in meiner Vision geschah. Kalter Schweiß lief meinen Körper hinab, dann gaben meine Knie nach.

Sicard muss mich aufgefangen haben, noch ehe ich zu Boden sank.

ELEONORE

Die Morgensonne hatte den Nebel durchdrungen und den alten Stein unter meinen Fingern erwärmt. Tief sog ich die thymiangeschwängerte Luft ein. In den terrassenartig angelegten, grünen Weinbergen hingen noch immer Dunstschleier.

Es gab Rebsorten, die seit den Zeiten der alten Römer dort wuchsen. Die Terrassen waren mit Steinmauern befestigt worden, die einem Mann bis zur Brust reichten. Ich beobachtete, wie ein Bauer einen großen Stein aufhob und ihn wieder an seinen Platz in der Mauer zurückschob. Dann stellte ich mir vor, wie diese Weinberge entstanden waren. Hunderte von Männern mussten die Erde aufgehäuft und die Steine für die Mauer herbeigeschleppt haben, während ihr römischer Aufseher seine Peitsche knallen ließ.

Der Boden ist hier von Felsen durchsetzt, und in der dünnen, steinigen Erde gedeihen Oliven- und Feigenbäume beinahe ebenso gut wie im Heiligen Land. Pilger, die von dort zurückgekehrt sind, haben gesagt, dass unsere Gegend sie an die Hügel von Jerusalem erinnert. Wir sind dem biblischen Land in vielerlei Hinsicht nahe, näher als jede andere Gegend in Frankreich. Denn bereits während des Römischen Reichs lebten hier Juden, also in einer Zeit, in der Christus selbst in den Bergen von Galiläa wandelte.

Es heißt, dass die Muttergottes und Maria Magdalena nach der Kreuzigung hierher kamen, um der Verfolgung zu entgehen. Gemeinsam mit Lazarus und Joseph von Arimathaia bestiegen sie in Caesarea ein Segelschiff, erreichten Frankreich und fanden Zuflucht bei anderen Juden, die sich hier niedergelassen hatten. Es wird zudem behauptet, dass Maria Magdalena bei ihrer Ankunft schwanger war. Ich habe mich oft gefragt, warum in der Legende so viel Wert auf diese Einzelheit gelegt wird und wessen Kind es gewesen sein könnte.

Unser Alltag ist noch immer von etlichen Sitten und Gebräuchen der heidnischen Römer bestimmt. Aus diesem Grund bringen uns die Bewohner des Nordens auch dermaßen viel Misstrauen und Verachtung entgegen. Ihr könntet hier zum Beispiel kein Haus betreten, ohne sofort die rostrote Farbe an den Wänden zu bemerken, die bei den Römern sehr beliebt war. Auffällig sind auch die gerundeten, rosafarbenen Dachziegel, die in zwei verschiedenen Formen gebrannt werden und genau ineinander passen. Die Dächer werden mit großen Steinen beschwert, damit der scharfe Nordwind die Ziegel nicht hinunterweht.

Noch älter als derlei Sitten und Gebräuche sind allerdings die von Dickicht und Dornbüschen überwucherten Tempel. Wenn Ihr durch den Wald wandert, kann es sein, dass Ihr auf einen Mosaikfußboden stoßt, aus dem das Gesicht eines heidnischen Gottes aus blauen und weißen Steinchen zu Euch emporstarrt. Und wenn die Steinmetze in den Steinbrüchen nach geeignetem Material für die Kirche suchen, fördern sie bisweilen römische Münzen zutage – und manchmal auch römische Götzenbilder, von denen allerdings nur im Flüsterton gesprochen wird. Auch in den Geschichten alter Weiber finden sich noch allenthalben Nymphen und Satyrn, die an schattigen Flussufern tanzen. Lacht ruhig! Aber geht einmal allein in unseren Wald, dann werdet Ihr die Anwesenheit dieser älteren Geister fühlen. Ihr werdet beim Ruf einer Krähe zusammenfahren und davoneilen, während kalter Schweiß über Euren Rücken rinnt.

Vielleicht entdeckt Ihr ja sogar eine jener kleinen Statuen aus schwarzem Stein, von denen manche behaupten, dass sie die Jungfrau Maria darstellen. Niemand weiß, woher diese Figuren stammen, doch trotz all der Verwüstung durch die Bischöfe und ihre Truppen werdet Ihr stets Reste von Kerzentalg und frische Blumen an ihren Sockeln finden. Dennoch sind wir gute Katholiken – gezwungenermaßen. Doch tief in unseren Herzen hängen wir an den alten Ritualen.

Die Römer schürften dort oben in den Bergen nach Gold und Silber. Tief unter den von Geistern heimgesuchten, vernarbten Hängen befinden sich düstere Grotten, in denen ihre Sklaven die glänzenden Adern aus dem nackten Fels schlagen mussten. Einige der Höhlen enthalten Säulen aus Kalkstein, die von der Decke herabhängen oder vom Boden emporwachsen. Und in der modrigen Stille kann man manchmal das Geräusch fließenden Wassers hören – den unterirdischen Strom, der durch die Geschichten unseres Landes fließt.

Dieser Strom floss schon zu Lebzeiten von Maria, der Mutter unseres Herrn. Sein Wasser ist schwarz, es besitzt heilende Kräfte und fühlt sich warm an, obwohl es eigentlich so kalt sein müsste wie Eis. Unter den Hügeln fließt es von hier bis zum Meer. Wenn man diesen Fluss findet und hineinsieht, erblickt man der Legende zufolge das Antlitz der Heiligen Maria von Bethanien.

Wenn Ihr dieses Land verstehen wollt, müsst Ihr die Legende verstehen, die sich um den Strom rankt. Ihr müsst uns kennen, wie wir uns selbst kennen. Wir sind die Auserwählten und die Befleckten. Das ist unser Geburtsrecht und es ist zugleich unser Fluch.

*

Raymond gesellte sich zu mir. Er trug nur ein weites Unterkleid aus Leinen und fror in der Kühle des frühen Morgens. Er war in der Kapelle gewesen und hatte gebetet, er beachtete die Kirchenvorschriften mit aller Sorgfalt. Mein Herr lehnte sich über die Brüstung, folgte der Richtung meines Blickes und runzelte die Stirn.

»Was geht da unten vor sich?«, wollte er wissen. Trotz all der Jahre, die er nun schon hier lebte, sprach er noch immer mit dem harten Akzent des Nordens.

Auf dem Weg, der in die Hügel führte, humpelten bereits die ersten Menschen – Kranke, Lahme, Kahlköpfige, Enttäuschte. Einige Pilger hatten von dem Wunder gehört und sich ihnen angeschlossen. Das Gerücht verbreitete sich wie ein Lauffeuer, sodass zweifellos schon bald weitere Heilsuchende aus den Dörfern des gesamten Tals herbeiströmen würden.

»Ein Mädchen hat die Madonna gesehen«, sagte ich und beobachtete, wie Raymonds Kiefermuskeln arbeiteten. Er fragte sich vermutlich, ob dies vielleicht von Vorteil für uns sein mochte oder ob es womöglich die Spießgesellen des Papstes auf den Plan rufen würde.

»Haben wir irgendwelche Wunder zu vermelden?«

»Genügt es nicht, dass ein Mädchen die Madonna gesehen hat?«

»Nein. Wir müssten schon eine Statue vorweisen können, die Blut weint, oder einen Krüppel, der wieder laufen kann. Wenn wir die Pilger ausnehmen wollen, brauchen wir mehr als ein hysterisches junges Mädchen.«

»Für die Menschen dort draußen reicht das.«

»Das ist keine Empfehlung.« Raymond fröstelte in der Morgenfrische. »Ich möchte nun frühstücken. Wir sollten mehr über dieses Mädchen herausfinden.« Er stampfte davon. Vor dem Essen war seine Laune nie besonders gut.

Seit nunmehr fast sechzehn Jahren war er Herr über Saint-Ybars. Begriff er nicht, welch hypnotische Kraft der Name der Madonna in dieser Gegend besaß? Ich glaube, er hat nie verstanden, dass wir hier nicht in Burgund sind. Er ist eben ein Franke. Wie soll der Norden den Süden jemals verstehen?

MADELEINE

Ich war auf dem Markt gewesen, um Gemüse zu kaufen. Auf dem Heimweg hielt ich am Anfang unserer Gasse erstaunt inne, denn vor unserem Haus standen zwei Knechte. Ich wusste natürlich, wer ihr Gebieter war. Sie grinsten mich aufdringlich an, als würde Monsieur Maurands Gold auch ihnen ein wenig Autorität verleihen.

»Was starrt ihr denn so?«, fuhr ich sie an. »Kümmert Euch gefälligst um eure eigenen Angelegenheiten.« Als dies keine Wirkung zeigte, machte ich einige unhöfliche Bemerkungen über ihre Pickel und ihre Männlichkeit, die das dümmliche Grinsen in ihren Gesichtern schnell zum Verschwinden brachten.

Ich holte einmal tief Luft, bevor ich unser Haus betrat. Ich wusste, dass Aimery Maurand dort drinnen auf mich wartete, und hatte auch einen Verdacht, warum er zu Besuch gekommen war.

Seitdem er zum ersten Mal sein Interesse an mir bekundet hatte, hatte ich stets genau hingehört, was die Leute über ihn sagten. Ich hatte erfahren, dass sein Vater aus Saint-Ybars stammte und in Foix gelebt hatte, bevor er nach Carcassonne übergesiedelt war. Dort hatte er eine Olivenpresse gekauft, war nach einigen Jahren durch den Handel mit Olivenöl reich geworden und schließlich nach Paris gezogen.

Maurand selbst war nach Carcassonne zurückgekehrt und viele Jahre lang Konsul gewesen, ein wohlhabender Bürger mit Ambitionen auf den Adelsstand, der von den Einnahmen zahlreicher Verpachtungen lebte und mit Land spekulierte. Seine verstorbene Frau hatte ihm zwei Söhne geschenkt, die ihm die Geschäfte führten. Es hieß, er habe den Dominikanern in Form von Stiftungen hunderte Livres tournois zukommen lassen. Und nun beehrte er die Stadt, in der sein Vater als bescheidener Kesselflicker angefangen hatte, mit seiner Anwesenheit, stolzierte in Samt und Hermelinpelzen umher und trug dicke Edelsteine an den Fingern.

Maurand besaß ein prachtvolles Steinhaus in unmittelbarer Nähe der Burg. Es hatte einen mit Schiefer gedeckten Turm und sogar richtige Fenster. Man sagte, dass er sich ein Dutzend Diener hielt und dass es dort Kammern mit gewölbten Decken, luxuriöse Gästegemächer und im Schlafzimmer des Hausherrn sogar eine Geheimkommode gab.

Meine Mutter hatte angedeutet, dass all dies mir gehören könnte. Falls ich es wollte.

*

Sie saßen rings um das Feuer. Meine Eltern waren offenkundig erleichtert, mich zu sehen, und schienen sich in Gegenwart eines dermaßen reichen und wichtigen Mannes unbehaglich zu fühlen. Maurand hingegen wirkte vollkommen unbefangen. Er hatte die Stiefel ausgezogen, und seine Füße ruhten auf einem Schemel. Ihr Gestank erfüllte das ganze Haus. Er trank den Wein meines Vaters aus unserem besten Silberkelch.

Ihr müsst nicht denken, dass Aimery Maurand kein gut aussehender Mann war. Im Gegenteil: Er verfügte über ein sehr ansprechendes Äußeres, mit einem kantigen Kinn und tief liegenden braunen Augen. Ein paar graue Strähnen durchzogen sein Haar, da er bereits ein alter Mann war – beinahe vierzig. Aber er trug elegante Kleidung und machte darin eine ausgezeichnete Figur. Wie dem auch sei – es zeigte sich, dass selbst die attraktivsten Männer stinkende Füße haben konnten.

Ich warf einen verstohlenen Blick auf seine Handschuhe, die auf dem Tisch lagen. Noch niemals zuvor hatte ich Samthandschuhe mit solch feinem Spitzenbesatz gesehen.

Als ich hereinkam, wurde das Gespräch sofort unterbrochen. Mir war natürlich klar, dass sie über mich geredet hatten. Mein Vater stand auf.

»Monsieur Aimery Maurand ist zu uns zu Besuch gekommen«,

sagte er, doch sein Tonfall sowie seine Augen schienen mich zu warnen.

Maurand erhob sich nicht und musterte mich, als sei ich ein Mastschwein, das er für sein Landgut zu kaufen beabsichtigte. Seine offenkundige Geringschätzung war gewiss eine Taktik.

Wie gesagt, es war nicht seine Erscheinung, die mir missfiel, sondern seine Persönlichkeit. Schon allein die überhebliche Art, mit der er dasaß, stieß mich ab. Offenbar glaubte er, die ganze Welt kaufen zu können, wenn ihm gerade danach war. Er gehörte zu jenen Bürgern, die in der Stadt ihren Reichtum erwerben und später ebenso grausam und unerbittlich werden wie die Seigneurs auf dem Land, vor denen sie dereinst geflohen sind. Doch während es Gottes Wille ist, dass Adlige sich so benehmen, da sie nun einmal dafür geboren sind, liegt der Fall bei Männern wie Maurand anders. Sie eignen sich ein solches Verhalten selbst an und geben sich dabei besonders viel Mühe. Sie denken stets daran, dass ihre Väter von niedriger Geburt waren, und fürchten den Tag, an dem sie durch unglückliche Umstände womöglich wieder in ein armes Leben zurückgeworfen werden.

Meine Familie gehörte keineswegs zur Gruppe der Leibeigenen, aber wir standen auch nicht auf derselben gesellschaftlichen Stufe wie Maurand, und es war von Anfang an offensichtlich, dass er uns zu unterdrücken gedachte.

»Kommt her und lasst Euch einmal bei Licht betrachten«, befahl er.

Ich machte ein paar Schritte auf ihn zu. Er runzelte die Stirn. »Sie ist blass.«

»In den letzten Tagen war ihr nicht recht wohl«, erklärte meine Mutter.

»Was ist denn mit ihr?«

»Es ist nur ... nur die Zeit des Mondes«, erwiderte sie. Ich spürte, wie mir die Röte ins Gesicht stieg, und fragte mich, warum meine Mutter ihn anlog. Glaubte sie etwa immer noch, dass wir die Wahrheit vor der gesamten Stadt verbergen konnten?

Doch Maurand schien mit ihrer Antwort zufrieden zu sein.

»Sehr schön, sehr schön«, murmelte er und begutachtete mich von Kopf bis Fuß. »Für Leute wie Euch ist es ein großes Glück, eine so schöne Tochter zu haben.«

Scheinbar war er zu einem Entschluss gekommen. Er zog seine weichen Kalbslederstiefel wieder an und stand auf. »Ich verabschiede mich nun. Denkt über meine Worte nach! Ich werde Euch morgen wieder aufsuchen, um Eure Entscheidung zu hören.«

Er protzte mit einer kunstvollen Verneigung und verließ unser Haus.

Das Gesicht meines Vaters war vor unterdrückter Wut ganz bleich. Er hatte seine großen, schwieligen Hände zu Fäusten geballt.

»Was wollte er?«, fragte ich.

»Er wünscht, dich zur Frau zu nehmen, Madeleine«, sagte meine Mutter. »Das wäre natürlich ein großer Aufstieg für dich. Er besitzt Häuser in Toulouse und hier in Saint-Ybars nennt er nicht nur ein Gut sein Eigen, sondern auch ein prächtiges Stadthaus in der Nähe des Marktplatzes. Du würdest ein sorgloses, behagliches Leben führen.«

Ich blickte meinen Vater an. Er schwieg.

»Wenn du das möchtest«, fügte meine Mutter hinzu.

»Ich werde weder ihn noch jemand anderen seines Standes heiraten«, sagte ich und hörte selbst den schrillen, panischen Unterton in meiner Stimme. »Ich möchte Sicard heiraten.«

Ich konnte nicht glauben, dass sie mich zu einer Ehe zwingen würden, die ich nicht wollte.

Mein Vater lächelte und nickte mit dem Kopf. »Dann ist es ja gut, denn nichts im Leben würde mir mehr Vergnügen bereiten, als ihn abzuweisen und sein Gesicht nach dieser Beleidigung brennen zu sehen.«

Ich erwiderte meines Vaters Lächeln voller Erleichterung und Dankbarkeit. Er war kein armer Mann, aber durch diese Verbindung wäre er wirklich reich geworden. Die meisten anderen hätten das Angebot gewiss unwiderstehlich gefunden.

Ich glaube, dass ich ihn in jenem Augenblick mehr liebte, als ich jemals zuvor jemanden geliebt hatte.

*

Es war der Moment, kurz bevor die Sonne hinter den Bergen verschwindet, der Moment, in dem das Licht einfach vollkommen ist. Die fernen Hügel schienen auf einmal näher zu kommen, man hatte den Eindruck, nur die Hand ausstrecken zu müssen, um jeden Felsen, jeden Stein berühren zu können, wenngleich sie eine Wegstunde entfernt waren. Auf den Bergen ringsum wachsen lediglich magere Zwergeichen, außerdem Thymian, Lavendel, Buchsbaum und eine immergrüne Heide, die wir Garrigue nennen. Doch an einem verzauberten Abend wie diesem schienen selbst die sonnenverbrannten Gräser, der Mohn und der gelbe Stechginster in üppiger Fülle aus dem dürren Boden zu schießen.

Ich beobachtete, wie unter uns der Bucklige Fulquet aus dem Osttor trat. Über seiner Schulter trug er die wenigen kläglichen Zwiebeln, die er auf dem Markt verkaufen wollte. Ein paar kleine Jungen liefen hinter ihm her, verspotten ihn und bewarfen ihn mit Steinen.

Ich spürte, wie Sicards Hand meinen Rücken streichelte. »Hast du gehört, was geschehen ist? Eine Frau aus Montazels hat ihr Gesicht im Weiher der Madonna gebadet und behauptet nun, dass sie von ihrer Blindheit geheilt ist. Gestern haben sich die Menschen zu Hunderten auf den Weg zum Berg gemacht.«

Das waren schlechte Neuigkeiten. Ich wusste, was dies für mich bedeutete.

»Da kannst du sehen, was deine Einbildung angerichtet hat«, sagte er, und zum ersten Mal hörte ich einen Vorwurf in seiner Stimme.

»Es war keine Einbildung.«

»Dann war diese Frau also aus Fleisch und Blut, und du hast dir nur eingebildet, dass sie plötzlich verschwand.«

»Sie war mir so nah wie du jetzt, und als ich aufblickte, war sie fort. Wie ist das möglich?«

»Engel gibt es nur in der Bibel. Sie kommen nicht hierher nach Saint-Ybars.« Sicard war wütend.

»Ich habe nie gesagt, dass es ein Engel war. Ich habe keinerlei Behauptungen aufgestellt, Sicard. Und wenn von allen Einwohnern dieser Stadt noch nicht einmal du es glaubst, sollte ich mich wohl mit keinem von euch mehr abgeben!«

Ich sprang auf die Füße und ging davon. Er kam hinter mir hergelaufen und packte mich am Arm. »Sie sagen, dass der Inquisitor herkommen wird!«

Meine Knie gaben beinahe nach. Genau das hatte ich befürchtet: dass der Predigerorden in Toulouse auf mich aufmerksam würde. Selbst das Interesse des Teufels wäre mir lieber gewesen.

»Ich weiß, was ich gesehen habe!«

»Dann können wir nur hoffen, dass der Inquisitor dir glaubt.«

Ich schüttelte Sicards Hand ab und begann zu laufen. Er rief meinen Namen. Doch diesmal versuchte er nicht, mir zu folgen.

ELEONORE

Rauch, Hunde und herumlungernde Söldner füllten die große Halle. In der Luft hing der Geruch vergangener Mahlzeiten und die übliche staubige Muffigkeit, die im Sommer aus sämtlichen Mauern der Burg drang. Daran hatten wir alle uns schon längst gewöhnt. In einer Ecke standen mehrere Tische, auf denen in Kürze das Mittagessen meines Herrn serviert werden würde. Ich wusste, dass er es kaum erwarten konnte.

Die Flügel der schweren Eichentür öffneten sich, und das Mädchen Madeleine de Peyrolles trat ein. Einen Moment lang war sie in helles Licht getaucht, sodass ich meine Augen abwenden musste. Dann wurde die Tür geschlossen, und ich konnte sie klar und deutlich sehen.

Man konnte auf den ersten Blick erkennen, dass dies kein gewöhnliches Mädchen war. In seinen Augen lag ein seltsames Leuchten, außerdem waren sie von einem geradezu unnatürlichen Grün. Madeleine de Peyrolles besaß den unergründlichen Blick einer Katze. Ihr Haar war so rot wie das Fell eines Fuchses und hing ihr wild über die Schultern. Wild – dies war genau das richtige Wort für dieses Mädchen. Alles an ihr erschien wild und ungezähmt.

Raymond rutschte in seinem Stuhl mit der hohen Lehne unbehaglich hin und her. Wäre es nach ihm gegangen, so hätte ich Madeleine allein empfangen sollen. Ich hatte jedoch darauf bestanden, dass auch er anwesend war, damit er selbst sehen konnte, welchen Ärger sie machen würde. Die ganze Stadt wusste, dass sie eine Hexe war und ihre Mutter eine Quacksalberin, die das Fieber mit Kräutern und Zaubersprüchen behandelte und zudem Hebamme spielte. Ihr Vater war ein Wandersteinmetz, der an der Kathedrale des Heiligen Stefan in Toulouse gearbeitet und seine

Stellung dort unter mysteriösen Umständen verloren hatte. Er war vor ungefähr drei Jahren mit seiner Familie nach Saint-Ybars gezogen, und Raymond hatte ihn mit der Reparatur der alten, der heiligen Maria Magdalena geweihten Kirche beauftragt.

Vielleicht wäre es besser gewesen, wenn diese Familie nie hierher gekommen wäre. Diese Art von Wunder konnten wir nicht gebrauchen.

»Tritt näher, Mädchen!«, sagte ich, und Madeleine machte einen Schritt nach vorn. Sie wirkte niedergeschlagen und beinahe so, als könne sie kein Wässerchen trüben. Aber ich wusste es besser. Ihre Hände hingen zu Fäusten geballt an ihren Seiten. »Zeig es uns!«

Sie tat wie ihr geheißen und streckte die Hände aus.

In den Handflächen befanden sich zwei tiefe Wunden, die zu bluten anfingen, sobald sie die Fäuste öffnete. Erstauntes Gemurmel ging durch die Halle. Inzwischen hatten sich fast alle Burgbewohner hier versammelt, um diesen eigenartigen Empfang mitzuerleben.

Für mich war offenkundig, dass das Mädchen sich diese Wunden selbst beigebracht hatte.

Raymond rutschte erneut hin und her und rieb sich mit den Zeigefingern über die Schläfen.

»Hast du diese Male noch an anderen Stellen?«, fragte ich Madeleine.

Sie zog ihre Schuhe aus und hob den Saum ihres Rockes hoch. Auf ihren Füßen klafften zwei weitere Wunden, die so tief waren, dass man den weißen Knochen sehen konnte. Ich wunderte mich, dass das Mädchen überhaupt zu laufen vermochte. Die leichtgläubige Menge in der Halle keuchte vor Entsetzen und Überraschung.

»Wie bist du an diese Wunden gekommen?«

»Ich wurde überfallen, Herrin.«

»Überfallen?«

»Im Wald, von einem Räuber.«

»Einem Räuber? Wie kann ein Räuber derartige Wunden verursachen?«

»Er hatte einen Dolch, Herrin. Ich hielt die Hände hoch, um mich zu schützen.«

Zum ersten Mal zeigte Raymond ein gewisses Interesse und beugte sich vor. »Was ist mit deinen Füßen?«

»Ich stürzte und versuchte, ihn zu treten.«

»Ihn zu treten?« Er warf mir einen Blick zu. »Ihn zu *treten*?«, fragte er noch einmal.

Das war die unglaubwürdigste Geschichte, die ich je im Leben gehört hatte, obwohl meine Geduld schon viele Male von meinem Ehegatten auf die Probe gestellt worden war. Diese rätselhaften Wunden hatte sich das Mädchen auf jeden Fall selbst zugefügt. Wir hatten es hier eindeutig mit einer Unruhestifterin zu tun. Es war am besten, ihren Vater dazu zu bewegen, fortzugehen, sein Handwerk irgendwo anders auszuüben und seine lästige Tochter mitzunehmen. Doch dann wurde mir klar, dass es dafür wahrscheinlich bereits zu spät war.

Nicht allein ihre Lügen beunruhigten mich, sondern ihr Auftreten. Sie schien sich nicht im Geringsten vor uns zu fürchten, obwohl sie uns auf Gedeih und Verderb ausgeliefert war. Es gefiel mir nicht, dass sie immer wieder den Blick hob und uns anstarrte, als könne sie bis auf den Grund unserer Seele schauen.

Raymond beugte sich weiter vor und runzelte die Stirn. Sie verstörte ihn ebenfalls, aber er war wohl nicht sicher, wie er mit ihr verfahren sollte. Ihr konnte nichts zur Last gelegt werden, außer, dass sie Unruhe in die Stadt gebracht und mittlerweile zweifellos die Aufmerksamkeit des Bischofs in Toulouse erregt hatte.

»Wie lautet dein Name?«, wollte er schließlich von ihr wissen.

»Madeleine, Monseigneur. Madeleine de Peyrolles.«

Er nickte, als habe er gerade eine große Weisheit vernommen. Mein guter Raymond! Er besaß keinerlei Entschlusskraft, es sei denn, es ging um die Jagd.

»In der Stadt gibt es Gerede«, wandte ich mich an das Mädchen. »Man sagt, dir sei in einer Vision die Heilige Jungfrau erschienen.« Das Mädchen schien nicht gewillt, zu antworten, sodass ich gezwungen war, einen schärferen Ton anzuschlagen. »Nun? Hast du eine solche Vision gehabt?«

»Ja, Herrin.«

»Und wo war das?«

»An einem Weiher, Herrin. Er liegt eine Wegstunde nördlich der Stadt, über den Ruinen des Chatelets.«

Sie war dort gewesen, ohne Zweifel. In der Höhle. Was führte sie nur im Schilde? Wenn sie also inzwischen wusste, was sich in Wahrheit im Inneren der Höhle befand, warum hatte sie dann diesen Unsinn über die Madonna erfunden?

Raymond warf mir einen Blick zu. Er hatte die Veränderung in meinem Gesichtsausdruck bemerkt, sagte jedoch nichts. Ich gab mir Mühe, mein Unbehagen zu verbergen. »Hat diese Vision zu dir gesprochen?«, fragte Raymond.

Madeleine schüttelte den Kopf. »Ich glaube, es war nur die Sonne. Das Licht hat mich getäuscht. Es tut mir Leid, wenn ich Anstoß erregt habe.«

»Das Licht hat dich getäuscht?«, entgegnete mein Gatte höhnisch und blickte zu mir herüber, um festzustellen, ob mich diese Antwort beschwichtigt hatte. Dann ließ er sich gelangweilt in seinen großen Lehnstuhl zurücksinken. Er sah keinerlei Gefahr. Aber er kannte ja auch nicht mein großes Geheimnis.

»Warum muss ich hier sitzen und mir das anhören?«, fragte er.

»Was soll mit ihr geschehen?«

»Die Armen und Unwissenden sehen die Jungfrau überall. Ich kann daran nichts Verwerfliches finden. Wenn irgendein armer Siecher sich für geheilt hält und die Neuigkeit verbreitet, umso besser. Das bringt Pilger und mit ihnen Geld in die Stadt.«

»Und was ist, wenn es stattdessen den Bischof oder einen der Inquisitoren des Papstes herbringt?«

»Ihr seht in jedem Schatten den Teufel.«

Seine Selbstgefälligkeit erzürnte mich, doch was sollte ich machen? Ohne gewisse Überredungskünste würden wir nicht herausfinden, was das Mädchen tatsächlich wusste oder plante, und ich hatte weder die Absicht noch einen stichhaltigen Grund, solche Maßnahmen zu ergreifen.

Es war die sechste Stunde des Tages, und ich sah, dass es meinen Gatten nach seinem Mahl verlangte. Er entließ Madeleine de Peyrolles mit einer flüchtigen Geste. Ihre Eltern hatten im hinteren Teil der Halle gewartet und brachten sie rasch fort.

MADELEINE

Von den Cevennen fegte ein Sturm herbei und brachte Regen und bittere Kälte nach Saint-Ybars – mitten im heißesten Sommer, an den ich mich erinnern konnte. Der Schlamm auf dem Marktplatz wurde so dick wie Haferbrei. Da der größte Teil des Ernteguts bereits verkauft oder eingelagert war, trotzten nur wenige Menschen dem Wetter. Die Gauklertruppe, die in den letzten Wochen in der Stadt ihr Auskommen gefunden hatte, war weitergezogen, sodass auf dem Platz nur noch einige wenige frierende Hausfrauen mit ebenfalls frierenden Händlern um Eier und Salz feilschten. Ein Gewürzhändler, der für schuldig befunden worden war, seine Gewichte manipuliert zu haben, stand erbärmlich zitternd am Pranger. An diesem Tag waren noch nicht einmal Kinder zugegen, die ihn mit Steinen bewarfen.

Ich erledigte meine Besorgungen und verließ den Marktplatz, so schnell es ging. Ich konnte es kaum erwarten, mich zu Hause am Feuer aufzuwärmen. Zuvor musste ich jedoch noch den Bäcker aufsuchen und dann Talg für Kerzen kaufen. Als ich in die Gasse des Bäckers einbog, sah ich ihn. Er trug eine Kappe und seinen feinen Hermelinpelz und kam direkt auf mich zu. Seine prächtigen Stiefel schritten durch den Schlamm. Hinter ihm folgten seine beiden unverschämten Knechte.

Es gab für mich kein Entkommen, es sei denn, ich kehrte um und lief davon, doch das verbot mir mein Stolz. Stattdessen verneigte ich mich höflich und hoffte, einfach weitergehen zu können. Aber natürlich wich Maurand nicht von der Stelle. Er stemmte die Hände in die Hüften und versperrte mir den Weg. Angst schnürte mir die Kehle zu. Sein Atem roch nach Wein, obwohl es noch früh am Morgen war.

»Nun, da haben wir ja die junge Dame, die sich zu gut ist, die Frau eines bescheidenen Olivenhändlers zu werden.«

»Bitte lasst mich vorbei, mein Herr! Ich habe Besorgungen für meine Mutter zu machen.« Ich war zwar höflich, verhielt mich jedoch keineswegs wie eine Dienstmagd, sondern wie eine Dame seines Standes, die darüber verärgert ist, bei ihren Geschäften aufgehalten zu werden. Ich konnte nicht anders. Mein Stolz war schon immer einer meiner Fehler gewesen.

Mein Tonfall schien seine Laune nicht gerade zu heben. »Ihr haltet Euch also für so vornehm?«

»Mein Herr?«

»Glaubt Ihr denn, dieser Bursche wird jemals fähig sein, für Euch zu sorgen?«

»Ich verstehe nicht, was Ihr meint.«

»Euer Vater hat mir mitgeteilt, dass Ihr das großzügige Angebot ablehnt, das ich Euch und Eurer Familie gemacht habe. Er sagt, dass Ihr mich verschmäht. Und dass Ihr einen Lehrling zu heiraten wünscht.«

»Es ist so, wie mein Vater sagt.«

»Was für ein Mann ist Euer Vater, dass er sich von seiner Tochter sagen lässt, wen sie aus welchen Gründen heiraten will?«

»Ein guter Mann, mein Herr.«

»Ein schwacher Mann, meiner Einschätzung nach.«

»Wir alle haben das Recht, uns über andere eine Meinung zu bilden. Dieses Recht erwächst aus der Fähigkeit zu denken und zu sprechen.«

Nun wollte ich ihn reizen, und das wusste er.

»Euer Vater sollte Euch mit der Rute züchtigen! Ich würde solchen Eigensinn bei meiner Tochter niemals dulden. Aber wir werden ja sehen, wie es Euch ergeht, wenn Ihr erst einmal Kälte und Hunger leidet. Dann werdet Ihr bereuen, dass Ihr meine Aufmerksamkeiten verschmäht habt.«

»Mein Vater weiß, was das Beste für mich ist.«

»Euer Vater ist ein Narr!« Maurand packte mich am Ärmel meines Gewands. »Seht Euch doch nur einmal an! Wisst Ihr eigentlich, was Ihr abgelehnt habt? Wie viel hat dieses Kleid gekostet? Als meine Frau würdet Ihr Samt und Seide tragen und Perlen um den Hals. Wenn Ihr wolltet, könntet ihr in einem Bett schlafen, das so groß ist wie Euer jetziges Haus!«

»Ich fühle mich durch Euer Interesse wahrhaft geschmeichelt, mein Herr. Aber meine Liebe gehört einem anderen.«

»Liebe?«

Noch einmal versuchte ich, zu entkommen, doch Maurand ließ mich nicht vorbei. Dann wandte er sich an einen seiner höhnisch grinsenden Knechte. »Ist dies die Hexe, von der ich gehört habe? Diejenige, die auf dem Mont Berenger Geister wandeln sieht?«

Mich überlief ein kalter Angstschauer. Wer hatte es gewagt, mich so zu nennen? »Ich bin keine Hexe, mein Herr!«

Er sah den Ausdruck auf meinem Gesicht und wusste den Vorteil endlich auf seiner Seite. »Auf dem Marktplatz erzählt man aber etwas ganz anderes.«

Maurand griff meinen Arm und drängte mich in eine Nische zwischen zwei Häusern. Seine Knechte blieben in der Gasse stehen. Mir wurde klar, dass niemand uns beobachtete. Und selbst wenn – wer würde es wagen, einzugreifen? Ich war davon überzeugt, dass er sich mit Gewalt nehmen wollte, was er auf üblichem Wege nicht bekommen konnte. Doch es schien, als habe er lediglich vor, mir Angst einzujagen.

»Biete ich denn einen solch abstoßenden Anblick?«

»Nein, mein Herr«, erwiderte ich, »und wie ich Euch bereits berichtete, entsprach dies der Wahrheit. Aber weil Männer uns nur nach unserem Aussehen beurteilen, denken sie, dass wir dasselbe tun.«

»Ihr haltet Euch wohl für unwiderstehlich schön, Madeleine de Peyrolles! Ihr seid eitel!« Diese Anschuldigung traf in keiner Weise zu. Ich wusste, dass ich hübsch war, denn man hatte es mir oft genug gesagt, und außerdem konnte ich es im Spiegel sehen. Doch meine Schönheit war keineswegs das Beste an mir. Sicard hatte dies begriffen, im Gegensatz zu Maurand. Genau deshalb liebte ich den Lehrling meines Vaters und nicht diesen vornehmen Bürger.

»Denkt gut über Eure Entscheidung nach und darüber, was Ihr haben könntet«, zischte er mir mit heißem Atem ins Gesicht. »Ihr müsstet nie mehr im Regen zum Markt gehen. Ihr könntet Eure Diener all diese lästigen Pflichten für Euch erledigen lassen.« Nach diesen Worten schlug er mir mit großer Wucht den Korb aus der Hand, sodass die Eier, die ich gerade für unser Abendessen gekauft hatte, auf dem Kopfsteinpflaster zerbrachen und das Gemüse in der Gosse landete.

Vielleicht war er über seinen gewalttätigen Ausbruch selbst erschrocken, denn plötzlich wurde sein Tonfall sanft und verführerisch. »Wenn Ihr meine Frau wärt, dann wäre mir für Euch keine Samthaube und kein Geschmeide zu teuer. Denkt daran, ich bin nämlich nicht nachtragend und würde Euch bereitwillig eine zweite Chance geben. Wir könnten die Abweisung als jugendlichen Leichtsinn abtun.«

Ich fürchtete mich nicht länger vor ihm. Ich war einfach zornig darüber, dass er mich derart von oben herab behandelte. Möge Gott mir vergeben, aber wenn ich ein Messer gehabt hätte, hätte ich ihn auf der Stelle erstochen!

»Ich würde eher ein Schwein heiraten, als mit Euch das Bett zu teilen«, fauchte ich.

Möglicherweise war es falsch, einem Mann wie ihm so etwas an den Kopf zu werfen. Ich sollte in der folgenden Zeit sicherlich noch oft die Gelegenheit haben, meinen Wutanfall zu bedauern.

Maurands Gesichtsausdruck veränderte sich schlagartig.

Er schlug mich nicht, er drohte mir noch nicht einmal. Stattdessen verzog sich sein Gesicht zu einem Lächeln, und er nickte, als hätte ich ihm einen Herzenswunsch erfüllt. Dann drehte er sich um und ging davon.

Ich sammelte das Gemüse vom Boden auf und kehrte zum Markt zurück, um neue Eier zu kaufen. Als ich endlich nach Hause kam, rügte mich meine Mutter in der Annahme, dass ich mit den Händlern geschwatzt hatte. Schweigend ließ ich ihre Schelte über mich ergehen. Ich erzählte meinem Vater nicht, wie Maurand mit mir verfahren war. Mir war klar, dass er sich mit Rachegedanken getragen und uns nur noch mehr Schwierigkeiten eingebracht hätte.

Doch darüber hätte ich mir gar keine Gedanken machen müssen. Uns standen bereits genügend andere Probleme bevor.

ELEONORE

Der geheime Fluss strömt durch dieses Tal, seitdem es hier Menschen gibt.

Meine Familie kann auf eine lange Geschichte zurückblicken. In meinen Adern fließt Merowingerblut, Magierblut, denn die langhaarigen Könige, die einst über dieses Land herrschten, waren weise Zauberer. Es heißt, dass so mancher Kranke wieder gesund wurde, der lediglich den Saum ihrer Gewänder berührt hatte.

Ihr könnt dies nicht verstehen. Ihr könnt nicht verstehen, wie es für diejenigen von uns ist, die noch die alte Sprache sprechen, die Langue d'oc. Wir haben uns nie als Vasallen der Frankenkönige betrachtet. Wir sind überfallen und misshandelt worden und müssen nun vorgeben, unsere Herren und Meister zu lieben.

Unser Land ist regelrecht übersät mit alten und neuen Ruinen. Die Schreie der Vergewaltigten und Ermordeten hallen noch immer aus den zerbröckelnden Mauern. Hier trägt jeder Stein Narben und erinnert an jene Ereignisse.

Im Jahre 1265 des Herrn klammerten sich die wenigen unserer Familien, die übrig geblieben waren, an ihre kümmerlichen Güter wie Ertrinkende an den Rand eines Bootes. Wir wurden schwächer und schwächer und sollten schon bald untergehen. Dennoch kämpften wir weiter, in der Gewissheit, dass wir bald vernichtet werden würden.

Meine Vorfahren waren dereinst die Grafen dieses Tals und gute Katholiken. Doch als die Katharer kamen, kratzten sie die Wandgemälde, die Christus und die Kreuzigung zeigten, von den Mauern der Kapellen. Damals war die Kirche noch jung. Meine Ahnen konnten nicht vorhersehen, wozu jene Taten führen würden.

Schließlich es waren die Frauen meiner Familie, die uns mit Ketzerei befleckten. Einige gehörten zu den Priesterinnen der Katharer. Die Base meiner Mutter wurde gemeinsam mit vierhundert anderen Ketzern vor den Burgmauern von Montségur bei lebendigem Leib verbrannt. Diese unglückseligen Verbindungen sind der Grund, warum man in dieser Gegend vom Geschlecht der Saint Ybars so gut wie gar nicht mehr spricht.

Vielleicht seid Ihr mit der Geschichte dieses Ortes nicht vertraut und wisst nicht, dass der Heilige Vater in Rom sogar zum Kreuzzug gegen Christen aufrief und den Baronen aus dem Norden eine besondere Dispens erteilte. Daraufhin plünderten sie uns im Namen Jesu Christi aus, sie vergewaltigten uns und metzelten alles nieder. Der Papst hetzte Simon de Montfort auf uns wie einen Höllenhund, und zwanzig Jahre später bot unser Land ein Bild der Verwüstung.

De Montforts Männer trugen ein Kreuz auf ihren Umhängen, genau wie jene Soldaten, die in die Heiligen Kriege nach Palästina zogen. Auch die Entlohnung seiner Truppen war dieselbe: Ihre Sünden wurden ihnen vergeben, ihre Verbrechen galten als gesühnt, ihnen wurde ein Platz im Himmel zugesichert – und so viel Beutegut, wie sie nach Hause schleppen konnten.

Mein Vater verlor seine Burg und all seine Besitztümer und gehörte fortan zu den *Faidits*, den Enteigneten. Doch im Zuge des Waffenstillstands, den der Graf von Toulouse und der Papst vor fünfzehn Jahren vereinbarten, wurden ihm seine Ländereien zurückgegeben. Allerdings unter der Bedingung, dass die Burg nach seinem Tod in den Besitz des Seneschalls des Königs überging. Um dies zu verhindern, wurde ich mit dem Sohn eines Barons aus Burgund verheiratet, einem gewissen Raymond de Guiret.

Mir als letzter Tochter des Geschlechts der Saint-Ybars wurde es zur Pflicht, den magischen Fluss unseres Blutes zu erhalten. Die Aufgabe war nicht so schwer, wie ich befürchtet hatte. Anfangs fand ich Raymonds Manieren ungehobelt und seine Art von Humor primitiv. Ich war gebildeter als er, denn ich konnte Latein lesen und meinen eigenen Namen schreiben. Doch mit der Zeit gewöhnten wir uns aneinander und stellten fest, dass wir dank unserer gemeinsamen Liebe zur Jagd und zum Schachspiel eine Ehe ohne jede Bitterkeit zu führen vermochten. So manches Mal entdeckten wir – wenn auch widerwillig – sogar freundschaftliche Gefühle füreinander.

Ihr mögt Euch fragen, warum es so schwer für uns war, Freundschaft zu schließen. Dazu müsst Ihr wissen, dass Raymond ein leidenschaftlicher Katholik ist, der für die Vergangenheit meiner Familie zunächst nur Abscheu und Verachtung übrig hatte. Ich glaube, er hat mir nie völlig vertraut.

Wenn es der Herr in seiner Weisheit so gewollt hätte, wäre unser Geschick womöglich ein anderes gewesen. Doch die Jahre verstrichen, und ich enttäuschte sowohl meinen Vater als auch meinen Gatten, weil ich unfähig war, das zu tun, was für jede Frau das Natürlichste auf der Welt ist, sei sie nun gebildet oder nicht.

Ich konnte Raymond keine Kinder schenken.

Wir hatten unseren Trieben freien Lauf gelassen. Es gab Zeiten, in denen die Leidenschaft das Einzige in unserer Beziehung war, das uns mit Zufriedenheit erfüllte. Doch als Raymond schließlich erkannte, dass ich ihm nicht den ersehnten Erben gebären konnte, entfernte er sich von mir und wurde abweisend und kalt.

Ich musste den Tatsachen ins Auge sehen und mich mit meiner Unfruchtbarkeit abfinden. Nun würde also das Blut, das durch dieses Tal geflossen war, mit meinem Tod versiegen. Mein Bruder war nämlich ein eingeschworener Templer und mein Vetter ein Priester. Obwohl Letzterer nach allem, was man hörte, eine Reihe von Bastarden gezeugt hatte, kam natürlich keines dieser Kinder als Erbe für die Burg und die Ländereien von Saint-Ybars und Redaux in Frage.

Dieser Spätsommermorgen, dieser bittere Tag … Mein Leben war entschwunden wie der Nebel, der sich in den Sonnenstrahlen auflöste. Es war Erntezeit, und die Karren, die von den Weinbergen kamen, knarrten unter dem Gewicht der Körbe voller praller, roter Trauben. Meine Zukunft lag vor mir wie ein brauner, steiniger, öder Acker, der sich weit in die Ferne erstreckt, bis zu dem Punkt, wo der Morgendunst auf den trostlosen Himmel trifft.

*

Erneut beobachtete ich, wie die Pilger sich auf den Weg hinauf zum Mont Berenger machten, und wünschte mir, es gäbe eine Möglichkeit, sie davon abzuhalten. Aber die Menschen glauben nun einmal an den Glauben.

Dies war freilich ein gotteslästerlicher und vielleicht sogar ketzerischer Gedanke. Doch angesichts des Stroms von Stadtbewohnern und Leibeigenen, der sich aus den Toren ergoss und sich auf den Berg zubewegte, konnte ich unmöglich meine Zweifel und meine Verachtung unterdrücken. All diese Menschen hofften darauf, dass sie die Madonna sehen und ein Wunder erleben würden. Der Gedanke, dass sie in dieser Welt voller Sünde vollkommen allein dastanden, war zu schmerzlich für sie. Wenn es keinen Gott gibt, der Wunder vollbringt und die Fesseln des irdischen Daseins sprengt, dann erfinden wir eben einen – das liegt in unserer Natur.

Aber warum ausgerechnet am Mont Berenger? Wusste das Mädchen über mein Geheimnis Bescheid? War das Ganze eine Art Spiel?

Ich blickte abermals zum Stadttor hinüber. Die Reihe der Pilger war endlos: ein Krüppel, der auf seinen Händen lief, eine Familie auf einem Eselskarren, die Großmutter blind, eines der Kinder mit einem verkümmerten Bein, ein Mann, der seine blinde Frau führte. So viel Elend! Es war nur verständlich, dass diese Menschen sich an jede noch so kleine Hoffnung klammerten, an jede Aussicht, Gott nahe zu kommen.

Natürlich würde für keinen von ihnen ein Wunder geschehen. Sie alle würden enttäuscht nach Hause zurückkehren. Oder vielleicht doch nicht? Wenn sich ein hysterisches Mädchen einredete, dass es die Madonna erblickt hatte, würden sich womöglich auch andere von dem strahlenden Licht täuschen lassen.

*

Mein Bruder ritt kurz vor der Komplet in den Burghof hinein. Ich beobachtete, wie zwei Knappen größte Mühe hatten, sein Schlachtross in den Stall zu führen, einen riesigen weißen Hengst mit roten Augen und dampfenden Flanken. Die Ankunft eines Tempelherrn verursachte stets Unmut in der gesamten Burg. Einige glaubten, dass die Templer unter einem Zauber standen, andere hielten sie für Abgesandte des Teufels. Eine meiner Dienstmägde machte das Zeichen gegen den bösen Blick. Die Anwesenheit eines Templers in der Burg schreckte selbst die Söldner auf, die faul in der großen Halle herumlungerten.

Vielleicht wisst Ihr nicht, dass die Ritter des Templerordens sich von anderen Männern unterschieden. Manche Menschen fanden sie widerwärtig, ausnahmslos alle jedoch fanden sie Furcht erregend. Sie lebten wie Mönche nach bestimmten Ordensregeln und legten ebenfalls Keuschheits- und Armutsgelübde ab. Wer dem Orden beitrat, musste ihm seinen gesamten Besitz übergeben. Im Gegensatz zu gewöhnlichen Mönchen widmeten die Templer ihr Leben allerdings dem Krieg, und im Gegensatz zu gewöhnlichen Rittern hatten sie keine Möglichkeit, sich aus Schlachten freizukaufen, sondern kämpften bis zum Tod.

Seitdem mein Bruder im Alter von sechzehn Jahren in den Orden eingetreten war, hatte ich ihn nur selten zu Gesicht bekommen. Er hatte die vergangenen sieben Jahre damit zugebracht, in Outremer gegen die Sarazenen zu kämpfen, und war erst vor kurzem zurückgekehrt. Man hatte ihn gerade zum Komtur im nahe gelegenen Maurac ernannt.

Er kam in die Kapelle und schlug krachend die Tür hinter sich zu. Er hatte noch nie einen Raum leise betreten können. Zwei Tage zuvor hatte ich nach ihm geschickt und dem Boten eingeschärft, ausdrücklich auf die Dringlichkeit meiner Bitte hinzuweisen. Und mein Bruder hatte mich zwei Tage lang warten lassen.

Er war ein Mann wie ein Bär, und sein Gang verriet, dass er einen großen Teil seiner Zeit im Sattel verbrachte. Seine Stiefel waren dreckverkrustet, an den Spitzen der schweren Sporen klebte Blut. Mein kleiner Bruder …

Seit seiner Heimkehr aus dem Heiligen Land waren wir uns nur einmal begegnet, und ich konnte in ihm kaum noch den Knaben erkennen, mit dem ich hier in dieser Burg aufgewachsen war. Wie es die Templerregeln vorschrieben, trug er das Haar kurzgeschoren, damit es in der Schlacht nicht seine Sicht behinderte, und er hatte seinen Bart wachsen lassen. Auch ohne das Kreuz auf seinem Umhang war er mühelos als ein Mitglied der Kreuzritter zu erkennen. Adlige wie mein Gatte trugen ihr Haar länger und waren stets glatt rasiert.

Mein Bruder stank, das konnte ich selbst aus dieser Entfernung riechen. Ich kniete vor einer Statue der Heiligen Jungfrau, deren sanftmütiges Lächeln meiner Seele wohl tat. Er sank neben mir auf die Knie.

»Ich habe Eure Botschaft erhalten. Was ist so dringend, Schwester?«

»Das Mädchen hat die Höhle gefunden.«

»Ich habe davon gehört. Ein unglückseliger Zufall.«

»Sie sagt, sie habe dort die Madonna gesehen.«

»Und Ihr glaubt ihr?«

»Ich weiß nicht, was ich glauben soll. Aber in genau diesem Augenblick wandern Hunderte von Menschen zu einem Ort, den früher nicht einmal die Bären aufspüren konnten.«

»Ich werde mich darum kümmern.«

»De Montfort und all seine Soldaten haben die Grotte nie entdeckt. Wie ist es dann diesem Mädchen gelungen?«

»Was geschehen ist, ist geschehen! Wie gesagt, ich werde mich darum kümmern. Ich habe zwei Männer bei mir. Wir werden uns unverzüglich auf den Weg machen.«

»Was ist, wenn sie das Geheimnis kennt?«

»Sie ist nur die Tochter eines Steinmetzes, wie sollte sie es entdeckt haben?«

Er hatte natürlich Recht. Das Mädchen konnte schließlich nicht lesen …

»Ihr seht blass aus«, bemerkte mein Bruder.

»Meine Wangen werden ihre Röte wiedererlangen, wenn diese Sache erledigt ist.«

»Das wird bald der Fall sein.« Er wirkte belustigt. »Wofür betet Ihr, Schwester?«

»Für ein gutes Ende.«

»Das sollten wir uns alle wünschen.« Er erhob sich. »Geht mit Gott.«

»Geht mit Gott, Christian.«

Die Tür fiel donnernd hinter ihm ins Schloss.

MADELEINE

Wenn du einen Reiter auf dich zukommen siehst, springst du zur Seite, denn einen Ritter oder Seigneur kümmert es nicht, wenn sein Pferd jemanden niedertrampelt. Aber was tust du, wenn ein Ritter direkt auf dich zustürmt und du genau weißt, dass er die Absicht hat, dich zu töten?

Ich hörte meine eigenen Schreie nicht, doch ich muss geschrien haben. Ich lief so schnell, wie meine Beine mich zu tragen vermochten. Natürlich nutzte das gar nichts, da man einem Schlachtross nicht davonlaufen kann. Mein Korb mit Beeren und Kräutern landete im Graben. Als ich einen Blick über die Schulter warf, erkannte ich das rote Kreuz auf dem weißen Gewand. Es handelte sich also um einen Templer. Mit mir war es aus! Die Tempelherren konnten tun und lassen, was ihnen beliebte, und waren niemandem Rechenschaft schuldig.

Ich stolperte und fiel mit dem Gesicht in den Schlamm. Sofort versuchte ich, wieder aufzustehen, doch das Pferd war bereits über mir. Ich krümmte mich zusammen, schlug die Hände vors Gesicht und schrie.

Mir war klar, dass ich im nächsten Augenblick tot sein würde.

Aber der Templer hatte die Attacke abgebrochen und starrte aus seinem Sattel auf mich herab. Der Sattel war aus Eichenholz gefertigt und dermaßen groß, dass auf ihm ohne weiteres drei Mädchen wie ich Platz gefunden hätten. Der Ritter hatte sein Schlachtross vollkommen in der Gewalt. Wäre es sein Wille gewesen, dann hätte dieses Furcht erregende Ungetüm mich sofort zertreten, denn darauf war es abgerichtet. Von der eisernen Gebissstange in seinem Maul tropfte schaumiger Speichel auf mich herunter, und ich spürte seinen heißen Atem auf meinem Gesicht.

»Du bist das Mädchen, das die Madonna gesehen hat«, sagte der Templer. Ich hob den Blick, brachte jedoch keinen Ton hervor. Da ich es nicht wagte, ihm direkt ins Gesicht zu schauen, richtete ich meine Augen stattdessen auf die entzündeten, roten Furunkeln, die sich durch das Scheuern seiner Lederrüstung an seinem Hals gebildet hatten. Regen troff von seinem langen Umhang und von den Handschuhen, mit denen er die Zügel hielt.

»Mach den Mund auf, Mädchen, oder muss ich erst zur Peitsche greifen?«

»Ja … Herr.«

»Was hast du dort oben zu schaffen gehabt? Was hast du wirklich gesehen?«

»Ich sah eine Frau. Ich weiß nicht, wer sie war, und ich habe nie behauptet, es sei die Madonna gewesen!«

»Ich will wissen, was du dort oben gemacht hast.«

»Ich habe Beeren gepflückt.«

»Bist du in die Höhle gegangen?«

»Nein, Herr.«

»Lüg mich nicht an!«, brüllte er.

»Ich habe eine Frau gesehen! Das war alles!«

»Warum hast du überall erzählt, dass es die Madonna war?«

»Das habe ich gar nicht, Herr! Ich weiß nicht, wer es erzählt hat, ich weiß es nicht!« Ich wurde von heftigem Schluchzen geschüttelt und konnte mich kaum noch beherrschen.

»Bist du die Felsen hochgeklettert?«

»Die Felsen?«

»Zur Höhle. Bist du zur Höhle hochgestiegen?«

»Nein!«

»Bei Gott, wenn du mir nicht die Wahrheit sagst, werde ich dich auspeitschen!« Mit diesen Worten riss er die Zügel zurück, sodass sich sein Pferd aufbäumte. Die mächtigen Hufe krachten nur einen Zoll von meinem Gesicht entfernt wieder auf die Erde.

»Nein! Ich habe bloß eine Frau gesehen! Lasst mich!« Ich kreischte und schluchzte zugleich. Ich hatte mich nass gemacht. Noch niemals zuvor hatte ich solche Angst gehabt.

Der Templer beruhigte sein Ross. Ich nahm allen Mut zusammen und hob meinen Blick. Er starrte angeekelt auf mich herab, als sei ich ein Haufen Dung, dem er auf der Straße ausweichen musste. »Du bist mir hier nie begegnet und du hast niemals mit mir gesprochen. Hast du verstanden?«

Ich nickte.

»Hast du verstanden?«, schrie er.

»Ja, Herr.«

Er galoppierte davon.

*

Das zweite Wunder war mir sehr viel weniger willkommen als das erste. Um es zu verbergen, trug ich fingerlose Handschuhe, obwohl der Wechsel der Jahreszeiten nur kaum merklich vonstatten ging und das Wetter immer noch warm war. Meine Füße ließen sich leichter verstecken als meine Hände. Allerdings konnte ich sie nicht verbinden, weil man die Bandagen in meinen Schuhen gesehen hätte.

Ich wollte in aller Frühe das Haus verlassen, um zum Markt zu gehen. Meiner Mutter fiel natürlich sofort auf, dass etwas nicht stimmte.

»Was hast du, Mädchen?«

»Was meint Ihr, Mutter?«

»Es ist doch noch viel zu warm für Handschuhe.«

»Heute Morgen ist es recht frisch draußen.«

»Du humpelst ja. Hast du dich verletzt?«

Ich nahm meinen Korb und versuchte, an ihr vorbei zur Tür zu hasten, doch sie packte meinen Arm und hielt mich zurück. Ihre Finger gruben sich in das Fleisch meines Oberarms. Meine Mutter war eine zierliche Frau, aber sie verfügte über sehr viel Kraft.

»Zeig her!«

Mir blieb nichts anderes übrig, als die Handschuhe auszuziehen und die Wunden an meinen Händen zu enthüllen.

Meine Mutter wurde aschfahl. Dann blickte sie mir ins Gesicht, und ich erkannte die Angst in ihren Augen. »Woher hast du diese Wundmale?«

»Ich weiß es nicht.«

»Sag die Wahrheit!«

»Ich weiß es nicht!«

Sie begann mich zu schlagen, wie es ihr Recht als Mutter war. Doch sie tat es widerwillig und weinte noch eher als ich.

»Hat dich jemand misshandelt? War das Sicard?«

»Sicard würde mir niemals wehtun!«

»Wer war es dann?«

Ich rollte mich in einer Ecke zusammen, um meinen Kopf vor weiteren Hieben zu schützen, wenngleich sie nur noch schwach auf mich niedergingen. Plötzlich hielt meine Mutter inne, bückte sich und streifte mir die Schuhe ab. Als sie die Wunden an meinen Füßen sah, schnappte sie nach Luft. Sie wusste offenbar, was dies bedeutete. Sie hatte geglaubt, dass das Wunder ein Segen für uns sein würde. Sie hatte sich geirrt.

SUBILLAIS

Der Provinzler war ein wenig einnehmender Mann. Seine Manieren und seine Kleidung zeigten deutlich seine übermäßige Vorliebe für weltliche Güter. Ich ließ ihn stehen, nicht um meinetwillen, sondern um ihn Demut zu lehren, von der er meiner Einschätzung nach zu wenig besaß. Doch er hatte behauptet, ein guter Christenmensch und Anhänger der Kirche zu sein. Er hatte um diese Audienz ersucht, weil er den Heiland hier im Süden des Landes verteidigen wollte.

Das Wetter war kalt geworden. Es ging auf den Winter zu, und die Scheite im Kamin reichten kaum aus, das Skriptorium an diesem dunklen Morgen zu erwärmen.

»Wer seid Ihr und was ist Euer Begehr?«, fragte ich.

»Mein Name ist Almaric, Euer Exzellenz, Almaric du Foix. Ich bin ein armer Müller aus Saint-Ybars.«

Seine hohe, schrille Stimme war nur schwer zu ertragen. Der Jagdhund, der vor dem Feuer lag, stellte die Ohren auf und knurrte. Ein armer Müller! Hätte das der Wahrheit entsprochen, wäre mir ein solcher gerade zum ersten Mal begegnet.

»Und was hat ein armer Müller zu berichten, das für die Heilige Inquisition hier in Toulouse von Interesse sein könnte?«

Er scharrte mit den Füßen und vermochte mir nicht in die Augen zu sehen. Ich war es natürlich gewohnt, dass man mich zu belügen versuchte, und hatte eine Nase dafür entwickelt.

»Euer Exzellenz haben gewiss schon von dem Wunder gehört – so nennt man es –, das in unserem bescheidenen Städtchen geschehen ist.«

Ach ja. Die Steinmetztochter, die in den Bergen über Saint-Ybars die Heilige Jungfrau gesehen hatte. Derartige Vorkommnisse beunruhigten uns, besonders, wenn sie sich in diesen Breiten ereigneten. Fast ein Jahrhundert lang hatte jegliche Art von grässlicher Häresie den Süden des Landes verseucht, daher fiel es mir schwer, mir hier ein echtes, reines Wunder vorzustellen. Man musste schon eher den Verdacht haben, dass Hexerei und der Teufel im Spiel waren.

»Wir haben davon gehört.«

»Das Mädchen, das dies erzählt hat … ich glaube, es ist …«

»Sprecht!«

»Ich glaube, es ist eine Hexe. Eine Hexe und eine Ketzerin!«

»Tatsächlich? Und aus welchem Grund erhebt Ihr eine solche Anschuldigung, Almaric du Foix?«

»Ich habe das Mädchen mit meinen eigenen Augen gesehen, Euer Exzellenz. Es hat in der Nacht Kräuter gesammelt und den Mond beschworen.«

»In der Nacht, sagt Ihr?« Hier stimmte etwas nicht. Bei derlei Anklagen konnte immer Eifersucht oder Vergeltung eine Rolle spielen. »Und wie kommt es, dass Ihr das Mädchen des Nachts diese Dinge tun saht?«

»Ich gebe zu, dass ich eine Zeit lang sehr von ihr angetan war, aber … aber sie wies mich ab und sagte, fleischliche Lust sei ein Werk des Teufels.«

Almaric hob den Blick, um die Wirkung seiner Worte auf mich zu ergründen. Nun, dies war tatsächlich eine ketzerische Aussage! Da die Katharer die materielle Welt für ein Übel hielten, glaubten sie, der Beischlaf sei ebenfalls schändlich, weil er neues Leben schafft und somit noch mehr Seelen zu einem Dasein voller Elend auf der Erde verdammt. Sie sagten, dass es für einen Mann ebenso verwerflich sei, körperliche Beziehungen zu seiner Ehefrau zu unterhalten wie zu seiner Mutter.

Falls das Mädchen wirklich solchen Überzeugungen anhing, würde es befragt werden müssen.

»Sprecht weiter«, forderte ich den Mann auf.

»In meiner Torheit glaubte ich, einen Nebenbuhler zu haben, und folgte ihr eines Nachts. Ich dachte, sie habe ein Stelldichein mit einem anderen Mann. Doch was ich dann sah, ließ mir das Blut in den Adern gefrieren.«

Ich beugte mich vor. »Was habt Ihr gesehen?«

»Sie sammelte Kräuter und grub mit bloßen Händen Wurzeln aus der Erde. Dann erhob sie ihre Arme zum Mond und stimmte ein Teufelsgebet an.«

»Was genau sagte sie?«

»Sie rief die Große Mutter an, die Göttin der Erde.«

Eine erbärmliche Geschichte. Ein Mann, der von seinen unerfüllten Begierden dazu getrieben wird, der Kirche zu dienen, ist im Grunde kein Diener Gottes. Dennoch konnte ich die Beschuldigungen nicht einfach übergehen, denn vielleicht lag doch ein Körnchen Wahrheit in ihnen. Die Berichte über die wundersamen Visionen dieses Mädchens hatten mich schon länger beunruhigt, und es schien, als sei meine Sorge nicht unberechtigt. Es war also nötig, dass ein Inquisitor, der mit ketzerischer Verderbtheit vertraut war, dorthin reiste. Er sollte die Wahrheit ans Licht bringen.

Unter dem Blick der Gerechten trat der Müller unbehaglich von einem Fuß auf den anderen. Ich ließ ihn noch für eine Weile stehen und beobachtete, wie er sich wand. Dann schickte ich ihn fort. Wäre er der einzige Ankläger gewesen, hätte ich nicht eine solche Unruhe verspürt. Doch ein Karrenmacher aus derselben Stadt hatte eine ähnliche Behauptung aufgestellt.

Ich selbst würde diesem Saint-Ybars einen Besuch abstatten müssen, um herauszufinden, was der Teufel dort ausbrütete.

*

Mir ist vorgeworfen worden, ich sei zu nachsichtig mit den Feinden des Lammes, und ich wünschte, dem wäre nicht so. Christus blutet jeden Tag aufs Neue für unsere Sünden, und vor allem in unseren Breiten erfährt er immer wieder Schmerz durch jene, die vor dem Kreuz und allem, was es symbolisiert, ausspucken. Jesus ermahnt uns wegen unserer Sünden und fordert uns auf, von ihnen abzulassen und ihm zu vertrauen. Ich begreife nicht, wieso dies für einige Menschen so schwer zu verstehen ist.

Jene unter Euch, die mich seinerzeit gut kannten, werden wissen, dass ich Gewaltanwendung niemals leichtfertig guthieß. Aber ein Mensch muss für seine Sünden büßen, das ist Gottes Wille. Wenn ich von Zeit zu Zeit zum Werkzeug Gottes erwählt wurde, nahm ich diese Bürde mit Demut auf mich. Ich zog keinerlei Befriedigung aus ihr. Es ist wichtig, dass Ihr dies wisst.

Vom Fenster des Skriptoriums aus ließen sich der Kreuzgang und der Garten überblicken, und diese Aussicht verschaffte mir ein Gefühl von Ruhe und Frieden. Der Garten selbst war ein vortreffliches Zeichen für Gottes Vollkommenheit. Das Rechteck aus Pflastersteinen, das ihn umgab, stand für die erschaffene Welt. Die zwei Wege, die ihn in vier Teile teilten, stellten die vier Arme des Kreuzes und die vier Flüsse von Eden dar, und im Brunnen in der Mitte spiegelte das Wasser den Himmel, wie die Erde den himmlischen Frieden spiegeln sollte.

Während ich auf diese Weise über die Vollkommenheit von Gottes Schöpfung meditierte, vermochte ich, meine Gedanken zu sammeln und zu ordnen.

Noch eines müsst ihr begreifen: Untersuchungen von Ketzerei wurden anders durchgeführt als zivilrechtliche Verfahren. Im Falle eines Mordes oder Diebstahls wurde es beispielsweise dem Kläger überlassen, den Täter festzunehmen. Danach war er verpflichtet, vor seinem Seigneur entweder die Schuld des Angeklagten zu beweisen oder ein Bußgeld wegen Verleumdung zu zahlen. Doch wenn ein Geistlicher betroffen war oder wenn es um den Vorwurf der Ketzerei ging, wurde der Sachverhalt von einem Kirchengericht untersucht und verhandelt.

Nach den Feldzügen gegen die Häretiker hier im Süden bestimmte der Heilige Vater höchstpersönlich einige Brüder unseres Ordens dazu, nach ketzerischen Lehren gegen den wahren Glauben zu forschen. Sie sollten die Häresie ausrotten – und das in einer Bevölkerung, die vollständig mit ihr infiziert war. Es wurde sogar vermutet, dass es hier keine einzige Familie gab, die nicht in irgendeiner Weise verderbt war.

In den frühen Jahren bereisten unsere guten Brüder das Land rund um Toulouse und stellten in jedem einzelnen Bezirk Nachforschungen an. Doch die Menschen sind in der Tat niederträchtig. Einige unserer Inquisitoren und Ordensbrüder wurden schwer misshandelt oder gar getötet, während sie ihre heilige Pflicht erfüllten. Vor weniger als zwanzig Jahren waren zum Beispiel zwei unserer Mönche ermordet worden, weil sie unsere Register bei sich trugen.

Seitdem wurden die Register stets im Priorat unter Verschluss gehalten, und die meisten Untersuchungen wurden hier in Toulouse in unseren bescheidenen, aber gut bewachten Räumlichkeiten in der Nähe des Chateau Narbonnais durchgeführt. Notare und Schriftführer im Dienst der Heiligen Inquisition unterstützten unsere Arbeit. Wenn wir in einem bestimmten Dorf oder in einer Stadt Nachforschungen betrieben, wurden die Zeugen und Verdächtigen hierher beordert, damit sie ihre Aussagen machen oder sich zu den Beschuldigungen äußern konnten. So war es üblich.

Doch in diesem speziellen Fall hatte ich den Eindruck, dass es uns mehr nutzen würde, wenn zumindest die erste Untersuchung in Saint-Ybars selbst stattfand.

Meine Entscheidung gründete sich natürlich auf die Berichte über die wundersamen Heilungen an jenem Tümpel, den die Einheimischen bereits den Teich der Madonna nannten. Ich wünschte solche Wunder mit eigenen Augen zu sehen – sofern es sich denn tatsächlich um Wunder handelte. Zugleich würde ich die Tochter dieses Steinmetzes überprüfen und feststellen, ob ihre beiden Mitbürger sie zu Recht beschuldigt hatten.

Ich würde Diener benötigen, die als Wachen und Boten dienten, zudem einen Notar und einen Vikar, der mich begleitete und mir bei meinen Bemühungen zur Hand ging.

Ich schickte nach Bruder Bernard Donadieu.

BERNARD

Nach der Terz bestellte mich Bruder Subillais in seine Zelle, einen kahlen Steinraum mit einem Holzstuhl und einem kleinen Tisch als einzige Möbelstücke. Ein Notar in Diensten des Ordens saß am Tisch, hatte Schreibzeug und Pergamentpapier ausgebreitet und wartete darauf, mit der Arbeit beginnen zu können.

Bruder Subillais war an jenem Morgen blass und rieb sich das rechte Knie. Obwohl er selbst nie darüber klagte, wusste ich, dass er an Rheumatismus litt.

Wir begrüßten einander, dann sagte er mir, warum er mich hatte kommen lassen.

»Wir haben beunruhigende Berichte aus Saint-Ybars erhalten.«

»Geht es um die *Parfaits*?«, erkundigte ich mich. In den Bergen lebten immer noch einige von ihnen. *Parfaits* hießen die Priester der Katharer, von denen es hier im Süden nur so gewimmelt hatte, bevor Simon de Montfort und seine Soldaten das Land für das Christentum zurückgewannen. Unserem Orden war die Aufgabe zugefallen, auch den letzten Makel dieser Ketzerei zu beseitigen, doch unsere Arbeit war noch lange nicht getan. Es hatte mich schon immer verwundert, wie hartnäckig ein Sünder an seinem unrechten Weg festhalten kann. Der größte Teil der *Parfaits* – darunter auch viele Frauen – war über die Berge nach Aragon geflohen, aber bisweilen kehrte einer von ihnen zurück und versuchte, die Gedanken der Leichtgläubigen und leicht zu Beeindruckenden zu vergiften.

»Nein, dieses Mal nicht«, erwiderte Bruder Subillais. »Es handelt sich um eine außergewöhnliche Sache. Ein Mädchen aus jenem Ort behauptet, an einem Teich auf dem Mont Berenger die Madonna gesehen zu haben. Waren dir diese Gerüchte bekannt?«

Ich musste zugeben, dass ich nichts davon wusste.

»Die Madonna?«, wiederholte ich und verspürte einen Anflug von Angst, da ich bereits ahnte, wohin dieses Gespräch führen würde.

»So sagt man zumindest.«

»Und du bist der Meinung, dass an diesen Gerüchten nichts Wahres ist?«

»Was mich beunruhigt, Bruder Donadieu, sind die Geschichten von Wunderheilungen, die an jenem Ort stattgefunden haben sollen. Und nun machen Pilger auf dem Weg nach Santiago de Compostela in Saint-Ybars Halt, um den Teich zu besuchen.«

Ich schlug vor, dass der Bischof von Toulouse und der päpstliche Legat in Avignon auf der Stelle über diese Gerüchte unterrichtet werden sollten. Außerdem sollte jemand aus dem Bistum nach Saint-Ybars reisen, um der Angelegenheit nachzugehen.

Visionen von der Madonna stellten sich natürlich häufig als reine Erzeugnisse weiblicher Phantasie heraus. Doch Wunder konnten ausgesprochen einträglich sein. Durch weinende Statuen und Reliquien der Maria Magdalena wurden sogar der Bau und der Unterhalt von Kathedralen finanziert. Es gab kaum eine Kirche in der christlichen Welt, in der nicht wenigstens eine Heiligenreliquie aufbewahrt wurde. Damit ließen sich Pilger anlocken, die dafür zahlten, dass sie den Schrein zu sehen bekamen und dort den Segen erhielten. Meiner Ansicht nach hatten derartige Geschäfte eigentlich keinen Platz im geistlichen Leben. Doch ohne solche Einkünfte hätte sich vieles gar nicht finanzieren lassen.

»Möglicherweise kann die Angelegenheit der Kirche doch von Nutzen sein«, sagte ich.

»Es gibt dabei aber eine Schwierigkeit. Das Mädchen, das die Vision hatte, ist von zwei Mitbürgern der Hexerei und Verbreitung von Häresie beschuldigt worden.«

Bruder Subillais erhob sich und humpelte zum Fenster. »Hast du jemals den Teufel gesehen, Bruder Donadieu?«

Ich war bestürzt. Ich weiß, dass der alte Widersacher real ist, und glaube ebenso fest an seine Existenz wie an die Anwesenheit

Gottes. Es ist ein grundlegender Lehrsatz unserer Religion. Aber die Frage, ob ich ihm schon einmal begegnet sei, überraschte mich.

»Nein, ich denke nicht, dass ich ihm jemals begegnet bin. Und ich hoffe, dass ich ihn auch niemals schauen werde.«

»Aber das kannst du gar nicht verhindern, Bruder Donadieu, es sei denn, du verbringst dein ganzes Leben in der Wüste. Ich habe ihn schon viele Male gesehen und du ebenfalls. Der Teufel ist überall! Sein Antlitz ist dasjenige einer Frau.«

Er warf mir einen Blick zu, als wisse er alles von mir. Ich spürte, wie meine Wangen zu brennen begannen, und fragte schnell: »Diese Frau in Saint-Ybars – wie lautet ihr Name?«

»Ihr Name ist Madeleine. Madeleine de Peyrolles. Ihr Vater ist ein Steinmetzmeister.« Er wandte sich vom Fenster ab und schaute mich an. »Bruder Donadieu! Geht es dir gut?«

»Ich fühle mich heute Morgen ein wenig unwohl.«

»Vielleicht wäre ein Aderlass hilfreich.«

»Ich wurde erst in der vergangenen Woche zur Ader gelassen.«

»Dann ein gutes Purgativ für die Gedärme und die Galle. Für unsere Reise musst du dich guter Gesundheit erfreuen.«

»Unsere Reise?«

»Du wirst selbstverständlich mit mir kommen, als mein Vikar. Wir werden dieses Mädchen ausfindig machen und es verhören. Die Ereignisse in Saint-Ybars bedürfen einer gründlichen Untersuchung.«

»Du beabsichtigst, in die Berge zu reisen? Ist das nicht gefährlich?«

»Es ist in der Tat gefährlich, Bruder Donadieu. Doch wir handeln zur Ehre Gottes, und unsere eigenen Leben sind bedeutungslos.«

»Ich fürchte nur, dass ich für diese Aufgabe nicht besonders geeignet bin. Ist in einem solchen Fall nicht jemand mit mehr Erfahrung erforderlich?«

»Wie gewinnt man an Erfahrung? Indem man an der Seite

eines älteren Mannes steht und lernt, was dieser an Wissen weiterzugeben hat. Ich habe dich beobachtet, Bruder Donadieu. Gott hat dir einen wachen Geist und ein ausgezeichnetes Verständnis für sein Wort geschenkt.«

»Aber meine Gesundheit ist zurzeit nicht die beste.«

»Wie meinst du das?«

»Meine Körpersäfte sind nicht im Gleichgewicht. Und ich werde oft von Fieber geplagt.«

Bruder Subillais lächelte. Er legte meinen Widerwillen als Feigheit aus und war daher umso entschlossener, mich mitzunehmen. »Bete zu Gott, dass er dir Stärke verleihen möge. Und nun lass uns wieder an die Arbeit gehen!«

Damit war ich entlassen. Einer Ohnmacht nahe blieb ich draußen vor dem Skriptorium stehen. Das Blut rauschte in meinen Ohren. In meine Panik mischte sich ein erschreckendes Gefühl von Erregung, ja sogar Erwartung.

Der Weg in die Berge würde mich mit Wundern konfrontieren und mit Häresie. Und er würde mich zu Madeleine de Peyrolles führen.

MADELEINE

Der Feiertag zu Ehren des Heiligen Simon und des Heiligen Judas Thaddäus lag hinter uns. Langsam neigte sich der Herbst seinem Ende zu, und der neue Steinfußboden in der Kirche war mit Stroh bedeckt worden, um den Mörtel vor Frostrissen zu schützen. Die Tagelöhner und Aushilfen waren ausbezahlt worden, und Sicard und mein Vater arbeiteten nun im Kapitelsaal.

Die beiden würden die kalten Monate damit verbringen, die Steine für die Nischen und Fenster zu meißeln, zu verzieren und Skulpturen anzufertigen. Ich kann mich noch genau an jenen Morgen erinnern, daran, wie sie schweigend nebeneinander arbeiteten und ihr Atem in der Luft zu gefrieren schien. Sie trugen trotz der Kälte fingerlose Handschuhe, denn die Beweglichkeit ihrer Hände durfte in keiner Weise eingeschränkt sein.

Als ich eintrat, blickte mein Vater auf, jedoch erschien kein Lächeln auf seinem Gesicht. Ich merkte sofort, dass etwas nicht stimmte. Auch Sicards Miene war düster.

Ich stellte den Korb mit ihrem Mittagessen auf eine Bank. Da die beiden keine Anstalten machten, ihre Arbeit zu unterbrechen, ging ich zu Sicard hinüber, um seine Geschicklichkeit zu bewundern. Ich liebte es, ihm zuzusehen, doch für gewöhnlich klagte er dann, er könne sich nicht konzentrieren, wenn jemand neben ihm stehe. An diesem Tag ignorierte er mich jedoch völlig, und mir wurde klar, dass es schlechte Neuigkeiten geben musste.

Er meißelte und meißelte.

Ich war an die stilisierten Statuen der Heiligen Jungfrau in den Kathedralen von Toulouse gewöhnt, die stets kühl und unnahbar wirkten und deren Körper unter den Gewändern verborgen blieben. Sicards Maria jedoch war dem richtigen Leben nachempfunden. Spielerisch balancierte sie das Jesuskind auf ihrer Hüfte, genau wie die Mütter, denen man jeden Tag auf den Straßen der Stadt begegnete. Ihr Gewand wirkte so echt, dass man den Eindruck hatte, es müsse bei jedem Windstoß neue Falten werfen. Es war die Madonna, wie ich sie mir immer vorgestellt hatte, genau wie die Frau, die ich an jenem Tag auf dem Mont Berenger erblickt hatte. Die Göttin war zu einem Menschen geworden, zu einer von uns. Die Statue gehörte zu den schönsten Dingen, die ich je in meinem Leben gesehen hatte.

»Gefällt sie dir?«, fragte Sicard schließlich doch.

»Sie ist wunderschön!«

Mein Vater trat zu uns. »Der Junge ist begabt, nicht wahr?«

Es war nicht nötig, darauf zu antworten.

»Ich muss mit dir reden, Madeleine«, sagte er dann.

Nun kamen sie also, die schlechten Neuigkeiten. Sicard drehte sich nicht um, während ich meinem Vater folgte.

Er steckte den Hammer in seine Schürze, starrte zu Boden und scharrte mit dem Stiefel einen großen Steinsplitter hin und her. Wir standen im schattigen Inneren der alten Kirche. Die Säulen sahen aus wie die verrottenden Knochen eines riesigen Tieres.

»Deine Mutter und ich hatten ein Gespräch«, begann er.

»Geht es um Monsieur Maurand?«

»Er lässt uns keine Ruhe. Er will eine Antwort.«

»Aber du hast ihn doch schon einmal abgewiesen.«

»Du scheinst nicht zu verstehen. Er ist ein mächtiger Mann und kann mir das Leben sehr schwer machen. Es ist schließlich nicht meine Schuld, dass wir in diesem Misthaufen hier gelandet sind.«

Ich spürte die Röte in meine Wangen steigen. Dies war das erste Mal, dass er auf die Geschehnisse in Toulouse anspielte.

»Ich bin Sicard versprochen.«

»Sicard muss fortgehen, wenn er Steinmetz werden und etwas aus sich machen will. Wie lange wird er fort sein? Zwei Jahre, drei? Und du bist eine erwachsene Frau und schon seit geraumer Zeit heiratsfähig.«

»Ich werde Monsieur Maurand nicht heiraten.«

»Meiner Ansicht nach bleibt dir nichts anderes übrig, Mädchen.«

»Ich habe gelobt, auf Sicard zu warten!«

»Und wie lange?«, schnappte er. Dann wurde seine Stimme wieder sanft. »Du kennst diesen Maurand nicht. Ich kann mich ihm nicht nur dir zuliebe widersetzen. Und da ist noch etwas anderes. Als wir noch in Toulouse lebten, wolltest du als Novizin ins Kloster gehen, und ich habe mich bemüht, es dir auszureden. Das würde ich nun nicht mehr tun.«

Dieser letzte Satz überraschte mich. Ich begriff nicht, wohin diese Unterhaltung führen sollte. »Was willst du mir damit sagen?«

»Entweder heiratest du Maurand oder du trittst ins Kloster ein. Das ist für uns alle das Beste. Falls Sicard deinetwegen zurückkommt, können wir später über eine Heirat reden. Aber es geht nicht, dass du mir weiterhin solche Schwierigkeiten machst.«

Ich hatte mich auf die Geduld und Nachsicht meines Vaters verlassen, doch offenbar war dies ein Fehler gewesen. Heiße Tränen stiegen mir in die Augen. Ich konnte nicht glauben, was ich gerade von ihm gehört hatte. Ich wandte mich um und lief so schnell ich konnte nach Hause.

Dort trat ich meiner Mutter gegenüber. Schuldbewusst und trotzig zugleich blickte sie mich an. Nun verstand ich, was geschehen war – sie hatte meinen Vater dazu gebracht, mich vor diese Entscheidung zu stellen.

»Was hast du getan?«, stieß ich hervor.

»Nein, Mädchen – was hast *du* getan?« Sie betrachtete meine Hände in den fingerlosen Handschuhen und dann meine Schuhe, die das durchsickernde Blut befleckt hatte.

»Das hat nichts mit Sicard zu tun.«

»Unsere Entscheidung auch nicht.«

»Ich kann Maurand nicht heiraten!«

»Du hast das Leben deines Vaters schon einmal zerstört. Ich lasse nicht zu, dass du ihm das ein zweites Mal antust.«

Ich tobte. Ich flehte. Meine Mutter blieb unerbittlich. Ihre Kälte erschreckte mich und veränderte etwas in mir. Ich hatte geglaubt, dass meine Eltern immer auf meiner Seite stehen würden. Doch das Schicksal hatte eingegriffen, und nun gab es nur noch zwei Möglichkeiten. War ein Leben in Seide und Damast denn wirklich solch ein schweres Los, wenn man es mit dem in Habit und Schleier verglich?

Keineswegs, denkt Ihr vielleicht. Doch in dem Fall würdet Ihr meinen Stolz außer Acht lassen.

*

Wir wussten zwar nicht, dass dies unser letzter gemeinsamer Feiertag sein würde, doch uns war klar, dass unsere Trennung bevorstand. Das machte uns leichtsinnig, sodass wir in den Wald liefen, vom Pfad abwichen und in das Dickicht eintauchten. Die Wälder rings um Saint-Ybars waren ein gefährliches Gebiet. Nach einiger Zeit stießen wir auf einen Hirsch. Er war so nah, dass wir ihn beinahe berühren konnten. Er blickte uns mit samtschwarzen Augen an, bevor er mit einem Satz im Unterholz verschwand.

Sicard brütete vor sich hin. Er hatte kaum ein Wort gesprochen, seitdem wir die Stadtmauern hinter uns gelassen hatten. Mir waren diese Anfälle düsteren Schweigens wohl bekannt als Vorboten irgendeiner gewagten Tat. Wie zum Beispiel dem Versuch, mitten im Winter die Furt bei Serres zu durchschwimmen – das Ergebnis einer Wette, die Sicard in trunkenem Zustand mit einem anderen Steinmetz geschlossen hatte. Damals war er in die Strömung geraten und beinahe ertrunken.

»Komm mit mir!«, rief er plötzlich.

»Wohin?«

»Nach Toulouse.«

»Wie soll das gehen? Du kannst kaum für dich selbst sorgen, geschweige denn für eine Frau.«

»Wir werden es schon irgendwie schaffen.«

»Das würde mein Vater niemals erlauben.«

»Es muss doch eine bessere Möglichkeit geben, man kann uns doch nicht einfach auseinander reißen.«

»Besser für dich vielleicht.«

»Ich lasse nicht zu, dass du das tust!«

»Keiner von uns beiden kann etwas daran ändern.«

Sicard lief ein Stück voraus und wandte sich dann um, sodass wir uns genau gegenüberstanden. »Das alles ist nicht meine Schuld.«

»Meine auch nicht.«

»Ach nein?« Er war so wütend, dass seine Hände zitterten.

»Was ist denn los, Sicard?«

»Was ist wirklich mit deinen Händen geschehen?«

»Du glaubst also, dass ich mir diese Wunden selbst beigebracht habe?«

»Ich weiß es nicht.«

»Du bist genau wie die anderen.«

Ich wollte an ihm vorbeirennen. Er packte meinen Arm und hielt mich zurück.

»Du tust mir weh.«

»Nein, *du* tust *mir* weh!«, entgegnete er. »Warum hast du das gemacht? Konntest du dir nicht denken, was passieren würde?«

»Glaubst du etwa, ich hätte das gewollt?«

Sein Schmerz und seine Verwirrung waren offensichtlich. Er verstand es nicht, konnte es nicht verstehen.

»Glaubst du, dass ich mir die ganze Sache ausgedacht habe?«, fragte ich ihn.

»Ich weiß nicht mehr, was ich glauben soll. Ich weiß nur, dass vorher alles gut war.«

»Im Frühling gehst du fort von hier, nach Toulouse. Ist das etwa auch gut?«

»Ich habe versprochen, zurückzukommen und dich zu holen.«

»Nun, du weißt, wo du mich findest.« Nur dass es dann zu spät sein würde. Dennoch konnte ich mir gar nicht vorstellen, im Kloster zu leben, ohne Sicard. Ich konnte mir mein Leben überhaupt nicht ohne ihn vorstellen, ohne seine groben Hände auf meinem Körper. Ich war wütend auf Sicard, auf meinen Vater, auf Maurand. Ich würde sie alle bestrafen, indem ich mich selbst bestrafte. Mein Leid würde ihres sein.

Ich riss mich von ihm los und drang tiefer in den Wald ein. Mittlerweile hatten wir uns verirrt, und ich hoffte darauf, irgendeinen Anhaltspunkt zu finden, der uns wieder aus dem Gebiet hinausführen würde. Vergebens! Es war schon spät am Nachmittag. Über uns knarrten die Äste der Eichen und Kastanien und warfen mit jedem Windstoß Blätter ab.

Ich geriet in Panik und lief immer weiter. Dann stieß ich auf das Fundament einer alten Mauer.

Einige Schritte daneben entdeckte ich eine weitere Mauer und spürte etwas Festes unter meinen Füßen. Ich schob den Blätterteppich mit den Schuhen beiseite. Unter einer Schicht aus Morast sah ich eine dunkelgrüne Fliese und begann daraufhin, den Morast zu entfernen. Als Sicard sich näherte und meinen Fund erblickte, half er mir.

Es handelte sich um ein grün-weißes Mosaik mit einem Muster aus Weinblättern. Der Wald hatte den Fußboden eines Römerhauses überwuchert, hatte die Ruine unter abgefallenen Blättern und einem Flechtwerk aus Efeu und Brombeersträuchern versteckt.

In den bröckelnden Überresten der Mauer, in einer Nische kurz über dem Boden, fand Sicard die kleine Statue einer Göttin. Sie bestand aus einem schwarzen Stein, den ich noch nie zuvor gesehen hatte. Ich kauerte mich neben Sicard, um die Figur genau zu betrachten. Unsere Blicke trafen sich. Ein Ort der Ketzer und Heiden! Plötzlich bekam ich Angst.

Ich machte Anstalten, fortzulaufen, doch Sicard griff nach meinem Arm und zog mich zu sich herunter.

»Nein!«, rief ich. Es war kalt, ich wollte nach Hause. Irgendwo krächzte eine Krähe.

»Küss mich!«, sagte er und presste seine Lippen auf die meinen. Er ging äußerst grob mit mir um und verhielt sich überhaupt nicht wie mein sanftmütiger Sicard. Ich versuchte, ihn wegzustoßen, aber er war zu stark für mich. Er schob meine Röcke hoch und drang gewaltsam in mich ein. Eine Art von Wahnsinn schien ihn befallen zu haben. Ich wollte kein Kind, nicht jetzt! Aber es war zu spät. Als ich ihn keuchen hörte und spürte, wie sich sein Rücken krümmte, wusste ich, dass er sich in mir ergossen hatte.

Anschließend ließ er sofort von mir ab und murmelte unentwegt: »Es tut mir Leid, es tut mir Leid …« Ich zog meine Röcke wieder hinunter. Sie waren voller Schlamm vom Waldboden. Wenn wir nach Saint-Ybars zurückkamen, würde schon bald die ganze Stadt wissen, was wir getan hatten.

Hastig stand ich auf und stürzte davon, blindlings durch den Wald, bis ich kaum noch atmen konnte und mir mein Herzschlag hämmernd in den Ohren klang. Was sollte ich jetzt bloß tun?

Nun brauchte ich die Madonna dringender als jemals zuvor.

Wir erreichten das Stadttor gerade noch rechtzeitig, denn die Wächter waren soeben dabei, es zu schließen. Ohne ein Wort trennte ich mich von Sicard und hetzte nach Hause. In jener Nacht bat ich die Madonna darum, einzugreifen, aber sie zeigte sich nicht. Ich wusste nicht, ob sie mir jemals wieder erscheinen würde.

ELEONORE

Nach dem Mittagsmahl ritten wir zur Jagd. Sie führte uns zum Mont Berenger, an jene Stätte, die inzwischen vom Volk und von den Pilgern der Teich der Madonna genannt wird. Eine große Menge hatte sich dort versammelt.

Ich erblickte diesen fürchterlichen Ort zum ersten Mal. Die Felsen bäumten sich von der Erde auf wie verängstigte Pferde und wichen vor der schwarzen Quelle an ihrem Fuß zurück, als habe ihr eigenes Spiegelbild im Wasser sie zu Tode erschreckt. Rings um den Teich verstreut lagen Felsbrocken, Relikte vergangener Stürme. Einige waren so klein, dass man sie in die Hand nehmen konnte, andere hatten die Ausmaße eines Ochsen.

Der Teich selbst war so groß wie der Innenhof unserer Burg. Er wurde vom Quellwasser gespeist, das selbst im Sommer zwischen den Felsen hervorsickerte. Genau dort, an der Quelle, scharten sich die meisten Pilger und starrten hoffnungsvoll auf die Klippen.

Es herrschte eine ehrfurchtsvolle Atmosphäre, wie an einem heiligen Feiertag. Einige Menschen waren gekommen, um Lobeshymnen zu singen, andere beteten dafür, geheilt oder gesegnet zu werden. Der gedämpfte Singsang und die unmelodischen Gebete hallten von den Felsen wider, als befänden sich die Büßer im Inneren einer Kathedrale. Das Gemurmel wirkte bedrückend auf mich.

In jenem Moment erkannte ich, dass all diese guten Christenmenschen sich inbrünstiger nach der Madonna sehnten als nach Christus selbst. Sie war es, die ihre Hoffnung für die Zukunft repräsentierte und eine Art von Liebe symbolisierte, die sie verstehen konnten. Gott strafte, Christus diente, Maria jedoch gab ihnen Hoffnung. Sie war menschlich wie sie, eine Frau, die bedingungslos ihre Arme ausbreitete und selbst an den Erbärmlichsten unter ihnen nichts auszusetzen hatte.

Wir alle wissen von Kindheit an, wie es ist, zu Füßen unserer Mutter zu knien. Dies ist so natürlich für uns wie das Atmen.

Die heilige Mutter Maria hält nicht nur das Jesuskind in ihren Armen, sondern einen jeden von uns.

Dennoch beunruhigte mich etwas an diesem Ort. Er war gefährlich. Die Kirche konnte keinen Nutzen aus ihm ziehen, denn an diesen Pilgern ließ sich nichts verdienen. Hier gab es keine Reliquie, die man in einem Schrein hätte ausstellen können, und keinen Priester, der die Stätte in Besitz nahm und den Menschen sagte, was sie denken sollten.

Daraus konnte nichts Gutes werden.

Ich gab meinem Pferd die Sporen und folgte meinem Gatten, seinen Knappen und den Hunden tiefer in den Wald hinein.

*

Ich war sehr stolz auf meinen geschickten Umgang mit dem Horn. Manche glauben, man müsse das Instrument einfach nur an die Lippen legen und hineinblasen, doch es gibt viele adlige Damen, die diese Fertigkeit nicht beherrschen. Ich muss mit aller Bescheidenheit sagen, dass ich darin selbst meinen Ehemann weit übertraf – wie mir sein Seneschall bestätigte. Mit dem Horn werden den Jagdhunden Befehle erteilt, denn sie sind darauf abgerichtet, sofort auf die verschiedenen Töne zu reagieren.

Kurz nachdem wir den Teich der Madonna hinter uns gelassen hatten, nahmen unsere *Raches* – so nennen wir unsere Spürhunde – die Fährte eines Keilers auf, folgten ihr ins Dickicht und trieben das Wildschwein dort in die Enge. Ich rief die Hunde mit dem Horn zurück, um meine Geschicklichkeit mit dem Bogen zu erproben.

Meine Stute, ein grauer Zelter, blieb bei solchen Gelegenheiten stets bemerkenswert ruhig. Ihre Ohren und Flanken zuckten, sobald die *Raches* aus dem Gebüsch auftauchten, doch dies waren die einzigen Anzeichen für ihr Unbehagen.

Die Hunde bellten und knurrten und umkreisten den Keiler in gebührendem Abstand. Er hatte den Kopf gesenkt, bereit zum Angriff. Auf seinen Hauern glänzte Blut, denn er hatte bereits einen der Hunde getötet. Seine kleinen Augen beobachteten mich, als versuche er zu ergründen, was ich sei und welche Art von Bedrohung ich für ihn darstelle.

Ich hob den Bogen, spannte ihn mit ruhiger Hand und erfreute mich an meiner eigenen Kühnheit. Raymond und sein Seneschall runzelten die Stirn, denn ihrer Ansicht nach sollte ich mich auf Hasen und Kaninchen beschränken.

»Eleonore!«, schrie mein Gatte, woraufhin der Keiler in Panik geriet und auf mich zu stürmte. Ich blieb bewegungslos im Sattel sitzen und schoss den Pfeil ab. Er bohrte sich in den Hals des Tieres, das einen Schmerzensschrei ausstieß und davontaumelte. Das Blut aus der Wunde dampfte in der kalten Luft.

Sobald die Meute erkannte, dass der Keiler geschwächt war, ging sie zum Angriff über. Das Wildschwein brach zusammen und war rasch erlegt. Am Abend würde frisches Fleisch über unserem Feuer rösten.

»Ich wünschte wirklich, Ihr würdet auf mich hören und Euch nicht solcher Gefahr aussetzen«, murmelte Raymond.

»Es gab keine Gefahr«, erwiderte ich, obwohl der Keiler mich eindeutig angegriffen hatte.

Raymond sah mich finster an, sagte jedoch nichts mehr.

Der Seneschall beorderte mit seinem Horn die Hunde zurück und stieg dann ab, um unseren Jagdpreis zu inspizieren. Sein Schulterzucken war das einzige Zeichen seiner Anerkennung.

»Ihr hättet den Keiler mir überlassen sollen!«, begann Raymond schließlich erneut. Durch die Kapuze, die er sich über das Gesicht gezogen hatte, klang seine Stimme gedämpft. Es war kalt hier im Tal, der Herbst wich langsam dem Winter.

Einer der Knappen brachte die Hunde fort. Sobald ihr Gebell sich entfernte, hörten wir es – ein dumpfes Summen irgendwo zwischen den Bäumen. Der Seneschall murmelte etwas und ging davon.

Wenig später kehrte er mit kalkweißem Gesicht zurück und bat uns, mitzukommen und zu bezeugen, was er gefunden hatte.

Ein Schwarm von Fliegen tanzte in der Luft über zwei Männerleichen, die meiner Einschätzung nach noch keine Woche dort lagen. Die Haltung ihrer Körper war unnatürlich, ihre Gliedmaßen waren verdreht, und auf ihren Bäuchen wimmelte es von Maden. Eine der Leichen trug noch Stiefel an den Füßen, ansonsten waren beide nackt. Sie waren enthauptet worden, und von ihren Köpfen fehlte jede Spur.

»Das können nur Räuber gewesen sein«, bemerkte der Seneschall.

Mitten im Wald stellten zwei unbewaffnete Bauern leichte Beute für Räuber dar. Aber irgendetwas an dieser Erklärung wollte mir nicht einleuchten. Was hatten die beiden Männer so weit ab vom Pfad zu suchen gehabt? Ich blickte mich um. In einiger Entfernung erspähte ich zwischen den Bäumen die Felsen über dem Teich der Madonna, wo das Mädchen Madeleine seine Vision gehabt hatte. Ein Schauer lief mir über den Rücken.

»Dieser Mann da trägt ein gutes Paar Stiefel«, warf ich ein. »Hätten Räuber die nicht ebenfalls mitgenommen?«

Der Seneschall zuckte die Achseln, dann tauschten er und Raymond einen Blick. Mein Einwand hatte keine Bedeutung. Ich wusste genau, was sie dachten: Nur eine Frau war fähig, eine dermaßen einfache Angelegenheit kompliziert zu machen.

Wir verfielen in Schweigen. Die Pferde scharrten mit den Hufen, und die Maden in den Eingeweiden der Toten wanden und krümmten sich.

»Wir werden Erkundigungen einziehen und herausfinden, ob jemand aus der Stadt vermisst wird«, sagte Raymond schließlich.

»Was ist mit den Leichen?«, fragte ich ihn. »Was soll mit ihnen geschehen?«

Er wendete seinen Fuchs. »Ich mache mir eher Gedanken darüber, was mit meinem Wildschwein geschehen soll.«

Nun war es also *sein* Wildschwein.

Während er davonritt, hatte ich das Gefühl, als würde ich beobachtet. Doch das konnte auch eine Einbildung sein. Der Verwesungsgeruch der Leichen verursachte mir Übelkeit. Ich saß wieder auf und folgte Raymond aus dem Dickicht.

*

An Allerheiligen fanden wir uns wie alle anderen Einwohner von Saint-Ybars und Umgebung in der Kirche ein. Der Klerus erachtete es mittlerweile als notwendig, dass die Gläubigen an sämtlichen Sonn- und Feiertagen in die Kirche gingen. Während der Feiertagsgottesdienste wurde unser Reliquienschrein ausgestellt, und es wurden besondere Gebete gesprochen. Saint-Ybars besaß keine berühmte Reliquie, lediglich ein Stück vom Zehenknochen des Heiligen Blasius, doch sein Erwerb hatte den Großvater des letzten Seigneurs eine beträchtliche Summe gekostet. Er hatte ihn nach einem der Kreuzzüge auf der Heimreise einer Kirche in Konstantinopel abgekauft, und die Stadtbevölkerung brachte dieser Reliquie eine solch große Verehrung entgegen, als handele es sich um einen Splitter vom Kreuz unseres Herrn.

Ihr müsst die Bedeutung derartiger Reliquien verstehen. Ein solches Wunder lockte einen stetigen Strom von Pilgern an, die alle Obdach und Nahrung benötigten und ein Andenken an ihre heilige Reise zu kaufen wünschten. Eine berühmte Reliquie konnte also für das wirtschaftliche Überleben einer Stadt ebenso wichtig sein wie ein natürlicher Hafen oder das Aufeinandertreffen zweier Flüsse.

Das alte Byzanz hatte einen Großteil seines Reichtums seinen sagenhaften Reliquien zu verdanken. Es rühmte sich einstmals der Muttermilch der Heiligen Jungfrau, des Hauptes des Heiligen Petrus, des Heiligen Paulus sowie des Heiligen Johannes des Täufers, der Zähne des Heiligen Christophorus, eines Fingers des Heiligen Michael, des Fußes des Heiligen Thomas, der Lanze, mit der man die Seite unseres Erlösers durchbohrt hatte, und des Hammers sowie der Säge, mit denen das Kreuz angefertigt worden war. Des Weiteren konnte man die Axt bestaunen, die Noah beim

Bau der Arche benutzt hatte, außerdem die Trompete Josuas und ein kleines Stück jenes Mannas, von dem sich die umherziehenden Stämme Israels ernährt hatten.

Nachdem Byzanz eingenommen und geplündert worden war, hatten viele dieser Reliquien ihren Weg in die christlichen Länder gefunden. Dort wurden mit dem Geld, das sie einbrachten, Kirchen und Kathedralen errichtet. In Sens verwahrte man ein Fragment von Moses Stab, in Saint-Julien in Anjou einen von Christus' Schuhen. Nur ein einziger Blick auf eine dieser Reliquien konnte dem Gläubigen tausend Jahre im Fegefeuer ersparen, da ihm ein Nachlass seiner Sünden gewiss war.

Falls Ihr Euch nun wundert, vergesst nicht, dass Heiligkeit ein Handelsgut war, das gekauft und verkauft wurde wie Gerste oder Weizen. War zum Beispiel jemand nicht willens, Monate oder gar Jahre fern von seinen Geschäften und seiner Familie zu verbringen, konnte er gegen eine sehr ansehnliche Gebühr einen Berufspilger engagieren, der die Reise an seiner Stelle antrat und in seinem Namen Heiligkeit anhäufte.

Unserem Stück Zehenknochen waren in den vergangenen Jahren viele Wunderheilungen zugeschrieben worden. Aus diesem Grund machten auch oft Pilger in der Stadt Station. Doch ich hatte gehört, dass die Pilger seit einigen Wochen unsere Kirche unbeachtet ließen und stattdessen zum Teich der Madonna wanderten. Père Michel hatte sich bereits beim Bischof beklagt, dass seine Finanzen knapper wurden.

An jenem Morgen von Allerheiligen wollten wir herausfinden, ob die Anziehungskraft unseres Heiligenzehs durch die Visionen einer Madeleine de Peyrolles beeinträchtigt wurde – je nachdem, wie die Gemeinde die Darbietung der Reliquie aufnahm.

Raymond und ich betraten das nördliche Querschiff. In unserer Kirche spiegelte sich die Ordnung des weltlichen Lebens in Saint-Ybars, denn für uns sowie unser Gefolge waren Plätze ganz vorn reserviert. Hinter uns saßen die wichtigsten Bürger der Stadt – Maurand, der Müller, der Karrenmacher und der Steinmetz, jeweils mit ihren Familien. Die freigelassenen Sklaven und die

Armen standen auf dem kalten Boden im Hauptschiff, zitterten in ihren dünnen Wollumhängen und traten in ihren Holzschuhen von einem Fuß auf den anderen.

Natürlich liebt Gott alle Menschen, doch die Kirche ist der Ansicht, dass er es vorzieht, nicht mit solchen von niederer Geburt in Berührung zu kommen.

Mir war aufgefallen, dass Maurand sich an Feiertagen so prächtig kleidete wie möglich und ganz unverhohlen mit uns konkurrierte. Ich konnte nicht behaupten, dass es mir gefiel, wie sich die Zeiten seit meiner Kindheit geändert hatten. Aber ich musste wohl lernen, mit Emporkömmlingen wie Maurand zu leben. Es hieß, dass die Protzerei und Missachtung der Kleiderordnung in Paris bereits skandalöse Ausmaße angenommen hatte.

Die vom Regen feuchten Lumpen der Bauern verströmten im Inneren der Kirche eine derart schlechte Luft, dass man kaum atmen konnte. Ich bemühte mich, nicht ohnmächtig zu werden, und schenkte dem unverständlichen lateinischen Gemurmel des Priesters nur so viel Aufmerksamkeit, wie ich an einem heißen Sommertag dem Summen von Insekten widmete. Des Priesters Ausführungen waren lediglich eins der Geräusche im allgemeinen Tumult. Einige Straßenhändler im hinteren Teil des Hauptschiffs hatten ihre Hunde mitgebracht. Und die Frau des Müllers tratschte mit ihrer Sitznachbarin, als befände sie sich auf dem Marktplatz.

Viele der jungen Männer gingen nur in die Kirche, damit sie ungestört die jungen Mädchen anstarren konnten. Sie schlenderten umher, machten den Töchtern des Schneiders schöne Augen und berieten sich untereinander. Die meisten Blicke erntete jedoch Madeleine de Peyrolles mit ihrem flammend roten Haar. Für die Burschen bestand allerdings wenig Aussicht, denn ich hatte gehört, dass Maurand das Mädchen heiraten wollte.

Plötzlich verstummte die Menge. Ich wandte den Kopf und entdeckte zu meiner Verwunderung Christian, der durch den Narthex an der Westseite schritt. »Ein Bär von Mann, nicht nur dem Aussehen, sondern auch dem Geruch nach«, hatte Raymond einmal in meiner Gegenwart gescherzt. Christian hielt sich strikt an die Templervorschrift, niemals zu baden, und trug seine Schmutzschicht wie ein Büßer oder Einsiedler sein härenes Gewand. Viele Templer hatten sich während ihrer Zeit in Outremer angewöhnt, täglich zu baden, doch Männer wie Christian verurteilten jede Lockerung der Ordensregel.

Er war schon als kleiner Junge ein Rüpel und Tyrann gewesen und hatte sich überhaupt nicht verändert. Als ich zehn Jahre alt gewesen war und er acht, hatten sich unsere Wege getrennt. Ich war Hofdame bei einer Base des Grafen von Foix geworden, er Knappe am Hof des Raymond von Toulouse.

Im Halbdunkel der Kirche stach das blutrote, leuchtende Kreuz auf seinem Gewand hervor. Sein nasser Umhang dampfte und stank ebenso widerwärtig wie die Lumpen der Bauern.

Ich fragte mich, warum er hier war. Üblicherweise nahm er gemeinsam mit seinen Templerbrüdern an der Messe in der Komturei teil. Einen Moment lang trafen sich unsere Blicke, doch seine Miene blieb undurchdringlich.

Die Reliquien wurden vorgezeigt. In vergangenen Jahren hatte die Gemeinde diese Handlung stets mit einem hörbaren Seufzen begleitet, doch diesmal meinte ich zu bemerken, dass sie nicht dieselbe Ehrfurcht aufbrachte wie sonst. Offenbar hatte Madeleines Vision großes Aufsehen erregt, sodass dass Père Michels Schatulle die Gläubigen nicht mehr sonderlich beeindruckte. Ich ahnte, dass dieser Umstand Einfluss auf Madeleine de Peyrolles' Schicksal nehmen würde.

Endlich war der Gottesdienst vorüber, und die Menge drängte hinaus. Das Schlachtross meines Bruders graste auf der Wiese neben dem Pfarrhaus. Es war wirklich ein prachtvolles Geschöpf und so viel Geld wert, wie ein Zimmermann in zehn Jahren verdiente. Christian wartete bereits auf mich. Raymond hörte sich gerade irgendwelche Beschwerden des Müllers an, der ihn vor dem Portal abgepasst hatte. Also ging ich allein hinüber, um mit meinem Bruder zu sprechen.

»Guten Tag, Christian«, begrüßte ich ihn.

»Guten Tag, Eleonore.« Wir umarmten uns nicht, denn das war nicht gestattet. Ein Templer durfte noch nicht einmal seine eigene Mutter küssen, da dies Anlass zu unreinen Gedanken geben konnte. Mir wäre eine Umarmung jedoch ohnehin zuwider gewesen. Es war unangenehm genug, so dicht vor ihm zu stehen.

»Ihr habt sicherlich von den Morden gehört«, sagte ich.

»Das müssen Räuber gewesen sein.«

»Die Leichen lagen in der Nähe der Höhle.«

Er schwieg.

»Die Leute reden von Hexerei«, fuhr ich fort. »Die Körper sind verstümmelt worden.«

»Das gemeine Volk sieht überall Hexerei.«

»Die beiden Männer waren weder Bauern noch Pilger. Sie waren gewiss Templer.«

Sein Gesichtsausdruck zeigte mir, dass ich richtig geraten hatte. Dennoch sagte er: »Was für eine unsinnige Behauptung!«

»Aber warum sonst sollte sich jemand die Mühe machen, ihnen die Köpfe abzutrennen?«

Er zuckte mit den Schultern. »Das war keine Mühe.«

»Aber was habt Ihr mit dem Familienschatz gemacht? Wo sind die Gebeine, Christian?«

»Ich habe sie an einen sichereren Ort gebracht.«

»Und dafür zwei Eurer Templerbrüder ermordet?«

»Es geschah im Namen Gottes.«

»Wenn die Menschen ausschließlich im Namen des Teufels töten würden, wäre die Welt ein friedvollerer Ort«, bemerkte ich.

Er schüttelte den Kopf, als sei dies genau die Art von Beurteilung, die er von einer Frau erwartete.

»Manchmal habe ich das Gefühl, Euch gar nicht mehr zu kennen.«

»Ich habe getan, was getan werden musste.«

Ich sah, dass Raymond in unsere Richtung blickte. Er war ein äußerst eifersüchtiger Mann, aber welche Befürchtungen konnte er bezüglich meines Bruders hegen, eines erklärten Tempelritters?

»Ich traue Raymond nicht«, murmelte Christian und meinte damit vermutlich, dass er mir nicht mehr traute. »Ich muss mit Eurem Gatten reden.«

Ich stand neben meinem Pferd, gleichgültig gegenüber dem Getue meiner Hofdamen und den Höflichkeiten der vorübergehenden Bürger.

Gefährliche Zeiten, gefährliche Familiengeheimnisse … Ich fragte mich, warum die Gebeine und unsere Abstammung mich überhaupt noch kümmerten. Wem nutzten sie jetzt noch? Christian träumte noch immer davon, der Welt eines Tages die Wahrheit über unsere Vorfahren zu verkünden und damit Ruhm und Ehre zu ernten. Er als Templer hatte nichts zu befürchten, doch für mich hingegen bedeutete die Enthüllung des Geheimnisses womöglich Daumenschrauben und Scheiterhaufen.

*

Jene beiden Männer, die wichtigsten Männer in meinem Leben, konnten es kaum im selben Raum aushalten. Sie versuchten noch nicht einmal, ihre gegenseitige Verachtung zu verbergen. Familiäre und finanzielle Verpflichtungen brachten sie jedoch immer wieder zusammen.

Es wurden keinerlei Höflichkeiten ausgetauscht. Wir kamen auf der Stelle zur Sache.

»Ihr seid in Gefahr«, wandte sich Christian an meinen Gatten.

»Ich bin fortwährend in Gefahr«, erwiderte Raymond.

»Der König hat seine Kundschafter angewiesen, Einnahmequellen aufzutun, um einen neuen Kreuzzug gen Osten zu finanzieren. Er beabsichtigt, Güter an sich zu reißen, wo er nur kann. Der Bischof bezeichnet Eure Position hier als schwach, und ein Inquisitor wird hierher kommen, der den Auftrag hat, Euch zu Fall zu bringen, auf welche Weise auch immer.«

Ich bemerkte, dass Raymond ihm nicht glaubte, dass er die Wahrheit nicht sehen wollte. Er schien vollkommen verwirrt. »Mein Vater hat an der Seite von Simon de Montfort gekämpft.«

»Das war vor langer Zeit, sagen sie. De Montfort liegt seit über vierzig Jahren im Grab. Unser König benötigt jetzt Geld.«

»Der Inquisitor wird nichts zu beanstanden haben. Häretiker werden bei mir nicht verschont.«

»Wie können wir uns am besten schützen?«, fragte ich meinen Bruder.

»Sie sind auf der Suche nach Ketzern. Also sorgt dafür, dass hier keine zu finden sind!«

»In Saint-Ybars gibt es keine *Parfaits*.«

»Ich bin froh, das zu hören.« Er wandte sich zum Gehen. »Was Ihr nun unternehmt, ist Eure Sache. Ich habe meine Pflicht getan, ich habe Euch gewarnt.«

»Und dafür danken wir Euch«, sagte Raymond.

»Ich tat es um meiner Schwester willen.« Christian marschierte davon. Seine Schritte hallten von den Wänden wider.

Raymond wirkte niedergeschlagen. Er rieb sich die Stirn.

»Was werdet Ihr tun?«, erkundigte ich mich.

»Ich werde seinen Rat befolgen. Er weiß, was am Hof des Königs und in Toulouse vor sich geht.«

MADELEINE

Es fiel mir nicht leicht, gehorsam zu sein.

Wir lebten nach der Ordensregel des Heiligen Benedikt in Armut, Keuschheit – und in Gehorsam. Ich schlief auf einer harten Pritsche, die mit einer dünnen Schicht Stroh bedeckt war. Ich trug das schlichte, schwarze Ordensgewand, und ein weißer Schleier verbarg mein rotes Haar, das mich zu sündhafter Eitelkeit verleitete. Ich versuchte, das Schweigegebot einzuhalten, und bemühte mich, meine Ansichten für mich zu behalten.

Die Ordensregel bestimmte jede Minute unseres Lebens. Mitten in der Nacht rief uns die Glocke zur Matutin, auf die die Laudes folgten. Schlaftrunken schreckte ich jedes Mal von meinem Lager hoch. Meine Füße tasteten auf dem kalten Steinboden nach den Holzschuhen. Ich zog das schwarze Habit über mein Unterkleid und hastete die Treppe hinunter und durch den eisigen Kreuzgang, um mit den anderen Novizinnen im dunklen Chorgestühl die Psalmen und Messgebete herunterzuleiern. Während wir sangen, bildete unser Atem weiße Wolken in der Luft.

Kaum hatten wir den nächtlichen Gottesdienst beendet und waren in der Hoffnung auf noch ein wenig Schlaf zurück ins Dormitorium gestolpert, da ging über dem Kloster auch schon die Sonne auf. Abermals ertönte eine Glocke. Wir wuschen unsere Gesichter an den Trögen, die sich in den Kreuzgängen befanden. Die älteren Novizinnen erzählten, dass im Winter das erste Mädchen in der Reihe erst einmal die Eisschicht auf dem Wasser entfernen musste.

Nach der Prim unterbrachen wir unser Fasten mit etwas trockenem Brot und Wein. Zur Terz wurde die Messe gelesen. Dann versammelten wir uns im Kapitelsaal und hörten zu, wie die Nonnen sich bei der Äbtissin über uns beklagten – dass wir die

Worte der Psalmen vergessen hatten oder während der Laudes eingenickt waren.

Natürlich mussten wir für diese Vergehen angemessene Buße tun.

Schließlich durften wir uns den Aufgaben widmen, die uns zugeteilt worden waren. Einige arbeiteten auf dem Feld, andere im Garten, wieder andere im Skriptorium.

Nach der Sext begingen wir das Hochamt und nahmen dann im Refektorium schweigend unser Mittagsmahl ein, während die Sakristanin aus der Heiligen Schrift las.

Es folgte die None. Danach gingen wir zurück an die Arbeit. Vor der Vesper und dem anschließenden, kargen Abendessen war uns eine kurze Ruhepause gestattet. Nach der Komplet legten wir uns nieder, bis wir mitten in der Nacht erneut von der Glocke geweckt wurden, die niemals lange schwieg. Und wieder taumelten wir mit roten Augen und vor Kälte zitternd zur Matutin.

Ich wusste nur wenig über meine Mitnovizinnen, denn wir wurden stets zum Schweigen angehalten. Die meisten schienen die Töchter von Bürgern oder enteigneten Seigneurs zu sein, die keinen passenden Ehemann gefunden hatten. Ich fragte mich oft, ob sie ihr früheres Leben wohl vermissten oder ob das Kloster für sie eine willkommene Alternative zu einer Ehe ohne Liebe darstellte, in der sie womöglich ein Kind nach dem anderen geboren und so manches wieder verloren hätten.

Einigen fiel das Leben nach den Regeln des Heiligen Benedikt viel leichter als anderen. Offen gestanden waren viele der vertrockneten alten Nonnen ebenso weit davon entfernt, heilig zu sein, wie wir Übrigen. Aber da sie ihren kleinlichen Zank und ihre Eifersüchteleien nicht an Ehemännern auslassen konnten, beklagten sie sich in einem fort über uns Novizinnen und hielten uns Vorträge über Frömmigkeit und die richtige Auslegung der Heiligen Schrift.

Ich musste oft an Sicard denken. An sein Gesicht an jenem Tag, als ich die Stadt verließ, an den Schmerz in seinen Augen. Die Wendung, die mein Schicksal genommen hatte, bestürzte ihn ebenso wie mich. Dennoch versuchte ich, das Beste aus meiner Lage zu machen. Ich bemühte mich, mein tägliches Leben und meine Gedanken Gott zu widmen. Aber ich war nun einmal eine Frau, und Frauen sind wankelmütige Geschöpfe voller fleischlicher Begierden, wie wir alle wissen.

Ich gestehe, dass mir die sonntäglichen Spaziergänge fehlten, Sicards ungeschickte Küsse, seine rauen Steinmetzhände auf meinem Körper. Ich vermisste das beruhigende Gefühl, ihn an meiner Seite zu haben, ebenso wie die unerschütterliche Geduld, mit der er mir immer zugehört hatte. Hier im Kloster gab es niemanden, mit dem ich schwatzen konnte, und nachts wälzte ich mich auf meinem Lager und sehnte mich nach seinen starken Armen.

Ich hatte nicht damit gerechnet, dass er mir so sehr fehlen würde. Er war der Fels, auf den ich gebaut hatte. Ohne ihn war ich verloren.

Doch meine Seele, obgleich einsam und ohne Liebe, war für Gott gerettet. Denn im Kloster gab es keine Sünde – es war uns gar nicht möglich, zu sündigen. Hier blieb kein Raum für Eitelkeit, Wollust oder Habgier. Dazu froren wir alle zu sehr und waren viel zu erschöpft und hungrig.

*

In der Abtei gab es eine Nonne, die mir wahrhaft Angst einjagte. Sie hieß Schwester Agnes und war regelrecht verrückt. Sie war die Cellerarin, die Wirtschafterin des Klosters, und hatte diese Stellung schon beinahe ihr ganzes Leben lang inne. Sie war eine Waise – so wurde zumindest behauptet – und als kleines Mädchen von der Äbtissin aufgenommen worden. Ich möchte keinesfalls respektlos erscheinen, aber Schwester Agnes war die hässlichste Frau, die ich jemals gesehen hatte. Darin lag zweifellos auch der Grund dafür, dass ihre Eltern sie ausgesetzt hatten. Ich nahm an, dass ihr verwachsener Kopf von einer schweren Geburt herrührte. Und nun, im Alter, begann ihr deutlich sichtbar ein Bart zu wachsen.

An meinem ersten Tag im Konvent nahm mich die Äbtissin beiseite und sagte: »Unsere Cellerarin kann Hilfe gebrauchen. Folge mir!«

Die Kapelle, das Dormitorium, die Küche und das Refektorium waren um einen offenen Kreuzgang herum angeordnet. Der Keller befand sich unter dem Dormitorium und wirkte wie eine düstere Höhle. Die Luft jedoch war kühl und trocken und roch würzig nach Hopfen, alten Äpfeln, getrockneten Kräutern und Käse. Ich erinnere mich, dass fette Schmeißfliegen über dem langen Tisch kreisten und über das Leinentuch krochen, mit dem eine Schüssel noch warmer Ziegenmilch abgedeckt war.

Ich entsinne mich auch an meinen ersten Blick auf Schwester Agnes, an ihr groteskes, missgebildetes Gesicht, das vom Schleier umrahmt wurde. Ich musste einen Aufschrei unterdrücken. Sie sah aus wie ein Monstrum im Gewand eines Engels. Sie war groß wie ein Mann und hatte ebenso breite Schultern wie mein Vater. Sie stand am Tisch, zählte Knoblauchknollen und sprach dabei mit dem Gemüse, als handele es sich um vernunftbegabte Wesen. Zuweilen lachte sie, als habe eine der Knollen einen Scherz gemacht.

Dieses merkwürdige Benehmen schien die Äbtissin nicht weiter zu beunruhigen.

»Dies ist Schwester Agnes«, wandte sie sich an mich. »Agnes, dies ist Schwester Madeleine, eine der Novizinnen. Sie ist deine neue Gehilfin.«

Agnes sah auf. Schlagartig verschwand das seltsame Lächeln, das ihre Mundwinkel verzerrt hatte. Sie ließ den Knoblauch zu Boden fallen und starrte mich mit vor Schreck geweiteten Augen an. Dann wich sie langsam zurück.

»Agnes?«, sagte die Äbtissin.

Schwester Agnes begann zu kreischen.

Ich wusste nicht, was ich tun sollte. Diese grässliche Nonne gaffte mich an und zeigte mit dem Finger auf mich, als sei *ich* von uns beiden die Missgestaltete.

»Agnes, hör auf damit!«, befahl die Äbtissin, doch die Schwester gehorchte nicht, sondern versteckte sich in der Ecke des Raumes unter einer Bank. Ein Bach von Urin drang unter ihrem Gewand hervor.

Die Äbtissin fasste mich an den Schultern und schob mich zur Tür hinaus. »Warte draußen auf mich!«, sagte sie.

*

Was hatte ich getan?

Ich wartete zitternd im Kreuzgang, die Hände zu Fäusten geballt. Eine Ewigkeit schien zu vergehen, ehe die Äbtissin zu mir trat. Sie wirkte ruhig, aber ihre Miene verriet mir, wie bestürzt sie über das Geschehene war.

»Es tut mir Leid, Madeleine«, sagte sie sanft. »Ich hätte dich warnen sollen. Schwester Agnes ist eine fleißige Cellerarin und eine gute Nonne, aber der Herr in seiner Weisheit hat sie ein wenig anders gemacht als dich oder mich. Ihr Verhalten ist manchmal unberechenbar.«

»Es liegt also nicht an mir?«

Sie warf mir einen Blick zu. Agnes – so einfältig sie auch sein mochte – musste etwas gesagt haben, das das Misstrauen der Äbtissin mir gegenüber geweckt hatte. Ich ahnte, worum es dabei ging: Auf irgendeine Weise hatte Agnes mein Geheimnis erspürt. Weil sie wahnsinnig war, konnte sie auch den Wahnsinn spüren, der auf mir lastete.

»Lass uns zusammen beten«, sagte die Äbtissin nur.

Wir gingen in die Kapelle und sanken vor der Heiligen Jungfrau auf die Knie. Ich flehte die Muttergottes inbrünstig an, meine schreckliche Gabe von mir zu nehmen.

Anschließend schritten wir durch den Kreuzgang. »Sie wird sich an dich gewöhnen«, bemerkte die Äbtissin.

Ich starrte sie entsetzt an. Beabsichtigte sie nach dem, was sie gerade erlebt hatte, etwa immer noch, mich für die Cellerarin arbeiten zu lassen?

»Wäre es nicht besser, wenn ich irgendwo anders dienen würde, vielleicht im Infirmarium? Ich besitze Kenntnisse über Pflanzen und Kräuter.«

Die Äbtissin war eine schmächtige Frau, die mir lediglich bis zur Schulter reichte. Doch nun gab sie mir mit einem einzigen Blick das Gefühl, wieder ein kleines Kind zu sein. »Beim Eintritt ins Kloster hast du Gehorsam gelobt. Und du wirst gehorsam sein! Hast du verstanden?«

»Ja, Mutter.«

Gehorsam, Armut, Keuschheit. Mein neues Leben hatte begonnen.

*

Und so arbeiteten Schwester Agnes und ich in den folgenden Wochen Seite an Seite, obwohl uns beiden voreinander graute und wir kaum ein Wort sprachen. Sie ließ sich nicht helfen. Wenn ich mich ihr näherte, während sie Knoblauch zählte, fegte sie rasch alles in ihr Habit und zog sich in die entgegengesetzte Ecke des Kellers zurück, als sei ich eine Diebin, die ihr Geld stehlen wollte. Füllte ich Honig ab, schlug sie mir die Waben aus der Hand und flüchtete danach wieder in ihre Ecke.

Ganz offensichtlich wäre sie lieber allein geblieben und hätte in Ruhe ihre ausgedehnten Gespräche mit den Oliven und Käselaiben geführt. Damit war sie zuvor vollkommen glücklich und zufrieden gewesen.

Also versuchte ich, ihr auf meine Weise zur Hand zu gehen. Zwischen None und Vesper wanderte ich in den Wald, sammelte Beeren und Kräuter, mit denen ich mich besser auskannte als jede andere, und brachte sie in den Lagerraum, um sie zu trocknen und haltbar zu machen. Es war einsame Arbeit, und Agnes warf die Ergebnisse meiner Bemühungen dem Schwein zum Fraß vor, wenn ich nicht aufpasste. Doch als der Herbst zu Ende ging, hatte ich nach meinen Ausflügen immer weniger vorzuweisen, sodass Agnes mich überhaupt nicht mehr als Hilfe betrachtete, sondern eher als Rivalin um die Gunst der Knoblauchzehen.

Ich begann damit, regelmäßig das Schwein zum Waldrand zu führen, damit es die herabgefallenen Eicheln fressen konnte. Mit einem langen Stock schlug ich die letzten Eicheln von den Bäumen. Schwester Agnes machte dem allerdings bald ein Ende, indem sie das Schwein vor meinen Augen schlachtete. Ich erinnere mich daran, wie sie das quiekende Tier zwischen ihren Knien einklemmte und ihm schnell und geschickt mit einem Messer die Kehle durchschnitt, fachmännisch wie ein Dorfmetzger. Sie verfügte über erstaunliche Kräfte. Verblüfft beobachtete ich, wie sie ohne fremde Hilfe den Körper an einem Dachbalken aufhängte und das Blut in einer Schüssel auffing, um Blutwurst daraus herzustellen.

Manchmal ertappte ich sie dabei, wie sie auf eigenartige Weise an mir vorbeisah, so, als stehe jemand hinter mir, jemand, den sie zwar erkannte, jedoch nicht anzusprechen wagte. Bei diesen Blicken sträubten sich mir die Nackenhaare, und ich bekam eine Gänsehaut auf den Armen. Vermutlich hätte ich die Äbtissin abermals bitten sollen, mir eine andere Aufgabe zuzuweisen, aber daran hinderte mich mein Stolz. Ich war mir meiner vorgetäuschten Demut wohl bewusst und hatte beschlossen, alles klaglos auf mich zu nehmen.

Mir war natürlich klar, was die Äbtissin mit ihrer Entscheidung bezweckt hatte. Sie hatte die beiden Verrückten aus dem Weg geschafft, in den Keller, wo sie die friedliche Eintracht des Klosters nicht zu stören vermochten.

*

Eines Morgens schreckte ich hoch, doch es war nicht die Glocke zur Prim, die mich geweckt hatte, sondern das Geräusch von Schreien und Gelächter im Kreuzgang. Ich lief zum Fenster und öffnete vorsichtig den Laden. Trotz der Dunkelheit konnte ich Schwester Agnes erkennen. Sie rannte über das eiskalte Kopfsteinpflaster, hob immer wieder ihre Röcke, streckte ihre Scham der Statue der Heiligen Jungfrau entgegen und rieb sie mit beiden

Händen, auf eine Art, die selbst die niederste Dirne hätte erröten lassen.

Kurz darauf eilte die Äbtissin herbei, gefolgt von der Sakristanin und der Pförtnerin. Sie hüllten Agnes in einen Umhang und zogen sie fort. Der Vorfall kam mir dermaßen unglaublich und beängstigend vor, dass ich ihn für einen meiner seltsamen Träume gehalten hätte, wenn ich während der Prim nicht zwei andere Novizinnen hinter vorgehaltener Hand darüber hätte flüstern hören.

Den Gesprächsfetzen nach zu urteilen hatte Schwester Agnes sich nicht zum ersten Mal auf diese Weise dem Wind und Wetter wie auch der Kritik ausgesetzt. Aber bei der Versammlung im Kapitelsaal wurde das nächtliche Geschehen mit keiner Silbe erwähnt. Wahrscheinlich waren die Äbtissin und die älteren Nonnen an diese Anfälle von Wahnsinn gewöhnt und duldeten sie aus einem tiefen Gefühl der Barmherzigkeit heraus. Nichtsdestotrotz mussten sie Schwester Agnes' Lüsternheit als große Schande und Beleidigung empfinden.

Doch abgesehen von diesen Anwandlungen, welche zumeist auf Vollmondnächte beschränkt blieben, erfüllte Schwester Agnes ihre Pflichten so sorgfältig, wie es einer Idiotin möglich war.

*

Meine eigene Bürde war mir ins Kloster gefolgt. Die Kopfschmerzen, unter denen ich seit meiner Vision von der Madonna am Teich litt, traten nun häufiger auf und wurden zunehmend heftiger. Oftmals begann es mit einem üblen Geschmack im Mund, als hätte ich Kreide gegessen. Dann verspürte ich Schmerzen hinter meinen Augen und war gezwungen, sie vom Licht abzuwenden. Kurze Zeit darauf wurde mir jegliche Bewegung des Kopfes zur Qual. Nur wenn ich bei geschlossenen Fensterläden ruhig auf meiner Pritsche liegen blieb, ließen die Schmerzen ein wenig nach. Doch das gestattete die Äbtissin nicht, da sie mich für eine Simulantin hielt.

Sie sagte, dass wir alle für und mit Christus litten.

Bisweilen litt ich an Erinnerungsverlust. Ich erzählte niemandem davon, aus demselben Grund, aus dem ich auch nicht über meine Visionen sprach.

Der Wahnsinn schien sich immer weiter in mir auszubreiten. Ich fragte mich, ob vielleicht der Teufel in mir steckte, denn ich wusste, dass er eine menschliche Seele in Besitz nehmen konnte. Vermutlich hatten meine Mutter und mein Vater recht daran getan, mich fortzuschicken.

*

Der Winter hatte begonnen. Die Nonnen verbrachten nun weniger Zeit auf dem Feld und dafür zusätzliche Stunden in der Kapelle, wo wir unsere Psalmen hersagten, das Responsorium sangen oder uns ins Gebet vertieften. Es war an einem jener grauen Nachmittage, dass Unsere Liebe Frau mir erneut erschien.

Die Statue der Heiligen Jungfrau wachte in einer Nische in der südlichen Wand der Kapelle über uns. Sie trug das rote Oberkleid und den blauen Umhang der Königin des Himmels und erhob eine Hand zum Segen. Allein ihr Anblick löste in mir ein Gefühl der Ruhe und des Friedens aus, und in meinen Gebeten richtete ich oft meine gesamte Aufmerksamkeit ausschließlich auf sie.

Plötzlich sah ich ihren Körper durch die Luft schweben. Ich stieß ein ersticktes Keuchen aus und griff nach der Bank vor mir, im festen Glauben, dass die Kapelle jeden Moment einstürzen würde. Klebriger Schweiß bedeckte meinen Leib, und mein Magen krampfte sich zusammen. Ich musste meine Augen schließen.

Als ich sie wieder öffnete, bedeutete mir die Jungfrau mit einem Winken, näher zu treten. Ich konnte ihre Gestalt so deutlich erkennen, als sei sie aus Fleisch und Blut. Sie hatte ein flächiges, gebräuntes Gesicht und Sommersprossen auf dem Nasenrücken. Erneut winkte sie mir zu, als werde sie langsam ungeduldig.

Ich drehte mich zu meinen Mitnovizinnen um und hoffte –

ohne es wirklich zu erwarten –, dass sie dasselbe gesehen hatten wie ich. Aber sie alle waren mit geschlossenen Augen in stumme Andacht versunken.

Ihr wollt wissen, warum ich den Drang verspürte, vor ihr zu fliehen? Weil ich wusste, dass sie nicht wirklich dort war, und weil mein eigener Irrsinn mir fürchterliche Angst einjagte. Ich sprang auf die Füße, in der Absicht, aus der Kapelle zu stürzen. Die Rufe der anderen Novizinnen und die erstaunten Blicke der Sakristanin nahm ich nur am Rande wahr. Dann muss ich ohnmächtig geworden sein, denn ich erinnere mich nur, dass ich plötzlich in meiner Zelle lag und die Äbtissin sich über mich beugte.

»Madeleine«, flüsterte sie.

Ich versuchte, mich aufzusetzen, doch sie drückte meine Schultern nieder und forderte mich auf zu ruhen. Törichterweise fragte ich sie, ob sie ebenfalls beobachtet habe, dass die Statue sich bewegte. Natürlich verwirrte sie diese Frage.

»Die Statue? Welche Statue, mein Kind?«

Was hätte ich ihr sagen sollen?

»Welche Statue?«, wiederholte sie.

Ich schüttelte den Kopf und gab vor, nur geträumt zu haben. Ein Ausdruck von Verwunderung und Angst erschien in den Augen der Äbtissin, doch dann ließ sie mich zum Glück allein, damit ich schlafen konnte.

Am folgenden Morgen hatte ich mich wieder erholt und ging in die Kapelle. Die Heilige Jungfrau befand sich auf ihrem Sockel an ihrem angestammten Platz. Sanft fuhr ich mit den Fingerspitzen über den kalten Stein, als könne sie meine Berührung spüren. Doch ihre Lippen rührten sich nicht, und ihre blauen Augen waren lediglich bemalter Stein.

Da vernahm ich hinter mir Schritte und drehte mich um. Es war die Äbtissin.

»Fühlst du dich heute Morgen besser?«, erkundigte sie sich.

Ich nickte, da ich es mir nicht zutraute, zu sprechen.

Sie schenkte mir ein Lächeln, was bei ihr sehr selten vorkam.

Doch dann fiel ihr Blick auf mein Habit. Es war blutbefleckt. Die feinen Linien an ihrer Nasenwurzel vertieften sich zu einem Runzeln. Sie griff nach meinen Händen und flüsterte: »Was ist passiert?«

Sie bluteten. Es war wieder geschehen.

»Was hat das zu bedeuten?«, fragte die Äbtissin. Ihre Stimme klang hart.

»Ich weiß es nicht.«

»Hast du dir diese Wunden selbst zugefügt?«

Ich schüttelte den Kopf.

»Lüg mich nicht an!«

»Ich lüge nicht.«

»Woher stammen sie dann? Als wäre es nicht schon schlimm genug, dass Schwester Agnes die Abtei ständig in Aufruhr versetzt! Machst du dich etwa über uns lustig?«

Wieder schüttelte ich den Kopf. Ich konnte es ihr nicht erzählen. Wie hätte ich es irgendjemandem sagen können?

»Diese Wunden sind tief, sie müssen verbunden werden. Geh zur Infirmarin!« Die Äbtissin sah mich prüfend an und fragte nicht unfreundlich: »Was ist mit dir geschehen, Madeleine?«

Ich wusste nicht, was ich darauf antworten sollte, und wünschte mir, sie würde mich einfach wieder fortschicken, zurück nach Saint-Ybars.

»Es ist mir wirklich ein Rätsel, womit wir dich und Schwester Agnes verdient haben!«

»Diese Wunden heilen immer sehr schnell«, sagte ich.

»Immer? Du hast das also schon einmal getan?«

»Ich habe das nicht …«

Die Miene der Äbtissin wirkte verbittert. Sie glaubte mir nicht. Wie denn auch? Wahnsinn, das war die einzige Erklärung. Meine Seele gehörte dem Teufel.

BERNARD

Falls der Teufel einen Geburtsort hat, liegt er zweifellos irgendwo in den Bergen des Südens. Mir schien, dass allein schon die Luft in dieser Gegend Häresie verströmte. Unter jedem Stein fand man hier einen Ketzer. Die so genannten *Parfaits* hatten viele Jahre lang gepredigt und sogar von den Adligen Beistand erhalten. Die Seigneurs von Fanjeaux, Mirepoix und Cabaret und vielen anderen Burgen hatten sich offen zum Ketzertum bekannt, und eine große Zahl weiterer Adelsfamilien war zumindest den *Credents*, den Gläubigen, zuzurechnen gewesen.

Jeweils zu zweit waren die *Parfaits* mit ihren schwarzen Kapuzen durch das Land gezogen, hatten ihren Unflat verbreitet und in Scheunen oder unter freiem Himmel ihre Gottesdienste abgehalten. Diese Katharer hatten sich über die Autorität des Heiligen Vaters hinweggesetzt und dem armen Volk eingetrichtert, dass der Teufel – den sie Rex Mundi nannten – Gott ebenbürtig und die Welt gänzlich seine Schöpfung sei. Sie vertraten den Standpunkt, dass alle materiellen Dinge von Natur aus schlecht seien, dass die Reise der Seele durch das Leben nicht Erlösung, sondern Elevation bringe, und dass die Aufgabe einer Seele darin bestehe, den Kreislauf der Wiedergeburt in die materielle Welt zu durchbrechen.

Die Katharer verleugneten die Evangelien, die jungfräuliche Geburt und das Kreuz. Sie verurteilten den Verzehr von Fleisch, und obwohl sie jegliche Art von Geschlechtsverkehr ablehnten oder dies zumindest behaupteten, wurde allgemein angenommen, dass sie der Sodomie frönten.

Der Heilige Dominik, der Gründer unseres Ordens, wurde vom Papst höchstpersönlich damit beauftragt, die Verderbtheit zu tilgen, die in dieser Gegend blühte und gedieh. Auch wenn ich nun die Sünde des Stolzes begehe – erlaubt mir zu sagen, dass ein Dominikaner sich hervorragend für eine solche Aufgabe eignet. Es erforderte eine gewisse geistige Kraft, ketzerische Lehren zu widerlegen, deshalb achtete unser Ordensgründer auch besonders auf Bildung und Unterricht. Innerhalb der vergangenen fünfzig Jahre hat sich unser Orden für den Heiligen Vater als dermaßen nützlich erwiesen, dass wir inzwischen über nicht weniger als sechzig Klöster in ganz Europa verfügen.

Doch hier im Süden war unsere Arbeit besonders mühevoll, trotz der Feldzüge, zu denen sich der Papst gezwungen sah und die Simon de Montfort mit solcher Leidenschaft angeführt hatte. Ich für mein Teil muss zugeben, dass ich einen Katharer lieber mit der Kraft meines Geistes unterwerfen würde, als ihn mit dem Schwert niederzumetzeln. Schließlich ist es doch unsere Berufung, Seelen zu retten und nicht, sie ohne die Möglichkeit zur Einsicht und Beichte in die Hölle zu schicken.

Und so brachen wir auf, um von Toulouse in diese verdammten und gefährlichen Berge zu reisen. Unsere kleine Gruppe war nicht mit Schwertern und Wurfgeschossen bewaffnet, sondern mit Pierre Comesters *Historia Scholastica*, dem *Sententiarium* des Pierre Lombard und natürlich der Heiligen Schrift.

Der Weg durch die Ebene von Toulouse verlief gerade und eintönig. Doch schon bald waren am Horizont – kauernden Löwen gleich – die Berge zu erkennen. Die Straße wand sich durch die Weinberge rings um Limoux, führte dann weiter nach Couiza und schließlich an Felsschluchten vorbei ins Gebirge.

Mich überkam eine dunkle Vorahnung, die ich nicht beschreiben kann. Diese Schluchten hatten etwas Schauderhaftes an sich – und haben es noch. Als wir höher stiegen, verlor sich unsere Kolonne in kalten Nebelschleiern, die uns von der vertrauten Welt abschnitten. Ich hatte sogar den Eindruck, mich von Gott zu entfernen – ein blasphemischer Gedanke, den ich für mich behielt, denn natürlich ist Gott überall.

Doch in Toulouse war es aus irgendeinem Grund einfacher für mich gewesen, seine Gegenwart zu spüren.

Es lag nicht allein an den bedrohlichen Felsformationen und den dunstverhangenen Bergpässen, dass mich Beklommenheit erfüllte und mir das Herz in der Brust schwer wurde wie ein Sack voller Sand. Schuld und Furcht spielten dabei die weitaus größere Rolle. Ich versuchte, nicht an Madeleine de Peyrolles zu denken, aber es war aussichtslos. Als ich an jenem ersten Abend unserer Reise in einer zugigen Herberge die Augen schloss, sah ich ihr Gesicht vor mir, und als wir eine Woche darauf das Tal von Saint-Ybars erreichten, ritt sie neben mir her.

*

Der kalte, alles durchnässende Regen drang in unsere Knochen ein wie Rost in Eisen. Seit Tagen fiel er nun schon in Strömen vom grauen, verwaschenen Himmel. Ich hatte mir die Kapuze tief ins Gesicht gezogen. Von ihrem Rand tropfte es stetig auf den Knauf meines Sattels. Ich zitterte unkontrolliert.

Unsere Maulesel folgten langsam dem Weg nach Saint-Ybars. Die Welt ringsum wurde vollkommen vom Regen beherrscht, und es schien, als würden die Felsen selbst Wasser hervorbringen. Das war natürlich bloße Einbildung. Durch den unablässigen Regen hatten sich viele kleine Wasserfälle gebildet. Gelegentlich hörten wir, wie Felsbrocken auf den Weg hinabstürzten, die sich durch die Bewegung des Schlamms unter ihnen gelöst hatten.

Wir kamen an mehreren Bäumen vorüber, die von Blitzschlägen gespalten worden waren.

Ich vermochte durch den Regenschleier kaum hundert Schritte weit zu sehen. Elend und frierend betete ich in Gedanken immer wieder das Vaterunser.

Doch dann richtete sich all mein Denken abermals auf eine Frau – freilich nicht auf irgendeine Frau. Und gewiss nicht auf jene Frau, die dort am Wegesrand neben ihrem toten Mann hockte, ein Bündel Lumpen an ihre Brust presste und sich sanft vor- und zurückwiegte.

Ich bemerkte sie erst, als wir sie schon fast erreicht hatten und ich einen unserer Begleiter eine Warnung ausrufen hörte. Er hatte sie für einen Räuber gehalten, doch als er erkannte, dass es sich lediglich um eine Bauersfrau handelte, steckte er sein Schwert wieder in die Scheide. Wahrscheinlich hätte er sie nicht weiter beachtet und wäre einfach weitergeritten, aber Bruder Subillais bestand darauf, Halt zu machen.

Einer der Diener schwang sich aus dem Sattel, ging zu der Frau hinüber und sprach mit ihr. Der Mann neben ihr war eindeutig tot. Er lag mit dem Gesicht nach unten in einer Pfütze. Das Hirn quoll aus seinem zertrümmerten Schädel hervor und vermischte sich allmählich mit dem Schlamm.

»Was ist geschehen?«, erkundigte sich Bruder Subillais bei dem Diener, der inzwischen zurückgekehrt war.

»Sie sagt, dass sie und ihr Mann von Räubern überfallen wurden, Exzellenz.«

Ich stieg von meinem Maulesel hinab und beugte mich zu der Frau nieder. Gern würde ich behaupten, dass ich dies aus reinem Mitleid tat, aber für mich war es vor allem eine willkommene Gelegenheit, mich durch die Bewegung ein wenig aufzuwärmen. Behutsam schob ich den Stoff in ihren Armen auseinander. Wie ich vermutet hatte, kam ein Säugling zum Vorschein, mit dem offensichtlich etwas nicht stimmte. Es war der trostloseste Anblick, der sich mir jemals geboten hatte. Die Augen der Frau blickten ins Leere, bar jedes Funkens Hoffnung.

»Mein Name ist Vater Bernard Donadieu«, richtete ich das Wort an sie. »Ich gehöre dem Predigerorden an und komme aus Toulouse.«

Sie starrte geradewegs durch mich hindurch.

Ich untersuchte den Säugling genauer. »Das Kind ist tot«, sagte ich dann. Alles außer der nackten, unverblümten Wahrheit machte keinen Sinn – nicht hier draußen, mitten im Regen und im Nirgendwo.

Die Bäuerin umklammerte ihr Kind nur noch fester. Was mochte ihm wohl zugestoßen sein? Und wie lange mochte die Frau bereits dort sitzen?

»Wie lautet dein Name?«, fragte ich sie.

Sie antwortete nicht.

»Wo willst du hin?«

Bruder Subillais trat an meine Seite und verlangte: »Gib mir das Kind!« Etwas in seiner Stimme brachte Menschen dazu, ihm zu gehorchen, selbst wenn sie es gar nicht wollten. Dies war seine große Stärke als Inquisitor. Sofort kehrte Leben in die Augen der Frau, und sie kam seiner Aufforderung nach.

Unsere Gruppe muss ein merkwürdiges Bild abgegeben haben – die Gesichter der Diener verrieten Missmut und Niedergeschlagenheit, Regen troff von unseren Gewändern, und wir standen alle knöcheltief im Schlamm, während Bruder Subillais das tote Kind betrachtete, als hätte er eine heilige Reliquie entdeckt.

»Das Kind ist tot«, wandte er sich an die Frau. »Wir müssen uns um seine Seele kümmern. Glaubst du an den Erlöser Jesus Christus und seine Heilige Apostolische Kirche?«

Niemals werde ich das Antlitz dieser Frau vergessen. Der Hunger hatte ihre Wangen- und Kieferknochen hervortreten lassen, und im grauen Licht wirkten sie wie gemeißelt. Ihre Augen waren riesengroß, wie die eines Kindes. Ich hatte den Eindruck, dass unsere Anwesenheit ihr einerlei war, sie wäre vermutlich einfach sitzen geblieben und allein gestorben. Aber sie besaß nicht genug Kraft, um sich Bruder Subillais' barmherziger Art zu widersetzen.

Also beantwortete sie seine Frage mit einem Kopfnicken.

»Ist das Kind getauft worden? Hat ein Priester sein Haupt mit Wasser besprengt?«

Sie schüttelte den Kopf.

»Dann werden wir es hier an Ort und Stelle taufen und ihm ein christliches Begräbnis bereiten, damit seine Seele im Himmel erlöst werden kann. Wie steht es mit deinem Ehemann? Ist er häufig in die Kirche gegangen?«

Ein kaum wahrnehmbares Nicken.

Ich habe nie erfahren, was auf dieser einsamen Straße geschehen war. Aber nach allem, was diese Frau durchgemacht haben musste, sah sie das Folgende gewiss wie durch einen Nebelschleier.

Bruder Subillais befahl unseren Dienern, am Wegesrand ein Grab auszuheben. Die Arbeit gestaltete sich schwierig, denn der karge Boden war sandig und voller Felsen. Außerdem lief das Loch schneller mit Regenwasser voll, als die Diener zu graben vermochten.

Hastig vollzog Bruder Subillais die Taufe und verwendete dafür Wasser aus einer nahe gelegenen Quelle. Der Regen durchnässte seine Bibel, während er das Taufgebet sprach. Unterdessen murrten die Diener und empörten sich darüber, dass wir uns solche Umstände gemacht hatten, noch dazu wegen einer Frau.

Schließlich wurden der Mann und der Säugling in das flache Grab gelegt und mit Erde bedeckt. Bestimmt würden wilde Tiere die Leichen wieder ausgraben, sobald wir fort waren, aber wir hatten unser Bestes getan.

Wir kehrten zu unseren Reittieren zurück, um die elende Reise in die Berge fortzusetzen. »Was ist mit der Frau?«, fragte ich Bruder Subillais.

»Wir werden sie mitnehmen.« Er führte die Bäuerin zu seinem Maulesel und sagte ihr, sie solle aufsteigen.

»Ist das klug, Bruder Subillais?«, warf ich ein und meinte damit: *Ist das würdevoll?*

»Ich werde zu Fuß gehen.«

»Nimm meinen Maulesel.«

»Nein, das ist meine Entscheidung! Jesus hätte dasselbe getan.«

Ich erzähle Euch diese Geschichte, damit Ihr Bruder Subillais verstehen lernt. Und ich sage Euch eines: An jenem Tag handelte er nicht aufgrund seiner Gefühle, denn er war kein Mann, der sich von Sentimentalitäten beeinflussen ließ. Der Schlüssel zu seinem Charakter lag in seiner letzten Bemerkung.

Jesus hätte dasselbe getan.

Bruder Subillais sah seine Aufgabe nicht darin, Güte und Barmherzigkeit zu zeigen, sondern darin, das zu tun, was unser Erlöser getan hätte, um weitere Seelen zu retten. Subillais bemühte sich sein ganzes Leben lang, diese Aufgabe so gut wie möglich zu erfüllen. Seine Sicht der Dinge gründete gänzlich auf seiner Auslegung der Bibel und der Schriften der Heiligen.

Unglücklicherweise vermochte er in seinem eigenen Herzen kein Licht zu finden, das ihn hätte leiten können.

MADELEINE

Der Sturm raste vom Norden her über die Ebene und brachte tiefschwarze Wolken vom Horizont mit, die sich über unseren Köpfen auftürmten. Ein scharfer Wind, die Tramontane, donnerte durch das Tal. Sie heulte über den Dächern, als wäre sie der Höllenfürst höchstpersönlich, der an den Balken rüttelte und Einlass in unser Haus begehrte.

Ich stand am Fenster meiner Zelle und beobachtete, wie der Sturm aufzog. Der Tag war für die Jahreszeit ungewöhnlich mild gewesen, doch das änderte sich mit dem ersten Band schwarzer Wolken, das am Horizont auftauchte. Eisige Windböen fegten über den Kreuzgang und rissen mich beinahe zu Boden, als ich zur Kapelle lief.

Der Regen trommelte auf die Dächer, als würde ein Dämon säckeweise Kupfernägel vom Himmel schleudern. Schon bald stand der Kreuzgang unter Wasser, und im Rauschen des Windes konnten wir unsere eigenen Stimmen, die die Psalmen zur Vesper sprachen, nicht mehr verstehen. Bei einem plötzlichen Donnerschlag warfen sich einige meiner Mitnovizinnen kreischend auf die Knie und flehten den Herrn an, uns zu verschonen. Mir selbst wäre jeder Tod willkommen gewesen, wenn er mich nur von diesen endlosen Gebeten und dem harten Bett erlöst hätte. Allerdings wünschte ich, der Herr würde ihn ein wenig leiser gestalten.

Es waren nur wenige Schritte von der Kapelle zum Dormitorium, doch keiner von uns gelang es, den Weg zurückzulegen, ohne dass ihr Gewand vollkommen durchnässt wurde und ihr Schleier verrutschte. Die Äbtissin ordnete an, dass wir in unseren Zellen für jene beten sollten, die in dieser Nacht ohne den Schutz von Steinmauern auskommen mussten.

Der Sturm hatte das Leintuch vor meinem Fenster zerfetzt. Der Fußboden war überschwemmt, und das Stroh auf meiner Pritsche hatte sich in eine triefende Masse verwandelt. Dann blies ein Luftzug die Talgkerze aus, die ich in der Hand hielt. Ich fror, es war dunkel, und ich hatte keinen Platz mehr, wo ich schlafen konnte.

Mein Leben als Büßerin hatte seinen Tiefpunkt erreicht.

Ich weiß nicht mehr, wie lange ich so dastand. Mir fiel nichts ein, was ich sonst hätte tun sollen. Schließlich unterbrachen die Schreie einer Frau meine jämmerliche Nachtwache. Ich eilte zum Fenster und starrte hinaus.

Beinahe im selben Augenblick zuckte ein Blitz über den Himmel und tauchte die Szene draußen in ein unheimliches Licht. Schwester Agnes rannte durch den Kreuzgang. Sie hob den Blick dem finsteren Himmel entgegen, lachte und war dabei, sich die Kleider vom Leib zu reißen. Dabei rief sie Wörter in einer Sprache, die ich nicht verstand.

In der nächsten Sekunde versank die Welt wieder in Dunkelheit, doch das schreckliche Bild – Agnes, die umhertobte wie ein Dämon – hatte sich in mein Gehirn gebrannt. Kurz darauf ertönte ein ohrenbetäubender Donnerschlag, der die Klostermauern dermaßen erschütterte, dass der Boden unter meinen Füßen bebte.

Doch man konnte Agnes immer noch draußen hören, die Geräusche einer Wahnsinnigen, einer Hexe. Als der Kreuzgang wenig später von einem weiteren Blitz hell erleuchtet wurde, sah ich, dass Agnes nun vollends nackt war. Auf der Haut zwischen ihren Brüsten leuchtete eine purpurrote Narbe. Die Äbtissin und die Sakristanin rangen mit ihr und versuchten, sie fortzubringen.

Ich lief hinaus, obwohl die Ordensregel uns untersagte, vor der Matutin unsere Zellen zu verlassen. Ich beobachtete, wie die Äbtissin, die Sakristanin und die inzwischen herbeigeeilte Priorin Schwester Agnes gemeinsam in den Keller schleiften. Ich hastete durch den Kreuzgang und folgte ihnen unbemerkt.

Sobald ich die schwere Kellertür hinter mir geschlossen hatte, drang das Sturmgetöse nur noch gedämpft an meine Ohren. Dafür hörte ich die drei Nonnen vor Anstrengung keuchen. Die Priorin hielt eine Schüssel mit Öl in der Hand, in der ein Docht schwaches Licht verbreitete. Agnes lag schlaff zu ihren Füßen, umgeben von einer immer größer werdenden Wasserlache. Ihre Nacktheit bestürzte mich. Ihr Leib – bitte verzeiht meine Worte – war bleich wie Schweinefleisch und ebenso unförmig. Ihr kurz geschorenes Haar war beinahe vollständig ergraut, was sie viel älter aussehen ließ, als ich geschätzt hatte. Doch was meinen Blick unweigerlich anzog, war das Mal auf ihrer Brust – wulstiges Narbengewebe, das ein vollkommenes Kruzifix bildete.

Die Äbtissin starrte mich an. Sie hatte während des Kampfes ihren Schleier verloren. Ihr kastanienbraunes, mit grauen Strähnen durchzogenes Haar klebte nass an ihrem Kopf. Der Nimbus von Unantastbarkeit, der sie stets umgeben hatte, war dahin, nicht jedoch ihre Autorität.

»Was tust du hier, Schwester Madeleine?«

Ich brachte keinen Ton heraus.

»Hinaus!«, befahl sie.

Wieder lief ich durch den Kreuzgang, der mittlerweile eher einem See glich, und zurück in meine Zelle. In jener Nacht tat ich kein Auge zu – und das nicht nur wegen des feuchten Strohs auf meinem Lager. Wie hätte ich schlafen können, nachdem ich gerade Zeugin dieser schauerlichen Szene geworden war? Selbst nach dem das Unwetter stand ich immer noch zitternd an meinem Fenster und beobachtete die Blitze über der schwarzen Silhouette der Berge am Horizont.

Der Donner entfernte sich. Der Gefürchtete hatte sein Zeichen hinterlassen und zog sich zurück.

*

Am folgenden Morgen zeigte sich der Himmel blassblau und wolkenlos. Der Sturm der vergangenen Nacht schien nichts weiter als ein Traum gewesen zu sein. Allein die zarte Schicht Pulverschnee, die die Landschaft überzog, erinnerte an den Wetterumschwung.

Die Äbtissin traf mich in der Kapelle beim Gebet. »Du siehst blass aus, und dein Habit ist feucht. Du solltest in die Küche gehen und dich am Feuer wärmen, bevor die Feuchtigkeit dir noch in die Glieder fährt.«

Gehorsam erhob ich mich.

»Falls du uns jemals verlässt, Schwester Madeleine, wäre ich dir dankbar, wenn du niemandem erzählen würdest, was du in der letzten Nacht gesehen hast.«

Die Neugier machte mich kühn. »Die Narbe … woher hat sie die Narbe?«

Ich rechnete nicht damit, dass die Äbtissin meine Frage beantworten würde, doch sie sagte: »Es ist viele Jahre her, da tobte hier ein ebenso schwerer Sturm wie gestern Nacht. Schwester Agnes befand sich gerade auf dem Rückweg vom Weinberg. Sie wurde vom Blitz getroffen und blieb bewusstlos auf einem Feld liegen. Als wir sie fanden, hielten wir sie zuerst für tot. Wir brachten sie zurück ins Kloster und entdeckten dort, dass ihr Metallkruzifix in ihre Brust eingebrannt war.«

Die Äbtissin befingerte gedankenverloren das Kreuz an ihrem Hals.

»Bis zu jenem Tag war Schwester Agnes ein Mensch wie du und ich gewesen. Ihr Äußeres war freilich schon immer merkwürdig, aber vor dem Blitzschlag führte sie bei der Arbeit keine Selbstgespräche, sah keine Dämonen und benahm sich auch nicht so wie in der vergangenen Nacht. Gott hat sie an jenem Tag auserwählt, doch ich weiß nicht, zu welchem Zweck.«

»Und wie geht es ihr heute Morgen?«

»Sie schläft noch. Wenn sie aufwacht, wird sie sich ihren Aufgaben widmen, als sei nichts geschehen. Dies war nicht das erste Mal. Und nun lauf in die Küche!«

Ich tat, wie mir geheißen, doch ich dachte den ganzen Tag lang über die Worte der Äbtissin nach. Ich fragte mich, ob die übrige Welt ihre Ansicht teilen würde, dass die arme Agnes von der Hand

Gottes berührt worden war. Womöglich wäre so mancher eher der Meinung, dass es sich um die Hand eines weniger gütigen Wesens gehandelt hatte. Nun begriff ich, warum die Äbtissin nicht wünschte, dass jemand außerhalb dieser schweigenden und heiligen Mauern über Agnes sprach.

ELEONORE

Die Pfarrkirche von Redaux war vom Großvater meines Großvaters erbaut worden und wurde daher schon immer als Familienbesitz betrachtet. Folglich behielt der Seigneur von Saint-Ybars den Zehnten und die Opfergaben für sich und wählte den Inhaber der Pfarrstelle aus den Mitgliedern seines eigenen Haushalts aus, um sicherzustellen, dass er nicht hintergangen wurde.

Dies war auch der Grund, warum mein Vetter Guillaume momentan das Amt des Priesters von Redaux bekleidete und somit von der Verarmung erlöst war, in die ihn die Habgier des Königs gestürzt hatte.

Nichtsdestotrotz war sein Lebensunterhalt keineswegs gesichert, denn das Einkommen eines Geistlichen hing von der Größe seiner Herde ab. Wie alle Priester verlangte er für all seine Dienste Gebühren, von der Segnung eines Feldes oder Brautbettes bis hin zum Spenden der Sakramente. Mir war zu Ohren gekommen, dass er einmal sogar das Bettzeug eines sterbenden Mannes mitgenommen hatte, weil dieser die Letzte Ölung nicht anderweitig bezahlen konnte.

In seinem schmutzigen braunen Gewand und den Holzschuhen sah Guillaume aus wie ein Bauer. Seine braunen Augen lagen tief in ihren Höhlen und blickten stets hungrig. Er verhielt sich betont zurückhaltend, und die Gesellschaft anderer Menschen schien für ihn unerfreulich, ja geradezu schmerzhaft zu sein. Er erinnerte mich daher an ein Insekt, das in immerwährender Dunkelheit lebt und panisch davon krabbelt, wenn es plötzlich dem Tageslicht ausgesetzt wird.

Obwohl er sich normalerweise nur äußerst selten aus Redaux fort wagte, hatte er nun die Reise nach Saint-Ybars auf sich genommen und um eine private Unterredung mit mir gebeten.

Mir war klar, dass er mir etwas besonders Wichtiges zu sagen hatte.

Ich empfing ihn in meinen Gemächern. Er schritt sofort nervös auf und ab und blickte mir dabei nicht ein einziges Mal in die Augen.

»Es ist schön, Euch zu sehen, Guillaume«, begrüßte ich ihn.

»Ihr müsst mit Eurem Bruder reden!«

»Ihr seid wohlauf, wie ich feststelle.«

»Überzeugt ihn davon, dass wir eine Kopie unseres Stammbaums anfertigen müssen!«

»Danke, ich bin ebenfalls wohlauf.«

»Was?« Er sah mich verwirrt an und hatte meine ironischen Worte offenbar nicht verstanden. »Was habt Ihr gesagt?«

»In der Komturei ist der Stammbaum sicher. Sicherer als irgendwo sonst.«

»Die Komturei ist nicht uneinnehmbar.«

»Darin könntet Ihr Euch irren.«

»Es gibt keinen Platz auf der Welt, der uneinnehmbar ist. Ihr fordert das Schicksal geradezu heraus, wenn Ihr von einem so bedeutenden Dokument keine Abschrift macht und sie an einem zweiten Ort hinterlegt.«

»Christian ist da anderer Meinung.«

»Und was ist, wenn Euer Bruder plötzlich sterben sollte? Dann wäre der Stammbaum für immer außer Reichweite. Seine Arroganz ist wirklich unerträglich! Er ignoriert völlig, dass auch wir dieser Linie der Familie angehören.«

»Ich bin ganz Eurer Meinung – er ist unerträglich. Aber was schlagt Ihr vor, was wir tun sollen? Habt Ihr es denn jemals vermocht, ihn auf irgendeine Weise zu beeinflussen?« Nicht zum ersten Mal dachte ich über die Last nach, die unser Familiengeheimnis für uns bedeutete. Was war aus unserem königlichen Blut geworden? Ein einsiedlerischer Mönch, ein mörderischer Tyrann, ein unfruchtbarer Leib …

»Unsere Familie benötigt Nachkommen«, warf mein Vetter ein.

»Was ist mit Euch? Ihr könntet die Priesterschaft verlassen.«

»Ich bin ein *Faidit*. Was würde mir ein Nachkomme nutzen? Ich könnte ihm weder Titel noch Land vererben.«

»Unsere Vorfahren besaßen ebenfalls weder Titel noch Land.«

»Aber unsere Vorfahren sind heilig! Daraus ergeben sich Ansprüche für unsere Familie, die einer unserer Nachkommen vielleicht eines Tages geltend machen kann. Also ist der Stammbaum von größter Wichtigkeit. Sprecht mit Eurem Bruder, Eleonore! Er wird Euch Gehör schenken. Überredet ihn, mir das Original auszuhändigen, damit ich eine Kopie anfertigen kann! Es ist wirklich wichtig!«

Ich seufzte und erklärte mich einverstanden. Manchmal überkamen mich starke Zweifel, ob der Stammbaum tatsächlich von solch immenser Bedeutung war. Mein Bruder und mein Vetter hätten diese Gedanken gewiss aufs Schärfste verurteilt. Ich lag die ganze Nacht lang wach und grübelte über Guillaumes Worte. Ich würde wie versprochen mit Christian über die Sache reden.

Aber der Inquisitor aus Toulouse sollte vorerst ein dringlicheres Problem darstellen.

*

Es gibt Jahre, in denen der Winter nahezu unbemerkt vonstatten geht. Langsam kriecht dann der Frost in alle Ritzen. In der vergangenen Nacht jedoch stürmte er plötzlich herbei, mit einem heftigen Gewitter, das die gesamte Welt zu erschüttern schien. Morgens war das Tal weiß bestäubt und die Luft dermaßen kalt, dass es beim Einatmen in der Kehle schmerzte.

Nun, am späten Nachmittag, stand ich in meinen Bärenfellmantel gehüllt oben auf dem Bergfried. Vereinzelte Schneeflocken wirbelten gegen meine brennenden Wangen. Der Wind fuhr leise seufzend durch die Mauern, ansonsten herrschte eine tiefe Stille über dem Tal. Lange Eiszapfen hingen an den Buchen, und der Schnee hatte sich in sanften Wellen über die Hügel gelegt.

Die Ketzer hatten die Schönheit dieser Welt verschmäht und als pure Einbildung abgetan. Sie hatten behauptet, der Teufel habe sie mit derselben Absicht erschaffen wie die körperliche Schönheit: um die Seele zu verführen und sie dazu zu verleiten, sich auf vergängliche Dinge zu verlassen. Doch es fiel mir schwer, die winterlichen Bäume zu ignorieren, die Schneeflocken auf den rotbraunen Dächern, die Spuren eines Bauern auf dem Feld.

Allerdings musste ich zugeben, dass die Schönheit der winterlichen Landschaft auch negative Folgen hatte: Die Armen drängten sich zitternd vor Kälte in ihren feuchten Hütten zusammen, und in den dunklen Gassen von Toulouse erfroren des Nachts die Bettler.

*

Von der überfrorenen, zerfurchten Straße nach Couiza, unserer einzigen Verbindung mit dem Rest der Welt, drang plötzlich Hufgeklapper und das Scheppern von Geschirren herüber. Die Dominikanermönche waren in Saint-Ybars eingetroffen.

Ich beobachtete, wie sie auf ihren Zeltern und ihren kleinen Pferden und Mauleseln heranritten, und mir wurde das Herz schwer. Über das Bild winterlicher Anmut legte sich der Schatten des Teufels. Die kraftlose Sonne ging langsam hinter den Bergen unter, und ich fragte mich bang, wann wir wohl wieder ihre Wärme spüren oder ihr Licht erblicken würden.

*

Dem Inquisitor und seinen Begleitern schlug der Geruch von verbranntem Fleisch entgegen. Raymonds Soldaten hatte einige alte Weiber und Schwachsinnige in der Stadt zusammengetrieben und dem Scheiterhaufen überantwortet. Die Glut war noch nicht erkaltet.

Gemeinsam mit meinem Gatten empfing ich die Mönche und ihr unauffälliges Gefolge im eiskalten Innenhof unserer Burg. Ihre Mienen verrieten argwöhnische Überraschung.

»Haben hier Verbrennungen stattgefunden?«, richtete einer von ihnen das Wort an meinen Gatten.

»Wie es regelmäßig der Fall ist. Wir dulden hier keine Häretiker, Vater.«

Er erntete ein verkniffenes, bitteres Lächeln. Der Wettstreit hatte begonnen.

*

Wie die übrige Bevölkerung wurden auch wir am folgenden Morgen in die Kirche der Heiligen Maria Magdalena zitiert, um die Predigt zu hören, die Vater Hector Subillais für uns vorbereitet hatte. Ich hatte den Inquisitor für einen ungewöhnlich wortkargen Mann gehalten, doch als er auf die Kanzel stieg, wurde ich eines Besseren belehrt: Seine Augen funkelten, und seine kräftige Stimme hallte von den Steinmauern wider wie die eines Propheten.

Die Predigt war sehr lang, und ich vermag mich nicht mehr an alle Einzelheiten zu erinnern. Der Inquisitor hielt unsere Gemeinde an, mit Eifer gegen die Ketzerei vorzugehen, und führte uns vor Augen, welche Folgen ein Versagen unsererseits haben würde. Jene beschrieb er besonders ausführlich und fand offenbar großen Gefallen daran, uns den Unterschied zwischen Himmel und Hölle auseinander zu setzen.

Die Freuden des Himmels schilderte Vater Subillais allerdings nicht besonders deutlich. Sie hatten offenbar nichts mit den irdischen Vergnügungen der Menschen zu tun und waren daher nicht gerade geeignet, ihr Interesse zu wecken. Meines Wissens schöpften die Menschen ihre Befriedigung daraus, zu trinken, zu würfeln, Bärenkämpfen zuzusehen und Unzucht zu treiben – mit dieser Art von Unterhaltung war allerdings laut Vater Subillais' Predigt im Himmel nicht zu rechnen.

Als er jedoch auf die Schrecken des Fegefeuers zu sprechen kam, wurden seine Schilderungen sehr viel genauer und anschaulicher. Beinahe wehmütig beschrieb er die gequälten Schreie der gemarterten Seelen, die hell glühenden Feuer, in denen sie geröstet wurden, die glühenden Zangen, die ihnen das Fleisch vom Leib rissen, obwohl sie doch gar keinen Leib mehr besaßen. All dies malte er mit einer solchen Fülle an Einzelheiten aus, dass selbst unsere Söldner erbleichten. Vater Subillais schien mehr über die Hölle zu wissen als über den Himmel, und sicherlich fragten sich viele, wie er an dieses Wissen gekommen war. Doch niemand wagte es, diese Frage zu stellen. Seine Worte hatten eine solch enorme Kraft, dass die Gemeinde gebannt und mit aschfahlen Gesichtern lauschte.

Ich hatte bereits auf den ersten Blick gemerkt, dass der Vater über eine gewisse Raffinesse verfügte. Während seiner Predigt holte er plötzlich einen menschlichen Schädel hervor und streckte ihn der Gemeinde entgegen. Und genau in dem Moment, in dem er von den Posaunen des Jüngsten Gerichts sprach, erklang draußen vor der Kirche das Schmettern einer Trompete, worauf einige Frauen vor Angst schrien und die Kinder zu weinen begannen.

Mich erschreckte dies nicht so sehr wie manche andere, denn ich hatte Vater Bernard einige Augenblicke zuvor mit einem solchen Instrument aus der Kirche schleichen sehen und war daher vorbereitet. Aber ich muss sagen, dass dieser schlaue Einfall eine durchschlagende Wirkung auf die Armen unserer Stadt hatte.

Am Ende seiner Tirade forderte Vater Subillais jene Einwohner von Saint-Ybars, die ihr Seelenheil durch Ketzerei gefährdet hatten, um ihrer unsterblichen Seelen willen auf, ihm gegenüber ein umfassendes, ehrliches Geständnis abzulegen sowie die Namen ihrer Komplizen zu nennen. Im Gegenzug werde der oder die Betreffende wieder in den Schoß der Kirche aufgenommen und könne mit nachsichtiger Behandlung rechnen.

Ich persönlich bezweifelte, dass es in Saint-Ybars oder unserem Nachbarort Redaux noch viele Ketzer übrig geblieben waren. Aber während ich den Vater predigen hörte, wurde mir klar, dass er seine Abtrünnigen finden würde. Er besaß ein hohes Maß an Entschlusskraft, und ein entschlossener Mann findet stets, wonach er sucht.

*

Raymond versuchte, unseren Gästen mit einem verschwenderischen Festmahl zu imponieren, doch meiner Ansicht nach waren Männer wie diese durch den Anblick und den Genuss von Köstlichkeiten nicht zu beeindrucken. Mein Gatte schien zu glauben, dass er Männer vom Schlag des Bischofs zu Gast hatte, der in der Tat sämtliche aufgetischten Weine, Braten und Dirnen verschlungen hätte.

Der Schmaus bestand aus dem mit Schweineschmalz bestrichenen Kopf eines Keilers, Schweinebraten in Pfeffer-Wein-Sauce, Kaninchen in Mandelmilch, gebratenen Grasmücken, Leberpastete, Pasteten mit Schweinefleisch und Käse und sogar einem Fabelwesen, für das Kopf und Vorderstücke eines Ferkels am Rumpf eines Kapauns befestigt worden waren. Raymond ließ selbst Datteln und Pistazien servieren, die es nur für viel Geld auf Templerschiffen in Marseille zu kaufen gab. Dazu tranken wir Grenache und Weine aus Zypern. Als krönender Abschluss wurde ein ganzer Schwan hereingetragen, bei dessen Anblick die versammelte Gesellschaft nach Luft schnappte, genau wie beabsichtigt.

Vater Subillais allerdings blickte nur noch verdrießlicher drein als zuvor.

Ich war schon des Öfteren Männern wie ihm begegnet, die sich beinahe von Kindesbeinen an ausschließlich von ihren Überzeugungen leiten lassen. Es war sein Vikar, der mich neugierig machte. Er hatte etwas Sinnliches, Weiches und Geheimnisvolles an sich. Zwar war er fromm und ernsthaft in seinen Anschauungen, doch mein weibliches Gespür sagte mir, dass er etwas verbarg, das nicht zum äußeren Eindruck passte.

Subillais schien wenig geneigt, sich mit mir zu unterhalten, und als er schließlich doch das Wort an mich richtete, geschah dies lediglich, um mich über die Madonna am Teich auszufragen. Er wollte von mir wissen, was ich von dem Mädchen hielt, das die Vision gehabt hatte.

Ich antwortete aufrichtig. Ich sagte ihm, dass das Mädchen der Kirche treu ergeben und ehrlichen Glaubens war.

»Habt Ihr selbst auch einmal diesen Teich aufgesucht, um dort zu beten?«, besaß er die Kühnheit zu fragen.

»Ich bin eine gute und treue Katholikin, Vater. Ich bete in der Kirche.«

Er lächelte und neigte leicht den Kopf. »Es freut mich, das zu hören, Madame.«

»Aber glaubt Ihr nicht, dass die Madonna sich in schweren Zeiten für uns einsetzen wird?«, wollte ich von ihm wissen.

»Wir glauben an die Madonna, Madame, doch in einem Fall wie diesem könnte die Vision eher auf ein hysterisches Fieber zurückzuführen sein, für das Euer Geschlecht ja bekannt ist. Natürlich müssen wir auch sicherstellen, dass wir es hier nicht mit einem Werk des Erzfeindes zu tun haben.«

»Der Teufel vermag in der Tat vielerlei Gestalt anzunehmen«, entgegnete ich. Der Gesichtsausdruck des Inquisitors verriet mir, dass er nicht jener fromme Vater war, den er nach außen hin so perfekt verkörperte – genauso wenig wie sein Vikar. Dies erstaunte mich, denn Mitglieder des Predigerordens der Dominikaner galten als weniger anfällig für Versuchungen als andere Mönche. Doch der Teufel ist überall, und wir sind seine Werkzeuge – zumindest behaupten das die Geistlichen. Mich beschlich die Ahnung, dass der Erzfeind – wie sie ihn nennen – einem von uns auf die Schliche kommen würde, noch bevor diese Herren Saint-Ybars verließen.

SUBILLAIS

Als wir in Saint-Ybars eintrafen, wurden wir vom Gestank verkohlten Fleisches willkommen geheißen. Die Scheiterhaufen, auf denen man die angeblichen Häretiker verbrannt hatte, waren noch warm. Diese Demonstration von Frömmigkeit vermochte mich weder zum Narren zu halten noch zu ermutigen.

Der Seigneur und seine Gattin erwarteten uns im Innenhof der Burg. Ich bemerkte einen Ausdruck argwöhnischer Überraschung auf ihren Gesichtern.

»Haben hier Verbrennungen stattgefunden?«, fragte mein Vikar den Seigneur und stieg von seinem Maulesel.

»Wie es regelmäßig der Fall ist. Wir dulden hier keine Häretiker, Vater.«

Das musste erst noch bewiesen werden.

Ich sollte erwähnen, dass wir, wenn schon nicht mit Begeisterung, so doch immerhin gastfreundlich in der Burg aufgenommen wurden. Da wir recht spät angekommen und von der Reise erschöpft waren, zogen wir uns gleich nach der Vesper und einem leichten Abendessen in unsere Gemächer zurück. Am folgenden Tag erhoben wir uns rechtzeitig für den Angelus. Ich las die Morgenmesse in der Kirche der Heiligen Maria Magdalena und predigte der Gemeinde von der Sündhaftigkeit der Ketzerei.

*

Ungefähr zur siebten Stunde wurden wir durch Trompetenstöße zum Mittagsmahl gerufen. Als wir durch die schwere Eichentür traten, stellten wir fest, dass bereits alle versammelt waren. Die Damen knicksten, und Raymond begrüßte uns an seinem Tisch mit Küssen. Wie seine persönlichen Gefühle uns gegenüber auch aussehen mochten – und dies galt es noch herauszufinden –, er behandelte uns äußerst zuvorkommend und hieß uns an seiner Seite Platz nehmen. Das Gefolge setzte sich an die Tische, die im rechten Winkel zur Haupttafel angeordnet waren.

Diener brachten uns Silberschüsseln mit Rosenwasser, in denen wir unsere Hände wuschen. An den anderen Tischen wurden zu diesem Zweck Holzschüsseln herumgereicht. Alle wischten ihre Hände am selben Tuch ab, das am Ende dementsprechend schwarz war.

Den Hofsitten des Südens gemäß saßen der Seigneur und seine Gattin Seite an Seite und benutzten gemeinsam eine Silberschale und einen silbernen Becher. Auch wir übrigen an der Haupttafel teilten uns jeweils zu zweit eine Silberschale. Die Diener legten dicke Scheiben weißen Brotes hinein, mit denen wir die Bratensäfte und die Saucen aufsaugen konnten.

Nachdem ich den Segen gesprochen hatte, wurde das Essen aufgetragen. Der Weg von der Küche führte über einen offenen Hof, daher waren die Speisen nur noch lauwarm, als sie uns erreichten. Aber verglichen mit der einfachen Kost in unserem Priorat in Toulouse war dieses Mahl ein geradezu schändliches Vergnügen.

Zunächst wurde uns eine Suppe aus Mandeln und Olivenöl serviert, gefolgt von einer Pastete, die mit Kabeljauleber und kleingehacktem Lachs gefüllt war. Dann brachten die Diener gebratene Drosseln, Stare und Grasmücken. Letztere galten im Süden als größte Delikatesse, wie mir unser Gastgeber erklärte.

In Paris waren die Adelshöfe des Südens einstmals für ihre Minnesänger und Narren, für albernes, unflätiges Benehmen und Unzucht bekannt gewesen. Die Minnesänger waren inzwischen fast gänzlich verschwunden, denn die meisten ihrer Gönner hatten ihre Ländereien an Simon de Montforts Barone oder den König verloren. Und was die Unzucht betraf: In Gegenwart von Inquisitoren halten sich die Menschen meist zurück. Dasselbe galt anscheinend auch für derbes Gerede, wie ich erfreut feststellen konnte, denn die Gäste waren allesamt recht beherrscht. Es gab auch keine frivolen Vorführungen, mit denen sich Edelleute so gern die Zeit vertreiben, weder von Sängern noch von Gauklern oder Tänzern.

Doch als ich mich gründlicher in der Halle umsah, beschlich mich der Verdacht, dass es sich eher um erzwungene denn um echte Sittsamkeit handelte. Ich beobachtete einen Herrn dabei, wie er einen Leckerbissen von seinem Teller nahm und ihn seiner Dame unter honigsüßem Geflüster in den Mund schob, woraufhin sie verschmitzt und kokett lachte. Ein anderer hielt seiner Dame einen Becher an die Lippen und sagte: »Lasst einen Kuss daran zurück, dann bedarf ich des Weines nicht mehr.« Ich hoffte, dass er den Kuss bekommen würde, denn nach meinem Eindruck hatte er bereits mehr als genug Wein getrunken.

Während ich dies mit ansah, hätte ich weinen mögen, weil diese Seelen sich durch ihr gottloses Benehmen so weit von unserem Herrn entfernt hatten.

Dennoch muss ich gestehen, dass dieses Mittagsmahl weniger erschütternd war als andere Festessen, an denen ich teilgenommen hatte, denn anders als im Norden gibt es im Süden Sittenbücher, die angemessene Tischmanieren lehren. In Paris war es nicht ungewöhnlich, wenn Männer ihre Zähne mit dem Tischtuch säuberten, über die Tafel hinweg ausspuckten oder sogar mit den Fingern in den Eiern stocherten. Hier bekam ich nichts Schlimmeres zu Gesicht als einen Mann, der seinen Daumen benutzte, um eine Scheibe Brot mit Butter zu bestreichen.

Nachdem ich mich davon überzeugt hatte, das sich alle Anwesenden überwiegend schicklich benahmen, wandte ich mich zu meiner Rechten, wo Bruder Donadieu in ein Gespräch mit unserem Gastgeber vertieft war. Sie unterhielten sich natürlich über Madeleine de Peyrolles.

»Kennt Ihr dieses Mädchen?«, hörte ich Bruder Bernard den Seigneur fragen.

»Ja, wir haben es ausführlich befragt. Wir fanden nichts an ihm auszusetzen.«

»Und die Familie?«

»Der Vater ist ein Steinmetzmeister, den wir mit der Reparatur unserer Kirche beauftragt haben. Er legte uns Empfehlungsschreiben der Zunft in Toulouse vor. Die Familie lebt seit drei Jahren hier und hat uns bisher nie Schwierigkeiten bereitet.«

Ich warf einen Blick hinüber zu Eleonore, der Gattin des Seigneurs. Sie war eine stattliche Frau mit aufrechter Haltung, klaren Augen und offenkundiger Intelligenz. Vor intelligenten Frauen muss man sich in Acht nehmen, denn sie setzen ihre Klugheit ausschließlich für schlechte Zwecke ein, wie schon der Heilige Augustinus bemerkte.

»Wir werden eine gründliche Untersuchung dieser angeblichen Vision durchführen müssen«, erklärte ich.

»Ich bin sicher, dass Ihr hier keine Ketzer finden werdet. Das würde ich gar nicht dulden.«

In diesen Tagen wollte selbstverständlich keiner dieser feinen Seigneurs mehr Katharer auf seinem Grund und Boden wissen. Schon der leiseste Verdacht von Häresie genügte, und sie verloren alles, was sie besaßen. Die Adligen des Südens wussten, dass der König beabsichtigte, seinen Machtbereich auszudehnen, und dass ihm die Konfiszierung von Besitztümern dabei ebenso recht war wie jedes andere Mittel.

Plötzlich erklang ein Trompetenstoß, und die versammelten Gäste verfielen in ehrfürchtiges Schweigen. Vier junge Männer stolzierten mit einem riesigen Silbertablett auf den Schultern in die Halle. Auf dem Tablett thronte ein gebratener Schwan in voller Lebensgröße. Die Köche hatten den Kopf mit dem leuchtend gelben Schnabel aufgerichtet und dem Vogel sein Federkleid nach dem Braten wieder angelegt, sodass er absolut lebensecht wirkte. Sie hatten ihn auf einer Art grasgrünen Pastete platziert. Er war von kleinen seidenen Fahnen umgeben, auf denen die Wappen der Häuser de Guiret und Saint Ybars zu sehen waren.

Die Gesellschaft brach in Beifall aus.

Die Diener näherten sich der Haupttafel, verbeugten sich mitsamt ihrer beeindruckenden Last vor uns und schritten dann einmal rund um die Halle, damit die Gäste den Schwan gebührend bewundern konnten, bevor er tranchiert und verteilt wurde. Ich bemerkte, wie der Seigneur erst mir und dann Bruder Donadieu einen Blick zuwarf. Wahrscheinlich glaubte er, uns mit solch verschwenderischem Luxus imponieren zu können.

Seine Gattin hatte mich während des gesamten Mahls beobachtet. Sie fragte sich wohl, wie viel ich über sie wissen mochte. Als Inquisitor wusste ich natürlich alles.

Mir war zum Beispiel bekannt, dass ihr Vater, Roger de Saint Ybars, ein *Faidit* war, dass er seine Burg sowie seine Ländereien an Simon de Montfort verloren hatte, dass er in Toulouse gegen den König gekämpft hatte und deshalb gezwungen gewesen war, ins Exil zu gehen. Es hieß, dass er später – als der Papst, der König und der Graf von Toulouse einen Vertrag abschlossen, der dem König die Ländereien von Saint Ybars zusicherte – die königlichen Füße geleckt hatte wie ein Hund und für diese Demonstration von Reue mit einer Pension in Höhe von sechshundert Livres tournois sowie der schäbigen Burg von Maurac belohnt worden war.

Ich wusste ebenfalls, dass er seine Tochter Eleonore mit Raymond de Guiret verheiratet hatte, um seine Linie der Familie zu erhalten und jene wenigen, erbärmlichen Reste seiner ehemaligen Güter zu retten, die unversehrt geblieben waren. Seine Gattin, Eleonores Mutter, hatte während der Kreuzzüge ein Katharerhospiz geleitet. Seine Schwester war nach dem Fall der Festung Montségur als Ketzerin verbrannt worden. Zuvor hatte sie noch das Konsolamentum erhalten, eine Art von Priesterweihe, denn bei den Katharern konnten auch Frauen den Status von *Parfaits* erlangen.

Mir war auch bekannt, dass einer von Eleonores Vettern angeblich ein *Parfait* gewesen war und dass zwei ihrer Brüder im Kampf gegen de Montfort gefallen waren.

Eine schöne Sippschaft, in der Tat! Die Frauen der Familie allesamt verdächtig, die Männer allesamt Narren.

Und nun würde für die königlichen Steuern das Letzte aus ihnen herausgepresst. Raymond würde bald erkennen, dass er mit dieser Ehe eine unvorteilhafte Verbindung eingegangen war, denn sie hatte den König gegen ihn eingenommen.

Ich wandte mich der Dame Eleonore zu. »Sagt mir, Madame, was haltet Ihr von diesem Mädchen, das behauptet, die Madonna gesehen zu haben?«

»Ich bin der Meinung, dass es ehrlichen Glaubens und der Kirche treu ergeben ist.«

»Habt Ihr selbst auch einmal diesen Teich aufgesucht, um dort zu beten?«

»Ich bin eine gute und treue Katholikin, Vater. Ich bete in der Kirche.«

»Es freut mich, das zu hören. Ich habe mich ein wenig mit der Geschichte des Geschlechts Saint Ybars befasst und weiß daher, dass dem nicht immer so war.«

Ihre Augen funkelten böse. »Während der Kriege zog ein Bruder des jetzigen Bischofs von Carcassonne gegen Simon de Montfort und die Soldaten des Papstes ins Feld«, erwiderte sie. »Und das ist nicht alles – ein Mann aus dem Geschlecht der Niort wurde zum Abt von Alet ernannt, während die übrigen Mitglieder seiner Familie in ihren Burgen *Parfaits* versteckten. Was sagt Euch das?«

Sie besaß einen wachen Verstand, diese Eleonore. Ich hatte gehört, dass sie sogar lesen konnte, was bei einer Frau natürlich ein Übel und ungefähr so nützlich ist, als würde man einem Schwein das Sprechen beibringen. Doch sie hatte gut pariert, das musste ich zugeben. Ich würde die Gespräche mit ihr genießen.

»Ganz wie Ihr meint, Madame. Dennoch hat Euer Vater weder Euch noch Eurer Familie einen großen Dienst erwiesen, als er die *Parfaits* unterstützte.«

»Ihr vereinfacht die Sache.«

»Tatsächlich?«

»Die Mitglieder meiner Familie wuchsen inmitten von Katharern auf, die ihnen niemals ein Leid zufügten und in aller Bescheidenheit lebten, ohne Anstoß zu erregen. Wir wussten gar nicht, dass sie Ketzer waren und wie sehr sie sich gegen Gott versündigt hatten, bis die Heilige Kirche kam, um unsere Seelen zu retten.«

Eine hübsche Rede, doch Raymond fiel uns verärgert und zugleich furchtsam ins Wort und lenkte die Unterhaltung erneut auf dieses Mädchen, Madeleine de Peyrolles.

Das Mahl schien nicht enden zu wollen, und einige der Männer betranken sich bis zur Besinnungslosigkeit. Doch schließlich wurde die Tafel aufgehoben. Die bettelnden Hunde bekamen die Knochen, und die übrig gebliebenen Brotscheiben in unseren Schüsseln wurden für die Armen eingesammelt. Der größte Teil der Gäste zog sich zurück, um zu ruhen, während sich die Knappen und Söldner zum Turnierplatz begaben.

Bruder Donadieu und ich selbst nahmen vollkommen übersättigt unsere Pflichten wieder auf. Es fiel mir schwer, bei den Psalmen zur None nicht einzunicken. Wir würden sorgfältig darauf achten müssen, dass das angenehme Leben dieser Südländer sich nicht negativ auf unsere Arbeit auswirkte.

Ich beschloss, am folgenden Tag den Teich der Madonna aufzusuchen, um mir selbst ein Bild davon zu machen, ob in Saint-Ybars der Teufel seine Hand im Spiel hatte.

MADELEINE

Schwester Agnes zählte Knoblauch und starrte jede einzelne Knolle an, als habe sie noch nie zuvor etwas so Wunderbares gesehen. Gelegentlich warf sie mir unter ihren buschigen, zusammengewachsenen Augenbrauen einen zutiefst misstrauischen Blick zu, bevor sie wieder mit ihrer Arbeit fortfuhr. Ich versuchte, mich auf meine eigene Aufgabe zu konzentrieren, die darin bestand, die Oliven aus den Säcken an der rückwärtigen Wand in Krüge zu füllen und haltbar zu machen. Ich gab mir Mühe, nicht Schwester Agnes' Aufmerksamkeit zu erregen.

Sie schien sich völlig von den Aufregungen der vergangenen Nacht erholt zu haben, ja, sie benahm sich, als wäre nichts geschehen. Ich fragte mich, ob sie sich überhaupt an irgendetwas erinnerte. Ich sah sie immer noch vor mir, wie sie splitternackt den wütenden schwarzen Himmel anbrüllte und lüstern ihre Hüften dem Regen entgegenstreckte – wie eine gewöhnliche Straßendirne. Der Anblick jener schrecklichen, purpurroten Narbe, die sich in ihr Fleisch gebrannt hatte, wollte mir nicht aus dem Kopf. Meine Gefühle ihr gegenüber schwankten zwischen Furcht und Mitleid. Was sollte ich nur von diesem Geschöpf halten?

Von der Tür her war ein Trippeln zu hören. Ein Eichhörnchen stellte sich auf seine Hinterbeine, reckte den Hals und schnüffelte wie ein Hund. Agnes' Miene verwandelte sich auf der Stelle.

»Mein kleiner Schatz«, gurrte sie, nahm eine Hand voll Haselnüsse aus einem Säckchen auf dem Tisch, ging in die Hocke und legte sie auf den Boden. Das Tier flitzte herbei und stopfte sich eine Nuss nach der anderen in die Backentaschen, während Agnes ihm unablässig Koseworte zumurmelte wie eine Mutter ihrem Säugling.

Dann schien sie sich plötzlich meiner Gegenwart zu entsinnen, blickte auf und fragte: »Was starrst du denn so?«

»Ich starre doch gar nicht!«

»Ich werde ihm nichts tun.«

»Das weiß ich.«

»Ich würde ihm niemals etwas tun. Ich mache nichts Unrechtes.«

»Es ist doch nur ein Eichhörnchen, Agnes.«

»Du wirst der Äbtissin nichts erzählen?«

»Natürlich nicht.«

Ich wusste, warum sie dermaßen auf der Hut war. Wir durften uns eigentlich nicht mit Tieren anfreunden, denn die Äbtissin befürchtete, sie könnten Werkzeuge des Teufels sein. Vertrauter Umgang mit Katzen, Krähen oder Schweinen galt als Erkennungsmerkmal für Hexen. Die Äbtissin würde sicherlich missbilligend die Stirn runzeln, falls sie von Agnes' Freundschaft mit diesen kleinen Geschöpf erfuhr.

Das Eichhörnchen gab glucksende Laute von sich und huschte rasch zur Tür. Agnes erhob sich und klatschte in die Hände, um es zu verscheuchen. Dann sah sie mich finster an, als hätte ich sie getadelt.

»Es ist nichts Schlimmes dabei«, sagte sie und begann erneut Knoblauch zu zählen.

SUBILLAIS

Die Ebene von Toulouse ist wie der Himmel – flach und offen, ohne Schatten, sodass ein Mann stets sehen kann, wohin sein Weg führt. Doch hier im Süden drängen sich die dunklen, nackten Berge aneinander und werfen ihre riesigen Schatten beinahe den ganzen Tag über auf die Täler, und die düsteren Wälder wirken äußerst bedrückend auf den Geist.

Ein Bergrücken ragte vor uns aus dem Nebel, der wie Schwefel über dem Tal hing.

Ich hatte den Wunsch geäußert, den Ort zu sehen, an dem die beiden Leichen ohne Kopf gefunden worden waren, und der Seigneur hatte angeboten, uns selbst dorthin zu führen. Wir brachen in der Morgendämmerung mit einer bewaffneten Eskorte auf. Der Seigneur ritt neben mir auf einem alten Schlachtross. Das Pferd, das man für mich aufgetrieben hatte, reichte diesem Hengst kaum bis zur Kruppe und war recht mager, jedoch sehr zahm und willfährig.

Auf dem Waldboden lag frischer Schnee. Während wir dem hart gefrorenen Pfad folgten, vernahm ich von Zeit zu Zeit ein Krachen im Unterholz – vielleicht stammte es von einem Wildschwein, vielleicht aber auch von Kobolden, die vor den Rechtschaffenen flohen. Noch immer wandelten Dämonen auf der Erde, wie alle Menschen wussten, die bei Verstand waren.

Unser großer Gelehrter Thomas von Aquin hatte erkannt, dass Dämonen in vielen verschiedenen Formen aufzutreten vermochten. Sie konnten in Gestalt einer schönen Frau einen Mann verführen, in der Nacht, wenn er am wenigsten auf der Hut war, und auf diese Weise seinen Samen rauben.

Oder sie kamen als Inkubus und schändeten eine Frau in ihrem eigenen Bett, um jener ihre Dämonensaat einzupflanzen.

Solch eine Frau gebar dann einen Dämon mit zwei Köpfen oder ein Wesen, dessen Körper halb Mensch, halb Hund war. Auf diese Weise fand der Erzfeind immer wieder seinen Weg in die Welt.

Ich berührte das Kruzifix an meinem Hals und betete leise für unsere Erlösung.

Wir hielten an einem Gebüsch tief im Wald. Es herrschte eine unheimliche Stille.

»Hier habt Ihr sie gefunden?«, fragte ich.

»Dies ist der Ort.«

Ich stieg von meinem Pferd und betrachtete prüfend den Boden.

»Ihr sagt, sie seien enthauptet worden?«

»In der Tat, Vater«, erwiderte Raymond und bekreuzigte sich. Ihm war offensichtlich unbehaglich zumute. Selbst der Seigneur und seine sechs bewaffneten Begleiter schienen sich hier draußen nicht sicher zu fühlen.

»Ich frage mich, warum die Köpfe fehlten«, sagte ich laut.

»Das habe ich mich auch gefragt. Ich bin jedoch zu keiner Antwort gelangt.«

»Vielleicht ein wildes Tier?«

»Das waren sauber ausgeführte Hiebe, Vater. Die Verstümmelungen wurden mit einem Schwert vollbracht. Ich bin ein Krieger, Ihr könnt Euch auf die Richtigkeit meiner Worte verlassen.«

Eine derartige Schändung war gottlos. Ein Christ musste mit vollständigem Leib beerdigt werden, denn am Tag des Jüngsten Gerichts wurde seine Seele dem wieder belebten Körper zurückgegeben. Dies hier war das Werk des Teufels.

Ich bemerkte einen Schatten, der sich zwischen den Bäumen zu unserer Rechten davonstahl. Eine Frau – oder war es ein Kobold?

»Habt Ihr genug gesehen, Vater?«, erkundigte sich Raymond.

»Da drüben! Seht ihr das?« Ich zeigte auf die davonhuschende Gestalt. Sie trug eine Kapuze und war zwischen den Bäumen kaum zu erkennen.

»Nur ein altes Weib, Vater.«

»Für ein altes Weib läuft sie aber recht schnell. Und was hat sie hier draußen zu suchen?«

Ich stieg wieder auf mein Pferd und galoppierte dem Weibsbild hinterher – falls es sich denn um ein solches handelte. Tief hängende Äste zwangen mich, ständig den Kopf einzuziehen, und mehrmals wäre ich um ein Haar gestürzt. Ich bin ein ungeübter Reiter und verlor die Spur der Frau schon bald. Ich hatte jedoch einen flüchtigen Blick auf sie erhaschen können.

Plötzlich scheute mein Ross vor einem umgestürzten Baum. Ich rutschte aus dem Sattel, konnte mich allerdings mithilfe der Steigbügel und Zügel wieder aufrichten. Als ich mich nach den anderen umsah, musste ich feststellen, dass ich allein war. Ich rief nach Raymond und der Eskorte, doch es kam keine Antwort.

Ich vernahm kein einziges Geräusch, noch nicht einmal den Laut eines Vogels. Und ich war unbewaffnet.

Der Teufel wählte just diesen Moment, um mich zu verspotten. Unmittelbar vor mir entdeckte ich eine Art Schrein, ein Loch, das in den Stamm eines großen Baumes gehauen war. Vorsichtig näherte ich mich, überzeugt davon, dass das alte Weib von eben diesem Ort gekommen war. In der Nische stand eine kleine, schwarze Frauenfigur, die der Madonna ähnelte. Ihr zu Füßen befanden sich frische Blumen und Reste von Kerzenwachs.

Ich griff nach dem Götzenbild, in der Absicht, es auf dem Boden zu zerschmettern, doch es war aus einem harten, schwarzen Holz geschnitzt, das ich noch nie zuvor gesehen hatte. Es würde im Feuer vernichtet werden müssen, wie alles Böse.

Auf einmal hörte ich Stimmen und verspürte eine Woge der Erleichterung. Zwischen den Bäumen tauchte der Seigneur auf, gefolgt von seinen Begleitern. Auch Bruder Donadieu erschien hinter ihnen. Er war bleich vor Sorge.

Ich winkte ihnen zu und rief, dass ich unverletzt sei.

»Vater! Wir dachten, wir hätten Euch verloren.«

»Ich wollte dieses alte Weib aufspüren, doch es ist fort. Habt Ihr es nicht gesehen?«

»Ich habe keine Frau gesehen, Vater«, sagte Bruder Donadieu.

Offenbar war er der Ansicht, dass es auch gar keine alte Frau gegeben hatte, das verriet mir sein Tonfall. »Es war unklug, einfach so davonzureiten, Vater. In diesen Wäldern streifen Bären und Räuber umher, und du bist unbewaffnet.«

»Der Herr beschützt seine Diener.« Ich streckte dem Herrn von Saint-Ybars die gedrungene, teuflische Skulptur entgegen. »Seigneur Raymond, kommt Euch das hier bekannt vor?«

Er erblasste. »Wo habt Ihr das gefunden?«

»In dem Baum dort drüben.« Ich packte die Zügel seines Pferdes. »Ihr sagt, dass Ihr keine Häretiker auf Eurem Land beherbergt, Seigneur?«

»Keine, von denen ich wüsste, Vater.«

»Der Teufel treibt direkt vor Eurer Nase sein Unwesen.«

»Man kann schwerlich von mir erwarten, unter jedem Strauch im Wald nach Ketzern zu suchen.«

Ich glaubte ihm. Er würde nicht so töricht sein, vorsätzlich Häretiker zu unterstützen. Doch offenkundig hatte er nicht genug Sorgfalt darauf verwandt, die Gottlosigkeit in dieser Gegend auszurotten.

»Der Teich der Madonna liegt in dieser Richtung«, sagte er mit einer Handbewegung. »Wir sollten unseren Weg fortsetzen.«

»Zuvor werden wir ein Feuer entfachen und diesen Dämon verbrennen, damit ihn niemand mehr anbeten kann. Außerdem wünsche ich, dass Eure Männer den Baum fällen.«

»Aber das wird viel Zeit in Anspruch nehmen, Vater. Und es ist schon spät.«

»Es ist unsere Pflicht vor dem Herrn.«

Raymond hub zu einem neuen Einwand an, besann sich dann aber offenbar eines Besseren.

»Falls Euch etwas an meiner Wertschätzung liegt, tut Ihr, was ich sage. Indem wir das Götzenbild verbrennen und den Baum fällen, bannen wir das Böse. Wenn doch nur alle Sünden so leicht auszurotten wären!«

Raymond erteilte die Order, und so geschah es.

*

Es bedrückt mich, wie hartnäckig sich fehlgeleitete Menschen der Finsternis verschreiben. Wenn sie sich doch nur für unseren Erlöser öffnen würden! Die Welt könnte errettet werden, und zahllose Seelen würden ihren Frieden im Himmel finden, statt zu ewiger Pein und Marter verdammt zu sein. Es ist mir ein Rätsel, warum die Menschheit diese einfache Wahrheit nicht zu begreifen scheint. Ich habe mich mein ganzes Leben lang bemüht, meinen Mitmenschen das Wort Gottes nahe zu bringen, doch sie haben sich häufig gegen mich gesträubt, als würde ich sie mit Schwertern, Lanzen und lodernden Fackeln bedrohen.

Der Teich der Madonna war nichts als fauler Zauber, ein heidnischer Schwindel. Ich verstand sehr wohl, warum die Leute diesen Ort für wundersam hielten, denn wie aus dem Nichts sprudelte Wasser zwischen den Felsen hervor. Der Teich wurde offenbar von einem unterirdischen Fluss gespeist.

Dass sich die Heilige Jungfrau der Tochter eines Steinmetzes enthüllt haben sollte und nicht einem gelehrten, spirituell gebildeten Mann, der eine solche Vision zum Wohle aller hätte nutzen können, strapazierte jedoch meine Gutgläubigkeit. Paulus erlebte eine Offenbarung auf der Straße nach Damaskus, und daraus folgte die Erleuchtung eines großen Mannes und die Gründung unserer Heiligen Kirche. Was wäre wohl geschehen, wenn der Herr sich stattdessen einer Schäferin gezeigt hätte?

Ich bin offen für alle Arten von Wunder, aber ein tiefes Gottvertrauen ist auf jeden Fall besser als jede Wundergläubigkeit. Der Herr mag manchmal in irdische Dinge eingreifen, aber das kommt äußerst selten vor. Glaube, Gelehrsamkeit und die sorgfältige Betrachtung der Evangelien erfordern Demut, im Gegensatz zu Schwindel und Betrug, die den Bauern auf dem Feld freilich ein außerordentliches Vergnügen bereiten. Für das einfache Volk sind daher die Reliquien gedacht, wie die Finger des Täufers und die Oberschenkelknochen des Heiligen Jakob.

Die Armen sehnen sich nach Wundern, doch der wahrhaft religiöse Mensch bezieht seine geistige Nahrung ausschließlich aus dem Glauben und dem Studium der Heiligen Schrift.

*

An jenem Tag war nichts zu sehen von den Volksmassen, die sich an Allerheiligen angeblich um den Teich der Madonna geschart hatten. Aber ich konnte feststellen, dass die Berichte, in denen von einer riesigen Menschenmenge die Rede gewesen war, der Wahrheit entsprachen. Die Brotkrumen und Knochen, die die Menschen zurückgelassen hatten, waren zum größten Teil von wilden Tieren gefressen worden, doch das niedergetrampelte Gras zeugte von Hunderten von Füßen, und der Boden rings um die Quelle war übersät mit Kerzenstümpfen.

Der Teich lag still und verlassen da. Die Gläubigen wurden an diesem Tag gewiss nicht vom Wetter abgehalten, denn es war klar und heiter. Vielmehr wollten sie zweifellos dem Blick des Inquisitors entgehen, solange die Heilige Kirche diesem Ort noch nicht ihre Approbation erteilt hatte.

Ich stieg von meinem Pferd und sah mich um. Auf dem Gras schmolz bereits der Raureif, doch der Boden war hart wie Eisen. Der Mont Berenger warf seinen Schatten über den Teich, doch nur zweihundert Schritte von unserem Standort entfernt brach die Sonne durch die Bäume. Ich spürte die Kälte tief in meinen Knochen, und mein Knie verursachte mir große Pein. Gepriesen seien unser Herr Jesus Christus und der Heilige Dominik dafür, dass sie mich Demut lehren!

Ich wanderte einmal um den Teich herum. Bruder Donadieu und der Seigneur folgten mir mit den Blicken. Das Wasser war schwarz und unergründlich. Ich entdeckte nichts Beachtenswertes, fühlte jedoch auch keineswegs die Gegenwart von etwas Heiligem. Im Gegenteil – ich war davon überzeugt, dass der Erzfeind mich beobachtete. Ich kannte ihn, kannte seinen Geruch.

Als ich hochschaute, erblickte ich eine Spalte, die sich ungefähr hundert Schritte über mir im Felsen befand. In dem Moment wusste ich, dass ich gefunden hatte, wonach ich suchte.

Ich rief mir die Berichte im Magazin des Bischofs von Toulouse ins Gedächtnis, die ich bei meiner Ankunft in der Stadt vor vielen Jahren hatte einsehen dürfen und die ich vor einer Woche – vor unserer Abreise nach Saint-Ybars -erneut studiert hatte. Sie betrafen ein Mitglied der Familie Saint Ybars, einen gewissen Bertrand, der ein Jahrhundert zuvor Großmeister des Templerordens gewesen war. Er hatte in der Nähe von Redaux geheimnisvolle Grabungen vornehmen lassen, und zwar von einer Gruppe Bergmänner, die er allein für diesen Zweck aus Köln hergebracht hatte und die kein Wort der hiesigen Sprache beherrschten. Bertrand hatte behauptet, er würde nach Gold suchen, aber die Minen der Umgebung galten bereits seit den Zeiten der Römer als erschöpft. Der Bischof, von dem die Berichte stammten, stellte darin die Vermutung an, dass Bertrand einen Schatz verstecken wollte, den die Templer im Heiligen Land gefunden hatten.

Während der Lektüre war ich auf den Gedanken gekommen, dass Bertrand vielleicht tatsächlich nach irgendetwas gesucht hatte – aber nicht nach Silber oder Gold.

»Was ist dort oben?«, fragte ich Raymond.

»Ich weiß es nicht.«

»Ihr wart noch nie dort?«

»Es ist bestimmt nur eine Höhle wie hundert andere in dieser Gegend. Überall liegt Geröll herum, es ist gefährlich, hinaufzusteigen. Da oben ist bestimmt nichts Besonderes.«

»Davon möchte ich mich selbst überzeugen.«

»Vater Subillais, bitte! Wartet hier, ich werde einen meiner Männer hinaufschicken.«

Ich ignorierte ihn. Der Seigneur mochte Recht haben, dass mein Vorhaben nicht gerade von großer Weisheit zeugte, aber ich spürte, dass die Hand Gottes mich führte.

Mir schien, dass es einmal einen Pfad zur Höhle hinauf gegeben haben musste, und ich folgte ihm, so gut es ging. Der Aufstieg dauerte zwar nicht lange, aber er war sehr anstrengend. Schließlich erreichte ich den Eingang der Höhle. Aus dem finsteren Inneren strömte feuchte, faulig riechende Luft.

Die Öffnung war zweifellos von der Natur geschaffen, doch als ich genauer hinsah, erkannte ich, dass sie von Menschenhand erweitert worden war. Abgeschlagene Felsstücke lagen verstreut auf dem Boden.

Der Seigneur und Bruder Donadieu waren mir keuchend gefolgt, und auch die Männer der Eskorte.

»Kennt Ihr diesen Ort wirklich nicht?«, wollte ich von Raymond wissen.

»Nein, Vater. Ich bin noch nie hier gewesen.«

Aus dem Inneren drang das Geräusch von tropfendem Wasser. Ohne Licht würden wir nicht sehr weit kommen. Das bedeutete, dass wir nach Saint-Ybars zurückkehren mussten, um uns mit Fackeln und Feuersteinen zu versorgen. Da der Tag bereits weit fortgeschritten war, würden wir am folgenden Morgen noch einmal hierher reiten müssen. Raymond, die Eskorte und mein Begleiter mochten zwar murren, doch letzten Endes würden sie tun, was ich sagte. Mein Knie brannte bereits wie Feuer, aber ich musste den Schmerz aushalten, und ich würde ihn auch aushalten – um des Herrn willen.

Am nächsten Tag wollte ich das Geheimnis um den Teich der Madonna lüften.

BERNARD

Ich hatte Bruder Subillais noch nie so nervös gesehen wie an jenem Morgen. Auf unserem Weg zum Teich der Madonna drehte er sich immer wieder um, als rechne er damit, hinterrücks überfallen zu werden. Es war kälter als am Tag zuvor. Unser Atem hing in dicken Wolken in der Luft, und meine Zähne klapperten.

Auf dem düsteren Teich lag eine dünne Eisschicht. Bruder Subillais stieg von seinem Pferd und bedeutete den Männern der Eskorte, ihm mit ihren Fackeln zu folgen. Der Anstieg war steil, und unsere Füße fanden in all dem losen Geröll kaum Halt. Über uns konnte ich die Höhle erkennen, eine Spalte in der Felswand, die nicht breiter war als die Schultern eines Mannes. Ich hatte keine Ahnung, was Subillais dort zu finden hoffte.

Er lief weit voraus. Ich wandte mich zu dem Seigneur um, und unsere Blicke trafen sich. Ich wusste genau, was er dachte: *Dieser närrische Priester!*

Wir bemühten uns, ihn einzuholen.

Als ich die Höhle erreicht hatte, fühlten sich meine Beine bleiern an, und ich rang nach Atem. Mein Ordensbruder wartete bereits ungeduldig auf uns.

»Entzündet die Fackeln!«, befahl er den Männern des Seigneurs und betrat dann mit seiner Fackel als Erster die Höhle.

Nach wenigen Schritten hielt er inne und wies vor uns auf den Boden. Im weißen Kalksteinstaub waren Fußabdrücke zu erkennen. Irgendjemand war hier gewesen, und zwar erst vor kurzem.

»Pilger«, sagte Raymond.

»Oder das Mädchen«, entgegnete Bruder Subillais. Die Fußspuren bestärkten ihn in seiner Entschlossenheit. Er ging weiter, hinein in die Dunkelheit.

Wir anderen folgten ihm zögernd und widerwillig.

An den Wänden der Höhle befanden sich seltsame Zeichnungen, und aus der finsteren Tiefe konnte ich das stetige Tropfen von Wasser vernehmen. Einer der bewaffneten Männer murmelte ein Gebet.

Als das Licht der Fackeln die Dunkelheit durchdrang, bäumte sich vor uns ein Dämon auf. Ein anderer Mann stieß ein Keuchen aus und ließ seine Fackel fallen. Ich rief eine Verwünschung aus und hob die Fackel schnell auf, bevor sie in der schleimigen Pfütze verlöschte, die den Boden bedeckte.

Was wir sahen, war natürlich kein Dämon, obwohl es in der Tat die Gestalt eines solchen besaß. Es war eine Illusion, die der Fels schuf, ein großer Vorhang aus Kalk, geformt von dem milchig weißen Wasser, das unablässig von der Höhlendecke tropfte. Im flackernden Licht unserer Fackeln schien es um uns herum zu toben und zu tanzen.

Nun flüsterte auch ich ein Vaterunser. Die Fackeln knisterten und qualmten so sehr, dass mir übel wurde.

»Sollten wir nicht besser umkehren?«, fragte einer der Männer.

»Wenn ich bereit bin, zurückzugehen, werde ich Euch dies mitteilen«, erwiderte Bruder Subillais.

Wir drängten uns an diesem ersten Hindernis vorbei. Mochte es auch nur ein heller Felsen sein – die Männer wichen vor ihm zurück, als sei es der Höllenfürst höchstpersönlich.

Ich vernahm das Echo fließenden Wassers, und bald darauf erblickten wir den unsichtbaren Fluss, der durch das Herz dieses Berges strömte und den Teich der Madonna speiste. Wir alle starrten ihn voller Staunen an.

»Sollen wir wirklich noch weiter vordringen?«, erkundigte sich der Befehlshaber von Raymonds Söldnern. »Womöglich finden wir dann den Rückweg nicht mehr.«

»Gott wird uns leiten«, verkündete Bruder Subillais unverdrossen und ging weiter.

Ich folgte ihm und rief mir ins Gedächtnis, dass ich zur Ehre Gottes handelte und dass er mich beschützen würde.

Die eigenartigen Kalkablagerungen an der Decke warfen unheimliche Schatten auf die Wände der Höhle. Man bekam den Eindruck, als seien zahlreiche Scheusale dem Fegefeuer entronnen und führten hier einen wilden Tanz auf. Mein Mund war inzwischen so trocken wie Staub, und mein Herz fühlte sich an, als wolle es mir im nächsten Augenblick aus der Brust springen.

Ein Phallus wuchs aus dem Boden empor, um mich zu verspotten – ein weiteres gottloses Werk in dieser Höhle. Ich hörte ein metallenes Klirren. Die Männer des Seigneurs befingerten nervös ihre Schwerter.

Wir hatten uns nicht mehr als dreißig Schritte von dem Fluss entfernt, als Bruder Subillais meinen Namen rief und auf etwas zeigte. Vor uns stand eine schwarze, gedrungene, hässliche Statue, die offenbar eine Frau darstellen sollte. Sie hatte flache Brüste und einen absonderlich gewölbten Bauch. Ein heidnisches Götzenbild, das unsere Madonna verspottete.

»Dieser Ort ist verhext«, stieß Raymond hervor.

Seine Männer wollten nicht weitergehen. Sie sprachen von unserer Sicherheit, doch es war klar, dass sie in Wirklichkeit um die ihre fürchteten. Bruder Subillais wandte sich angewidert von ihnen ab und setzte seinen Weg fort. Ich begleitete ihn, ohne zu wissen, ob Raymond und seine Eskorte uns folgen würden.

Zum Glück mussten wir nur noch wenige Schritte zurücklegen, bis mein Bruder das fand, was er gesucht hatte. Es schien sich uns vom Höhlengrund entgegenzurecken, doch dies war lediglich eine weitere Sinnestäuschung. Sogar Bruder Subillais wich zurück, er schien sich trotz allem nicht sicher zu sein, worauf er gestoßen war. Einem der Bewaffneten entfuhr ein gotteslästerlicher Fluch, und er hatte es wohl allein der Dunkelheit zu verdanken, dass ihm der Seigneur dafür keine Tracht Prügel verabreichte.

Wir hatten ein Grabmal entdeckt. Der Steinsarg war so prachtvoll wie für einen Prinzen oder Adligen gemacht und etwa mannshoch. Er musste sehr alt sein, denn er war von dicken Kalksteinverkrustungen bedeckt. Es machte uns sprachlos, inmitten dieses Berges auf eine solche Stätte zu stoßen.

Bruder Subillais trat näher heran. Ich folgte ihm. Wir bemerkten, dass der Sarkophag geöffnet worden war. Die Fußspuren führten direkt dorthin und stammten offenbar von mehr als einer Person.

Bruder Subillais stellte sich auf die Zehenspitzen und spähte über den Rand ins Innere.

»Leer«, bemerkte er, was mich nicht sonderlich überraschte, denn der Sargdeckel lag in zwei Teile zerbrochen auf dem Boden. Ich schätzte, dass mindestens vier Männer nötig gewesen waren, um ihn zu bewegen, denn er bestand aus solidem Stein.

Ein abscheulicher, unreiner Gestank drang aus dem Sarg, und ich spürte die Gegenwart eines großen Übels.

Auf dem Deckel befand sich eine Inschrift. Bruder Subillais kauerte sich nieder, um sie genauer zu betrachten. Ich hörte, wie er scharf Atem holte, dann bekreuzigte er sich und befahl mir, zurückzutreten. Ich konnte die Inschrift jedoch auch von meinem Standort aus lesen, denn in jenen Tagen war ich noch jung und meine Sehkraft ausgezeichnet.

Unsere Begleiter hatten es nicht gewagt, sich zu nähern, und warteten in einigen Schritten Entfernung auf uns. Der Vorgesetzte der Söldner sah mich schwanken und rief: »Geht es Euch gut, Vater?«

»Es ist nur der Rauch von den Fackeln«, murmelte ich und lehnte mich gegen die Felswand, bis das Gefühl des Ekels nachließ.

Bruder Subillais stand mit ausgebreiteten Armen vor dem Grabmal, als wolle er einen Flüchtling vor einer aufgebrachten Volksmenge schützen. »Wir müssen diese Stätte zerstören«, wandte er sich an Raymond.

»Aber dafür benötigen wir schwere Hämmer und weitaus mehr Männer, Vater.«

»Dann werden wir wohl zur Burg zurückkehren müssen, um sie zu holen«, erwiderte er. »Ihr werdet heute eine Wache an diesem Ort postieren. Bis zu unserer Rückkehr darf niemand die Höhle betreten.«

Unter den Männern erhob sich ein Murren, denn keiner von

ihnen wollte mit einer solchen Aufgabe betraut werden. Der Befehlshaber konnte sie nur schwerlich dazu überreden, eine bitterkalte Nacht auf diesem Berg zu verbringen, selbst auf Geheiß eines Inquisitors.

»Wessen Sarg ist dies?«, fragte Raymond. »Und wie ist er hierher gelangt?«

»Es ist verflucht«, antwortete Bruder Subillais knapp. »Wir müssen gehen.«

»Woher wisst Ihr, dass es verflucht ist?«, wollte Raymond wissen. Er war verwirrt, und dies mit gutem Recht. Ich allerdings kannte den Grund für die Erregung meines Bruders, da ich außer ihm der Einzige unserer Gruppe war, der Hebräisch beherrschte, die Sprache der Juden. Ich hatte es neben einigen anderen Sprachen in meiner Jugend gelernt.

»Es ist ein Heidengrab, das die Zeichen des Teufels trägt«, sagte Bruder Subillais.

»Wer hat es geöffnet?«

»Dies ist eine Angelegenheit der Kirche«, antwortete er ausweichend. »Wir müssen den Ort auf der Stelle verlassen.«

Raymond machte Anstalten, ihm zu widersprechen, doch dann gab er nach. Er konnte es sich nicht leisten, das Missfallen eines Inquisitors zu erregen.

Wir kehrten der feuchten, unheimlichen Höhle bereitwillig den Rücken. Auch ich war dankbar, dass wir endlich wieder gehen konnten, denn mein Gottvertrauen hatte mich im Stich gelassen. Für mich gab es nun keinen Zweifel mehr, dass wir gerade rechtzeitig in Saint-Ybars eingetroffen waren, um die armen Seelen, die hier lebten, vor dem Bösen zu bewahren. Nur die Mönche des Heiligen Dominik standen zwischen den Wölfen und der Herde.

Bruder Subillais hatte das Geheimnis auch vor mir verbergen wollen, doch das war ihm nicht gelungen.

Die Inschrift lautete:

Jesu, Sohn des Joseph.

Joseph, Matthäus, Judas, Söhne des Jesu.

Maria, sein Weib.

SUBILLAIS

Wir machten uns auf den Rückweg. Ich war sicher, dass jener Ort verflucht war. Aufgewühlt lief ich den anderen eine ganzes Stück voraus. Da überkam mich plötzlich kalte Furcht, denn ich spürte deutlich die Anwesenheit des Erzfeindes. Ich blickte mich um und erkannte, dass ich in großer Gefahr schwebte.

Ein schwarzer Engel löste sich von der Erde und flog kreischend geradewegs auf mich zu. Er versuchte, seine Klauen in mein Gesicht zu schlagen. Ich schrie auf und wich zurück, doch ein zweiter Dämon in Gestalt einer schwarzen Katze warf sich mir in den Weg und brachte mich zu Fall.

Der Pfad war steil und voller Geröll. Ich stürzte. Was danach geschah, weiß ich nicht mehr.

Als ich wieder zu mir kam, lag ich am Fuße des Felsens. Eines meiner Beine war seltsam verdreht. Wie aus weiter Ferne drangen Schreie an mein Ohr. Dann wurde mir klar, dass sie aus meinem eigenen Mund kamen.

Ich blickte nach oben. Die anderen scharten sich um mich – Bruder Donadieu, der Befehlshaber, der Seigneur. Ihre Gesichter sprachen Bände.

Der Schmerz war unbeschreiblich und raubte mir beinahe den Verstand. Ich wusste, dass meine Begleiter mit mir und miteinander sprachen, aber ich konnte sie nicht hören. Ich schäme mich zugeben zu müssen, dass ich weinte.

Später erzählte man mir, dass ich immer wieder bewusstlos wurde, dass ich um mich schlug und dass meine Schreie von den Felsen widerhallten. Ich entsinne mich, dass ich zu Gott betete, er möge mich von der Pein erlösen. Doch er konnte das Werk des Teufels nicht ungeschehen machen. Ich musste es ertragen, wie unser Herr es in seiner letzten Stunde ertragen hatte, und das tat ich auch.

BERNARD

Ich hatte ihm schon viele Male geraten, seinen eiligen Schritt zu verlangsamen, aber Bruder Subillais lief beharrlich weiterhin den felsigen Pfad hinunter, als würde er von eine Meute Bären verfolgt.

Als es geschah, befand er sich etwa zwanzig Schritte vor mir. Er muss eine Krähe im Gebüsch gestört haben, die sich krächzend in die Luft schwang. Wie Bruder Subillais später berichtete, fuhr er zusammen und schwankte. Seine Kutte verfing sich in einem Busch, er geriet ins Stolpern und stürzte den Pfad hinunter. Der Knochen seines rechten Beines brach wie ein Zweig, das Knacken war deutlich zu hören.

Als wir ihn erreichten, war er nur halb bei Bewusstsein. Sein Bein lag verdreht auf dem Boden. Aus der Mitte seines rechten Unterschenkels ragte der Knochen hervor. Ich spürte, wie mir das Blut aus dem Gesicht wich und sich mein Magen zusammenkrampfte. Ich keuchte und wandte mich rasch ab.

Der Befehlshaber nahm mich beiseite. »Das ist ja eine schöne Bescherung!«

»Was sollen wir tun?«

»Das Bein ist gebrochen. Wir müssen es richten.«

Bruder Subillais begann sich zu bewegen und stöhnte leise. Der Befehlshaber beugte sich nieder und brachte das Bein in eine andere Position. Als die Knochen knirschten, wurde mir dermaßen übel, dass ich mich geräuschvoll in die Büsche übergab.

Ich hielt mir die Ohren zu, um die Schreie meines Ordensbruders nicht hören zu müssen. Ich war niemandem eine Hilfe, und dafür schäme ich mich im Nachhinein zutiefst.

Der Befehlshaber und seine Männer fertigten aus Ästen und Seilen eine Bahre für Bruder Subillais an, die von einem der

Pferde gezogen wurde. Bei jeder Unebenheit des hart gefrorenen Bodens schrie er auf. Ich zitterte am ganzen Körper wie ein Weib.

Es war nicht gerade der schönste Tag meines Lebens.

*

Der Knochensetzer, ein Mönch namens Vater Arnaud, kam mit ernstem Gesicht aus dem Gemach. Seigneur Raymond, die Dame Eleonore und ich warteten im Korridor. Keiner von uns hatte den Raum betreten wollen, während Arnaud seine grässliche Arbeit tat. Seit unserer Rückkehr waren Bruder Subillais' Schreie im gesamten Chateau zu hören und verursachten eine gedrückte Stimmung unter den Bewohnern.

»Nun, wird er überleben?«, erkundigte sich Raymond.

Vater Arnaud hatte einen kleinen Blutfleck auf seinem Handrücken entdeckt, inspizierte ihn kurz und wischte ihn dann an seiner Kutte ab. »Das Bein ist mehrmals gebrochen. Wir sollten es amputieren, bevor es sich entzündet, aber er weigert sich.«

»Könnt Ihr denn nichts für ihn tun?«

»Ich habe den Knochen gerichtet, so gut ich es vermochte, und einen Wickel um das Bein gelegt. Außerdem habe ich ihn zur Ader gelassen, damit die schlechten Säfte abfließen. Jetzt ist er in Gottes Hand.«

»Möge Gott ihm gnädig sein«, murmelte ich.

»Habt Dank für Eure Mühe, Vater«, sagte Raymond zu Arnaud und wandte sich zum Gehen.

Zögernd stieß der Mönch hervor: »Er hat gesagt, er sei vom Teufel angefallen worden.«

Alle drei warfen mir einen Blick zu. »Eine Krähe flog aus einem Busch auf, das war alles«, erklärte ich.

Der Mönch zuckte mit den Schultern. »Wie dem auch sei, dies waren seine Worte.«

Raymond schüttelte den Kopf, als seien derlei Heimsuchungen in Saint-Ybars unbekannt und von uns hier eingeschleppt worden. Ich wusste, was er dachte. Ist der Teufel erst einmal gesichtet, wird man ihn so schnell nicht wieder los.

*

Bruder Subillais' Kopf auf dem Kissen glich einem Totenschädel. Sein Gesicht war unrasiert und eingefallen, seine Haut wirkte wie Pergament. Das verletzte Bein verströmte einen Übelkeit erregenden Gestank. Vater Arnaud untersuchte gerade den Harn seines Patienten, welchen er in einer Holzschüssel aufgefangen hatte. Er roch daran und tauchte dann einen Finger hinein, um die Geschmacksprobe zu machen.

»Der Harn ist leicht beißend und von dunkler Farbe. Ich werde den Patienten morgen abermals zur Ader lassen.«

»Warum nicht schon heute?«, wollte ich wissen.

»Er wurde im Zeichen des Steinbocks geboren, und meinen Berechnungen zufolge ist der heutige Tag sowohl für einen Aderlass als auch für die Verabreichung eines Purgativs ungünstig. Ich bin nach wie vor der Meinung, dass es besser wäre, das Bein abzunehmen.«

»Bruder Subillais hat sich klar ausgedrückt. Er ist bereit, seinem Schöpfer entgegenzutreten, falls dies Gottes Wille sein sollte, aber das Bein wird nicht amputiert.«

Der gute Arnaud zuckte mit den Achseln, als habe er keinerlei Verständnis für solche Unnachgiebigkeit.

Ich betete für meinen Bruder. Rückblickend glaube ich, dass meine Gebete ihm mehr genutzt haben als die Künste des Knochensetzers.

*

Meine Gastgeber warteten vor der Tür auf uns.

»Wie geht es ihm?«, fragte Raymond.

»Er liegt im Sterben«, erwiderte Vater Arnaud frei heraus.

Raymonds Miene blieb undurchdringlich. Leider muss ich sagen, dass der Tod eines Inquisitors bei den meisten Menschen keineswegs tiefe Trauer hervorrief.

»Wie merkwürdig!«, sagte Raymond.

»Was ist merkwürdig?«, erkundigte ich mich.

»Es heißt, der Teich der Madonna besitze heilende Kräfte, doch genau an jenem Ort ist unserem guten Vater Subillais sein fataler Sturz widerfahren.«

»Dann bezweifle ich, dass die Madonna dort gegenwärtig ist«, bemerkte Vater Arnaud.

»Ebendies wollte ich damit sagen.«

Nachdem sich der Mönch verabschiedet hatte, wandte ich mich an Raymond. »Euer Knochensetzer scheint ratlos zu sein. Setzt Ihr großes Vertrauen in ihn?«

»Er ist Infirmarius für sechzig Mönche.«

»Dies war nicht meine Frage, Seigneur.«

Raymond und seine Gattin wechselten einen Blick.

»Es gibt da eine Frau in der Stadt ...«, sagte die Dame Eleonore schließlich.

»Eine Frau?«

»Eine Heilerin.« Sie zuckte mit den Schultern. »Vermutlich werdet Ihr keine Verwendung für sie haben.«

»Wer ist diese Frau?«

»Ihr Name lautet Sybille de Peyrolles.«

»Madeleine de Peyrolles' Mutter?«

»Eine Quacksalberin«, warf Raymond ein.

»Die Menschen in der Stadt schwören auf ihre Künste«, sagte Eleonore.

»Was werdet Ihr tun, falls Vater Subillais stirbt?«, wollte Raymond wissen. »Werdet Ihr nach Toulouse zurückkehren?«

»Das kann ich nicht. Gegen Madeleine de Peyrolles ist der Vorwurf der Ketzerei erhoben worden.«

Meine Gastgeber warfen sich abermals einen Blick zu. Mit derlei Schwierigkeiten hatten sie offenbar nicht gerechnet.

»Sie mag ein seltsames, verstörtes Mädchen sein, aber sie ist gewiss keine Ketzerin«, sagte Eleonore.

»Sie ist von zwei Bürgern dieser Stadt der Häresie beschuldigt worden und wird sich dafür verantworten müssen. Nun, da ich den Teich der Madonna gesehen habe, ist es meine Absicht, sie aus dem Kloster zu holen und nach Toulouse zu bringen.«

Die Augen der beiden blickten so sorgenvoll, als hätte ich ihnen gerade mitgeteilt, dass in ihrer Burg die Pestilenz wütete. Natürlich fürchteten sie nicht um das Mädchen, sondern ausschließlich um sich selbst.

»Wie weit ist das Kloster von Saint-Ybars entfernt?«

»Beausaint? Es liegt an der Straße nach Couiza. Ungefähr einen halben Tagesritt von hier.«

»Ich werde morgen früh aufbrechen.«

Ich wusste nicht, ob dies die richtige Entscheidung war, aber ich handelte im Auftrag Gottes und durfte nicht zulassen, dass die Einflüsterungen des Teufels mich von meiner Pflicht abhielten. Allerdings gab es noch etwas, was ich für meinen Ordensbruder tun konnte, bevor ich abreiste.

*

In Toulouse hatte Anselm mit seiner Familie in einem Steinhaus mit soliden Türen und feinen Wandbehängen gewohnt. Madeleines Sünden waren Anselm teuer zu stehen gekommen, denn seine Lebensumstände waren bei weitem nicht mehr dieselben – mochten sie für die Maßstäbe, die in Saint-Ybars galten, auch durchaus passabel sein. Auf meinem Weg durch die enge Gasse, in der er wohnte, musste ich einer Schweineherde ausweichen, die offensichtlich ihrem Hüter entlaufen war. Die Borstentiere durchwühlten den Abfall, der sich in der Gosse sowie am Fuße der Stadtmauer angesammelt hatte.

Sybille de Peyrolles öffnete mir die Tür. Ich erinnerte mich noch gut an sie und konnte ihre Tochter in ihr erkennen, obwohl ihr einstmals feuerrotes Haar nun beinahe völlig ergraut war und ihre Haut Falten bekommen hatte. Rußflecken von der Feuerstelle bedeckten ihre Hände. Inzwischen entsprach auch ihr Äußeres ihrem Ruf als weise alte Frau.

Sie trat ohne ein Wort beiseite und ließ mich ein. Zweifellos hatte sie mich in der Kirche der Heiligen Maria Magdalena gesehen und gewusst, dass ich früher oder später kommen würde.

Der Steinmetz hatte sich kaum verändert. Er begegnete mir noch immer mit Ehrerbietung, trotz allem, was zwischen seiner Tochter und mir vorgefallen war. Seine beeindruckende Gestalt stand in scharfem Gegensatz zu seinem unterwürfigen Benehmen. Natürlich hatte er Angst vor mir, und in seinem Gesicht war jene Art von Furcht zu erkennen, die mir vertraut war, seitdem ich der Heiligen Inquisition angehörte.

Ich verspürte einen Anflug von schlechtem Gewissen. Durch die schmalen Fensteröffnungen, die mit Wachstuch bespannt waren, zog es, und in der Mitte des Raumes befand sich eine offene Feuerstelle. Ich erinnerte mich an die Speckseiten, Blut- und Mettwürste, die von den Balken ihres Hauses in Toulouse gehangen hatten, und daran, wie ich meine Füße an ihrem Steinkamin gewärmt hatte.

Anselm und Sybille blickten mich wachsam an. Gewiss fragten sie sich, ob ich ihnen in Anbetracht der Vergangenheit helfen oder sie zugrunde richten würde.

Nachdem ich sie höflich begrüßt hatte, sagte ich: »Ich bin mittlerweile Mitglied der Inquisition. Habt Ihr irgendjemandem von unserer früheren Bekanntschaft in Toulouse erzählt?«

»Nein, Vater.«

»Gut. Denn falls Ihr dies tut, wird es unangenehme Folgen für Euch haben.«

»Ja, Vater.«

Ich holte tief Luft. »Ich bin gekommen, um Euch um Hilfe zu bitten.«

Die beiden blinzelten überrascht.

»Ihr werdet sicherlich zugeben, dass Ihr in meiner Schuld steht«, sagte ich und konnte an ihren Blicken erkennen, dass sie ganz und gar nicht dieser Meinung waren. Doch es entsprach Anselms Wesen, dass er keinerlei Einwände erhob. »Ja, Vater. Natürlich.«

Ich entspannte mich ein wenig. »Gut. Ich wünsche, dass Ihr etwas für mich tut. Ihr habt gehört, was Vater Subillais zugestoßen ist?«

»Wir haben für ihn gebetet«, behauptete Sybille.

»Man sagte mir, dass Ihr eine Heilerin seid.«

»Ihr wünscht, dass ich ihn aufsuche?«

»Ich glaube nicht, dass dies klug wäre. Aber vielleicht könnt Ihr mir ein Heilmittel mitgeben.«

Sie zögerte. Wie ich bereits sagte, brachten uns die meisten Menschen wenig Wohlwollen entgegen. »Ohne den Patienten gesehen zu haben? Das ist nicht leicht«, entgegnete sie schließlich.

»Sein Bein ist gebrochen, er hat Fieber und große Schmerzen. Gibt es sonst noch etwas, was Ihr wissen müsst?«

»Es wäre hilfreich, die Farbe seines Harns zu kennen.«

»Die Farbe von Vater Subillais' Harn ist eine Sache zwischen ihm und Gott.« Ich wusste, dass ich streng klang, doch ich war voller Ungeduld und fürchtete außerdem, an diesem Ort gesehen zu werden.

»Ihr habt den Knochensetzer gerufen?«

»Ja.«

»Und Vater Arnaud plant zweifellos, das Bein abzunehmen.«

»Genau.«

Sybille warf ihrem Mann einen Blick zu und dachte einen Moment lang nach, was sie tun sollte. Ich konnte mir vorstellen, was ihr durch den Kopf schoss: Warum sollte ich das Leben eines Inquisitors retten? Aber am Ende siegte ihr gutes Herz. Sie ging zu einer hölzernen Truhe und entnahm ihr einen Leinenbeutel. Er verströmte einen ekelhaften Geruch.

»Dies ist für einen Wickel, Vater. Vermischt den Inhalt mit Wasser und rührt so lange, bis eine dicke Paste entsteht. Streicht sie auf das Bein, sie wird die giftigen Säfte herausziehen.«

»Was ist in dem Beutel?«

»Nur Kräuter, Vater. Ysop, Wermut und Beinwell.« Sie gab mir auch noch einen Tonkrug.

»Und darin?«

»Ein Schlaftrunk aus Belladonna. Er wird Vater Subillais in einen todesähnlichen Schlaf versetzen. Ihr müsst vorsichtig damit umgehen, denn wenn Ihr ihm zu viel davon einflößt, wird er nie wieder aufwachen.«

»Ich danke Euch.«

»Gern geschehen, Vater.«

»Ich muss nun gehen.«

»Ihr seid am Teich gewesen?«

»Ja, ich war dort.«

»Habt Ihr die Madonna gesehen?«

»Es war am Teich, wo Vater Subillais stürzte und sich das Bein brach.«

Ihre Augen wurden groß, und das Weiße darin blitzte im verrauchten Halbschatten des Raumes auf. Früher hatten sie sich einmal Kerzen leisten können.

Kurz darauf verließ ich sie. Die Dämmerung hatte eingesetzt, und jeder, dem sein Leben lieb war, suchte nun besser den Schutz eines Hauses auf, auch ein Mönch der Heiligen Inquisition. *Vor allem* ein Mönch der Heiligen Inquisition. Ich zog meine Kapuze über und eilte zurück zum Chateau.

Ich hatte Anselm und Sybille nicht gesagt, dass gegen ihre Tochter der Vorwurf der Ketzerei erhoben worden war. Aber ich wusste nicht, ob ich ihnen damit einen Gefallen hatte erweisen wollen oder ob ich aus reiner Feigheit geschwiegen hatte.

Als ich in der Burg eintraf, saßen ein paar Knappen und Söldner vor dem Kamin in der großen Halle und tranken. Hunde suchten im Stroh nach Brocken, die vom Abendessen übrig geblieben waren. Schon bald würden sie alle sich zum Schlafen auf dem Boden zusammenrollen.

Bruder Subillais' Zustand hatte sich verschlechtert, er fantasierte und wälzte sich hin und her. Übler Gestank von seinem Bein umgab ihn. An seinem Bett stand leichenblass der junge

Mönch, den er als seinen Gehilfen mitgenommen hatte. Er hieß Isarn und besaß noch die glatten Wangen eines Knaben.

Ich übergab ihm den Beutel mit den Kräutern und wiederholte Sybille de Peyrolles' Anweisungen für den Wickel. Dann goss ich eine kleine Menge des Schlaftrunks in einen Becher und zwang ihn mit Isarns Hilfe zwischen Bruder Subillais' Lippen. Ich hegte nur geringe Hoffnung, dass der Wickel eine Wirkung zeigen würde.

Ich beschloss, am folgenden Morgen zum Kloster zu reiten. Ich würde Isarn und unseren Notar in der Burg zurücklassen und nur die Diener mitnehmen, denn ohne Bruder Subillais vermochte ich ohnehin keinerlei Untersuchungen durchzuführen, selbst wenn ich gewollt hätte. Ich rechnete damit, dass mein Ordensbruder bei meiner Rückkehr tot sein würde. Ich würde ihn begraben und Madeleine de Peyrolles mit nach Toulouse nehmen. Und damit würde die Sache erledigt sein.

Ich hörte den Teufel lachen.

Und damit würde die Sache erledigt sein!

Ich bemerkte, dass ich den Krug mit dem Belladonnatrank noch immer nicht abgestellt hatte. Es ist ein seltsames Gefühl, den Tod in den Händen zu halten. Nicht, dass ich konkrete Pläne gehegt hätte. Doch etwas in mir weigerte sich, den Krug herzugeben.

MADELEINE

Ich sah sie schon von weitem kommen: erst kleine Flecken auf der Straße, dann Silhouetten, die sich von den schneebedeckten Bergen abhoben. Nach und nach wurden aus den Silhouetten fünf berittene Männer, einer im schwarzen Umhang eines Dominikaners, vier mit Helmen und Schwertern. Ich wusste, wer sie waren und aus welchem Grund sie hierher kamen.

Ich beobachtete ihre Ankunft vom Fenster meiner Zelle aus. Die Holztore der Abtei wurden geöffnet, und Pferdehufe klapperten über das Kopfsteinpflaster des Kreuzgangs. Der Mönch stieg ab und wurde von der Äbtissin willkommen geheißen. Sein Gesicht konnte ich nicht erkennen, da er seine Kapuze nicht zurückschlug.

*

Irgendwo in den Bergen heulte ein hungriger Wolf. Die Äbtissin selbst holte mich kurz vor der Vesper in meiner Zelle ab und führte mich durch die düsteren Korridore. Die Kerze in ihrer rechten Hand flackerte unruhig.

Sie brachte mich zum Kapitelsaal, in dem der Mönch bereits auf mich wartete. Als die Glocke der Kapelle zur Vesper läutete, hörte ich die Schritte meiner Mitnovizinnen im Kreuzgang.

Die Äbtissin hatte diesen Zeitpunkt gewählt, um sicherzustellen, dass wir nicht gestört wurden.

Der Saal wurde von einigen Talgkerzen erhellt, deren schwarzer Qualm sich hartnäckig in der Luft hielt. Doch selbst bei Tageslicht hätte ich das Gesicht des Mönches nicht sehen können, denn noch immer verbarg die Kapuze seinen Kopf. Seine Atemwolken waren das einzige Anzeichen dafür, dass überhaupt jemand unter dem Gewand steckte. Er verharrte bewegungslos am Fenster und starrte durch die offenen Läden auf den dunklen Kreuzgang.

Ich wartete und wartete. Die Äbtissin wich meinen Blicken aus.

»Wie lautet Euer Name?«, fragte der Mönch unvermittelt. Überrascht fuhr ich zusammen. Seine Stimme klang sanft und scharf zugleich.

»Madeleine de Peyrolles.«

»Wie alt seid Ihr?«

»Ich bin zwanzig Jahre alt, Euer Exzellenz.«

»Und Ihr seid Novizin in diesem Kloster?«

»Ja, Euer Exzellenz.«

Offenbar hatte er nicht die Absicht, sich mir vorzustellen.

»Ihr behauptet also, auf dem Mont Berenger die Heilige Jungfrau gesehen zu haben?«

Ich wusste nicht, was ich darauf antworten sollte.

»Nun? Heraus mit der Sprache!«

»Ich habe eine Dame gesehen, in den Bergen über der Stadt. Ich weiß nicht, wer sie war.«

»Ihr habt allen erzählt, Ihr hättet eine Erscheinung gehabt.« Meine Zurückhaltung schien ihn zu reizen.

»Ich weiß nicht, wie ich beschreiben soll, was ich sah.«

Ich nahm an, dass er noch weiter in mich dringen würde, doch stattdessen seufzte er und wandte sich vom Fenster ab. Aus der Kapelle hörte ich den Vespergesang meiner Schwestern und wünschte mir, bei ihnen zu sein.

»Man hat Euch der Hexerei und Ketzerei beschuldigt.«

Die Äbtissin schnappte nach Luft. Ich selbst erstarrte. Ich war wie betäubt und vermochte kaum zu atmen.

»Habt Ihr gehört, was ich gesagt habe, Madeleine de Peyrolles?«

»Wer beschuldigt mich?«, stieß ich hervor.

»Das ist nicht von Belang.«

»Wie kann ich mich verteidigen, wenn Ihr mir dies verheimlicht, Euer Exzellenz?«

»Unschuld ist stets die beste Verteidigung. Ihr habt Euch bisher noch nicht zu den Vorwürfen geäußert.«

»Natürlich bin ich unschuldig! Ich bin keine Hexe! Ich bin eine Novizin dieses Klosters, Euer Exzellenz. Ich möchte nichts anderes sein als eine Dienerin Gottes.«

»Eure Eltern haben Euch hierher geschickt, weil Eure Geschichten von Visionen unter Euren Mitbürgern Unruhe stifteten.«

Die Äbtissin ergriff zum ersten Mal das Wort. »In diesem Kloster widmen wir unser Leben Gott und der Ordensregel des Heiligen Benedikt.« Ich glaube, dass sie in erster Linie sich selbst und die Abtei verteidigen wollte, aber ihre Unterstützung war mir nichtsdestotrotz willkommen.

Hexerei und Ketzerei! Bisher hatte ich die möglichen Folgen meiner Vision erfolgreich verdrängt. Nun musste ich mich der drohenden Strafe stellen. Gedanken an Kerkerhaft und sogar den Tod schossen mir durch den Kopf. Und was würde mit meinem Vater und meiner Mutter geschehen? Hatte ich ihnen nicht schon genug Kummer bereitet?

Erst nach langem Schweigen richtete der Mönch erneut das Wort an mich. »Hat die Frau, die Ihr saht, sich Euch gegenüber als die Heilige Jungfrau zu erkennen gegeben?«

Ich hatte eine Frage über Hexerei und Ketzerei erwartet und war verwirrt.

»Nun?«

»Nein, Euer Exzellenz.«

»Ich verstehe.« Wieder seufzte er. »Madeleine de Peyrolles, Ihr werdet mich zur Burg von Saint-Ybars begleiten. Von dort reiten wir zurück nach Toulouse, wo man Euch einer eingehenderen Befragung unterziehen wird. Es ist unsere Pflicht, die Wahrheit herauszufinden.«

Ich wurde glücklicherweise nicht von Wachen aus dem Kapitelsaal hinausgeführt, denn das war hinter Klostermauern nicht nötig. Ich kehrte allein in meine Zelle zurück, um zu beten und darüber nachzudenken, was nun aus mir werden sollte. Mein Geheimnis war endgültig öffentlich geworden. Gewiss würden die Mönche zu dem Schluss kommen, dass ich vom Teufel besessen war – was ich bereits selbst vermutete. Ich saß in der Zelle vor dem kleinen Holzkruzifix über meiner Schlafstätte und betete. Es war die Madonna, die ich um Beistand anflehte, während draußen die Nacht hereinbrach.

*

Ich fand keinen Schlaf, obwohl meine Augen vor Müdigkeit brannten. Jedes Mal, wenn ich erschöpft die Lider schloss, ließ mich panische Angst kurz darauf wieder hochschrecken.

Einige Zeit vor der Matutin vernahm ich ein leises Klopfen an der Tür und öffnete sie im Glauben, es sei die Äbtissin. Doch es war der Mönch, das Gesicht noch immer unter der Kapuze verborgen.

»Schwester Madeleine, kann ich mit Euch sprechen?«

Hätte ich erstaunt sein sollen, dass ein Mönch mitten in der Nacht allein vor der Zelle einer Novizin stand? In diesem Fall erstaunte es mich keineswegs. Ich hatte ihn trotz der Kapuze wieder erkannt, schon in jenem Moment, da er im Kreuzgang vom Pferd gestiegen war. Ich erkannte ihn an seiner Haltung und an seinem Gang.

Jetzt hielt ich meine Nachtkerze in die Höhe. Sie spendete nur wenig Licht, dennoch erkannte ich, dass die vergangenen drei Jahre ihn verändert hatten. In seinen strahlend blauen Augen funkelten noch immer Inbrunst und Leidenschaft, und sein Gesicht wirkte nach wie vor jugendlich. Doch er war nicht mehr der langgliedrige, schlanke Priester, den ich in Erinnerung hatte. Er hatte Fleisch angesetzt, das weich war wie Teig. Unvorstellbar, dass ich einmal glühende Gefühle für ihn hegte!

Ich wusste nicht, was ich tun sollte. Ein Teil von mir wünschte, sich in seine Arme zu flüchten, allerdings wohl eher aus Angst denn aus Zuneigung. Anders als damals sah ich nun keinerlei Verlangen in seinem Gesicht. Ich schämte mich – es war meine Sünde gewesen, nicht die seine.

»Was ist nur aus uns geworden!«, murmelte er.

Ich brachte keinen Ton heraus.

»Erinnert Ihr Euch? Euer Vater bat mich vor Jahren, Euch davon zu überzeugen, nicht in ein Kloster einzutreten.«

»Ich erinnere mich.«

»Welch bitterer Scherz, dass es nun so gekommen ist.«

»Ihr seid Mitglied der Heiligen Inquisition?«

»Ich versuche, Gott auf jede erdenkliche Weise zu dienen.«

Es herrschte drückende Stille. Ich fragte mich, ob er mir helfen würde, und zugleich kam mir in den Sinn, dass ich womöglich eine gewisse Macht über ihn besaß. Oder war diese Macht nur ein Grund mehr für ihn, meinen sicheren Verderb voranzutreiben? In meinem Inneren überstürzten sich die Gedanken und Gefühle.

»Bin ich nun festgenommen?«, fragte ich ihn schließlich.

»Man hat Euch denunziert, aber noch ist keine Anklage erhoben worden. Ihr habt drei Wochen Zeit, um Euch vor dem Inquisitor in Toulouse einzufinden. Bis dahin können keine Schritte gegen Euch unternommen werden. Ihr müsst nicht mit mir gehen, wenn Ihr dies nicht wollt.«

Aber wenn ich nicht mit ihm ging, würde die Kirche mich exkommunizieren, und dies bedeutete Verbannung oder gar Tod.

»Werdet Ihr mir helfen, Vater?«

»Helfen?«

»Werdet Ihr mir sagen, wer mich verleumdet hat?«

»Ihr wisst, dass ich das nicht tun darf.«

»Ja, ich weiß. Ich werde nicht noch einmal darum bitten. Mir ist bekannt, was es Euch kosten würde. Aber – warum seid Ihr hergekommen?«

»Ich weiß es nicht.«

Es folgte ein langes Schweigen. Meine Kerze knisterte und qualmte, während die Flamme im Luftzug flackerte. »Ich habe oft an Euch gedacht«, sagte ich schließlich.

Er holte tief Luft und erwiderte dann etwas, was er zweifellos schon oft in Gedanken geprobt hatte. »Was wir einst teilten war Wollust, nicht Liebe. Ein Mann kann seinen Durst stillen, ohne etwas darum zu geben, in welchem Gefäß sich das Wasser befindet. Meine Tat, zu der Ihr mich verleitet habt, hat uns beide entehrt. Sie hat meine Seele im Angesicht Gottes befleckt und Eure Familie entwurzelt. Wir haben uns in der Schande gesuhlt und müssen nun den Rest unseres Lebens dazu verwenden, uns zu reinigen.«

All dies sagte er, ohne mich auch nur ein einziges Mal anzusehen.

Was sollte ich darauf antworten? Meine Wangen brannten vor Wut und Scham. Ich schwieg.

»Ich habe in Saint-Ybars Eure Eltern gesehen«, bemerkte er schließlich. »Sie sind wohlauf.«

Was war das? Warf er mir einen Krumen Freundlichkeit zu, um sich selbst zu beweisen, dass er ein anständiger Mann war?

Als ich nichts erwiderte, wandte er sich ab. »Ich muss gehen. Ich darf hier nicht gesehen werden.« An der Tür hielt er noch einmal kurz inne. »Habt Ihr wirklich die Heilige Jungfrau gesehen?«

»Ich bin keine Ketzerin, Bernard.«

Er senkte den Blick, als sei es gefährlich, mir in diesem Punkt Glauben zu schenken. »Habt keine Angst. Gott sieht auch die Dinge, die wir nicht erkennen.«

Nachdem er gegangen war, sank ich schluchzend auf meine Pritsche.

Ich wusste, dass er Recht hatte – es war meine Schuld gewesen, ich hatte ihn zur Sünde verleitet. Ich hatte ihn beinahe seinem Gott entfremdet, doch zum Glück hatte er die Kraft besessen, mir zu widerstehen. Das Leben eines Mönches war so viel wertvoller als das eines Ehemannes, doch mir war es fast gelungen, ihn dieses Lebens zu berauben.

Selbst zu jener Zeit glaubte ich noch immer, dass es eine Ehre war, dass er mich einmal geliebt hatte, und schätzte diese Liebe hoch ein.

Nein – im Grunde ist sie mir sogar jetzt noch viel wert.

BERNARD

Ein Ordensbruder, der wie ein Dieb durch das dunkle Dormitorium der Novizinnen schleicht ... Sachte klopfte ich an die Tür zu ihrer Zelle. Trotz der Kälte stand mir Schweiß auf der Stirn.

Und da war sie, beschienen vom schwachen Licht einer Nachtkerze, in die Dunkelheit spähend. Sie hatte ihren Schleier abgelegt, und ich bemerkte mit Bedauern, dass sie ihre langen feuerroten Haare abgeschnitten hatte. Es schien sie nicht sonderlich zu überraschen, mich zu sehen. »Schwester Madeleine, kann ich mit Euch sprechen?«

Im Licht der Kerze wirkten ihre grünen Augen riesengroß. Ich vermeinte, die Hitze ihres Körpers in jenem kalten Raum zu spüren. Möge Gott mir vergeben, aber mich verlangte noch immer danach, sie zu berühren. Ich widerstand der Versuchung, schämte mich jedoch, auch nur einen Gedanken an solch körperliche Gelüste verschwendet zu haben. Ohne dass ich es wollte, erinnerte ich mich wieder einmal daran, wie es gewesen war, zu sündigen. Frauen sind zweifellos eine Erfindung des Teufels. Diese Frau zumindest brachte mich wieder und wieder zu Fall.

»Was ist nur aus uns geworden!«, flüsterte ich.

Sie starrte mich an.

»Erinnert Ihr Euch? Euer Vater bat mich, Euch davon zu überzeugen, nicht in ein Kloster einzutreten.«

»Ich erinnere mich.«

»Welch bitterer Scherz, dass es nun doch so gekommen ist.«

Ich erwartete, dass sie mich für das, was in Toulouse geschehen war, anklagen würde, denn es liegt in der Natur der Frauen, anderen die Schuld an ihrem Unglück zu geben. Aber sie ging nicht darauf ein. »Ihr seid jetzt Mitglied der Heiligen Inquisition?«, fragte sie, als sei ich ein alter Freund, den sie viele Jahre nicht gesehen hatte.

»Ich versuche, Gott auf jede erdenkliche Weise zu dienen.«

»Was führt Euch hierher?«

»Ihr wisst, warum ich hier bin.«

»Ihr hättet mich nach Toulouse beordern können.«

»Wir sind hier, um Euren Fall zu untersuchen.«

»Wir?«

»Meine Stellung ist nicht die eines Inquisitors. Diese ehrenvolle Aufgabe hat Vater Hector Subillais übernommen. Ich bin lediglich sein Vikar.«

Madeleine setzte sich auf ihr hartes, schmales Bett. Die kurzen Haare ließen sie wie ein Kind aussehen. »Und wo ist der Inquisitor?«

»Noch ehe er sein Urteil über Euer Wunder abgeben konnte, ist er am … ist er in Saint-Ybars gestürzt und hat sich schwer verletzt.«

»Ich habe nie behauptet, dass es ein Wunder war. Das sagen nur die anderen.«

»Nichtsdestotrotz hat die Geschichte in Toulouse Aufsehen erregt.«

»Das muss wohl so sein, da zwei dermaßen bedeutende Männer wie Ihr selbst und Vater Subillais unsere kleine Stadt besuchen.« Sie wirkte niedergeschlagen, ein weiblicher Samson, dem man sein Haar geschoren und damit seine Stärke genommen hat. »Wisst Ihr, was damals mit meinem Vater geschah? Er verlor seine Stellung und musste die Stadt verlassen.«

»Damit hatte ich nichts zu tun. Mein Prior war eifrig darauf bedacht, jeglichen Skandal zu verhindern.«

»Und den Preis dafür hat mein Vater bezahlt«, entgegnete sie in einem Tonfall, als trüge ich allein die Verantwortung für die damaligen Ereignisse. Sie starrte mich an, wartete womöglich auf ein Zeichen von Reue. Doch ich hatte mein Schuldbekenntnis vor Gott abgelegt und schmerzhaft für meine Sünden gebüßt – schwerer, als sie jemals ahnen würde …

»Erinnert Ihr Euch, dass ich Euch in Toulouse von meinen Visionen erzählte? Ihr nanntet sie reine Einbildung.«

»Ja, wahrscheinlich habe ich mich so ausgedrückt.«

»Ihr entsinnt Euch nicht, oder?«

Es stimmte, dass mir nur wenige Einzelheiten unserer Gespräche im Gedächtnis geblieben waren. Ihr Äußeres musste mich vollkommen geblendet haben.

»Meine ‚Einbildung' ist mir hierher gefolgt.«

»Und nun seht, in welche Lage sie Euch gebracht hat.«

»Werdet Ihr mir helfen, Vater?«, fragte sie.

Ich wusste natürlich, was sie damit meinte. Laut geltendem Gesetz konnte sie sich nur verteidigen, wenn sie den genauen Wortlaut der Vorwürfe kannte und erfuhr, wer sie beschuldigt hatte. Doch wenn ich dies für sie tat, war es, als würde ich dem Heiligen Dominik ins Gesicht spucken.

»Werdet Ihr mir sagen, wer mich verleumdet hat?«

»Ihr wisst, dass ich das nicht tun darf.«

Sie schüttelte verächtlich den Kopf. »Ja, ich weiß. Ich werde nicht noch einmal darum bitten. Mir ist bekannt, was es Euch kosten würde. Aber – warum seid Ihr dann hergekommen?«

»Seid Ihr unschuldig?«

Sie antwortete nicht. Ich wollte doch nur von ihr hören, dass sie die Anschuldigungen zurückwies, aber dazu war sie zu stolz.

»Werdet Ihr irgendjemandem von uns erzählen? Von der Vergangenheit?«, fragte ich sie.

»Ist es das, was Euch beunruhigt?«

»Ich habe meinem Prior gebeichtet, und er hat das Beichtgeheimnis bewahrt. Ich habe Buße getan. Dennoch läge es in Eurer Macht, mich noch einmal zu strafen, falls dies Euer Wunsch ist. Ich kann nicht behaupten, dass ich es nicht verdient hätte. Ihr vermögt nicht zu begreifen, wie sehr wir uns versündigt haben. Es vergeht kein Tag, an dem ich nicht Gott um Vergebung bitte für das, was in Toulouse zwischen uns vorgefallen ist.«

»Und wenn ich es doch erzähle?«

»Dann wird dies natürlich den Ruf unseres Ordens schädigen.

Und auch meinen eigenen Ruf. Helfen wird es Euch allerdings nichts.«

Sie starrte zu Boden und schwieg. Mir kam es wie eine Ewigkeit vor.

»Ich habe in Saint-Ybars Eure Eltern gesehen. Sie sind wohlauf.«

Ich fühlte mich wie ein Narr. Glaubte ich etwa, sie trösten zu können, angesichts dessen, das sie nun erwartete?

Als sie mir keine Antwort gab, wandte ich mich ab. »Ich muss gehen. Ich darf hier nicht gesehen werden.« Ich machte eine kurze Pause. »Habt Ihr wirklich die Heilige Jungfrau gesehen?«

»Ich bin keine Ketzerin, Bernard.«

Ich vermied es, sie anzublicken. »Habt keine Angst. Gott sieht auch die Dinge, die wir nicht erkennen.«

Ich eilte davon und fühlte mich plötzlich stark. Mir wurde klar, dass sie mich nicht ein einziges Mal berührt hatte. Ich war davon überzeugt, meine Dämonen bezwungen zu haben.

Diese Überzeugung hielt allerdings nur so lange an, bis ich den Kreuzgang zur Hälfte durchquert hatte.

*

In Toulouse, in der Stille des Skriptoriums, war es einfacher gewesen, Betrachtungen über das Übel der Häresie anzustellen. Hier in den Bergen, wo die *Parfaits* gelebt, gearbeitet und ihr ketzerisches Gedankengut verbreitet hatten, fiel es schwer, die Gegenwart von etwas Heiligem zu spüren.

In diesem Land der Ruinen, Legenden und Gerüchte war alles vom Pesthauch der Katharer durchdrungen. Angeblich wurde der Heilige Gral von Maria Magdalena hierher gebracht, jener Kelch, in dem das Blut aufgefangen wurde, das Christus am Kreuz vergoss. Und wie man behauptet, befindet er sich noch immer in einem Versteck irgendwo in den Bergen. Eine gotteslästerliche Geschichte, aber derlei Geschichten fallen bei den Armen und Unwissenden stets auf fruchtbaren Boden. Sie klammern sich an jede Art von Aberglauben, während sie sich nach außen hin zur Heiligen Kirche bekennen.

Mein Verlangen nach dem Mädchen, der Aberglaube, die Häresie – der Teufel hatte ein dichtes, klebriges Netz um mich geschlungen, in dem ich zu ersticken drohte.

Ich kehrte nicht gleich in meine Zelle zurück, sondern wandelte durch den Kreuzgang. Eine Eisschicht hatte sich auf dem Boden gebildet. Die Luft war so kalt, dass jeder Atemzug in der Brust wehtat und meine Zähne schmerzten. Ich ging in die Kapelle, in der es kaum wärmer war, und kniete nieder, um zu beten. Die eisigen Steine unter meinen Knien ließen mich aufstöhnen.

Ich betete: *Gott vergib mir*. Aber wie konnte Gott mir vergeben? Wofür sollte er mir vergeben? Schließlich hatte ich diesmal im Angesicht der Versuchung unerschütterlich zu ihm und seiner Kirche gestanden. Sollte er mir also dafür vergeben, dass ich dieses Mädchen verraten hatte, an dem ich mich einmal sündhaft befriedigte und dessen Schicksal nun in meiner Hand lag?

Warum diese Selbstbezichtigungen?, fragte ich mich. Wieso betrachtete ich mich selbst als Judas, was dieses Mädchen betraf?

Wenn ich Madeleine dabei half, sich unserer Inquisition zu entziehen, überantwortete ich ihre Seele dem Fegefeuer, ebenso wie die Seelen jener anderen, die sie mit ihrer Ketzerei anstecken würde. Sollte ich denn nur, weil ich gemeinsam mit diesem Mädchen eine Sünde begangen hatte, eine weitere, noch größere Sünde begehen? Nur um es zu schützen?

Ich hatte geglaubt, Madeleine besäße keine Macht mehr über mich. Ich hatte vermutet, dass ich ihre körperliche Schönheit zwar noch immer bewundern würde, jedoch nicht auf andere Weise als etwa eine Statue der Heiligen Jungfrau. Ich hatte nicht damit gerechnet, dass ich sie noch immer begehren würde – dies war ein allzu grausamer Schachzug des Erzfeindes. Unser Erlöser hat gesagt: Wenn ein Mann in seinem Herzen sündigt, ist es genauso schlimm, als würde er die Sünde tatsächlich begehen.

Ich hatte nur wenige Augenblicke in Madeleines Gegenwart verbracht, und schon herrschte in meinem Herzen tiefschwarze Nacht.

Voller Selbstekel kniete ich in der dunklen Kapelle. Ich flehte Gott an, mir Frieden zu geben, den Schmerz an meinen Schläfen und das quälende Verlangen in meinen Lenden von mir zu nehmen. Ich verzweifelte schier an meiner widerspenstigen Seele. Als Mönch taugte ich nichts, doch ich taugte ebenso wenig für etwas anderes.

MADELEINE

Die Äbtissin versuchte, Schwester Agnes versteckt zu halten, so lange Vater Donadieu in unserem Kloster weilte. Beinahe wäre es ihr gelungen. Er hatte nur eine Nacht bleiben wollen, doch als ein Schneesturm von den Cevennen herbeifegte und einen weißen Schleier über das Tal breitete, war er gezwungen, eine weitere Nacht unter unserem Dach zu verbringen.

Schwester Agnes wurde in ihrer Zelle eingeschlossen. Die Äbtissin entband sie bis zur Abreise der Mönche von ihren Pflichten als Cellerarin und untersagte ihr die Teilnahme an sämtlichen Gottesdiensten in der Kapelle. Aber sie hatte nicht mit dem Einfallsreichtum der armen Agnes gerechnet.

Es war Zeit für den Gottesdienst zur Terz. Vater Donadieu und die Äbtissin schritten vor unserer kleinen Gruppe von Novizinnen durch den Kreuzgang. Wir hatten gerade das Dormitorium verlassen, das sich gegenüber der Kapelle auf der Nordseite des Klosters befand. Plötzlich wurde der Fensterladen von einer der Zellen aufgestoßen, und ich hörte eine vertraute Stimme schreien: »Hier, das ist es doch, was du willst, Monsieur le Canard!«

Die Stimme gehörte Schwester Agnes. Agnes war nackt – zumindest war der Teil ihres Körpers, den wir am Fenster sehen konnten, unbekleidet. Sie streckte Bernard ihre großen weißen Brüste entgegen wie die billigste Hure von Toulouse. Die purpurrote Narbe zwischen diesen Fleischbergen ließ Agnes wie ein Monstrum aussehen.

Agnes hob ihre Brüste mit den Händen in die Höhe wie zwei Kürbisse und rief: »Ist es das, weswegen du hierher gekommen bist, Monsieur le Canard?« Monsieur Fuchs. Man hätte es genauso gut als ›Monsieur Teufel‹ auslegen können.

Bernard erbleichte und starrte Agnes entgeistert an, während die Äbtissin nach Luft schnappte und dann die Hand vor den Mund schlug. Ich glaubte, dass sie im nächsten Moment ohnmächtig in den Schnee sinken würde, aber sie war aus härterem Holz geschnitzt. Sie scheuchte uns in die Kapelle wie eine Entenmutter ihre Küken und schloss die Tür von außen. Das Letzte, was ich sah, war Bernard, der noch immer entsetzt zu jenem Fenster stierte, als wäre ihm dort Luzifer höchstpersönlich erschienen.

Ich habe nie erfahren, was dann geschah. Ich weiß nur, dass ich am folgenden Tag nicht die Einzige war, die das Kloster verließ. Hinter mir ritt Schwester Agnes, festgebunden an ihrem Maulesel. Ich war sicher, dass keine von uns beiden die Abtei von Beausaint jemals wieder sehen würde.

ELEONORE

Der Winter ließ die Weinstöcke knorrig und braun und den Boden dazwischen hart werden. Die Erde schlief und wartete auf den Frühling.

Einige der Rebsorten waren tausend Jahre alt. Sie stammten aus Palästina und waren in den Zeiten der Cäsaren von flüchtenden Juden hierher gebracht worden. Damals lebte unser Volk und die Juden Seite an Seite, und im Land unserer Sprache gab es blühende Städte und geschäftige Häfen – lange, bevor in Paris ein König und in Rom ein Papst herrschten. Die Juden verbreiteten die Kunst der Weinherstellung. Sie wussten, wie man Wein anbaut und Rebstöcke veredelt.

In unserem Land wurden viele verschiedene Rebstöcke eingepflanzt, ebenso wie sich viele verschiedene Völker hier niederließen. Und es waren weder die Mauren aus dem Süden noch die Juden mit ihren Geheimbüchern, die dem Papst Sorge bereiteten, sondern die Bogomilen aus dem Osten. Sie verkündeten die ketzerischen Gedanken, die der Heilige Vater so sehr fürchtete. Sie behaupteten, der Teufel habe die Welt erschaffen, und somit sei nicht Gott, sondern Satan der König der Welt. Daher entsagten sie auch allen materiellen Dingen. Sie bezeichneten die Kreuzigung als Lügengeschichte, und das Evangelium von Johannes, dem Evangelisten, war ihr heiliges Buch.

Ihre Priester erlebten eine kurze Blütezeit, wurden jedoch ein Menschenalter zuvor fast allesamt von den Soldaten des Papstes gefoltert und schließlich verbrannt. Die Priester waren paarweise über die staubigen Wege unseres Landes gezogen, hatten auf Feldern und in Scheunen gepredigt und daher auch keine Kathedralen oder Kirchen hinterlassen. Sie hatten ihre Gottesdienste abgehalten ohne den Zehnten einzufordern.

Warum waren ihre Ideen hier auf solch fruchtbaren Boden gefallen? Der Papst hatte dies mit der Gottlosigkeit der hiesigen Bevölkerung erklärt. Ich jedoch glaube vielmehr, dass neues Gedankengut in unserer Gegend schon immer prächtig gedeihen konnte. Wir nahmen es stets ebenso bereitwillig auf, wie wir die Flüchtlinge und Einwanderer aufnahmen.

*

Raymond war nach Toulouse gereist, um mit dem Bischof über die Anwesenheit des Inquisitors in Saint-Ybars zu sprechen und ihn zu bitten, den Teich der Madonna als Wunder anzuerkennen. Doch dies war ein Schachzug, der wenig Aussicht auf Erfolg hatte. Die Inquisitoren waren niemandem Rechenschaft schuldig. Sie hatten bereits in der Vergangenheit meist willkürlich gehandelt und würden auch diesmal tun, was ihnen beliebte.

Während Raymond fort war, kümmerte ich mich um das Chateau und die Ländereien. Raymond fand es allerdings äußerst ungewöhnlich, dass ich die Aufsicht übernahm. Offenbar beschäftigten sich die Damen im Norden ausschließlich mit ihren Webstühlen und Musikinstrumenten.

Auch die Gerichtsbarkeit unterstand mir während der Abwesenheit meines Gatten. Ich rechnete nicht damit, viel mehr tun zu müssen, als einige Trunkenbolde und Diebe an den Pranger zu stellen. Mit etwas Glück würde ich zudem das Begräbnis unseres guten Vaters Subillais arrangieren, der stöhnend in seinem Schlafgemach lag und sich in nicht ganz unverdienten Qualen wand.

Gerade hatte ich die Kapelle verlassen und mich auf den Weg zur großen Halle gemacht, wo ich mich den morgendlichen Geschäften widmen wollte, als plötzlich ein Bote in den Innenhof galoppierte, von seinem Pferd sprang und vom Vorgesetzten der Wache zu mir geführt wurde. Ich wusste sofort, dass er schlechte Neuigkeiten brachte. Er musste einen wilden Ritt hinter sich haben, denn sein Gesicht und seine Kleidung waren voller Schlamm. Er hatte seine Augen vor lauter Erregung weit aufgerissen.

»Herrin, ich komme gerade aus Redaux«, stieß er atemlos hervor.

»Was ist geschehen?«

»Es geht um den Priester, um Guillaume. Er ist ermordet worden!«

Ich dachte sofort daran, dass ich noch eine Woche zuvor mit Guillaume gesprochen und bereits geahnt hatte, dass irgendeine Katastrophe bevorstand. Doch ich blieb ruhig und befahl dem Seneschall, seine Männer zu versammeln. Knapp eine Stunde später ritten wir bereits durch das Westtor ins Tal hinunter.

*

Die Kirche von Redaux war auf einer Anhöhe am nördlichen Rand des Ortes erbaut worden. Ihr quadratischer Turm ragte hoch über den ärmlichen Häusern empor. Als wir eintrafen, drängten sich die Dorfbewohner im westlichen Narthex und versuchten, einen Blick ins Innere zu erhaschen. Sie wagten sich jedoch keinen Schritt weiter hinein.

Sobald sie uns erblickten, stoben sie förmlich auseinander. Die Soldaten stiegen rasch von ihren Pferden und vertrieben die letzten Säumigen eifrig mit ihren Knütteln. Ich stieg ab, übergab mein Pferd einem Diener und betrat die Kirche. Ein starker Blutgeruch ließ mich zusammenfahren.

Im Inneren war es düster, und ich wartete einen Moment, bis sich meine Augen an die Dunkelheit gewöhnt hatten. Die Kirche selbst war nicht eben ein Sinnbild von Gottes Gnade. Der Altar mit einem hölzernem Kruzifix und einer Teaktruhe, in welcher der Priester die Altartücher und seinen Ornat aufbewahrte, war von uralten, fensterlosen Kalksteinwänden umgeben. An den Wänden hingen einige wertlose, weihrauchgeschwärzte Heiligenbilder, von denen die Farbe bereits abblätterte. Da die Kirche das einzige große und wetterfeste Gebäude des Ortes war, wurde dort das Heu für den Winter gelagert. Die Ballen bedeckten den größten Teil des Hauptschiffs.

Ich trat einen Schritt vor und verlor beinahe das Gleichgewicht, denn mein Stiefelabsatz rutschte durch eine Lache dunklen, geronnenen Blutes, die sich unmittelbar hinter dem Eingang ausbreitete. Nachdem ich wieder sicher stand, blickte ich mich um.

Guillaume hatte wohl keinen schnellen Tod erlitten. Er lag in der Nähe der Altarstufen auf dem Rücken und war regelrecht zerstückelt worden. Sein Mörder musste mehrere Male mit einem schweren Schwert geradezu auf ihn eingehackt haben. Raymond hatte mir einmal erzählt, dass es nicht so einfach war, jemanden zu töten. Ein Mann müsse schon sehr viel Blut verlieren, ehe er aufhöre zu kämpfen.

Ich konnte mir allerdings nicht vorstellen, dass ein Priester sich heftig zur Wehr setzen würde. Zweifellos aber hatte Guillaume sehr viel Blut verloren. Von der Tür führte eine tiefrote Spur zum Altar und mündete in eine gallertartige Blutpfütze. Einer von Guillaumes Armen lag einige Schritte von seinem Körper entfernt im Querschiff.

Das blutdurchtränkte Altartuch verdeckte den unteren Teil der schlimm zugerichteten Leiche. Vielleicht hatte Guillaume in dem verzweifelten Versuch, wieder auf die Beine zu kommen, danach gegriffen und es heruntergerissen.

Ich betrachtete den Leichnam mit unbewegter Miene. Ich war dem Tod schon zu oft begegnet, als dass mich ein solcher Anblick hätte erschüttern können.

Guillaumes Kehle war beinahe völlig durchtrennt worden. Der Mörder hatte ihm außerdem eine tiefe Wunde an der Schulter zugefügt und ihm mit einem weiteren Schwertstreich den Bauch aufgeschlitzt, sodass seine Eingeweide herausgequollen waren.

Ich wandte mich um und stellte fest, dass der Seneschall hinter mir stand und mich beobachtete. »Bedeckt den Leichnam und bereitet ihn für das Begräbnis vor«, ordnete ich an.

Er eilte davon und rief seinen Männern einige Befehle zu. Ich trat hinaus an die frische Luft. Wir würden Père Michel kommen lassen müssen, damit er Guillaume bestattete.

Ich warf einen Blick auf das schäbige Haus oder vielmehr auf die Hütte, in der Guillaume gewohnt hatte – ein bröckelnder Steinbau, an den seitlich ein Stall angebaut war. Die Tür stand offen. Ich zog den Kopf ein und trat ins Innere. Abermals schlug mir ein Übelkeit erregender Geruch entgegen. Ich sah mich um. Ein Tisch aus grob behauenem Holz und ein paar Schemel standen in der Mitte des Raumes. Guillaume beschäftigte eine Magd, doch es war offensichtlich, dass sie wenig Zeit damit verbrachte, das Haus zu säubern.

Das Feuer war niedergebrannt. Ein kleiner Tisch lag umgestürzt auf dem Boden, daneben eine aufgeschlagene Bibel. Wenn es so etwas wie einen Kampf gegeben hatte, dann hatte er anscheinend hier begonnen.

Der Seneschall war mir gefolgt. »Herrin, einige der Dorfbewohner sagen, sie hätten in der letzten Nacht das Hufgeklapper eines Pferdes gehört.«

»Hat einer von ihnen irgendetwas gesehen?«

»Nein, Herrin. Sie alle wagten sich vor Angst nicht aus ihren Hütten. Außerdem war es stockfinster.«

Jemand auf einem Pferd … Das konnte kein Räuber gewesen sein, denn nur ein reicher Mann konnte sich ein Reitpferd leisten. Doch Guillaume war ein einfacher Priester. Er hatte nichts besessen, wofür ein ohnehin reicher Mann einen Mord begehen würde.

»Die Leute sagen, dass hier der Teufel am Werk war«, berichtete der Seneschall.

Das wunderte mich überhaupt nicht. Die einfachen Leute glaubten ja auch, dass der Teufel die Schuld daran trug, wenn ihre Hühner nicht genug Eier legten oder wenn ihnen selbst die Haare ausfielen. Natürlich machten sie lieber den Leibhaftigen für den Tod eines Geistlichen verantwortlich als einen reichen Adligen mit Schwert und Ross, der ihre Aussagen mit Hilfe anderer reicher Zeugen widerlegen und aus Rache ihre Häuser niederbrennen würde.

Falls der Teufel diesen Mord begangen hatte, musste er ein Feigling sein. Wieso hatte er einen armen Pfarrer in Stücke gehackt, einen Inquisitor jedoch lediglich stolpern lassen? Ich kam zu dem Schluss, dass der Teufel wohl kaum der Schuldige war. Und deshalb mussten wir nach einem menschlichen Übeltäter suchen.

MADELEINE

Es gibt keinen Weg zurück.

Ich erinnere mich, dass dies mein erster Gedanke war, nachdem ich die Mauern des Chateau erblickt hatte. Ich zitterte in jener eisigen Nacht in meinem dünnen Umhang. Außer den Geräuschen von Hufen auf dem gefrorenen Weg war nichts zu hören.

Ich bin verdammt, ich bin verloren.

Über meinem Kopf blinkten vereinzelte Sterne am dunklen Nachthimmel. Nirgendwo in dieser schlechten Welt gab es Licht oder Wärme oder gar Hoffnung.

Hinter den Schießscharten der Burg sah ich Fackeln aufleuchten. Unsere Ankunft wurde von vielen Augen beobachtet. Plötzlich machten wir Halt, und unser Begleiter rief das Losungswort. Knarrend öffnete sich das Holztor des Pförtnerhauses.

Im Tal heulte ein Hund oder vielleicht auch ein Wolf. In den vergangenen Wintern waren mehrmals Wolfsrudel in die Ansiedlungen außerhalb der Stadtmauern eingefallen und hatten Kinder und alte Frauen angegriffen. Von den Leichen war kaum etwas übrig geblieben, sodass sie noch nicht einmal ein anständiges christliches Begräbnis erhielten. Wölfe suchten sich als Opfer stets die Schwachen aus, ebenso wie Räuber. Es hieß, dass der Geruch nach Hilflosigkeit und Angst die Säfte in den Kiefern der Tiere zum Fließen brachten.

Ich versuchte mir vorzustellen, wie ein Wolf die Angst seines Opfers spürt.

Ich konnte sogar seinen übel riechenden Atem auf meinem Gesicht spüren.

Ich bin verloren.

BERNARD

Bruder Subillais' Gesicht hatte wieder an Farbe gewonnen. In seinem Gemach schwelte nicht länger der Geruch des Todes. Die Wunde unter dem Wickel war nicht mehr entzündet und sonderte auch keine übel riechenden Säfte mehr ab. Arnaud, der Knochensetzer, stand in einer Ecke, hielt eine Holzschüssel in der Hand und überprüfte zum wiederholten Male den Harn seines Patienten. Zufrieden wischte er seinen Finger am Saum seines Habits ab. »Ich gehe doch recht in der Annahme, dass Ihr es wart, der diesen Wickel angeordnet hat?«, wandte er sich an mich.

»In der Tat.«

»Er hat keinerlei Nutzen und sollte entfernt werden.«

»Im Gegenteil! Wie mir scheint, hat sich Bruder Subillais' Zustand sehr gebessert.«

»Ich denke, dass dies eher mit meinen Aderlässen zu tun hat als mit diesem ekelhaften Brei.«

»Ich meine mich zu erinnern, dass Ihr das Bein amputieren wolltet. Doch nun sieht es so aus, als würde die Wunde sehr gut heilen. Gelobt sei Gott!«

Arnaud blickte mich mit kaum verhülltem Groll an. Diese Knochensetzer haben eine äußerst hohe Meinung von sich selbst. Jede Heilung gereicht ihnen bis in alle Ewigkeit zur Ehre, aber wenn ihr Patient stirbt, ist es für sie der Wille Gottes.

Bruder Subillais öffnete ein Auge und sagte: »Schaff ihn mir vom Hals!«

Arnaud sah zuerst mich und dann seinen Patienten an. Er verbeugte sich in unsere Richtung und verließ das Gemach ohne ein weiteres Wort.

»Hast du schon erfahren, was während deiner Abwesenheit geschehen ist?«, fragte mich Bruder Subillais. Seine Stimme klang dünn und zittrig.

»Du meinst die Sache mit dem Priester?«

»Ermordet in seiner eigenen Kirche! Dort draußen herrscht das Böse, Bernard.«

»Wir sollten den Bischof darüber unterrichten.«

»Ich überlasse es dir, ihm einen Brief zu schreiben. Da wir nun schon einmal hier sind, erwartet er gewiss, dass wir die Angelegenheit untersuchen.«

»Ich werde ihm unverzüglich schreiben.«

»Gut.«

»Ich bin sehr erleichtert, dass es dir besser geht, Bruder. Wir alle haben um dich gebangt. Dein Bein ist sehr schwer verletzt.«

»Alles kommt, wie Gott es will.«

Ich überlegte, ob ich ihm erzählen sollte, von wem der Kräuterwickel stammte. Doch meine Feigheit hielt mich zurück.

»Hast du dieses Mädchen, Madeleine de Peyrolles, in Gewahrsam genommen?«

»Ja. Und ich habe auch noch eine andere Nonne der Abtei Beausaint mitgebracht. Ich bin der Ansicht, dass sie von einem Dämon besessen ist.«

»Unser alter Widersacher ist hier auf dem Land des Seigneurs auf fruchtbaren Boden gestoßen.«

Ein Thema hatten wir bisher noch nicht angeschnitten – den Sarkophag, den wir in der Höhle nahe dem Teich der Madonna gefunden hatten. Am Tag nach Bruder Subillais' Sturz war ich mit einer Abordnung von Raymonds Söldnern dorthin geritten. Ich war den schmalen Pfad zur Höhle hinaufgestiegen und hatte persönlich die Zerstörung beaufsichtigt.

»Der Sarkophag ist übrigens vernichtet«, sagte ich.

Subillais blickte mich eindringlich an. »Ein jüdisches Grab!«, stieß er hervor.

Selbst dem Heiligen Vater wäre wohl das Blut in den Adern gefroren, wenn er die Inschrift gesehen hätte. Andererseits waren Namen wie Jesu und Joseph zu Herodes' Zeiten in Palästina weit verbreitet und etwa so gewöhnlich wie Bernard oder Raymond in unserem Land. Ich war daher zu dem Schluss gekommen, dass es sich einfach um eine alte jüdische Grabstätte gehandelt hatte, die vor kurzem geplündert worden war.

Und dennoch …

»Du musst herausfinden, wer den Priester getötet hat«, beschwor mich Bruder Subillais.

*

Redaux war auf einem kleinen Hügel erbaut worden und einstmals von Erdwällen und einer Steinpalisade umgeben gewesen. Doch während seiner Feldzüge hatte Simon de Montfort die Befestigungen niederreißen lassen, sodass die Häuser des Dorfes sich nun gleich einer Herde ängstlicher Tiere schutzlos aneinander drängten.

Wenn man vom Marktplatz aus den Blick durch das Tal schweifen ließ, konnte man bis zum Turm der Kirche von Saint-Ybars sehen, das zwei Wegstunden entfernt lag. Der Gedanke, dass man sich in christlichen Ländern stets in Sichtweite einer Kirche befand, hatte für mich etwas Beruhigendes.

Nachdem meine bewaffneten Begleiter von den Pferden gestiegen waren, geleitete mich ihr Vorgesetzter zum Haus des Dorfpfarrers. Inzwischen hatte ich erfahren, dass der tote Geistliche kein Geringerer war als der Vetter der Dame Eleonore. Es kam mir seltsam vor, dass ein Mann von edler Herkunft hier nur ein einfacher Priester gewesen war und in Armut gelebt hatte.

In der schäbigen Hütte entdeckte ich nichts von Interesse, also wandte ich mich der Kirche zu.

Auch das Gotteshaus wirkte ärmlich. Bloße Kalksteinwände, der Boden nur gestampfte Erde, lediglich im Chor und rings um den Altar lagen ein paar Steinplatten. Es gab nur wenige Fenster und eine Hand voll Bänke vor dem Altar, für die Würdenträger des Dorfes oder jene, die sich dafür hielten.

In einer Nische über dem Altar hing ein hölzernes Kruzifix: Christus, endlose Qualen leidend.

Die Steinplatten vor dem Altar waren nur äußerst nachlässig gereinigt worden. Noch immer konnte ich deutlich Blutflecken erkennen, und in den Spalten zwischen den Steinen hatten sich schwarze Klumpen festgesetzt. Ich fragte mich, warum der Priester sich vor seinem Angreifer hierher geflüchtet hatte. Hatte er geglaubt, in der Kirche Schutz zu finden?

Oder gab es womöglich einen anderen Grund?

Vielleicht hatte er hier irgendetwas verstecken wollen. Es machte allerdings wenig Sinn zu raten, was ein einfacher Priester besessen haben könnte, das sein Mörder offenbar für wertvoll gehalten hatte. Es war weitaus vernünftiger, sich Gedanken um das mögliche Versteck zu machen. Nachdenklich ließ ich meinen Blick über die nackten Wände und den Boden schweifen.

Was würde ich tun, wenn ich hier etwas zu verbergen hätte?, fragte ich mich. Ich bückte mich. Eine der Steinplatten war tiefer in den Boden eingesunken als die anderen. Erregung überkam mich, und ich verspürte eine gewisse Selbstzufriedenheit angesichts dieser Entdeckung.

Doch auf der Stelle geißelte ich mich in Gedanken für meinen Hochmut.

Ich tastete den Rand der Platte ab. Wie erwartet ließ sie sich anheben. Sie war leichter, als ich gedacht hatte.

*

In den Handbüchern werden sechs Stufen von Häresie beschrieben, mit denen sich jeder Inquisitor sorgfältig vertraut machen muss, bevor er jenes Amt antritt, in das der Heilige Vater ihn berufen hat. Ein Häretiker ersten Grades ist jemand, der in Angelegenheiten des Glaubens Irrlehren verbreitet oder ihnen anhängt. Ein Häretiker zweiten Grades legt die Worte der Heiligen Schrift anders aus als die Kirche. Ein Häretiker dritten Grades weigert sich, gemeinsam mit anderen Gläubigen die Sakramente und die

Kommunion zu empfangen. Ein Häretiker vierten Grades ist jemand, der die Erteilung von Sakramenten stört oder verhindert. Ein Häretiker fünften Grades zweifelt an seinem Glauben, und ein Häretiker sechsten Grades schließlich leugnet die alleinige Vormachtstellung der Römischen Kirche.

Falls die Anschuldigungen gegen Madeleine de Peyrolles sich als wahr herausstellten, würde sie als Häretikerin ersten oder zweiten Grades eingestuft werden. Ich war fest entschlossen, mich bei meinen Pflichten nicht von meiner früheren Bekanntschaft mit der Angeklagten beeinflussen zu lassen. Was Ihr auch über die Heilige Inquisition gehört haben mögt – in unserer Vorgehensweise waren wir stets korrekt. Das müsst Ihr mir glauben!

*

Ich hatte nicht die Absicht, mit der Befragung von Madeleine de Peyrolles oder Schwester Agnes zu beginnen, solange Bruder Subillais nicht daran teilnehmen konnte. Stattdessen lud ich einige Bekannte von Madeleine vor und führte diese Unterredungen in Gegenwart des Priesters von Saint-Ybars, Père Michel, sowie des Notars Pons, der mit uns aus Toulouse hergekommen war.

Der erste Bekannte war ein gewisser Sicard Paylaurens.

*

Sicards äußere Erscheinung konnte einen einschüchtern. Er besaß eine außerordentliche Ähnlichkeit mit Anselm de Peyrolles. Als Erstes fielen mir seine Hände ins Auge, riesige Pranken, hart wie Leder und voller Schwielen von der Arbeit an den Steinen. Welch Ironie des Schicksals, dass dieser gewaltige Mann mir, einem Priester mit schmalen, weichen Händen, nun stumm und unterwürfig gegenüberstand! Ihr müsst wissen, dass meine Zugehörigkeit zur Inquisition mich in der Gegend rund um Toulouse zu einem der gefürchtetsten Männer gemacht hatte. Ich erzähle Euch dies gänzlich ohne Stolz. Es war lediglich eine Tatsache.

»Euer Name lautet Sicard Paylaurens?«, richtete ich das Wort an ihn.

Er nickte, warf Pons einen nervösen Blick zu und sah dann wieder zu mir herüber.

Wenn er wollte, könnte er mich mit seinen bloßen Händen töten, dachte ich bei mir. Es befanden sich keine Wachen im Raum, und Pons sowie der Priester würden kaum etwas ausrichten können. Ich hatte den Eindruck, dass dieser Sicard zu Gewalttätigkeiten fähig war, und verspürte auf der Stelle eine große Abneigung gegen ihn.

»Wir benötigen die Mithilfe der Bürger von Saint-Ybars, um die Ketzerei auszurotten. Ein Einwohner der Stadt ist bereits der Ketzerei beschuldigt worden.«

»Wer, Euer Exzellenz?«, fragte er, obwohl er die Antwort sicherlich kannte.

»Dazu kommen wir später«, entgegnete ich. Dann folgte die übliche Litanei von Fragen, wie sie die Handbücher verlangte. Schon bald erkannte ich, dass es sich bei Sicard Paylaurens keinesfalls um einen Häretiker handelte, auch wenn er in Madeleine de Peyrolles verliebt sein mochte. Er war ein einfacher Mann mit einfachem Gemüt. Er befolgte die Vorschriften der Kirche ebenso widerspruchslos wie die Regeln seiner Zunft. Er fragte sich vermutlich nie, warum er so viele Jahre als Geselle arbeiten musste, ehe er Meister werden konnte, oder wieso er ein untadeliges Leben führen musste, um die himmlische Glückseligkeit zu erlangen.

Nichtsdestotrotz würde ich vielleicht doch einen Grund finden, ihn der Häresie anzuklagen. Eines der Bücher, die wir Inquisitoren überallhin mitnahmen, war das *Directorium*, das Raimund von Penafort verfasst hatte. In diesem Werk macht Raimund deutlich, dass keineswegs nur die Ketzer selbst gefasst und dazu gebracht werden müssen, ihren Irrlehren abzuschwören. Vielmehr zählt er vier weitere Gruppen von Schuldigen auf: die »Verschweiger«, die Häretiker kennen, sie jedoch nicht melden, die »Verberger«, die einen Pakt mit den Ketzern schließen und sie vor der Obrigkeit verstecken, die »Empfänger«, die Häretikern Einlass in ihre Häuser gewähren, und schließlich die »Verteidiger«, die wissen, dass jemand der Häresie schuldig ist und ihn dennoch gegen die Obrigkeit verteidigen.

Falls Sicard Paylaurens wusste, dass Madeleine de Peyrolles eine Häretikerin war, konnte er zu jeder der vier Gruppen gehören.

»Wann habt Ihr zuletzt die Heilige Messe besucht?«, fragte ich ihn.

»Am vergangenen Sonntag, hier in der Kirche von Saint-Ybars.«

»Ihr nehmt regelmäßig am Gottesdienst teil?«

»Jawohl, und ich bin ein guter Christ. Ich bin der Kirche sehr zugetan.«

»Kennt Ihr Madeleine de Peyrolles?«

»Ich kenne sie, sie ist eine gute und treue Christin.«

Eine kluge Antwort, die er gewiss einstudiert hatte.

»Es heißt, Ihr hättet mit ihr Unzucht getrieben.«

»Sie ist meine Frau!«

»Eure Frau? Seid Ihr mit ihr vor den Altar getreten?«

Sicard blickte zu Boden. »Nein.«

»Nein«, wiederholte ich und schwieg dann lange, um ihn zu quälen. »Warum nicht?«

»Ich gehe noch immer bei ihrem Vater in die Lehre. Ich kann noch nicht für eine Ehefrau aufkommen.«

»Dann handelt es sich also um Unzucht.«

»Wir haben nur einmal beieinander gelegen. Sie hat dem Priester ihre Sünden gebeichtet und nichts getan, was die Heilige Inquisition beunruhigen könnte. Sie hat weder zu mir noch zu anderen jemals etwas Ketzerisches gesagt, und sie ist eine gläubige, treue Anhängerin der katholischen Kirche.«

»Denkt sorgfältig über Eure Worte nach, Sicard Paylaurens! Falls Ihr als Verschweiger entlarvt werdet, wird man Euch gemeinsam mit Madeleine anklagen.«

»Dann sei es so!«, erwiderte er und starrte mich zornig und beinahe herausfordernd an.

Ich warf Pons einen Blick zu. Sicard Paylaurens waren leichtsinnige, unvorsichtige Worte. Ich zögerte. Da ich ein Mann bin, der seine eigenen Beweggründe ebenso gründlich prüft wie die anderer Menschen, war mir bewusst, dass es bei meiner Auseinandersetzung mit Sicard Paylaurens nicht um Häresie, sondern um Eifersucht ging.

Dies hätte ich natürlich niemandem verraten, selbst wenn man mich mit glühenden Eisen gemartert hätte. Aber in meinem Inneren kannte ich die Wahrheit. Ich konnte Madeleine de Peyrolles nicht für mich haben, doch das Wissen, dass er nun ihre Zuneigung besaß, wucherte in mir wie ein Geschwür. Ich hatte mit ganzer Kraft versucht, Gott treu zu sein, dennoch übermannte mich jetzt die Eifersucht und ich verspürte das wahnsinnige Verlangen, ihren Liebhaber tot zu sehen.

Und das Entsetzlichste war, dass es in meiner Macht stand, dies zu erreichen.

Wie war es möglich, dass ich immer noch eine niedrige und erniedrigende Leidenschaft für diese Frau empfand? Sie hatte mich zu einer Sünde verleitet, einer Sünde mit solch verheerenden Folgen für meine Seele und meine Beziehung zu Gott, dass ich mich über das geforderte Maß hinaus darum bemüht hatte, für sie zu sühnen. Warum also kehrte ich zu derjenigen zurück, die meine Demütigung verursacht hatte – wie ein Hund zu seinem Erbrochenen?

Ich kannte viele Priester und selbst einige Mönche, die unfähig gewesen waren, ihr Keuschheitsgelübde einzuhalten. Ich verachtete diese Männer, denn ich wusste, dass es unmöglich war, gleichzeitig Gott und eine Frau zu lieben. Gott war es, den ich mehr als alles andere fürchtete und nach dem mich verlangte. Warum begehrte ich nach allem, was ich erduldet hatte, dennoch etwas, das mir untersagt war?

Ich hatte lange Zeit in Schweigen verharrt, ein Gefangener meiner Selbstbeobachtung. Nun bemerkte ich, dass alle mich neugierig anstarrten – Sicard, Pons, Père Michel. Ich schüttelte die Starre von mir ab und fragte Sicard: »Seit wann kennt Ihr Madeleine de Peyrolles?«

»Seit drei Jahren, Exzellenz.«

»Wie habt Ihr sie kennen gelernt?«

»Ich bin, wie gesagt, der Lehrling ihres Vaters.«

»Aber wann habt Ihr sie zum ersten Mal getroffen?«

»Sie kam jeden Tag an unseren Arbeitsplatz, um ihrem Vater etwas zu essen zu bringen.«

»Ihr habt Unzucht mit ihr getrieben?«

»Wir haben nur einmal beieinander gelegen.«

»Aber laut Eurer eigenen Aussage habt Ihr gemeinsam mit ihr der Wollust gefrönt. Wie oft? Einmal? Zweimal? Ein Dutzend Mal? Fünfzig Mal? Hunderte von Malen?«

»Ich habe es nicht gezählt, Exzellenz.«

»Dann schätzt es.«

Sicard blickte zu Père Michel, dem diese Art von Verhör Unbehagen zu verursachen schien. Zweifellos stellte sich der Priester die Frage, worin hier die Verbindung zur Ketzerei bestand.

»Ich weiß es nicht«, brummte Sicard.

»Als Ihr und sie dieses eine Mal miteinander verkehrtet – wurde der Akt in der natürlichen, von der Kirche erlaubten Stellung vollzogen?«

Sicard wurde rot. Seine Augen funkelten zornig. »An meiner Liebe zu dieser Frau ist nichts Ketzerisches.«

»Hat sie Euch auf unnatürliche Weise liebkost? Mit ihren Lippen, ihrer Zunge?«

»Nein!«

»Welche Versprechen habt ihr einander gegeben?«

»Ist das für die Kirche von Interesse?«

»Für mich ist alles von Interesse. Wie habt Ihr sie verführt, Sicard?«

»Sie hat mich verführt.«

»Sie hat Euch verführt?«

»Ich will damit sagen, dass sie mich erwählt hat, warum, weiß ich nicht, aber ich bin froh darüber, denn ein Mann kann kaum hoffen, eine bessere Frau zu finden. Es ist unnötig, dass Ihr sie verfolgt!«

»Ich verfolge nicht, ich führe eine Inquisition durch, und zwar nur dann, wenn die Kirche bedroht ist.«

Sicard senkte den Kopf und versuchte, sich zu beherrschen, doch seine Schultern bebten vor Wut. »Gewiss, Euer Exzellenz«, stieß er mit rauer Stimme hervor.

»Hat sie Euch die Wunden an ihren Händen und Füßen gezeigt?«

»Ja, Euer Exzellenz.«

»Hat sie Euch erzählt, woher sie stammen?«

»Sie hat sich die Wunden selbst beigebracht.«

»Das hat sie Euch gesagt?«

»Ja, Exzellenz.«

»Und warum hat sie sich diese Wunden zugefügt?«

»Ich weiß es nicht«, erwiderte er. Das war eine Lüge.

»War Euch bekannt, dass sie Kräuter für Zaubertränke sammelt?«

»Mit den Kräutern heilt sie Fieber und Ausfluss.«

»Ihr habt sie nie den Mond beschwören sehen?«

»Nein!«

»Schon gut«, sagte ich sanft. »Schon gut, ich glaube Euch.« Erleichtert ließ er die Schultern sinken.

»Ihr müsst sie wirklich sehr lieben.«

»Das tue ich, Exzellenz.«

»Ihr Eintritt ins Kloster muss Euch das Herz gebrochen haben.«

»Ich dachte, ich würde sterben.«

»Ihr habt alles miteinander geteilt.«

»Es gibt keine Gedanken oder Gefühle, die sie mir nicht mitgeteilt hat.« Sicard sah mir in die Augen und erkannte, dass ich ihm eine Falle gestellt hatte, in die er prompt hineingetappt war. Diesen Kunstgriff hatte ich schon viele Male zuvor angewandt. Der Verdächtige hält die Befragung für beendet, lässt alle Vorsicht fahren und redet wie ein Freund, nicht mehr wie ein Angeklagter.

Wenn Madeleine de Peyrolles eine Ketzerin war und all ihre

Gedanken und Gefühle ihrem Liebhaber mitgeteilt hatte, machte dies aus Sicard zwangsläufig einen Verschweiger und Verberger, vielleicht sogar ebenfalls einen Häretiker.

Sein Schicksal lag nun in meiner Hand, und ich war versucht, sie zur Faust zu ballen. Pons blickte mich fragend an, er wartete auf die Anweisung, wie das Verhör zu protokollieren sei.

Vielleicht sollte ich dies erklären. Die Antworten und Geständnisse der befragten Personen wurden nicht wortwörtlich mitgeschrieben, da dies zu lange gedauert und jede Diözese eine riesige Bibliothek benötigt hätte, um die Register zu beherbergen. Stattdessen wurden nur die wesentlichen Punkte notiert, und zwar in vorformulierten Sätzen.

Die Beurteilung von Sicard Paylaurens' Betragen und seiner möglichen Unschuld im Fall der Madeleine de Peyrolles lag ganz allein im Ermessen des Inquisitors, also in meinem.

Die Bürde meiner Stellung lastete schwer auf meinen Schultern. Sie drückte mich nieder wie eine Schuld oder eine Sünde. Selbst wenn ich lediglich Sicards letzten Satz notieren ließ, hatte ich schon Grund genug, ihn in Arrest zu nehmen.

Ich seufzte und stellte fest, dass meine Hände immer noch zu Fäusten geballt waren. Ich löste sie. »Ihr könnt gehen«, sagte ich zu Sicard und wandte mich ab.

SUBILLAIS

Gepriesen seien Gott und der Heilige Dominik, die über meine Genesung wachten. Natürlich würde es lange dauern, bis mein Bein geheilt war, aber die Krankheit, die mich beinahe das Leben gekostet hatte, war besiegt.

Eine Zeit lang war mein Körper ein Schlachtfeld für Gott und den Teufel gewesen, und der Erzfeind kämpfte nicht nur um mein Fleisch, sondern auch um meine Seele. Es war diese junge Frau, diese Madeleine de Peyrolles, durch die er sich Zutritt verschaffen wollte. Das hatte ich von Anfang an gewusst. Sie war es, die meinem Körper dieses Leid zugefügt hatte. Sie rief die Krähe herbei. Sie war die schwarze Katze, die aus den Büschen sprang und mich den felsigen Pfad hinunterstürzen ließ. Ich konnte in jenen abscheulichen, gelben Augen eine Frau erkennen.

Sie wollte mich vernichten.

Ich bringe es nicht über mich, die obszönen Bilder zu beschreiben, die in den Fieberträumen meines Siechtums zu mir kamen. Ihrer lüsternen Natur nach konnten sie nur einen Urheber haben, denn ich hatte noch nie zuvor wollüstige Gefühle für eine Frau gehegt, wie Gott der Allmächtige weiß. Ohne Zweifel wurde mir ein Sukkubus in Gestalt der Eleonore de Saint Ybars geschickt. Nur der Teufel selbst hätte dermaßen grausame und widernatürliche Bilder heraufbeschwören können.

Alle Arten von nackten Dämonen trieben vor meinen Augen Unzucht und hatten ihr Vergnügen an meinem Fleisch, und ich war unfähig, zu schreien oder ihren Versuchungen zu entkommen. Ich war unschuldig, ich beging keine Sünde, denn dies waren nicht meine Gedanken, sondern diejenigen des Teufels. Dennoch ließen seine Attacken eine tiefe Wunde in meiner Seele zurück, die selbst meine Gesundung nicht zu heilen vermochte.

Während ich krank darniederlag und mein Vikar sich im Kloster Beausaint aufhielt, wurde der Pfarrer des nahe gelegenen Dorfes Redaux ermordet. In jenen dunklen Tagen war der Höllenfürst überall in unserem Land anzutreffen und verhöhnte Gottes Gebote, doch ich war entschlossen, ihn an die Kandare zu nehmen.

Da mein Zustand es mir auf absehbare Zeit nicht erlauben würde, zu reisen, war es mir unmöglich, mit den Gefangenen nach Toulouse zurückzukehren. Daher entschied ich, meine Untersuchungen in Saint-Ybars zu betreiben. Die Aussagen konnten in der Wachstube im Kerker des Chateau aufgenommen werden. Der Seigneur versprach, dafür zu sorgen, dass ich jeden Tag in einer Sänfte dorthin getragen wurde.

Ich war sehr darauf erpicht, endlich meine Pflichten wieder aufzunehmen.

Seit zehn Jahren erforschte ich schon den menschlichen Geist, wagte mich in die feuchten Korridore der Gedanken, erklomm die Wendeltreppen zu verborgenen Türmen und verbotenen Bibliotheken. Ich suchte in dunklen Ecken nach zersetzender Fäulnis. Meine Aufgabe bestand darin, ein Wächter sowohl über Gedanken als auch über Taten zu sein, denn ein sündiger Gedanke ist ebenso schlimm wie eine sündige Tat, wie Jesus gesagt hat.

Es ist die Orthodoxie, die unsere Heilige Kirche schützt, ohne Dogmen sind wir wie Staub, der im Wind verweht.

Der Glaube hilft uns, den Hunger nach Erkenntnis, jene große Sünde, zu beherrschen. Eben diese Gier nach Erkenntnis brachte uns die Vertreibung aus dem Paradies. Denn bei jenen, die nicht im wahren Glauben gebildet sind, kann Wissensdurst nur in die Sünde führen.

Es ist der Glaube in all seiner Reinheit, der bewahrt werden muss.

Also begannen wir mit unserer Untersuchung, schoben die Vorhänge aus menschlichen Worten beiseite, um dahinter blicken zu können. Der Heilige Augustinus hat geschrieben: »Menschen mögen sprechen und ihre Worte mögen gehört werden – doch wessen Gedanken kann man durchdringen, wessen Herz durchschauen?«

Dies war unser Auftrag – tief zu graben und die reinen, kostbaren Adern der Wahrheit aufzuspüren. Unsere Reise in den menschlichen Geist war zum größten Teil eine korrumpierende Mühsal, voller Verderbtheit und mit unvorstellbaren Abwegen. Der Gestank konnte zuweilen unerträglich sein. Die Wahrheit, müsst Ihr wissen, ist keineswegs schön.

Nur der Glaube ist rein und vollkommen.

*

Schwester Agnes aus der Abtei Beausaint wurde uns vorgeführt. Unglaublich, dass diese Frau überhaupt in einem Nonnenkloster Aufnahme gefunden hatte! Sie war geradezu scheußlich anzusehen. Ihr Schleier war entfernt worden, sodass ihr kurz geschorenes Haar zum Vorschein kam. Sie war einen Kopf größer als ihr Bewacher, ein Berg von Fleisch mit einem riesigen Kopf und einer Knollennase.

Ich befahl ihr, sich auf den Stuhl in der Mitte des Raumes zu setzen. Sie gehorchte, wiegte sich im Sitzen jedoch hin und her und sang leise ein Tedeum. Sie schien einen heiligen Ritus der Kirche verspotten zu wollen.

Unser Notar traf seine Vorbereitungen. Er holte sein Escritoire hervor – verschiedene Federn, ein Federmesser, Zirkel, Bürste, Auskratzer und Löschpuder sowie Tinte aus dem Tintenhorn, das an seinem Gürtel baumelte. Dann breitete er einige Blätter Pergament aus.

Wir begannen mit dem Verhör. Schwester Agnes musste bei den Heiligen Evangelien schwören, in Bezug auf sich selbst und andere nichts als die Wahrheit zu sagen. Danach stellten wir die in den Handbüchern festgelegten Fragen:

Seid Ihr jemals Ketzern begegnet oder habt sie predigen hören?
Wart Ihr jemals bei einer ihrer Zeremonien zugegen?

Habt Ihr von einem von ihnen den Friedenskuss erhalten?
Was sagen Ketzer über die Erschaffung der sichtbaren Welt?
Habt Ihr jemanden abfällig von den Sakramenten reden hören, vom Wesen unseres Herrn Jesus Christus, von der Auferstehung des Leibes?
Seid Ihr schon einmal aufgefordert worden, vor einem Inquisitor zu erscheinen?

Sie antwortete uns lediglich mit Gemurmel, sodass ich kurz davor stand, die Hoffnung auf eine brauchbare Zeugenaussage aufzugeben. Mir schien, dass aus ihrem Mund nur das Geschwafel des Teufels drang. Doch sobald ich den Namen Madeleine de Peyrolles erwähnte, ging eine Veränderung mit Schwester Agnes vor. Plötzlich wurde ihr Blick wachsam, und ein Funken Intelligenz blitzte in ihren Augen auf.

»Nun? Soll ich die Frage wiederholen? Kennt Ihr sie?«

»Ich mag dieses neue Mädchen nicht«, erwiderte Agnes. Ihre Stimme war so tief wie die eines Mannes, was bei Frauen ein sicheres Zeichen für die Anwesenheit des Teufels ist.

»Das neue Mädchen?«

»Die Äbtissin hat gesagt, dass ich sie mögen müsse.«

»Warum missfällt sie Euch?«

»Sie hat einen Geist um sich.«

»Ihr glaubt, dass Madeleine de Peyrolles unter dem Fluch eines Geistes steht?«

Schwester Agnes fing wieder an, sich hin und her zu wiegen. »Ich sehe Teufel reiten.«

Pons schnappte deutlich hörbar nach Luft.

»Wann? Wann seht Ihr diese Teufel?«

»Im Sturm. Sie kommen mit dem Blitz. Manchmal reite ich mit ihnen.«

»Ihr reitet des Nachts, wenn es stürmt? Wie denn? Wie bewerkstelligt Ihr dies?«

»Ich mag die Stürme nicht.«

»Gebt Ihr zu, dass Ihr mit den Teufeln reitet?«

»Sie kommen in der Nacht und schlüpfen in mein Bett.«

Es war unmöglich, von ihr vernünftige Antworten auf meine Fragen zu erhalten. Offensichtlich war sie in einem solchen Maße besessen, dass die Dämonen in ihr abwechselnd aus ihrem Mund sprachen. Dennoch dienten ihre Erwiderungen meinem Zweck, denn jene, von denen sie besessen war, prangerten sich selbst an, und dies vor Zeugen.

»Der Teufel hat kalte Hände«, murmelte sie. »Er schiebt sie unter mein Gewand.«

»Erzählt mir mehr über Madeleine de Peyrolles.«

Ein schiefes Lächeln. »Sie hat für mich Kräuter gepflückt.«

»Kräuter für Hexereien?«

Schwester Agnes antwortete nicht.

»Wir sollten nach dem Zeichen des Teufels suchen«, sagte ich zu Bruder Donadieu. Er wirkte beunruhigt, obwohl er selbst es gewesen war, der mir von jener Entstellung berichtet hatte.

»Zieht ihr das Gewand aus«, befahl ich Ganach, dem Kerkermeister.

»Das Zeichen ist vorhanden«, warf Bruder Donadieu ein. »Ich habe es selbst gesehen und werde dies auch bezeugen.«

»Tut, was ich sage«, wandte ich mich erneut an den Kerkermeister.

Ganach zögerte, doch schließlich siegte seine Furcht vor mir über seine Angst vor Schwester Agnes. Er trat hinter sie, griff mit einer plötzlichen Bewegung um sie herum und riss ihr Habit vom Hals bis zur Hüfte auf. Ein Berg von Fleisch quoll hervor. Schwester Agnes kreischte vor Entsetzen und versuchte, sich zu bedecken. Das nahm mich nicht wunder, denn wir hatten ihre Schuld bloßgelegt. Père Michel und Pons keuchten, erstaunt und erschüttert zugleich. In der Mitte ihrer Brust wölbte sich eine purpurrote Narbe in der Form eines Kreuzes. Dieses Brandmal musste Gott selbst dort angebracht haben, zum Zeichen, dass sie verflucht war.

Im nächsten Moment begann dieses abscheuliche Weib, um sich zu schlagen, sodass der Kerkermeister und die Wachen es bändigen mussten. Ich ordnete an, Agnes wieder in den Kerker zu bringen, und befahl dem Kerkermeister, sie in eine Einzelzelle zu stecken, bis sie sich beruhigt hatte – zur Sicherheit der anderen Gefangenen und zur Züchtigung der Dämonen in ihrem Leib.

Die Wachen schleiften sie zur Tür hinaus und die Stufen zum Gewölbe hinunter, während sie unaufhörlich kreischte. Nachdem sie fort war, herrschte lange Zeit Schweigen in der Wachstube.

»Was soll ich notieren, Vater?«, erkundigte sich Pons schließlich.

»Haltet fest, dass diese Frau gestanden hat, mit Dämonen Unzucht getrieben zu haben, und dass sie das Zeichen auf dem Leib trägt. Des Weiteren, dass Madeleine de Peyrolles Kräuter für sie gesammelt hat, um widerliche Hexentränke damit zu brauen. Und dass Agnes Roiand glaubt, dass Madeleine de Peyrolles von Dämonen besessen ist.«

»Sie ist keine glaubwürdige Zeugin«, protestierte Bruder Donadieu.

»Es liegt an mir, dies zu beurteilen.« Ich wandte mich an Pons und den Priester. »Habt Dank für Eure Anwesenheit. Ihr könnt nun gehen.«

*

Lasst mich einige Worte über Bruder Donadieu sagen.

Ich wusste nicht recht, was ich von ihm halten sollte. Er war jung und besaß Verstand. Als ich zwei Jahre zuvor nach Toulouse gekommen war, hatte man ihn mir wärmstens empfohlen. Er verfügte über erstklassige Referenzen der Universität, wo er sich besonders bei gelehrten Streitgesprächen ausgezeichnet und eine große Anhängerschaft um sich geschart hatte.

Doch von Zeit zu Zeit blickte ich ihn an und war mir plötzlich nicht mehr so sicher, ob seine Erhebung in die höheren Ränge unseres Ordens klug gewesen war.

Nachdem wir die Wahnsinnige aus dem Kloster befragt hatten, drängten sich mir einmal mehr Zweifel auf. Unerklärlicherweise schien Bruder Donadieu mit ihrem Geständnis unzufrieden zu sein. Aus seinen Einwänden schloss ich, dass meine Anweisungen für Pons' Protokoll nicht seiner eigenen Meinung entsprachen.

Als wir allein waren, sprach ich ihn darauf an. »Was hast du, Bruder?«, fragte ich ihn.

»Ich muss zugeben, dass ich nicht weiß, warum du so gehandelt hast. Du hast diese arme Frau ohne Grund verurteilt.«

»Was ich auch tue – es geschieht zum Wohl ihrer Seele.«

Sein Schweigen war Widerspruch genug. Diese Herausforderung konnte ich nicht übergehen.

»Ist diese Agnes denn etwa nicht besessen? Hat sie denn nicht ganz freiwillig gestanden, dass sie mit dem Teufel geredet hat und jede Nacht mit Dämonen schläft?«

»Sie äußert diese Dinge ohne jegliche Gerissenheit. Der Teufel würde sich niemals so leicht zu erkennen geben. Sie ist eher umnachtet als böse.«

»Du warst es, der sie im Kloster unter Arrest nahm.«

»Inzwischen glaube ich, dass dies ein Fehler war. Ihr Aussehen hat mich erschreckt und mir Furcht eingeflößt. Jetzt verstehe ich, dass sie lediglich … einfältig ist.«

»Und was ist mit dem Mal auf ihrem Leib?«

»Könnte es nicht eher ein Zeichen von Heiligkeit sein?«

Ich war dermaßen amüsiert, dass es mir nicht gelang, ein Lächeln zu unterdrücken, obgleich ich kein Mann bin, der solchen Regungen leicht nachgibt.

Meine Reaktion hatte nur zur Folge, dass Bernard wütend wurde. »Christus forderte die Menschen auf, barmherzig zu sein! Wir zeigen wenig Güte, wenn wir sie als Teufelsanbeterin verdammen, nur weil sie jede verrückte Fantasie ausspricht, die ihr durch den Kopf schießt, wie ein … wie ein Kind!«

»Güte, Bruder? Ist das alles, worauf wir hoffen sollten? Lediglich Güte?«

»Ist Güte denn keine Tugend?«

»War unser Erlöser gütig, als er die Händler und Geldwechsler aus dem Tempel jagte? Mit Güte begegnen wir den Schwachen und denjenigen, die unserer Nächstenliebe bedürfen. Sollen wir sie auch auf die Feinde der Kirche anwenden? Auf jene, die ihr schaden wollen? Ist es das, was du möchtest?«

»Agnes Roiand ist nicht unser Feind.«

»Sie schläft mit dem Teufel und sieht Dämonen in der Luft. Wie kannst du da behaupten, sie sei nicht unser Feind?«

»Ich glaube es nicht.«

»Was glaubst du nicht? Dass es Dämonen gibt, oder dass Agnes Roiand sie herbeirufen kann?«

Er antwortete nicht.

»Bernard, möchtest du, dass die Kirche eine Niederlage erleidet, nur weil wir Menschen wie Agnes nicht mit der nötigen Strenge behandeln? Bedenke, was vor weniger als einem Menschenalter hier geschehen ist! Das Volk kam vom rechten Glauben ab, und die Häresie gedieh in dieser Gegend wie Unkraut in einem vernachlässigten Garten. Die Menschen werden zu ihren gottlosen Wegen zurückkehren, wenn wir nicht sorgfältig unsere Arbeit tun.«

»Sie hat noch nicht einmal deine Fragen verstanden! Und dennoch willst du, dass sie den Flammentod erleidet?«

»Sind wir denn auf der Welt, um der Qual des diesseitigen Lebens aus dem Weg zu gehen?«

»Wir sind nicht hier, um Qual zu verursachen.«

»Wir sind die Werkzeuge Gottes. Es ist unsere Pflicht, Seelen zu retten. Was ich tue, tue ich aus Liebe. Sollen wir ihre Seele etwa den Teufeln überlassen, die in ihr hausen, sodass sie bis in alle Ewigkeit in der Hölle brennen wird? Wünschst du das?«

Er schwieg.

»Möchtest du, dass ich dir nun die Beichte abnehme, Bruder?«

Zögerlich kam er meinem Wunsch nach und beichtete mit stockender Stimme die Zweifel, die ihn befallen hatten. Doch selbst nachdem ich ihm die Absolution erteilt hatte, vermochte er mir nicht in die Augen zu blicken.

Ich fragte mich, ob ich meinem Vikar vertrauen konnte.

ELEONORE

Die langen Stunden der Dunkelheit bedrückten den Geist. Während die Leibeigenen über die matschige Erde stapften und ihre Arbeit taten, kauerten wir uns im Chateau vor die lodernden Feuer in den Kaminen, zitterten in unseren Mänteln und versuchten, uns aufzuheitern, indem wir den Geschichtenerzählern lauschten.

Wir bekämpften die Finsternis mit Fackeln aus harzigem Holz. Ihr übel riechender schwarzer Qualm verpestete die Luft und ließ schmierige Flecken auf Wandbehängen und Kleidungsstücken zurück. Manchmal setzten umherfliegende Funken gar die Gobelins in Brand.

Alle gingen bereits kurz nach dem Abendessen zu Bett. Nachdem die Wachposten aufgestellt und die Tore verschlossen worden waren, folgte ich Raymond die schmale Steintreppe hinauf in unser Schlafgemach im obersten Stock des Hauptturmes. Ich konnte mir vorstellen, dass wir sehr beneidet wurden, denn ein Seigneur und seine Gattin besaßen etwas, was allen anderen verwehrt war – sie schliefen, liebten sich und badeten, ohne gesehen oder gehört zu werden.

Wahrscheinlich rief auch unser Bett bei denen, die es zu Gesicht bekamen, Sehnsucht hervor. Es hatte riesige Ausmaße, eine weiche Matratze und Kissen, die mit feinsten Daunen gefüllt waren. Wenn ein unangenehmer Luftzug herrschte, ließen sich ringsherum Vorhänge zuziehen. In unserem Gemach befand sich sogar ein kleines Fenster, dessen dickes Glas allerdings selbst bei Tageslicht keine Sicht auf das Tal bot. Unter dem Fenster stand eine Kleidertruhe, die zugleich als Sitzgelegenheit und als Betpult diente.

Trotz all dieser Bequemlichkeiten beneidete ich manchmal die

Knappen und Soldaten, die Dienstmägde und Wäscherinnen, die auf dem Stroh vor den langsam verlöschenden Feuern lagen und sich behaglich aneinanderschmiegten. Als Kind hatte ich eine Zeitlang auf diese Art meine Nächte verbracht und erinnerte mich immer noch an das Gefühl von Kameradschaft, welches ich hier in meinem eigenen Bett niemals empfand.

Ich sah Raymond dabei zu, wie er seinen Pelzmantel, die Hosen und das Obergewand über das Fußende des Bettes legte. Dann faltete er sorgfältig sein Hemd zusammen und schob es unter das Kopfkissen, was mich überraschte, denn er war schon lange nicht mehr unbekleidet in unser Ehebett gestiegen. Ich wusste, dass diese Tatsache in Küche für viel Klatsch und Tratsch sorgte. Es stellte eine absichtliche Demütigung dar, die eheliche Schlafstatt bekleidet aufzusuchen. Nichts anderes hätte mich tiefer verletzen können.

Selbstverständlich gab Raymond mir die Schuld daran, dass ich ihm keine Kinder gebar. Und zurzeit machte er mich auch noch für seine Schwierigkeiten mit dem Inquisitor verantwortlich. Ich hatte einen entehrten Familiennamen mit in unsere Ehe gebracht, durch den nun auch sein Name befleckt war.

Als ich ihn nun nackt die Bettvorhänge zuziehen sah, fragte ich mich, was ihn zu seiner Meinungsänderung bewegt haben mochte. Vielleicht verspürte er das einfach Bedürfnis, bei seiner rechtmäßig angetrauten Frau zu liegen, statt sich auf hastige Art an einer Küchenmagd zu befriedigen. Ich konnte ihn natürlich nicht zurückweisen, aber ich hoffte, dass er nicht von mir erwartete, seine Umarmungen nach so langer Zeit besonders liebevoll zu erwidern.

Er löschte die Kerzen. Es fiel leichter, sich im Dunkeln zu umarmen, da man dann nicht gezwungen war, einem Gemahl direkt in die Augen zu blicken, dem man nicht wirklich vertraute.

Wir verhielten uns wie zwei Feinde, die eine Waffenruhe vereinbart haben. In den vergangenen Monaten hatte ich mich zwar oft nach Raymonds Berührung gesehnt, doch meine Ressentiments ließen sich nicht so einfach überwinden. Unsere Bewegungen waren mechanisch, er drang schnell in mich ein und ich nahm seinen Samen auf.

Das war alles. Es folgten keine geflüsterten Zärtlichkeiten, keine Worte der Versöhnung oder des Trostes. Vermutlich sollte ich froh sein, dass er mich wieder zu seiner Frau gemacht hatte.

*

Mein Falke hockte auf der hohen Lehne meines Stuhls. Der Mönch betrachtete ihn mit einer gewissen Angst in den Augen, wozu er auch allen Grund hatte, denn der Vogel war darauf abgerichtet, auf meinen Befehl hin zu töten. Die Falknerkunst besteht darin, diese wilden Jäger dazu zu bringen, menschlichen Pfiffen und Gesten zu gehorchen. Dieses außerordentliche Kunststück ist nur durch unzählige Stunden der Dressur und durch große Geduld zu erreichen.

»Ihr habt Vergnügen an der Jagd, Madame?«

»In dieser Gegend wird man bereits mit einer Vorliebe für die Jagd geboren.«

»Ich habe sie nie als eine weibliche Kunst betrachtet.«

»Das liegt womöglich daran, dass Ihr aus dem Norden stammt.«

»Ihr irrt Euch. Ich wurde in Carcassonne geboren und habe dort meine Jugend verbracht, ehe der Herr mich zu höheren Aufgaben rief.«

Er muss meinen fragenden Blick gesehen haben, doch er geruhte nicht, mir mehr über sein bisheriges Leben zu erzählen. Stattdessen lächelte er und genoss es, ein wenig Macht über mich zu besitzen – auch wenn sie lediglich darin bestand, meine Neugierde schüren zu können.

»Derlei Vögel haben mich schon häufig in Erstaunen versetzt«, sagte er. »Sie sind wilde Geschöpfe und können dennoch so weit gezähmt werden, dass sie sich den Befehlen der menschlichen Stimme beugen.«

»Die Abrichtung eines Falken erfordert große Sorgfalt und die unermüdliche Arbeit vieler Falkner, die selbst eine jahrelange Ausbildung durchlaufen haben. Eine Aufgabe, die Eurer Berufung nicht unähnlich ist, Vater Subillais.«

Ein kurzes Lächeln und Nicken als Erwiderung, auch wenn er sich offenbar nicht sicher war, ob ich mich womöglich über ihn lustig machte.

»Seht Ihr die kleinen Glöckchen an seinen Füßen? Sie tragen das Familienwappen meines Mannes. Selbst wenn der Falke so hoch fliegt, dass wir ihn nicht mehr sehen können, ist ihr Läuten noch zu hören. Genau wie Ihr müssen auch wir stets wissen, wo sich unsere Schützlinge befinden und was sie tun.«

»Ihr wollt unsere Aufgabe, Seelen zu retten, doch hoffentlich nicht mit der Kaninchenjagd vergleichen.«

Ich genoss es, ihn zu ködern. Ich musste den Verstand verloren haben. »Unserer Ansicht nach ist der Falke ein edles Tier, Vater. Wenn dieser Falke hier stirbt, finden seine Futternäpfe, sein Geschirr und seine Kapuze niemals bei einem zweiten Vogel Verwendung. Selbst dieser Handschuh gehört ausschließlich zu ihm.«

»Ihr werft ihn also weg, wenn der Vogel stirbt?«, erkundigte er sich und sah den Handschuh bewundernd an.

»In der Tat.«

»Und dennoch ist er mit Gold und Silber bestickt. Schätze, mit denen besser die Armen gespeist würden.«

»Arme wird es immer geben, ebenso Kranke und Lahme. Aber Ihr werdet diesseits von Toulouse keinen zweiten Falken wie diesen finden.«

Er lächelte, jedoch nur mit dem Mund. Ich war selbst schockiert über die Kühnheit, mit der ich das Wort an einen Inquisitor richtete. Vielleicht tat ich es aus Verärgerung, weil Vater Subillais mich darum betrogen hatte, sein Begräbnis ausrichten zu dürfen. Außerdem hatte der Knochensetzer mir zugeflüstert, dass sich Subillais während Vater Donadieus Aufenthalt in Beausaint mit Schaum vor dem Mund in seinem Bett gewälzt hatte. Vater Arnaud hatte daraufhin eine Zeitlang befürchtet, dass unser heiliger Inquisitor selbst von Dämonen besessen war.

»Ich habe Seigneur Raymond gebeten, die Bevölkerung davor zu warnen, jenen Teich der Madonna aufzusuchen, wie sie ihn nennen.«

»Die Söldner sagten, Ihr hättet in einer der Höhlen dort eine Grabstätte entdeckt und ihnen befohlen, es zu zerstören. Auch von einer Inschrift war die Rede.«

»Es handelte sich um heidnische Symbole, Madame. Zeichen des Teufels.«

»Glaubt Ihr, dass das Mädchen von diesem Grabmal wusste?«

»Irgendjemand muss davon gewusst haben, Madame. In der Nähe fand ich frisches Kerzenwachs und Opfergaben.«

Ich sah ihm direkt in die Augen. Sollte er doch denken, was er wollte. Mein Gatte war schließlich immer noch der Seigneur in dieser Gegend.

»Habt Ihr das Mädchen schon befragt?«

»Noch nicht. Allerdings verfügen wir nun bereits über drei Zeugen, die Madeleine de Peyrolles der Häresie und der Ausübung von Hexenkünsten beschuldigen.«

»Und ihre Visionen?«

»Entweder Einbildung, eine Sinnestäuschung oder der Teufel in Gestalt einer Frau. Wie ich schon oft bemerkte, ist dies seine bevorzugte Larve.«

»Darin kann ich Euch nicht ganz zustimmen«, entgegnete ich.

Er lächelte, froh über die Gelegenheit, mir einen Vortrag halten zu können. »Das weibliche Geschlecht hat zwei mächtige Feinde. Der erste Feind der Frau ist ihre natürliche Fleischeslust, der sie aufgrund ihrer weiblichen Schwachheit nicht zu widerstehen vermag. Der zweite Feind ist ihre angeborene Wissbegierde, welche ihren Verstand beherrscht und ihren Glauben gefährdet. Diese Gefahren gelten sogar für Frauen, die in frommer Abgeschiedenheit leben.«

Es schien mir keinen Sinn zu machen, mit einem Inquisitor ein Streitgespräch anzufangen, daher setzte ich eine reuige, demütige Miene auf und wechselte das Thema. »Wie steht es um Euer Bein, Vater?«

»Es wird mir noch eine Weile lang unmöglich sein, zu reisen. Also werden wir unsere *Inquisition specialis* hier in Saint-Ybars durchführen müssen.«

Ich blickte ihm ins Gesicht. Seine Augen glänzten fiebrig, und ich dachte erneut daran, was der Knochensetzer mir erzählt hatte. Ich konnte mir kein größeres Unglück vorstellen, als einen Inquisitor zu beherbergen, der selbst von einem Dämon besessen war. Sein Bein war immer noch dick verbunden und ruhte auf einem Schemel. Unsere Diener mussten ihn überhall hin tragen. Er war uns sowohl im wörtlichen wie auch im übertragenen Sinne eine Last.

»Ihr sagtet, das Mädchen sei von Bürgern der Stadt beschuldigt worden. Das erstaunt mich. Ich hatte nicht den Eindruck, es mit einer Ketzerin zu tun zu haben.«

»Aus eben diesem Grund hat der Heilige Vater uns Dominikanermönche damit betraut, Inquisitionen durchzuführen, Madame. Dem ungeschulten Auge bleibt vieles verborgen.«

Ich ahnte, dass auf uns alle große Schwierigkeiten zukommen würden, falls dieser Mann mit seinen Untersuchungen fortfuhr. Wenn Gott ihn so sehr liebte, warum hatte er ihn dann nicht zu sich geholt, als sich die Gelegenheit ergab? »Fürchtet Ihr etwa, dass es hier noch weitere Häretiker gibt?«, fragte ich ihn.

Subillais lächelte voller Bedauern. »Das wird sich zeigen. Aber meiner Erfahrung nach kann ein Häretiker nirgendwo überleben, wenn er keine Freunde hat.«

Ein kalter Luftzug umspielte meine Knöchel. Die Kirchenglocken läuteten zum Angelus.

Es würde noch lange dauern, bis der Frühling kam.

SUBILLAIS

Madeleine de Peyrolles besaß die Augen des Teufels. Ihr Nonnengewand verspottete die Kirche, denn ihre Haltung war hochmütig, und ihre grünen Augen blickten so verschlagen, dass ich mich in ihrer Gegenwart äußerst unbehaglich fühlte. Als sie den Raum betrat, schien ein feuchter Nebel mit hereinzuwehen.

In den Handbüchern, die jeder Inquisitor genauestens zu studieren hat, sind die Verfahren der Inquisition streng festgelegt. Als Mönche des Predigerordens sind wir gehalten, in jedem Fall eine Diffamierung sorgfältig auszuschließen, da Neid oder Hass hinter den Anschuldigungen stecken könnte. Die Heilige Inquisition darf keinesfalls zum Rachewerkzeug bei persönlichen Streitigkeiten werden. Unser Ziel besteht im Übrigen nicht darin, die Häretiker zu verfolgen, wie manche behaupten, sondern darin, sie zur Einsicht, zur Reue und zur Buße zu führen. Denjenigen, die nach Vergebung suchen, stehen die Türen der Heiligen Mutter Kirche immer offen.

Ich erklärte Madeleine de Peyrolles, dass sie der Hexerei und Häresie bezichtigt worden war. Natürlich verlangte sie zu wissen, wer sie beschuldigt hatte, also belehrte ich sie, dass das Kirchenrecht es untersagte, die Namen ihrer Ankläger preiszugeben. Das Konzil von Narbonne hatte eingehend über diese Frage beraten und entschieden, dass die Namen der Zeugen und die Art der Beweise vor den Beschuldigten zu verbergen seien, um Racheakte zu verhindern. Dem Ganzen war die Ermordung zweier Schriftführer in Diensten der Heiligen Inquisition in Narbonne vorausgegangen, die man auf brutale Weise erschlagen hatte, um an die Register zu kommen, die sie bei sich trugen. In diesen Zeiten folglich vermochten selbst Mönche nicht mehr ohne Geleitschutz das Land zu bereisen.

Madeleine wurde aufgefordert, die Namen derer, die ihr nicht wohlgesonnen waren, zu diktieren. Falls ihre Ankläger darunter waren, würden sie nicht als Zeugen zugelassen werden. Wir taten unsere Arbeit schließlich gewissenhaft. Unsere Mühen galten dem Geist und der Seele, doch wir waren ebenso dem Gesetz verpflichtet.

Sie nannte lediglich zwei Personen – einen wohlhabenden Bürger namens Aimery Maurand und Schwester Agnes Roiand. Die Aussagen der Nonne wurden somit unbrauchbar, doch da Madeleine weder den Müller Almaric du Foix noch den Karrenmacher Pierre Antignac erwähnte, konnte das Verfahren fortgeführt werden.

Ich begann die Befragung Madeleine de Peyrolles' mit den üblichen Formeln der Handbücher. Sie beharrte darauf, eine gute und treue Anhängerin der Kirche zu sein, stritt jegliches Wissen über Ketzerei ab und leugnete, teuflische Künste benutzt zu haben, um Zaubertränke herzustellen und Menschen zu verhexen.

Meine Fragen wurden direkter. Ich wollte wissen, warum sie sich für ein Leben in der Abtei von Beausaint entschieden hatte. »War es Euer Wunsch, ins Kloster einzutreten und gemäß der Ordensregel zu leben?«

»Meine Eltern haben mich dorthin geschickt, Vater.«

»Um Euch vor öffentlicher Schande zu bewahren?«

»Es war schon lange mein Wunsch, mein Leben Gott zu widmen, Vater.« Ich wünschte, Ihr hättet hören können, wie sie dieses ›Vater‹ aussprach. Vielleicht glaubt Ihr, das Wort könne gar nicht respektlos klingen, aber ich vernahm sehr wohl den Hohn und die List des Teufels in ihrem Tonfall.

»Habt Ihr jemals gesagt, die Kirche sei dermaßen verderbt, dass Ihr sie eher für ein Werkzeug des Teufels haltet?«

Sie schnappte nach Luft. Ich sah ihrem Gesichtsausdruck an, dass ich sie durchschaut hatte. Keiner der Zeugen hatte dies behauptet, doch ich war sicher, dass es zu den Gedanken gehörte, die sie insgeheim hegte.

»So etwas habe ich niemals gesagt!«

»Ihr mögt es nicht ausgesprochen haben, aber Ihr habt es vielleicht gedacht.«

»Ich bin der Kirche sehr zugetan.«

Nun, das behauptete sie.

Früher oder später verrät sich jedes schulderfüllte Herz. Ich erkannte, dass ich geschickt vorgehen musste, wenn ich ihre wahren Gedanken zutage fördern wollte. Also sprach ich mit ihr über andere Dinge, zum Beispiel über die Zeit, die sie in Gesellschaft von Schwester Agnes verbracht hatte. Natürlich antwortete Madeleine äußerst zurückhaltend. Ich wollte Näheres über ihre Aufenthalte im Wald wissen, während derer sie Kräuter für die Cellerarin gesammelt hatte. Madeleine blickte mich finster an.

»Hat Schwester Agnes Euch darum gebeten, Kräuter für sie zu pflücken?«

»Hin und wieder. Rosmarin, Salbei und Knoblauch.«

»Hat sie von Euch verlangt, diese Kräuter auf eine bestimmte Art und Weise zu sammeln?«

»Ja, in einem Korb«, erwiderte Madeleine und kam sich dabei zweifellos sehr schlau vor.

»Ihr seid nach Allerheiligen in das Kloster eingetreten, nicht wahr? Ihr könnt mich gern berichtigen, Madeleine de Peyrolles – aber wie war es Euch möglich, im Winter Rosmarin und Salbei zu finden?«

»Ich habe Kräuter gesammelt, so lange es welche gab. Später suchte ich nach Kastanien, Kiefernzapfen und Eicheln, um daraus Futterbrei zu mischen.«

»Und danach?«

»Danach sammelte ich Holz.«

Ein kluges Mädchen mit einem wachen Verstand. Mir schien jedoch, dass es nur zwei Dinge gab, die Madeleine de Peyrolles im Wald von Beausaint getan haben konnte: Sie hatte sich verbotenerweise mit Sicard Paylaurens getroffen oder an satanischen Riten teilgenommen, wie man es von ihr behauptete.

»Ihr wisst sehr viel über Kräuter, nicht wahr, Madeleine de Peyrolles?«

»Nicht mehr als jede andere Frau.«

»Eure Mutter ist bei Entbindungen zugegen und steht im Ruf, eine Heilerin zu sein, ist es nicht so?«

»Hin und wieder bitten Einwohner der Stadt sie um Hilfe, wenn sie unter Fieber oder Ausfluss leiden.«

»Habt Ihr jemals bestimmte Kräuter gepflückt und sie mit den Haaren oder dem Blut von Toten vermischt, um Eure Feinde zu verhexen?«

Sie blickte mit wütend funkelnden Augen auf. »Wer hat so etwas über mich gesagt?«

»Ihr bestreitet dies also?«

»Natürlich bestreite ich es!«, zischte sie, und dann zeigte sich uns die wirkliche Madeleine de Peyrolles. Sie sprang auf die Füße und verzog ihr Gesicht wie ein Dämon. Ich befahl ihr, sich wieder zu setzen. Sie gehorchte nur widerwillig.

Einen Moment lang wusste ich nicht, wie ich fortfahren sollte. Gemäß den Anweisungen des Heiligen Vaters hatten wir uns ausschließlich damit zu beschäftigen, Häresie aufzuspüren, ohne uns durch Fälle von Hexerei von unserer Aufgabe ablenken zu lassen – es sei denn, es lag eindeutig ein Pakt mit dem Teufel vor. Ich war allerdings der Meinung, dass jene, die ihre Kräfte dem Erzfeind verdankten, logischerweise auch Häretiker sein mussten.

»An jenem Tag, als Ihr auf dem Mont Berenger die Madonna saht – habt Ihr da auch Kräuter gesammelt?«

»Ich habe Pilze gesammelt.«

»Anderen gegenüber habt Ihr behauptet, Ihr hättet nach Beeren gesucht.«

Sie gab keine Antwort. Warum hatte sie mich angelogen?

»Diese Frau – woher wusstet Ihr, dass es sich um die Heilige Jungfrau handelte?«

»Ich weiß nicht, ob es die Jungfrau war, Vater. Ich habe am Teich eine Frau gesehen, das ist alles.«

»Ihr habt der Äbtissin erzählt, die Statue der Madonna in der Kirche der Heiligen Maria Magdalena hätte sich vor Euren Augen von ihrem Sockel erhoben. Ihr habt mit dieser Geschichte vor allen Novizinnen geprahlt.«

Wieder warf sie mir einen wutentbrannten Blick zu. Wenn es ihr möglich gewesen wäre, hätte sie mir wohl die Augen ausgekratzt. »Ich habe nicht damit geprahlt, Vater. Ich habe der Äbtissin lediglich gesagt, was mir widerfahren ist. Ich hätte es niemandem erzählen sollen.«

»Weil es eine Lüge war?«

»Weil mir ohnehin niemand glaubte.«

»Nun gut. Stellen wir uns einen Moment lang vor, die Erscheinung sei echt gewesen. Hat sie zu Euch gesprochen?«

Madeleine schüttelte den Kopf.

»Von allen Bürgern der Stadt erwählt diese Erscheinung also ausgerechnet Euch. Taucht vor Euch auf, während Ihr Pilze sammelt, und verschwindet kurz darauf ohne ein Wort? Kommt Euch das nicht merkwürdig vor?«

»Doch, Vater, in der Tat. Ich hoffte, Ihr könntet mir erklären, was es bedeutet.«

Oh ja, sie war schlau. Hätte sie behauptet, eine direkte Gotteserfahrung gemacht zu haben, also zum Beispiel seine Stimme gehört zu haben, wäre sie damit auf jeden Fall in den Ruch gekommen, eine Ketzerin zu sein, und das wusste sie genau. Trotz ihres Geschlechts und ihrer jungen Jahre war sie gerissen. Wir würden ihren Geist mäßigen müssen, wenn wir sie retten wollten.

»Vielleicht war das, was Ihr gesehen habt, eine Dämonin, die sich aus ihrem Grab erhob, um Euch als ihre Botin in die Stadt zu schicken.«

»Ich stelle keine Behauptungen über sie auf, Vater, ich sage nur, dass sie mich anlächelte und wie keiner der Teufel aussah, von denen ich bisher gehört habe.«

»Der Teufel verfügt über viele verschiedene Masken, von denen nicht alle abstoßend sind. Oftmals nimmt er die Gestalt einer Frau an, häufig sogar die einer recht anmutigen Frau.«

Madeleine zuckte zusammen, was mich nicht wunderte. Ich glaube, sie begriff, dass ich ihre Heuchelei durchschaute.

»Womöglich benötigt Ihr einige Zeit, um über die Antworten nachzudenken, die Ihr uns heute hier gegeben habt. Ich hoffe, Ihr findet den Kerker nach Eurem Geschmack, denn Ihr werdet eingehende Bekanntschaft mit ihm schließen. – Bringt sie weg.«

Madeleine wurde aus der Wachstube geführt. Ich wandte mich meinem Vikar zu, um seine Meinung zu hören. Er hatte während der Befragung kaum ein Wort verloren und benahm sich äußerst seltsam. Zudem schien er meinen Blick absichtlich zu meiden.

Seine Zurückhaltung in diesem Fall und im Fall von Agnes Roiand beunruhigte mich. Ich hatte den Eindruck, dass sein Geist nicht widerstandsfähig genug war, um die Aufgaben der Heiligen Inquisition wahrzunehmen. Seine Gelehrsamkeit stand außer Frage, doch es war weniger seine Verstandeskraft, die mir Sorge bereitete, als vielmehr die Art und Weise, wie er sie einsetzte.

Aber vielleicht würde sich das noch ändern. Wenn er erst einmal begriffen hatte, dass es nicht um den geistigen Wettstreit zwischen ihm selbst und einem Häretiker ging, sondern dass er Teil eines größeren Kampfes zwischen Gott und Luzifer war, würden sich seine inneren Konflikte von selbst lösen. Ich würde ihm zeigen müssen, dass er keine Bedenken hinsichtlich der Methoden zu haben brauchte, mit denen er den Sieg errang, und dass die Sünde beim Sünder lag, nicht bei ihm. Wir kämpften um einen wertvollen Preis – um die menschliche Seele. Ich würde aus Bernard schon noch einen guten Inquisitor auf den Spuren ketzerischer Verderbtheit machen.

MADELEINE

Dieser Vater Subillais war überhaupt nicht so, wie ich ihn mir vorgestellt hatte. Seine Augen waren grau und wässrig und er wirkte erschöpft, wie von Sorgen gezeichnet. Er trug einen ordentlich gestutzten braun-grauen Bart, war untersetzt und von wenig ansprechendem Äußeren. Eigentlich sah er gar nicht so aus, als besäße er große Macht und sei überall gefürchtet. Das einzig bemerkenswerte an ihm war sein Bein, das in Verbände gewickelt auf einem Schemel ruhte.

Er lächelte mir mit beruhigender Miene zu, wie ein freundlicher Onkel. Doch davon ließ ich mich weder ablenken noch beeindrucken.

Sein Vikar stand am Fenster, eingerahmt vom schwachen Licht, das durch die halb geöffneten Schlagläden drang. Er wandte sich um und warf mir einen gequälten Blick zu. Fürchtete er, dass ich ihn verraten würde? Oder war es etwa Schuld, die ihn plagte?

Vater Subillais begann mit eintöniger, ausdrucksloser Stimme zu sprechen. Er schien nicht sonderlich an mir interessiert zu sein, doch ich hatte den Verdacht, dass er auf eine gerissene Art versuchte, mich leichtsinnig werden zu lassen und so mehr über mich zu erfahren. Ich wurde beschuldigt, eine Ketzerin und Hexe zu sein, aber die Namen meiner Beschuldiger wurden mir nicht genannt. Dann wurde ich aufgefordert, die Namen von Personen zu nennen, die mir Schlechtes wünschten. Natürlich dachte ich als Erstes an Maurand, der mir gegenüber Groll hegte, weil ich ihn abgewiesen hatte. Und dann Schwester Agnes – sie hatte mich seit meiner Ankunft im Kloster wie eine Aussätzige behandelt.

Es verwunderte mich, dass dies meine Befrager offensichtlich nicht zufrieden stellte.

Bernard hielt mir die Bibel entgegen und sagte, ich solle meine

Hand darauf legen. Dann schwor ich, in allem die Wahrheit zu sagen. Doch selbst während ich den Eid ablegte und dann den Fragen des Inquisitors lauschte, versuchte ich zu ergründen, wer mich verleumdet haben könnte. Außer Maurand und Agnes fiel mir niemand ein.

Vater Subillais wollte wissen, warum ich mich für ein Leben nach der Ordensregel entschieden hatte und ob ich der Kirche zugetan sei. Ich erwiderte, dass ich der Kirche selbstverständlich sehr zugetan sei.

»Warum seid Ihr so gut bekannt mit Schwester Agnes?«

Wie sollte ich diese Frage beantworten? Ich ahnte, dass es sich um eine geschickt getarnte Falle handelte, obwohl ich die arme Agnes als meine Feindin bezeichnet hatte. »Als ich in das Kloster eintrat, wurde ich der Cellerarin als Gehilfin zugeteilt.«

»Ihr habt sie als Eure Feindin bezeichnet. Warum?«

»Ich habe mich bemüht, jeder der Schwestern eine gute Gefährtin zu sein, aber Schwester Agnes schien mich von Anfang an zu hassen.«

»Dennoch seid Ihr auf ihr Geheiß in den Wald gegangen. Im Winter.«

»Sie mochte es nicht, wenn ich bei ihr im Keller und in der Vorratskammer war. Meine Gegenwart schien sie aufzuregen.«

»Welche Kräuter genau bat sie Euch zu sammeln?«

»Rosmarin, Salbei und Knoblauch.«

»Hat sie von Euch verlangt, diese Kräuter auf eine bestimmte Art und Weise zu sammeln?«

»Ja, in einem Korb. Ist das ketzerisch, Vater?«

Er lächelte weich. »Mit derlei Antworten tut Ihr Euch in den Augen Gottes keinen Gefallen.«

»Schwester Agnes widmet sich Gott und ihren Pflichten als Cellerarin. Sie tut niemandem etwas zuleide.«

»Es ist an mir, darüber zu urteilen. In Fragen religiöser Verworfenheit benötige ich keine Belehrung von einer ungebildeten Novizin.«

Ich schaute flüchtig zu dem Notar hinüber. Er hatte noch nicht einmal den Blick von seinem Schreibpult erhoben und hielt mit kratzender Feder Teile der Befragung fest.

»Schwester Agnes hat uns erzählt, sie glaube, dass sie von einem Teufel besessen sei.«

Mit diesem plötzlichen Themenwechsel brachte Vater Subillais mich aus dem Gleichgewicht. Unbewegt und mit gefalteten Händen wartete er auf meine Reaktion.

»Das hat Schwester Agnes gesagt?«

»Sie gab es ganz offen zu. Und sie glaubt, dass Ihr ebenfalls befallen seid.«

Unter mir schien sich ein pechschwarzer Abgrund aufzutun, der mich zu verschlingen drohte. »Warum sollte sie so etwas behaupten?«

»Habt Ihr Schwester Agnes jemals Figuren aus Wachs oder Blei herstellen sehen?«

»Nein.«

»Hat sie vom *Rex Mundi* gesprochen oder von der Herrschaft des Teufels über die Welt?«

»Nein!«

»Pflegte sie vertrauten Umgang mit einem Tier?«

»Nein.«

Schwester Agnes war zwar Furcht erregend und bedauernswert zugleich, aber gewiss keine Hexe, das begriff selbst ich als unwissende Tochter eines Steinmetzes. Doch wenn dieser Mönch sie für eine Ketzerin hielt, war ihr Schicksal besiegelt.

»Nein? Sie hatte also keine Kreatur zum Freund?«

Er hatte mich in die Falle gelockt. Sollte ich nun die Wahrheit sagen oder bei der Lüge bleiben? Ich sah Bernard an. Ob er etwa von dem Eichhörnchen wusste?

»Nein.«

»Gleichwohl hat eine der Nonnen Euch und Schwester Agnes beim Füttern eines Eichhörnchens beobachtet und dies Vater Donadieu berichtet.«

Meine Augen wanderten zu Bernard. Er wich meinem Blick aus.

»Sie hat diesem Eichhörnchen hin und wieder ein paar Bissen zugeworfen.«

»In Missachtung der Regeln des Heiligen Benedikt.«

»Das hat doch niemandem geschadet!«

»Ihr wisst, dass die Ordensregel vertraulichen Umgang mit Tieren untersagt. Ihr sollt Eure ganze Liebe Gott schenken, wie könnt Ihr also Liebe für etwas erübrigen, das noch nicht einmal eine Seele besitzt?«

Was hätte ich darauf erwidern sollen?

»Die Äbtissin hat Euch Vater Donadieu gegenüber als faul und prahlerisch bezeichnet.«

»Beschuldigt die Äbtissin mich auch der Häresie?«

»Nein.«

»Klagt mich der Faulheit und des Hochmuts an, und ich werde gestehen.«

Als ich sah, wie sich Vater Subillais' Miene verfinsterte, hätte ich mir die Zunge abbeißen mögen. Frechheit würde mir nicht weiterhelfen.

»Erzählt mir noch einmal von dieser Vision.«

»Am Teich sah ich eine Frau. Auf einmal verschwand sie wieder, es war beinahe so, als hätten die Felsen sie verschluckt.«

»Ihr habt überall von der Heiligen Jungfrau geredet.«

»Ich habe niemals behauptet, es sei die Jungfrau gewesen. Ich habe nur gesagt, dass die Erscheinung so aussah wie sie.«

»Und Ihr seid nicht dem Pfad gefolgt, der vom Teich den Berg empor führt? Dort oben befindet sich eine Höhle.«

Ich schüttelte den Kopf. Ich begriff den Sinn dieser Frage nicht.

»Nun denn. Von allen Bürgern der Stadt erwählt diese Erscheinung also ausgerechnet Euch. Taucht vor Euch auf, während Ihr Beeren sammelt, und verschwindet kurz darauf ohne ein Wort? Kommt Euch das nicht merkwürdig vor?«

»Doch, Vater, in der Tat. Ich wünschte, es wäre niemals geschehen.«

Er seufzte und rieb sich das Bein. Er schien die Geduld mit mir verloren zu haben. »Ihr dürft nun einige Zeit über die Antworten nachdenken, die Ihr uns hier gegeben habt. Ich hoffe, Ihr findet den Kerker nach Eurem Geschmack, denn Ihr werdet eingehende Bekanntschaft mit ihm schließen.« Er nickte den Wachen zu. »Bringt sie weg.«

*

Ein Schatten fiel über mein Gesicht. Ich blickte auf. Es war Sicard. Ich brachte kein Wort heraus. Er kauerte sich neben mich, und ich schlang meine Arme um ihn. Ich wollte in ihn hineinkriechen, völlig von seinem Körper und seiner Stärke umgeben sein, ein sicheres Versteck finden.

Lange Zeit später hatten wir endlich genug geweint. Sicard packte die Gaben aus, die er mitgebracht hatte – Hühnerfleisch und frisches Brot. Meine erste richtige Mahlzeit, seitdem ich Beausaint verlassen hatte. Hastig stopfte ich mir die Bissen in den Mund und schämte mich dessen, noch während ich kaute. Wie konnte ich nur an meinen Hunger denken, wo ich doch einem derart elenden Schicksal ins Auge sah?

»Ich bin als Hexe und Ketzerin verleumdet worden«, sagte ich.

»Ich weiß.«

»Irgendjemand hat behauptet, ich hätte Kräuter verbrannt, um den Teufel zu beschwören. Und ich soll gesagt haben, es gebe so viel Leid in der Welt, dass sie genauso gut vom Teufel erschaffen sein könnte.«

»Du musst der Häresie abschwören, um Vergebung bitten und Buße tun!«

»Aber ich habe nichts von all dem gesagt oder getan!«

»Das ist egal. Wenn du dich widerspenstig zeigst, werden sie dich auf dem Scheiterhaufen verbrennen.«

»Wenn ich bloß wüsste, wer mich beschuldigt! Dann könnte ich mich verteidigen.«

»Vielleicht gibt es ja gar keinen Verleumder, und sie haben dich wegen deiner Vision festgenommen. Womöglich stammt die Anklage von den Inquisitoren selbst, damit sie einen Grund haben, dich hier zu halten.«

»Wenn das stimmt, und wenn ich gestehe, könnte es sein, dass ich den Rest meines Lebens in diesem Kerker verbringen muss.«

Wieder zog Sicard mich an sich.

»Die Wachen haben mich bis jetzt nicht zu dir gelassen, angeblich auf Befehl des Inquisitors.«

»Was soll ich nur machen?«

Sicard versuchte, mir über mein kurzes Haar zu streicheln, aber ich wandte mich ab. Ich fragte mich, ob er mich immer noch schön fand.

»Ich bin auch hierher beordert worden«, erzählte er. »Einer der Mönche hat mich verhört.«

»Welcher der beiden?«

»Der Hochmütige. Vater Donadieu.«

»Was wollte er von dir wissen?«

Sicard antwortete nicht.

»Sicard?«

»Seine Fragen waren schamlos. Sie schienen sogar den Notar anzuwidern.«

»Was hat er gefragt?«

»Ich kann das nicht wiederholen.«

»Sag es mir!«

»Er wollte wissen, ob der Akt in der von der Kirche erlaubten Stellung vollzogen wurde … Und ob du mich auf unnatürliche Weise liebkost hast – mit dem Mund …«

Sein Gesicht war purpurrot.

»Was hast du ihm geantwortet?«

»Ich habe gesagt, dass wir nichts von alldem getan haben.«

»Aber das stimmt nicht.«

»Na schön, dann habe ich eben gelogen. Aber ich tat es für dich. Schließlich bin nicht ich derjenige, den er der Häresie überführen will.«

Wirklich nicht? Ich konnte mir keinen Grund denken, warum

Bernard solche Fragen stellen sollte – es sei denn, unser guter Mönch hatte sich in den Kopf gesetzt, die Rolle des eifersüchtigen Liebhabers zu spielen. Wenn dem so war, befand tatsächlich nicht nur ich mich in Gefahr.

»Wie geht es meinen Eltern?«

»Das kann dir doch eigentlich gleichgültig sein.«

»Es ist mir aber nicht gleichgültig, Sicard.«

»Obwohl sie dich ins Kloster geschickt haben?«

»Sie hatten keine andere Wahl.«

Er empfand nur noch Hass für meine Eltern, das konnte ich in seinem Gesicht lesen. Anselm war einst wie ein Vater für ihn gewesen, und natürlich fühlte sich Sicard nun von ihm betrogen. Und das mit Recht.

»Werden sie mich besuchen?«, fragte ich ihn.

»Das hat der Inquisitor verboten.«

»Würdest du dann bitte zu ihnen gehen und ihnen sagen, dass ich wohlauf bin?«

Er nickte. Es würde ihm schwer fallen, seinen Stolz zu überwinden. »Ich werde es ihnen ausrichten.«

Wieder umarmte er mich. Ich verbarg mein Gesicht an seiner Schulter. Kurz darauf erschien einer der Wärter und befahl Sicard, zu verschwinden – es sei denn, er wolle für den Rest seines Lebens in diesem düsteren Kerker bleiben. Er verließ mich, und unvermittelt schoss mir der Gedanke durch den Kopf, dass ich ihn vielleicht niemals wieder sehen würde.

Doch am meisten fürchtete ich für meine Mutter. Ich war sicher, dass Vater Subillais die Absicht hatte, auch sie anzuklagen. Mein armer Vater! Er war der Kirche stets zugetan gewesen, doch ihre Geistlichen waren offenbar fest entschlossen, uns alle zugrunde zu richten.

SUBILLAIS

Es hat bereits Fälle gegeben, in denen sich eine ganze Stadt gegen uns stellte, um unsere rechtmäßige Untersuchung zu vereiteln. Die Menschen schließen einen Pakt des Schweigens, durchkreuzen auf diese Weise unsere Nachforschungen und machen sich der Ketzerei schuldig. Die Aufgabe des Inquisitors besteht darin, eine Schwachstelle in dieser Mauer des Schweigens zu finden, einen lockeren Stein, und ihn so lange zu bearbeiten, bis die gesamte Mauer einstürzt. In dieser Hinsicht gleicht der Inquisitor eher dem Wasser als dem Eisen. Nicht Härte und Einschüchterung bringt den Erfolg, sondern unser unerbittliches, unermüdliches Streben nach der Wahrheit.

Ich hatte den Verdacht, dass sich auch die Einwohner von Saint-Ybars gegen uns verschworen hatten. Ein Priester war auf schreckliche Weise ermordet worden, man hatte nahe dem Teich der Madonna zwei verstümmelte Leichen gefunden, es gab Visionen, Wunder, heidnische Grabmäler ... Deutet das etwa auf eine aufrichtige, gottesfürchtige Gemeinde hin, vor allem in Anbetracht der Tatsache, dass Saint-Ybars einmal als Lehen dem berüchtigten Grafen von Foix unterstand?

Ich bedurfte dringend eines losen Steines. Dank Bruder Donadieu hatte ich ihn schon bald gefunden.

Sie stand kläglich vor mir, ein unappetitliches Geschöpf mit fleischigen Armen und faulen Zähnen, und ich fragte mich, wie irgendein Mann – und sei es auch ein Priester – den Wunsch verspüren konnte, mit ihr Unzucht zu treiben. Sie hatte eine Knollennase, ihr Gesicht war unförmig und von ungesunder Farbe, und ihren Wangen nach zu urteilen hatte sie früher einmal die Blattern gehabt. Aber sie war ohne Zweifel weiblich, denn ihr Busen wölbte sich außergewöhnlich drall hervor.

Dennoch wunderte ich mich, dass Vater Guillaume in ihr eine Versuchung gesehen hatte. Mich selbst hätte eher eine Sau mit auf dem Boden schleifenden Zitzen von meinen Gelübden abgelenkt. Andererseits – die Geistlichen in diesen Bergen waren ohnehin verrufen.

Martha Fauré hatte als Magd für den toten Priester gearbeitet. Es war ihr nicht gelungen, mich davon zu überzeugen, dass sie nichts über seinen gewaltsamen Tod wusste. Daher hatte ich sie in eine Einzelzelle sperren lassen, wo sie bei verschimmeltem Brot und stinkendem Wasser ausreichend Muße gehabt hatte, ihr Gedächtnis zu prüfen. Wie erwartet hatte sie ihre Meinung geändert und zeigte nun eine gewisse Demut gegenüber der Kirche – gelobt sei der Herr Jesus Christus. Sie wünschte zu gestehen und wieder in die liebenden Arme von Mutter Kirche aufgenommen zu werden.

»Wir werden Euch mit Freuden wieder in die Arme schließen«, sagte ich zu ihr und hätte dabei segnend ihren Kopf berührt, wenn es dort nicht von kleinen Tieren gewimmelt hätte. »Eure Buße könnte recht leicht ausfallen. Für die geringe Abweichung vom rechten Glauben könnten wir uns eine kurze Pilgerreise vorstellen, oder eine Zeit des Fastens. Doch womöglich sind andere nicht unserer Meinung und würden Euch lieber für eine gewisse Zeit im Kerker sehen.«

»Ich habe Unzucht mit einem Priester getrieben. Beweist das nicht, dass ich keine Ketzerin bin?«

»Wie das?«

»Jeder weiß, dass die Katharer und ihresgleichen die fleischlichen Gelüste verurteilen. Wenn ich keine gute Christin wäre, hätte ich den Priester abgewiesen.«

Sie rang mir widerwilligen Respekt ab, denn für eine ungebildete Magd beherrschte sie die Kunst der Logik ausgezeichnet.

Ich wandte mich an Bruder Donadieu und bat ihn, vorzutreten. Er hielt ein kleines Buch in der Hand, das er der Frau zeigte. Selbstverständlich konnte sie nicht lesen und wusste nicht, dass es sich um ein ketzerisches Werk handelte, doch wie allen unwissenden Menschen jagte auch ihr allein der Anblick eines Buches Angst ein.

»Wisst Ihr, was dies ist?«, fragte ich sie.

Sie schüttelte den Kopf.

»Erzähl es ihr«, forderte ich meinen Ordensbruder auf.

»Dies ist das Evangelium von Johannes dem Evangelisten, eines der so genannten gnostischen Evangelien, ein häretisches Buch, das bei den Katharern hohes Ansehen genoss.«

Martha Fauré riss die Augen auf. Wir hätten ihr ebenso gut ein Bild des Teufels vorhalten können.

»Wisst Ihr, wo Vater Donadieu dieses Buch gefunden hat?«

»Nein, Vater.«

»Er entdeckte es in einem Versteck unter dem Altar von Vater Guillaumes Kirche in Redaux. Es beweist, dass der Priester ein Ketzer war. War Euch dies bekannt?«

Ein Tropfen Speichel rann von Martha Faurés Unterlippe und blieb auf halbem Weg zu ihrem Schoß als Faden hängen. Aus ihrer Kehle drang ein trockener, kratzender Laut.

»Ich fürchte, dass wir Euch gegenüber keine große Nachsicht walten lassen können, da Ihr offensichtlich immer noch die Wahrheit vor uns verbergt.«

»Ich wusste nichts von diesem Buch, das schwöre ich!«

»Ihr habt nicht nur mit einem Priester Unzucht getrieben, sondern mit einem Ketzer. Falls Ihr uns nicht ein Zeichen Eures guten Willens und festen Glaubens gebt, werden wir wohl äußerst streng mit Euch verfahren müssen, Martha Fauré.«

Das Weiße in ihren Augen stach im Halbdunkel der Wachstube unheimlich hervor. Sie saß in der Falle. Wir hatten sie dazu gezwungen, aufrichtig zu sein. »Na gut«, stieß sie hervor.

»Ihr wisst also doch etwas?«

»Ich habe gesehen, wie es geschah«, sagte sie.

»Ihr habt die Ermordung des Priesters beobachtet?« Dies war mehr, sehr viel mehr, als ich erwartet hatte. Dennoch machte ich mich auf eine fantastische, hastig ausgedachte und leicht widerlegbare Geschichte gefasst.

»Das ist es doch, was Ihr hören wollt, nicht wahr?«

»Wagt es nicht, mit mir zu spielen.«

»Wenn ich Euch berichte, was ich sah, beweist das dann nicht, dass ich eine treue Anhängerin der Kirche bin, Vater?«

»Dies hättet Ihr bewiesen, wenn Ihr früher geredet hättet.«

»Sobald Ihr meine Geschichte gehört habt, werdet Ihr mich verstehen, Vater. Selbst ein bedeutender Mann wie Ihr wird dann nachvollziehen können, warum ich bisher geschwiegen habe.«

»Sagt mir einfach nur, was Ihr gesehen habt.«

Sie ließ reuevoll den Kopf hängen, obwohl mich der Verdacht beschlich, dass sie diese Zerknirschtheit lediglich heuchelte. »Es ist wahr, ich gab dem Priester, worum er mich bat, ich schlug ihm nichts ab. Ein Mann – auch wenn er ein Priester ist – hat Bedürfnisse, die befriedigt werden müssen. Nun, natürlich nicht ein heiliger Mann wie Ihr, Vater, aber … Was ihn anging, so sorgte er stets dafür, dass es mir an nichts fehlte. Er war immer freundlich zu mir.«

Ich fühlte, wie sich eine finstere Stimmung über mich senkte. Obgleich ich den Charakter solcher Dorfpriester genau kannte, fand ich derlei Geschichten nichtsdestotrotz entmutigend.

»Deswegen weiß ich auch, was passiert ist, Vater. Er ließ mich immer in sein Haus kommen, spät in der Nacht. Und dann bestieg er mich, aber nur in der natürlichen Stellung, Vater. Wie die Kirche es vorschreibt.«

Es tat weh, ihr zuhören zu müssen. Meine Kiefermuskeln verkrampften sich, und ich hatte Mühe, nicht die Beherrschung zu verlieren.

»Als ich in jener Nacht sein Haus wieder verließ, war der Mond schon hinter den Bergen verschwunden. Ich war kaum aus der Tür, da hörte ich ein Pferd herankommen. Man weiß nie, wer sich nachts draußen herumtreibt, also versteckte ich mich hinter einer Mauer. Wegen der Dunkelheit konnte ich zuerst nicht viel sehen, nur, dass das Pferd weiß war und sehr groß. Ich nahm an, dass es sich um ein Schlachtross handelte und einem Seigneur oder einem Ritter gehörte. Der Fremde hielt direkt vor dem Haus meines Guillaume an, und ich fragte mich, was er zu dieser Zeit dort zu schaffen hatte. Dann hörte ich, wie er von seinem Pferd sprang, leise an die Tür klopfte und Guillaumes Namen flüsterte.«

»Fahrt fort.«

»Als sich die Tür öffnete, sah ich sein Gesicht.«

»Wie das? Ihr sagtet, dass der Mond bereits untergegangen war.«

»Im Haus brannte noch das Feuer, außerdem hielt Guillaume eine Kerze in der Hand, als er die Tür öffnete. Ich konnte den Fremden ganz klar erkennen – zwar nur für einen Augenblick, aber das genügte.«

»Und was geschah dann?«

»Sie traten ein. Ich wartete hinter der Mauer. Nach einer Weile hörte ich laute Stimmen und Geschrei. Dann flog die Tür auf, und Guillaume lief zur Kirche hinüber. Ich weiß nicht warum, Vater. Vielleicht hoffte er, dort Zuflucht zu finden.«

»Und dann?«

»Ich sah, wie der Fremde ihn in die Kirche hinein verfolgte. Danach hörte ich noch mehr Geschrei und einige Zeit später dann den Hufschlag des Pferdes, das davongaloppierte.«

»Was habt Ihr daraufhin getan?«

»Ich ging in die Kirche, um nachzusehen, was passiert war. An der Kerze, die im Tabernakel brannte, entzündete ich noch weitere Kerzen und rief währenddessen die ganze Zeit nach Guillaume. Aber im Grunde ahnte ich schon, was geschehen war und warum er mir keine Antwort gab. Überall war Blut, sogar auf dem Altartuch.«

»Er war bereits tot?«

»Auf grauenhafte Weise niedergestreckt, Vater. Kurz darauf sah ich ihn im Kerzenschein dort liegen.«

»Ihr seid davongelaufen?«

»Es gab nichts, was ich hätte tun können.«

»Aber Ihr habt den Mann erkannt, der ihn ermordete?«

Sie zögerte.

»Sagt mir seinen Namen«, forderte ich.

»Es war ein Templer, Vater. Der Bruder unserer Herrin Eleonore.«

Ein langes, verblüfftes Schweigen folgte.

Ich blickte zu Bruder Donadieu. Ich wusste, dass er dasselbe dachte wie ich: Was für eine absurde Geschichte. Sie konnte unmöglich wahr sein. Martha Fauré hatte den einzigen Mann beschuldigt, gegen den wir nichts zu unternehmen vermochten. Warum sollte ein Tempelritter, der geschworen hatte, das Christentum gegen die Heiden zu verteidigen, einen Dorfpriester töten? Und davon einmal abgesehen – wer würde der Mätresse eines Priesters Glauben schenken, wenn ihr Wort gegen dasjenige eines Templerkomturs stand?

»Habt Ihr irgendjemandem sonst davon erzählt?«

»Nein, Vater. Warum hätte ich das tun sollen? Was würde es mir einbringen, außer einer Menge Schwierigkeiten mit diesen Teufelsanbetern?«

Teufelsanbeter – so sprach sie vom hochehrwürdigen Orden der Tempelritter. Sie lebten nach Ordensregeln außerhalb der üblichen Ordensregeln, nach Gesetzen außerhalb der allgemein gültigen Gesetze. Ich besaß die Macht, den Seigneur persönlich in den Kerker zu werfen, falls er meine Arbeit als Inquisitor behinderte. Doch einem Templer konnte ich nichts anhaben, denn er hatte sich ausschließlich dem Pontifex Maximus gegenüber zu verantworten.

Und dennoch ...

Zweifellos kennt Ihr die Gerüchte über die abscheulichen Rituale, die sie in ihren Komtureien praktizieren, über den obszönen Kuss, den sie sich bei ihren heimlichen Riten geben und über die Götzen, die sie anbeten. Angeblich sind viele von ihnen Hexenmeister und Geisterbeschwörer, Nekromanten und Alchemisten und betreiben die schwarzen Künste, die sie im Heiligen Land von den Sarazenen und Juden erlernt haben.

Eines Tages werden sie dafür gerade stehen müssen, und ich hoffe inständig, dass ich diesen Tag erlebe.

»Warum sollte ein Templer einen Priester umbringen?«, fragte ich Martha dennoch.

»Ich sage Euch nur, was ich gesehen habe, Vater.«

»Ihr *behauptet*, es gesehen zu haben.«

Ich wollte mir einreden, dass sie diese unglaubwürdige Geschichte erfunden hatte, um uns milde zu stimmen. Es bewies Schlauheit, mit dem Finger auf einen Templer zu zeigen, da ich Mitglieder dieses Ordens weder festnehmen noch zu einem Verhör vorladen konnte.

Doch tief in meinem Inneren fürchtete ich, dass es die Fähigkeiten dieser einfachen Frau überstieg, sich eine solche Schauermär auszudenken.

»Gibt es noch irgendwelche anderen Geheimnisse, die Ihr mir mitzuteilen wünscht, Martha Fauré?«

»Ich habe Euch alles gesagt, was ich weiß, Vater.«

Ich nickte Ganach, dem Kerkermeister, zu, der sie daraufhin grob am Arm packte und davonschleifte. Müde rieb ich mein Bein. Die Bürde meines Amtes lastete schwer auf meinen Schultern. Pons, der Notar, sah mich abwartend an, ebenso Bruder Donadieu. Vermutlich waren die beiden froh, dass die Entscheidung nicht bei ihnen lag.

»Was soll ich notieren, Vater?«

»Ihr werdet überhaupt nichts aufschreiben«, entgegnete ich.

»Noch nicht einmal ihre Behauptungen bezüglich des Christian de Saint Ybars?«

»Selbstverständlich nicht! Denkt Ihr etwa, ich oder irgendjemand sonst sollte eine Geschichte glauben, die sie ganz offensichtlich erfunden hat, um ihre gerechte Verurteilung abzuwenden?«

»Natürlich nicht, Vater.«

Ich warf Bruder Donadieu einen Blick zu. Ich wusste, was er dachte. Ein Templer, ein Ritter des Herrn, der einen Priester der Kirche tötete, beging eine Sünde unvorstellbaren Ausmaßes. Ein Tempelritter konnte vor Gericht hundert Mal hundert Männer aufrufen, die sich für seinen untadeligen Charakter verbürgen würden, während diese verängstigte Frau wohl schwerlich auch nur einen angesehenen Bürgen auftreiben würde.

Davon abgesehen gab es ohnehin keine Möglichkeit, einen Tempelritter durch ein weltliches Gericht anzuklagen. Jeder, der die Hand gegen einen Templer erhob, wurde auf der Stelle exkommuniziert. Es stellte bereits ein Verbrechen dar, einen solchen Mann auch nur zu verärgern.

Martha Faurés Behauptung war lächerlich und entsprang vermutlich ihrer Verzweiflung. Dennoch – an diesem verwünschten Ort war schon so viel geschehen, dass ich heimlich fürchtete, die Behauptung könne der Wahrheit entsprechen.

SUBILLAIS

Ich rückte meinen Stuhl ein wenig näher an das Feuer, das im Kamin der großen Halle prasselte. Der Raum war düster und roch beißend nach Rauch. Die Jagdhunde des Seigneurs hatten sich zu seinen Füßen zusammengerollt und gaben ab und zu ein Wimmern und ein klägliches Jaulen von sich. Diener brachten uns Glühwein.

Der Boden war mit getrockneten Kräutern bestreut, wodurch die Gerüche vertrieben werden sollten, die sich im Winter in der Halle ansammelten. Die trostlose Atmosphäre wurde auch nicht von den wenigen Gobelins gemildert, die an den Wänden hingen. Mir schien, dass unser Seigneur trotz seiner feinen Kleidung zu den ärmeren Adligen gehörte. Er muss sich gefragt haben, woran dies lag. Über der großen Flügeltür prangte das Wappen von Raymonds stolzen, burgundischen Vorfahren. Das heraldische Emblem der Familie Saint Ybars glänzte durch Abwesenheit.

Raymond trug ein blaues Oberkleid über ledernen Hosen – die typische Jägerkluft. Ich war immer noch nicht sicher, was ich von ihm halten sollte. Sein Großvater hatte an der Seite von Simon de Montfort gekämpft. Raymond stammte aus einer guten katholischen Familie und sprach selbst nach all den Jahren, die er nun bereits im Süden lebte, mit dem Akzent der Nordfranzosen. Aber ich traute seiner Gemahlin nicht über den Weg und konnte auch in ihm keine besonders festen Prinzipien erkennen. Er kümmerte sich mehr um die Jagd als um die Politik. Vielleicht war es an der Zeit, ihn auf den rechten Pfad zu lenken.

»Wie geht es mit Eurer Untersuchung voran?«, erkundigte er sich.

»Derzeit ist es etwas mühsam. Aber ich bin äußerst beunruhigt über das, was ich bisher in Erfahrung gebracht habe.«

Ich sah die Angst in seinem Blick.

»Ich werde dem Bischof berichten müssen, in welchem Maße die Häresie hier um sich greift«, fuhr ich fort. »Vielleicht wird es sogar nötig, weitere Inquisitoren aus Toulouse anzufordern.«

Nun war er wirklich bestürzt. Das hatte er offenbar nicht erwartet, sondern gedacht, ich würde die Nonne, die Novizin und ein oder zwei Bucklige verbrennen lassen und dann nach Toulouse zurückkehren, sobald mein Bein mir dies erlaubte. Raymond war oberflächlich, zu leichtfertig in Bezug auf religiöse Dinge. Ich musste ihm also begreiflich machen, dass er in Gefahr war, und das gelang mir mit meinen Worten auch.

»Ich dachte, Ihr hättet die beiden Frauen aus dem Kloster befragt und wäret in dieser Angelegenheit zu einem zufrieden stellenden Ergebnis gekommen ...«

»Ich gebe zu, dass ich anfangs glaubte, es handele sich um einen einfachen Sachverhalt, der leicht aufzuklären sei. Doch mittlerweile fürchte ich, dass meine Arbeit hier gerade erst begonnen hat, vor allem, weil bisher so viele Lippen versiegelt geblieben sind.«

Raymonds Miene verriet verblüffte Verwirrung. Er war kein frommer Mann und sehnte mein Verschwinden herbei, damit er wieder ungestört jagen und mit den Dienstmägden in der Küche Unzucht treiben konnte. »Die Nonnen von Beausaint sind für ihre Gottlosigkeit bekannt. Das hat nichts mit mir zu tun.«

»Mich beunruhigen weniger die Zustände in der Abtei als vielmehr die Aussagen der Magd des ermordeten Priesters, Martha Fauré.«

Raymond verzog das Gesicht. »Martha Fauré? Die alte Buhle, bei der Guillaume gelegen hat?«

»Sie hat ernste Anschuldigungen gegen Personen von hohem Rang vorgebracht.«

»Und Ihr schenkt dieser Frau Glauben?«

»Wir müssen jeder Behauptung nachgehen, die Häresien oder die Missachtung der Kirche betrifft. Falls sie jedoch ein falsches Zeugnis abgelegt hat, wird sie dafür bestraft werden.« Ich hielt kurz inne und fügte dann hinzu: »Es gibt viele Dinge, von denen Ihr keine Kenntnis habt.«

Raymond befand sich nun völlig in den Klauen der Angst. »Was meint Ihr?«

»Ich benötige Eure Mithilfe, wenn ich verhindern soll, dass die Angelegenheit dem Bischof zu Ohren kommt. Eure Unterstützung könnte die Untersuchung beschleunigen, und dann wäre ich womöglich in der Lage, dem Legaten in Avignon nur Gutes über Euch zu berichten, wenn dieser Fall abgeschlossen ist.«

»Ich habe Euch bereits jegliche Unterstützung gewährt, die in meiner Macht steht.«

»Das behauptet Ihr, Seigneur. Aber ich frage mich, ob Ihr tatsächlich nichts über die Probleme wisst, denen ich mich hier gegenübersehe.«

»Was soll das heißen?«

»Es heißt, der Bruder Eurer Gemahlin sei in den Priestermord verwickelt.«

Ihm blieb der Mund offen stehen. »Aber … aber sie sind doch Vettern«, stammelte er schließlich.

Ich lächelte Raymond kühl an. »In diesem Teil unseres Landes ist es nicht ungewöhnlich, dass sich Mitglieder derselben Familie gegeneinander wenden.«

»Aber Christian ist ein Ritter des Templerordens! Er hat ein Gelübde abgelegt, das ihm verbietet, einem anderen Christen Schaden zuzufügen.«

»Einige Gelübde werden strenger eingehalten als andere. Diese Anschuldigung ist folglich eine ernste Angelegenheit, nicht wahr?«

Einen Augenblick lang war Raymond sprachlos. Er saß zusammengesunken auf seinem Stuhl und starrte ins Feuer. Dann fragte er: »Von wem habt Ihr diese Information?«

»Das kann ich Euch nicht offenbaren.«

»Doch nicht etwa von dieser Martha?« Er schien sich verächtlich über sie äußern zu wollen, überlegte es sich dann jedoch anders. »Der Priester wurde von katalanischen Räubern getötet.«

»Könnt Ihr das beweisen?«

»Es ist die einzige einleuchtende Erklärung.«

»Räuber töten für Geld oder wertvolle Gegenstände. Der Priester besaß keins von beidem.«

Raymond schüttelte den Kopf. »Was soll ich Eurer Meinung nach tun? Ich kann ihn nicht festnehmen lassen. Er ist der Komtur in Maurac. Selbst wenn ich genug Männer zur Verfügung hätte – gegen den Templerorden sind mir die Hände gebunden. Was erwartet Ihr von mir?«

Ich ließ die Frage für einen Moment im Raum hängen. »Eure Gemahlin ist in größter Gefahr.«

»Meine Gemahlin?«

»Ihr wisst, wer ihr Vater war. Ihr gesamte Familie hat Häretiker verteidigt, und möglicherweise hegt sie auch jetzt noch gewisse Sympathien. Falls meine Nachforschungen nicht schnell zu einem Ergebnis führen, wäre ich vielleicht gezwungen, sie vorzuladen, damit sie ihren Glauben bezeugt.«

»Sie ist eine absolut treue Anhängerin der Kirche.«

»Ich wünschte, dem wäre so. Aber angesichts der Beschuldigungen gegen ihren Bruder fällt es schwer, das zu glauben.«

Ich hoffte, dass ich mich für den Herrn Seigneur nicht zu subtil ausgedrückt hatte, denn es wäre mir äußerst unlieb gewesen, wenn er nicht begriffen hätte, worauf ich hinauswollte. Wenn es um die Ehre Gottes geht, ist niemand gewissenhafter als ich.

»Ich sage es noch einmal – falls die Untersuchung rasch einen befriedigenden Abschluss finden soll, benötige ich Eure Hilfe, Seigneur. Ich glaube nicht, dass Ihr es Euch leisten könnt, in der Position eines unbeteiligten Zuschauers zu verharren. Wenn die Zeit kommt, muss ich mich auf Eure uneingeschränkte Unterstützung verlassen können.«

Kurz darauf verließ ich ihn. Er hatte mir den Rücken zugewandt und starrte mit hängenden Schultern ins Feuer. Seine Bürde war nun ebenso schwer wie die meine.

Die Häresie schlängelte sich durch diese Berge, unhörbar, unsichtbar wie der unterirdisch verlaufende Fluss. Aber ich hatte mir geschworen, ihre Quelle zu finden und für alle Zeiten zu verschließen. Ich würde vor nichts Halt machen, um das Lamm zu schützen, selbst wenn dies bedeutete, dass ich den Wolf spielen musste.

*

Ein gewisser Aimery Maurand wurde aufgefordert, vor uns zu erscheinen. Wie in solchen Fällen üblich wurde sein Name an drei aufeinander folgenden Sonntagen vor der versammelten Gemeinde aufgerufen. Wir entsandten keine Soldaten, um ihn festzunehmen, und es gab nichts, was ihn an einer Flucht aus der Stadt hätte hindern können – außer der drohenden Exkommunikation. Doch da die Güter eines Exkommunikanten in den Besitz der Kirche übergingen, wäre der wohlhabende Maurand als armer Mann ins Exil geflohen. Wir nahmen also nicht an, dass er die Stadt verlassen würde, denn gewiss war jemandem wie ihm eine leichte Buße – eine Zeit des Fastens oder eine Pilgerreise zum Beispiel – hundertmal lieber als ewige Armut, selbst angesichts einer ungerechtfertigten Anklage.

Aimery Maurand war ein reicher Bürger. Ich stelle dies ausdrücklich fest, um jene zu widerlegen, die behaupten, die Heilige Inquisition suche lediglich unter den Armen und Unwissenden nach Schuldigen. Unser eigentliches Ziel waren die begüterten Familien, die Häretikern Beihilfe leisteten, denn ohne sie wäre das Ketzertum schon vor langer Zeit beendet gewesen.

Um die Häresie zu besiegen gibt es eine wirksamere Methode als Gewalt, und diese Methode heißt Beharrlichkeit und Sorgfalt. Daher ist die Arbeit eines Inquisitors auch sehr belastend und eignet sich nicht für jedermann. Die Voraussetzung für Beharrlichkeit und Sorgfalt ist ein Verstand, der sich nicht leicht von einer Fülle von Einzelheiten einschüchtern lässt.

Glücklicherweise verfüge ich über einen solchen Verstand.

Am dritten Sonntag – in seiner Überheblichkeit wartete er bis zum letzten Augenblick – erschien Aimery Maurand in der Burg, allein und ohne Rechtsbeistand. Ich sollte erklären, dass durch die Konzile von Valence und Albi Rechtsbeistände von unseren Gerichten ausgeschlossen waren. Die weisen Teilnehmer dieser Konzile hatten nämlich entschieden, dass ein Rechtsbeistand als Komplize zu betrachten und gemeinsam mit seinem Klienten zu bestrafen war, falls dieser der Ketzerei für schuldig befunden wurde. Seitdem haben viele Mitglieder des Berufsstandes davon Abstand genommen, etwas zu verteidigen, das im Grunde nicht zu verteidigen ist, und überlassen die Untersuchung von Häresie denjenigen, die am besten dazu befähigt sind.

Ich betrachtete Aimery Maurands Gesicht und stellte fest, dass sein offenkundiger Hochmut mich abstieß. Glaubte er etwa, ein Mann wie ich würde ihn vorladen, wenn er keine Beweise für einen Fehltritt seinerseits hätte? Glaubte er, mit seinem Reichtum und seiner Prahlerei einen Inquisitor beeindrucken zu können?

Ich vertiefte mich für eine lange Zeit in die vor mir liegenden Dokumente und sagte gar nichts. Man vermag einen Schuldigen eher durch Schweigen einzuschüchtern als mit Worten. Schließlich fragte ich ihn: »Aimery Maurand, wisst Ihr, warum Ihr hierher beordert worden seid?«

»Hat man mich verleumdet, Vater? Ich habe in dieser stinkenden kleinen Stadt viele Feinde, die ich alle beim Namen nennen kann.«

»Ihr seid nicht verleumdet worden«, sagte ich und wandte mich wieder schweigend dem Register vor mir zu. Die Zeit verging. Der Herr genießt den Angstschweiß eines schuldbewussten Mannes.

»Wo wurdet Ihr geboren, Aimery Maurand?«, begann ich endlich erneut.

Schweiß glänzte auf seiner Stirn, die feuchte Patina der Angst.

»In Carcassonne.«

»Ihr wurdet also in Carcassonne geboren. Wie lautete der Name Eures Vaters?«

»Guillaume.«

»Guillaume Maurand«, vervollständigte ich und verfiel erneut in Schweigen. Dann blätterte ich langsam eine Seite des Registers um.

Maurand rutschte unbehaglich hin und her. Er war es nicht gewohnt, dass für sein fleischiges Hinterteil nur ein schmaler Schemel zur Verfügung stand und dass sein Ruf und seine Person einer genauen Prüfung unterzogen wurden.

Durch das offene Fenster drangen die Geräusche des Burgalltags herein und schienen unseren Gast aus der Ruhe zu bringen. Sein Blick schoss angespannt zwischen den Schlagläden und seinen Richtern hin und her. Wir hörten nicht nur das raue Geschrei der Knappen auf dem Turnierplatz, sondern waren uns ebenfalls der Gerüche bewusst – der Duft des Brotes aus der Küche und der Duft des Lavendels, den man in der großen Halle verbrannte, um den Gestank zu vertreiben.

»In welchem Alter habt Ihr Carcassonne verlassen?«, fragte ich Maurand unvermittelt.

Er runzelte die Stirn, da er den Sinn dieser Fragen nicht verstand. Schweißtropfen sammelten sich auf seiner Oberlippe wie Tau. »Ich war noch ein Junge, Vater.«

»Wohin seid Ihr gegangen?«

»Nach Paris.«

»Nach Paris, wo Euer Vater mit Wolle und Olivenöl handelte. Und in diesem Gewerbe habt auch Ihr Euren Reichtum angehäuft, bevor Ihr nach Toulouse heimkehrtet. Das habt Ihr zumindest überall erzählt.«

»So ist es auch gewesen.«

Seine Zuversicht war verschwunden, hatte sich in der heißen Sonne meiner Untersuchung aufgelöst wie Nebel. Wie ich es erwartet hatte. »Ihr seid als vermögender Mann in den Süden zurückgekommen.«

»Und als treuer Diener der Kirche. Ich habe für die Instandsetzung der Kirche von Saint-Ybars dreihundert *Livres tournois* gestiftet.«

Ich faltete meine Hände vor der Brust. An diesem kalten Morgen schmerzte mein Bein besonders heftig, sodass ich den

Moment nicht so auskosten konnte, wie ich es mir gewünscht hätte. »Euch ist natürlich bekannt, dass Euer Vater ein Ketzer war?«

Ich sah seinen Kiefer herunterklappen und richtete meinen Blick wieder auf das Register, das vor mir lag. Selbstverständlich handelte es sich um eine Abschrift, die Kopie eines der frühesten Register im Besitz der Heiligen Inquisition in Toulouse, das aus dem Jahre des Herrn zwölfhundertdreiunddreißig stammte.

»Die Aussage wurde in Carcassonne aufgenommen. Ein gewisser Guillaume Maurand gestand, fünf Jahre zuvor einen *Parfait* in seinem Haus empfangen zu haben. Seine Nachbarn hatten dies bezeugt. Er gab zu, ein Empfänger zu sein, und erhielt als Buße die Auflage, sieben Jahre lang ein gelbes Kreuz auf seiner Kleidung zu tragen sowie an siebzehn heilige Stätten zu pilgern. Ein Jahr darauf wurde er *in absentia* beschuldigt, seine Buße nicht ordnungsgemäß durchgeführt zu haben. Danach blieb er verschwunden.«

Ich könnte behaupten, dass Maurand erbleichte, doch diese Bezeichnung würde seinem Aussehen in jenem Moment bei weitem nicht gerecht werden. Innerhalb weniger Augenblicke nahm sein Gesicht eine Farbe an, als würde er seit Monaten an einer qualvollen Krankheit leiden.

»Das war Euch nicht bekannt?«

Maurand vergaß sich und schrie: »Natürlich nicht!«

»Natürlich.«

Er fragte sich offenbar, wie ich davon wissen konnte. Im Priorat in Toulouse gibt es Tausende solcher Register, es war keine geringe Leistung, darin einen bestimmten Namen aufzuspüren. Maurand hatte aber den Fleiß eines Inquisitors unterschätzt, den Fleiß, durch den wir den Süden unseres Landes für unseren Herrn Jesus Christus zurückgewonnen hatten.

»Wo liegt Euer Vater begraben?«

Maurand starrte mich mit weit aufgerissenen Augen an und wimmerte: »Nein … Bitte …«

»Wo liegt er begraben?«, beharrte ich.

»In Toulouse.«

»Er verpestet also die geweihte Erde eines Kirchhofs in Toulouse? Ist es das, was Ihr mir damit sagen wollt?«

Maurand antwortete nicht, aber das hatte ich auch nicht erwartet.

»Aimery Maurand, erinnert Ihr Euch an den häretischen Priester, der in das Haus Eures Vaters kam?«

»Nein.« Er wirkte benommen.

»Empfing Euer Vater viele Besucher?«

»Selbstverständlich. Er war Kaufmann. Wir hatten immerzu Gäste im Haus.« Er klammerte sich an diesen Strohhalm.

»Ich verstehe. Und wie solltet Ihr Euch diesen Gästen gegenüber benehmen?«

»Wir Kinder wurden stets fortgeschickt.«

»Ich meine, als Ihr älter wart. Wurden da die üblichen Umgangsformen von Euch erwartet?«

Maurand nickte, ohne zu ahnen, worauf ich hinauswollte. Er war immer noch verwirrt darüber, dass ich seinen Vater angeprangert hatte.

»Ihr machtet vor Fremden eine Verbeugung?«

Ein verwundertes Stirnrunzeln. »Ja, gewiss.«

»Ihr habt also auch einem häretischen Priester Eure Ehrerbietung erwiesen?«

»Was? Nein.«

»Ihr habt es gerade zugegeben.«

»Nun … ja, aber … ohne es zu wissen.«

Als Diener Gottes vermochte ich tiefes Mitleid für einen Mann in seiner Lage zu empfinden. Doch ich hatte der Kirche und unserem Erlöser gegenüber eine Pflicht zu erfüllen. »Er kam in das Haus Eures Vaters. Euer Vater befahl Euch, Euch vor allen Besuchern zu verbeugen. Folglich müsst Ihr Euch auch vor einem *Parfait* verneigt haben.«

Maurand begann, irgendeine Ausrede hervorzubringen, doch ich hörte ihm gar nicht zu. Der Sachverhalt war klar. Der arme Mann – die Sünden seines Vaters hatten ihn so weit gebracht.

Zum Wohle seiner unsterblichen Seele musste er nun Buße tun und geläutert werden.

»Ihr habt das Geschäft Eures Vaters geerbt.«

In seinem Blick lag jetzt panische Angst, wie bei einem Pferd, das das Feuer riecht. Viel zu spät erkannte er, in welche Richtung das Verhör ihn führte. »Jetzt erinnere ich mich wieder daran – mein Vater hat sein ganzes Leben lang das gelbe Kreuz getragen.«

»Ein Mann trägt das gelbe Kreuz, das ihn als Ketzer ausweist, und wird dennoch ein erfolgreicher und wohlhabender Kaufmann? Wie kann das sein?«

»Nein, nein, er war nicht erfolgreich! Keineswegs. Er hinterließ mir so gut wie nichts. Alles, was ich besitze, verdanke ich meinen eigenen Anstrengungen.«

Es ist traurig, wie sehr ein Mann an seinem materiellen Reichtum hängen kann. Dabei sollten die Menschen in erster Linie ihren Geist und ihre Seele nähren und pflegen, dies hat uns zumindest der Herr gelehrt. »Um Eurer unsterblichen Seele willen müsst Ihr Eure Sünden gestehen und ihnen abschwören.«

»Ich bin ein guter Christ. Ich habe der Kirche viel Geld gespendet, darunter auch Eurem eigenen Orden.«

»Dies wird Euch im Himmel zur Ehre gereichen.«

»Das sollte mir aber hier auf Erden zur Ehre gereichen!«, schrie er. Sein Zorn ließ ihn nicht nur in meiner Achtung sinken, sondern schadete auch seinem Ansehen bei Bruder Donadieu und Père Michel, der als zweiter Zeuge anwesend war.

»Offenbar benötigt Ihr Zeit zum Nachdenken«, sagte ich und nickte den Wachen zu.

Maurand wurde abgeführt. Er schrie und lamentierte die ganze Zeit.

Ich setzte Pons davon in Kenntnis, wie er die Befragung notieren sollte. Die Ergebnisse unserer morgendlichen Bemühungen stellten mich zufrieden. Im Tod kann ein Mensch der Verdammung nicht mehr entfliehen, doch während er auf Erden wandelt, steht ihm diese Möglichkeit jederzeit offen. Es war meine feste Absicht, Maurand zu retten. Er würde mir viel zu verdanken haben – vorausgesetzt, er unterwarf sich.

MADELEINE

Man hatte mich in den *murus largus* geworfen, in die große Gemeinschaftszelle. Es gab noch eine Hand voll anderer Gefangener. Einige von ihnen waren Büßer, andere warteten darauf, dass der Seigneur über ihren Fall zu Gericht saß – Diebe oder Händler, die ihre Ware mit falschen Gewichten abgewogen hatten. Männer und Frauen waren zusammen untergebracht. Wir schliefen auf dem nackten Steinboden. Nur wer es sich leisten konnte, die Aufseher zu bestechen, bekam ein wenig Stroh. Hoch über uns befand sich ein einziges, vergittertes Fenster, durch das sich in Mondnächten ein wenig Licht zu uns verirrte.

Schwester Agnes war für einige Tage in eine der Einzelzellen unterhalb des *murus largus* gesperrt worden. Bei ihrer Rückkehr aus diesem *murus strictus* wirkte sie äußerst niedergeschlagen und führte auch keine Gespräche mehr mit den Geistern und Phantomen, die sie aus Beausaint hierher begleitet hatten.

Bis zur Nacht des Sturms.

Er begann am späten Nachmittag. Durch die Gitterstäbe sahen wir Blitze über den Himmel zucken, und ich bemerkte, dass sich Agnes immer mehr erregte. In der Nacht hörte ich sie in der Dunkelheit ächzen und wusste genau, was geschehen würde.

Drei Wärter und der Kerkermeister waren nötig, um sie zu überwältigen.

Die Männer schlugen mit Eisenketten auf sie ein, bis sie bewegungslos auf dem Boden lag und schaumiges Blut aus ihrem Mund tropfte. Ich versuchte, ihr zu helfen, aber sie ließ es nicht zu, dass ich mich ihr näherte. Später in jener Nacht erwachte ich und sah Agnes zusammengekauert in einer Ecke hocken. Sie starrte den Mond an, der immer wieder durch die jagenden Wolken brach, und heulte wie ein Wolf.

Ich spürte, wie sich mir die Nackenhaare sträubten.

Am folgenden Morgen wurde Agnes abgeholt und beinahe den ganzen Tag lang von den Inquisitoren verhört. Ich fragte mich, was sie ihnen erzählte. Seitdem wir das Kloster verlassen hatten, war es mit ihr immer weiter bergab gegangen. Entweder saß sie sabbernd und teilnahmslos auf dem Boden oder tobte und schlug um sich. Einstmals war sie damit zufrieden gewesen, Knoblauch zu zählen und Buch über die Getreidesäcke zu führen. Die Klosterregeln und das Schweigen hatten ihre Welt bestimmt. Doch inmitten dieser Gruppe ängstlicher Gefangener, wo sich ihr wirrer Geist nur mit sich selbst beschäftigen konnte, hatten ihre Dämonen vollständig Besitz von ihr ergriffen.

Sicard bestach die Wärter und wurde noch einmal zu mir gelassen. Er brachte mir wieder etwas zu essen und Neuigkeiten über die Untersuchung, die sich inzwischen auf die gesamte Stadt ausgeweitet hatte. Durch ihn erfuhr ich auch von der Ermordung des Priesters. Sicard sagte, alle Einwohner hätten trotz ihrer Furcht vor der Inquisition geschworen, den beiden Mönchen gegenüber niemanden zu denunzieren.

Mir war allerdings klar, dass sie alle vor den Inquisitor geschleift werden würden, falls auch nur eine einzige Person den Mund aufmachte. Dies war schon viele Male zuvor in anderen Städten geschehen.

»Alles wird ein gutes Ende nehmen«, flüsterte Sicard.

Ich schüttelte den Kopf. Wie sollte das möglich sein?

»Ich werde dich hier herausholen.«

»Wie denn?«

»Dein Vater hat die Besitzurkunde für sein Haus an einen Geldverleiher aus Toulouse verkauft. Mit dem Geld werden wir zwei Wachposten bestechen, einen hier im Kerker und einen am Burgtor. Und wir werden Pferde kaufen, mit denen du und ich über die Berge fliehen können.«

*

Die Tage wurden zu Wochen. Am Gitter unseres Fensters bildeten sich Eiszapfen. Wir froren Tag und Nacht. Einer der Gefangenen, ein junger Mann, der beim Beutelschneiden auf dem Marktplatz erwischt worden war, wurde schwer krank. Im ganzen *murus largus* war sein rasselnder, gurgelnder Atem zu vernehmen. In der Nacht, in der er starb, war sein Körper so heiß vom Fieber, dass wir uns um ihn scharten und an ihm wärmten, als sei er ein loderndes Feuer.

Manchmal hörte ich Agnes nachts weinen, aber wenn ich sie trösten wollte, schlug sie nach mir und knurrte wie ein Tier.

Dennoch vermochte ich sie nicht zu hassen.

Eines Nachts, es muss um die Zeit der Matutin oder der Laudes gewesen sein, ertönte gespenstischer Gesang in der Zelle. Ich erkannte das Tedeum, hob den Kopf und sah Agnes im Mondlicht stehen. Sie blickte mit verzücktem Gesichtsausdruck zum Fenster hinauf. Womöglich fand sie Trost darin, den Himmel zu betrachten, wenn es schon auf der Erde keine Hoffnung für sie gab.

Ich hoffte darauf, dass Bernard kam und mir half – doch vergebens. Er hatte mich im Stich gelassen. Wenn es mein Wille gewesen wäre, hätte ich ihn vor Vater Subillais, dem Notar und Père Michel anschwärzen können. Doch was hätte ich damit erreicht, außer mich noch größerer Verachtung und tieferem Hass auszusetzen? Die Schuld lag bei mir, nicht bei ihm.

*

Plötzlich und unerwartet brachte man auch Maurand in den *murus largus*. Zwei kräftige Söldner schleiften ihn herein und stießen ihn zu Boden, wobei er unaufhörlich fluchte und brüllte wie ein gewöhnlicher Dieb. Eine ganze Weile verschwendete er seine Kräfte damit, abwechselnd mit den Fäusten gegen die Tür zu schlagen und Bestechungsangebote zum Fenster hinaufzuschreien. Schließlich beruhigte er sich und schien sich gerade halbwegs mit seiner schmachvollen Lage abgefunden zu haben, als er einen Riss in seinen seidenen Beinkleidern entdeckte. Daraufhin begann er sofort wieder zu toben und einen Schwall von Verwünschungen auszustoßen.

Die Wärter beachteten ihn nicht weiter. Wäre er einer von uns gewesen, hätten sie ihn gewiss auf dieselbe Weise gezüchtigt wie die arme Agnes.

Erst nach seinem zweiten Wutanfall bemerkte er mich und erlangte sofort einen Teil seines alten Hochmuts zurück. Er starrte mich so überrascht und gierig an, als hätte er im Dreck eine Goldmünze gefunden.

»Madeleine de Peyrolles!«

»Guten Tag, Monsieur Maurand.«

»Nun, gute Tage kann man hier wohl kaum haben. Ich werde in Kürze wieder fort sein, aber Ihr ... Da seht Ihr, was Ihr durch Euren Stolz erreicht habt.«

»Das mag sein. Aber wie mir scheint ist dies nicht nur mein Schicksal.«

»Wie ich schon sagte, ich werde schon bald wieder frei sein.«

Ich fragte mich, wie er sich dessen so sicher sein konnte. Die Inquisitoren waren nicht dafür bekannt, Rücksicht auf Rang oder Reichtum zu nehmen. Warum sollten sie auch? Ich hatte gehört, dass ein Teil des beschlagnahmten Besitzes der Ketzer dem Dominikanerorden zufiel, als Ausgleich für die Kosten, die durch eine Inquisition entstanden. Eine kleine Entschädigung für die erzwungene Verlängerung seines Aufenthalts in Saint-Ybars würde auch Vater Subillais sicherlich nicht ungelegen kommen.

»Wenn Ihr mich nicht abgewiesen hättet, wäre all dies nicht geschehen.«

Ich sah Maurand direkt in die Augen. Was meinte er damit?

»Ihr könntet in einem warmen Bett liegen, auf Leinenlaken und mit einem Kissen unter dem Kopf. Wäre das nicht besser als dieser Kerker hier?«

»Das könnte ich Euch auch fragen.«

»Ich wäre nicht hier, wenn Ihr uns nicht in diese Lage gebracht hättet.«

Ihr wundert Euch bestimmt, warum es so lange dauerte, bis ich begriff, aber ich hatte zuvor tatsächlich nicht den leisesten Verdacht gehegt. »Ihr wart es also«, flüsterte ich schließlich.

»Niemand erregt ungestraft meinen Ärger!«

»Wie habt Ihr das bewerkstelligt?«

Statt einer Antwort lächelte er nur. Er hatte natürlich nicht die Absicht, mir von seinen Machenschaften zu erzählen.

Er wandte sich von mir ab und setzte sich in eine Ecke, wobei er sorgfältig darauf achtete, ein wenig Stroh unter seine Hinterbacken zu schieben, damit weder seine Beinkleider noch sein Obergewand aus feinem Leinen weiteren Schaden nahmen. Sein Hermelinmantel und seine Samtkappe würden ihn auch im *murus largus* warm halten.

Doch es war außergewöhnlich genug, dass er sich überhaupt im Kerker befand. Wenn sogar Maurand verhaftet werden konnte, war niemand mehr sicher.

*

In jener Nacht wachte ich plötzlich auf, weil ich das Gewicht eines anderen Körpers auf mir spürte. Jemand presste seine Hand auf meinen Mund und flüsterte: »Heute Nacht wirst du mein Weib.«

Natürlich wusste ich sofort, wem diese Stimme gehörte.

Es wäre einfacher gewesen, sich ihm zu ergeben. Schließlich hätte ich so laut nach den Wachen schreien können, wie ich wollte, denen war es gleichgültig, was mit mir geschah. Vielleicht wären sie gekommen – aber nur, um zuzusehen.

Doch ich gab nicht nach. Ich wehrte mich und biss in die fleischige Hand, die mir den Mund zuhielt. Maurand schrie vor Schmerz und Überraschung laut auf und versetzte mir zur Vergeltung einen heftigen Schlag gegen die Schläfe.

Ich war für einen Moment wie betäubt. Meinen Kampfgeist hätte auf Dauer allerdings nur eine tödliche Wunde schmälern können. Also biss und schlug ich um mich und strampelte wie wild, um ihn von mir hinunterzubringen.

Doch er war so kräftig, dass ich ihn mir nicht allein vom Leib hätte halten können. Zum Glück sah ich auf einmal einen Schatten über uns. Kurz darauf drosch jemand mit bloßen Fäusten auf Maurands Rücken ein. Zuerst dachte ich, es sei einer der Wärter.

Wenige Augenblicke später war der Kampf vorüber. Meine Schreie und das Kreischen meiner Retterin hatten nun doch die Wachen herbeieilen lassen. Sie traten die Tür auf und stürzten mit gezogenen Schwertern herein. Im Schein ihrer Fackeln konnte ich für einen Moment Agnes erkennen. Maurand lag unter ihr, das Gesicht nur noch eine blutige Maske.

Die beiden Wachposten traten mit ihren schweren Lederstiefeln nach Agnes und prügelten sowohl sie als auch Maurand mit den Heften ihrer Schwerter. Sie lachten dabei. Es kümmerte sich nicht, was vorgefallen war, sie betrachteten die Angelegenheit offenbar als großen Spaß und Abwechslung von ihrem langweiligen Alltag.

Maurand kreischte am lautesten, also befassten sie sich vornehmlich mit ihm. Erst nachdem er zu Boden gesunken war und sich nicht mehr rührte, betrachteten sie Agnes. Sie starrte mit vor Wut funkelnden Augen zurück und kauerte in der Ecke wie ein in die Enge getriebenes Raubtier. Vielleicht jagte sie selbst diesen rohen Männern Angst ein, denn sie zuckten nur mit den Schultern und verließen feixend die Zelle.

Lange Zeit später drang aus der Dunkelheit Agnes' banges Gemurmel an mein Ohr. Ich ging zu ihr, weil ich ihr danken und sie trösten wollte, aber sie schrie auf und schlug und trat um sich. Sie traf mich entweder mit der Faust oder dem Fuß am Kopf, sodass ich benommen zu Boden stürzte.

Ich kroch davon, rollte mich an der Wand zusammen und wartete auf den Morgen. Ich betete zur Heiligen Jungfrau, doch sie weigerte sich, zu mir zu kommen.

*

Vater Subillais hatte auf einem Stuhl in der Mitte der Wachstube Platz genommen. Sein Bein ruhte auf einem Schemel. Er schien große Schmerzen zu haben. Der Notar saß mit gebeugtem Kopf neben ihm am Schreibpult, bereit, das Verhör so zu dokumentieren, wie die Vorschriften es verlangten. Bernard saß auf der anderen Seite und wich meinem Blick aus.

Die beiden Soldaten, die mich aus dem *murus largus* hierher geführt hatten, nahmen an der Tür Aufstellung, als müssten sie die anderen drei Männer im Notfall vor einer zwanzigjährigen Ketzerin beschützen.

Man hatte einige Kohlen aus dem Kamin in der großen Halle in ein Kohlenbecken gefüllt und dieses in der Nähe von Vater Subillais' Stuhl aufgestellt. Eine nutzlose Geste, denn in der Wachstube herrschte eine solche Kälte, dass unser Atem kleine weiße Wolken in der Luft bildete. Wir saßen zudem im Halbdunkel, denn es gab nur ein Fenster, das mit geöltem Leinen bespannt war. Die wenigen Talgkerzen auf dem Tisch verbreiteten einen üblen Geruch und beißenden Qualm.

Vater Subillais wirkte blass. Seine Wangen waren seit unserer letzten Begegnung eingefallen. Die Zehen seines verletzten Beines lugten geschwollen und verfärbt aus dem Verband hervor. Möge Gott mir vergeben, aber ich hoffte, dass er ebenso litt wie ich.

»Madeleine de Peyrolles, Ihr wurdet dabei beobachtet, wie Ihr nachts in den Wald geschlichen seid, um Zaubertränke herzustellen und den Erzfeind zu beschwören. Ihr seid als Hexe bezeichnet worden. Man hat Euch sagen hören, die Welt müsse vom Teufel erschaffen worden sein, da es so viel Leid in ihr gebe. Ihr werdet ebenfalls bezichtigt, im Kloster Beausaint eine Ziege das Vaterunser gelehrt zu haben.«

Die letzte Anschuldigung war dermaßen närrisch, dass ich zu lachen begann – kein frohes Lachen, wie ich es als Kind gekannt hatte, sondern ein schrilles, furchtsames Kichern. Offensichtlich hatten sie Agnes all diese irrsinnigen Aussagen abgepresst.

Vater Subillais runzelte die Stirn und warf dem Notar einen Blick zu. Sogar Bernard starrte mich mit finsterem Gesicht an, bis ich mich wieder in der Gewalt hatte.

»Madeleine de Peyrolles, man hat Euch Zaubersprüche an den

Erzfeind richten hören. Des Weiteren folgert aus Eurem Umgang mit Agnes Roiand ganz klar, dass Ihr dieser beim Sammeln von Kräutern und beim Brauen von Tränken zu Zwecken der Hexerei geholfen habt. Agnes Roiand hat Euch gewisse häretische Aussagen zugeschrieben. Der Verdacht gegen Euch hat sich erhärtet.«

»Ich habe nichts von all den Dingen getan, derer Ihr mich anklagt.«

Mein Inquisitor lächelte matt. »Keine Angst, wir wollen Euch nicht schaden. Wir sind hier, um Eure Seele zu retten und Euch zurück auf den Weg Gottes zu führen.«

»Ich habe diesen Weg nie verlassen. Warum wollt Ihr mir nicht glauben?«

»Gesteht Eure Sünden und schwört der Ketzerei ab, dann wird die Kirche Euch wieder mit offenen Armen empfangen.«

»Aber ich bin unschuldig!«

»Trotz all Eurer Unschuldsbeteuerungen – ich kenne Euch, Madeleine de Peyrolles. Ich habe mich schon oft mit Euch befasst. Ihr seid verwirrt, Ihr seid vom Erzfeind getäuscht worden. Gesteht und wascht diesen Makel ab, damit Ihr dem Tag des Jüngsten Gerichts mit Zuversicht entgegenblicken könnt.«

Einen Moment lang war ich versucht, nachzugeben. Es würde so viel leichter sein, zu gestehen, als sich ihnen weiterhin zu widersetzen! Und Bernard würde gewiss dafür sorgen, dass meine Strafe milde ausfiel.

Doch ich war unschuldig. Wut über diese Ungerechtigkeit gärte in mir und gab mir die Kraft, ihnen zu trotzen.

»Wünscht Ihr Vergebung, Madeleine de Peyrolles?«

»Ja, Vater.«

Er begann zu lächeln.

»... aber nur für die Sünden, die ich begangen habe. Wenn man mir etwas vergibt, was ich gar nicht getan habe, scheint mir das selbst eine Sünde zu sein.«

Seine Miene verfinsterte sich. »Nun gut. Wenn der Esel das Zuckerbrot nicht will, wird er eben die Peitsche zu spüren bekommen.«

Er nickte den Soldaten zu, die mich daraufhin wieder fortschleiften. Ich hatte keine Ahnung, was mir als Nächstes bevorstand. Unwissenheit ist manchmal ein Segen.

BERNARD

Der ermordete Priester war auf dem Kirchhof von Redaux in einer großen Grabstätte beigesetzt worden, für die der Seigneur bezahlt hatte. Vater Guillaume lag kaum einen Monat darin, da brachen unsere Diener das Grab auf, schlangen ein Seil um den Leichnam, befestigten das andere Ende an einem Sattelknauf und schleiften den Toten zwei Wegstunden über Land nach Saint-Ybars, wo sie ihn im Schatten der Stadtmauern verbrannten. Die übrig gebliebenen Knochen wurden zerstampft, erneut verbrannt und die Asche dann in den Fluss gestreut, damit sie nie wieder geweihten Boden verunreinigen konnte. All dies im Namen unseres Herrn Jesus Christus und zur Ehre des Heiligen Dominik, Amen.

Nun stellte sich uns die Frage, wie wir mit Madeleine de Peyrolles Maurand verfahren sollten. Die Regeln zur Beweisführung unterscheiden zwischen dem partiellen und dem vollständigen Beweis einer Anschuldigung. Der vollständige Beweis erfordert die Aussagen zweier Augenzeugen, die den Übeltäter beim Begehen der Tat beobachtet haben, oder das Geständnis des Täters selbst. In allen anderen Fällen handelt es sich lediglich um einen partiellen Beweis. Wenn allerdings genügend partielle Beweise vorliegen, rechtfertigen sie den Versuch, einen vollständigen Beweis zu erlangen und damit nach weltlichem Recht auch die Erzwingung eines Geständnisses unter der Folter.

Gemäß dieser Vorschriften hatten wir also durch die Aussagen des Müllers Almaric du Foix und des Karrenmachers Pierre Antignac einen vollständigen Beweis zur Hand, um Madeleine de Peyrolles wegen Hexerei verurteilen zu können. Doch Ihr müsst verstehen, dass der Nachweis von Schuld oder Unschuld nicht das höchste Ziel unseres Verfahrens darstellte. Wir wollten die Seele dieses Mädchens retten, aber das war nur möglich, wenn

Madeleine ein umfassendes Geständnis ablegte und aus freiem Willen ihrer Sünden abschwor.

Oftmals kam es zu einem Geständnis, nachdem die Beschuldigten eine gewisse Zeit damit verbringen mussten, ihr Gewissen zu erforschen – zumeist im Kerker des Chateau Narbonnais in Toulouse. Über viele Monate hin wurden die Beschuldigten wieder und wieder befragt, bis schließlich die Wahrheit aus ihnen herausbrach. Ihr haltet diese Methode vielleicht für grausam, aber ich gebe Euch zu bedenken, dass wir sie nur dann anwandten, wenn die Wahrheit ohnehin bereits offensichtlich war. Diese Wochen oder Monate voller Entbehrungen dienten der Selbsterkenntnis des Sünders.

Bruder Subillais schien das Verfahren bei Madeleine de Peyrolles allerdings mit wachsender Ungeduld zu betrachten. Vielleicht lag dies an seinem Gebrechen. Sein Bein war nicht richtig verheilt, sodass er immer noch nicht laufen konnte und in der Burg umhergetragen werden musste wie ein Invalide. Die meiste Zeit über litt er große Schmerzen.

In Toulouse hätten wir viele Fälle gleichzeitig geprüft und uns mit anderen Angelegenheiten beschäftigen können, während wir darauf warteten, dass Einsamkeit und karge Kerkerkost einen heilsamen Einfluss auf eine widerspenstige Gefangene ausübten. Doch hier in Saint-Ybars gab es nicht vieles, worauf mein Ordensbruder seine Aufmerksamkeit hätte richten können, daher reagierte er ungeduldig auf die Langsamkeit, mit der unsere Untersuchung voranschritt.

Es ist wohl nur richtig, wenn ich sage, dass sich sein Wesen verändert hatte. Ich weiß nicht, wann oder wo dies geschah, und es fällt mir selbst jetzt noch schwer, genau zu beschreiben, worin diese Wandlung sich äußerte. Er schien sich schneller aufzuregen und wütend zu werden als früher, und er verbrachte weniger Zeit mit Andacht und Gebet. Ich vermochte diese Veränderung nur durch die Erkrankung nach seinem Sturz zu erklären.

Die Bewohner von Saint-Ybars schwiegen sich uns gegenüber immer noch aus. Das einzige Geständnis, das wir bisher erhalten hatten, stammte von Agnes. Einige Bürger waren befragt worden, vor allem solche, die irgendeine Beziehung zu Madeleine de Peyrolles gehabt hatten. Des Weiteren hatten wir ihre Mutter einkerkern lassen, mit der Begründung, dass sie im Ruf einer weisen Frau und Hexe stand. Wir beabsichtigten, ihre Einstellung zur Häresie einer genauen Prüfung zu unterziehen. Sybille de Peyrolles gab zu, Kräutertränke für Sieche zu brauen und schwangeren Frauen bei der Geburt zu helfen, aber sie wiederholte beharrlich, dass sie der Kirche treu ergeben sei und keinerlei ketzerische Überzeugungen hege.

Und dann geschah doch noch das, was seit Wochen als schlimmste Befürchtung durch meine düsteren Gedanken zog.

Als Bruder Subillais Sybille de Peyrolles während eines Verhörs in Bezug auf ihre Tochter allzu hart zusetzte, warf sie mir einen durchdringenden Blick zu. Ich wusste auf der Stelle, was sie vorhatte, vermochte sie jedoch nicht aufzuhalten.

»Vater, meine Tochter ist keine Ketzerin«, sagte sie. »Fragt diesen Mönch dort. Eine echte Ketzerin würde niemals mit einem Mönch Unzucht treiben.«

Bruder Subillais starrte erst mich an, dann Sybille de Peyrolles. »Was wollt Ihr damit sagen?«

»Das fragt Ihr besser ihn«, erwiderte sie und wies mit dem Kinn in meine Richtung.

Bruder Subillais schüttelte den Kopf, als habe er einen schweren Schlag erhalten und fühle sich benommen. »Du kanntest dieses Mädchen schon vorher?«, stieß er hervor. Seine Miene verriet Verblüffung und Betroffenheit.

Ich konnte ihm nicht in die Augen sehen.

»Du kanntest sie?«, rief er noch einmal.

Alle starrten mich an – der Priester, Pons, mein Ordensbruder und diese schreckliche Frau. Ich hätte es Bruder Subillais selbst sagen müssen, und zwar noch vor Beginn unserer Untersuchung. Ich hatte oft versucht, ihm davon zu erzählen, letzten Endes aber nie den Mut aufgebracht.

Bruder Subillais nickte den Wachen zu. Sie führten Sybille de

Peyrolles wieder in den *murus largus*, wo sie hoffentlich nicht über meine, sondern über ihre eigenen Sünden nachdenken würde.

»Geht«, befahl er dann auch den anderen. Pons und Père Michel eilten aus der Wachstube.

Wir waren allein. Keiner von uns sprach ein Wort. Ich blickte zu Boden und wunderte mich, dass man in einem dermaßen kalten Raum schwitzen konnte.

»Du hast mit dieser Frau geschlechtlich verkehrt?«

»Es war zu der Zeit, als ich an der Universität von Toulouse lehrte.«

»Der Prior wusste davon?«

»Er bemühte sich, es nicht dem Bischof zu Ohren kommen zu lassen. Ihr Vater arbeitete für uns und den Bischof. Er verlor seine Anstellung und wurde mitsamt seiner Familie fortgeschickt.«

»Und hier hast du diese Familie wiedergetroffen. Der Herr stellt dich auf die Probe, Bernard. Das ist dir doch bewusst?«

Ich nickte, immer noch unfähig, den Blick zu heben.

Ein tiefer Seufzer entrang sich seiner Brust, und ich hatte plötzlich den Eindruck, dass er die elende Geschichte bereits vermutet hatte.

»Es war Zauberei«, hörte ich mich selbst sagen. »Sie hat mich verhext.« Innerlich verfluchte ich zugleich Sybille de Peyrolles. Was hoffte sie mit ihrer Enthüllung zu erreichen? Glaubte sie etwa, mich oder Bruder Subillais manipulieren zu können? Es war ihr lediglich gelungen, sich meiner Feindschaft zu versichern sowie Bruder Subillais' Entschluss zu stärken, Madeleine zu Grunde zu richten.

»Als ich dasselbe sagte, widersprachst du mir. Nun begreife ich, warum.«

»Es war ein einziger Moment der Schwäche. Ich habe Buße getan und wurde vom Prior von meinen Sünden losgesprochen.«

»Schwäche kann sich ein Inquisitor nicht leisten«, entgegnete er.

»Es war ein Fehler, den ich niemals wiederholen werde.«

Er machte eine wegwerfende Handbewegung und sagte leise: »Lass mich allein.«

Ich ging schweigend aus dem Raum. Bevor ich die Tür hinter mir schloss, warf ich noch einen Blick über meine Schulter. Bruder Subillais saß bewegungslos auf seinem Stuhl und hatte nachdenklich einen Finger an die Lippen gelegt. Welchen Einfluss ich auch immer auf ihn gehabt haben mochte – nun hatte ich ihn verloren.

*

Ich hätte nie damit gerechnet, die arme Frau wieder zu sehen, die wir auf unserem Weg nach Saint-Ybars aufgelesen hatten. Ich hatte den *murus largus* aufgesucht, um mit Maurand zu sprechen und ihn zu überreden, ein Geständnis abzulegen.

Die Frau hockte dort in einer Ecke und wiegte ein nicht existierendes Kind in ihren Armen. Sie sang dazu halblaut ein Lied. Es war dieses schauerliche Lied, das meine Aufmerksamkeit errang, andernfalls hätte ich sie wohl gar nicht bemerkt. Ihre Stimme verursachte mir eine Gänsehaut.

Ich weiß nicht, ob sie mich erkannte, denn es schien, als sei sie völlig dem Wahnsinn verfallen. Ich richtete mehrere Male das Wort an sie, aber sie blickte noch nicht einmal auf. Ich rief Ganach herbei, den Kerkermeister, und wollte von ihm wissen, warum sie hier war. Er sagte, dass sie Vater Subillais' Gefangene sei, eine Ketzerin. Dann spuckte er verächtlich vor ihr aus. Wahrscheinlich sollte mich das beeindrucken.

Nach der Komplet betrat ich Bruder Subillais' Zelle, wo er gerade im schwachen Licht einer qualmenden Kerze in einem der Inquisitionsregister las. Er hielt die einzelnen Dokumente auf Armeslänge von sich, denn seine Sehkraft ließ langsam nach.

»Diese Frau – warum ist sie im Kerker?«, fragte ich ihn.

»Soll ich den Sinn deiner Worte etwa erraten, Bruder? Welche Frau?«

»Die Frau, die wir auf der Straße von Couiza fanden. Wir begruben ihren Mann und ihr Kind. Jetzt sitzt sie mit den anderen in der großen Zelle. Ganach sagte, sie sei deine Gefangene.«

Bruder Subillais antwortete nicht.

»Wie ist sie hierhergekommen?«

»Ich ließ sie festnehmen.«

»Aber aus welchem Grund?«

»Sie hat uns erzählt, sie heiße Eleonore d'Alet, doch ihr richtiger Name lautet Mari de Vezay, wie ich vor kurzem erfuhr. Einer der Einwohner von Saint-Ybars kannte sie. Ich fragte mich, warum sie gelogen hatte, und beschloss, die Register zu konsultieren.«

Es gab eine Vielzahl von Registern, und jedes einzelne enthielt die Unterlagen zu Hunderten von Fällen. Wir hatten die Register, die sich auf diese Diözese bezogen, in einer fest verschlossenen Eichentruhe mit uns geführt, den ganzen Weg von Toulouse. Es musste Bruder Subillais viele Tage ermüdender Arbeit gekostet haben, sie durchzusehen, was ich ihm gegenüber auch bemerkte.

»Ich werde keine meiner Pflichten gegenüber Gott vernachlässigen, nur weil sie mit ermüdender Arbeit verbunden ist«, sagte er darauf.

Wieder einmal fühlte ich mich ob meines mangelnden Eifers ermahnt.

»Und? Hast du herausgefunden, wer diese Frau in Wahrheit ist?«, erkundigte ich mich.

»Ihr Mann, Gillibert de Vezay, arbeitete als Gerber. Er war nicht ihr wirklicher Mann, denn sie sind nie vor den Altar getreten. Vor drei Jahren gestand er, dass er sich vor einem *Parfait* verneigt hatte, und wurde zu einer Buße verurteilt.«

»Darf ich einen Blick in das Register werfen, Bruder?«

Bruder Subillais schob mir das in Leder gebundene Buch über den Tisch zu und wies auf das betreffende Dokument. Es handelte sich um das Protokoll einer Untersuchung, die drei Jahre zuvor in Alet-les-Bains stattgefunden hatte.

Ich las den Eintrag zum Urteilsspruch. Gillibert de Vezay war eine Pilgerreise zu siebzehn Kirchen auferlegt worden, darunter Santiago de Compostela. Eine solche Buße bedeutete, dass er für viele Monate von seiner Familie getrennt war. Sie bedeutete den Verlust seiner Arbeit und den sicheren Ruin. Auch Gilliberts Frau, Mari de Vezay, war wegen Häresie verurteilt worden, weil sie gesagt hatte, der Dorfpriester habe viel mit dem Teufel gemein, denn beide genössen es, Unzucht zu treiben. Ihre Buße bestand darin, drei Jahre lang ein Kreuz auf ihrer Kleidung zu tragen.

»Wie du weißt, hat sie ihre Buße nicht ordnungsgemäß erfüllt und ist deshalb als rückfällige Häretikerin zu betrachten. Das Gesetz schreibt für diese Sünde eine eindeutige Strafe vor.«

Ich starrte ihn mit offenem Mund an. Ich konnte nicht anders.

»Ich muss sie dem weltlichen Arm überstellen«, fügte Bruder Subillais hinzu.

Ich dachte daran, wie sie halbtot am Wegesrand gesessen hatte. Wie Bruder Subillais sie aufgefordert hatte, auf seinen Maulesel zu steigen. Hatten wir sie dafür gerettet, dass sie nun erneut bestraft wurde?

»Sie wird also verbrannt?«

»Zum Wohl ihrer unsterblichen Seele und zur Ehre unseres Herrn Jesus Christus.«

Warum wühlte mich dies so sehr auf? Der Sachverhalt war klar, die Frau hatte – ungeachtet all ihres Unglücks – der Kirche den Gehorsam verweigert.

»Was ist mit ihrem Mann?«

»Das Register verzeichnet, dass er die Wallfahrt nicht antrat und in der Folge exkommuniziert wurde. Ich habe den Dienern, die uns begleiteten, aufgetragen, die Grabstätte ausfindig zu machen und den Leichnam zu exhumieren. Er wird verbrannt und seine Asche in den Wind gestreut, wie das Gesetz es verlangt.«

Ich schwieg, denn es gab nichts, was ich hätte sagen können, um ihn von diesem Vorhaben abzubringen. Ich fragte mich, was ich an seiner Stelle getan hätte. Wäre ich ebenso eifrig in der Erfüllung meiner Pflichten gewesen? Hätte ich auch jede Nacht die Register studiert und mir dabei die Augen verdorben, um dieser bedauernswerten Frau und ihrem Mann auf die Schliche zu kommen? Tief in meinem Innern bezweifelte ich, dass ich die nötige Stärke und Überzeugung besessen hätte.

*

Unsere Diener kehrten drei Tage später mit Gillibert de Vezay zurück. Er hatte zwei Monate lang in der gefrorenen Erde gelegen. Die Kälte hatte den Verwesungsvorgang zwar verlangsamt, jedoch nicht so weit, dass sein Anblick Herz oder Geist zu frommen Betrachtungen angeregt hätte. Ich habe die Erfahrung gemacht, dass selbst Heilige, deren sterbliche Hülle Gott auf wundersame Weise zu erhalten pflegt, nach einigen Jahren im Grab nicht immer einen angenehmen Anblick bieten. Dies galt nun umso mehr für einen Häretiker wie Gillibert.

Der Leichnam wurde an ein Pferd gebunden und durch die Stadt geschleift. Er sah schrecklich aus, da die Diener ihn bereits den ganzen Weg von seinem Grab in den Bergen nach Saint-Ybars hinter sich hergezogen hatten. Die Einwohner waren dazu verpflichtet, sich das Schauspiel anzusehen, und säumten die Straßen.

Ich zweifelte nicht daran, dass Gillibert zu Recht geschleift und verbrannt wurde. Dennoch fragte ich mich, ob wir der Kirche mit dem, was wir an jenem Tag taten, einen Dienst erwiesen. Während Gilliberts Leichnam über den gefrorenen Schlamm des Marktplatzes hüpften, betrachtete ich die Gesichter der umherstehenden Menschen. Ich glaube, dass wir uns in ihren Augen erniedrigten.

Gillibert de Vezays irdische Überreste wurden auf dem Anger außerhalb der Stadt verbrannt, im Namen unseres Herrn Jesus Christus und zur Ehre des Heiligen Dominik.

ELEONORE

Raymond stand am Fenster und blickte über die Dächer der Stadt auf den Nebel, der sich in der verschleierten Wintersonne langsam auflöste. Er war düsterer Stimmung und wirkte bereits seit einigen Tagen unruhig und abwesend.

»Was ist mit Euch, Raymond?«

»Was mit mir ist? Wie könnt Ihr das nur fragen? Seht Euch doch um! Die braven Dominikanerbrüder graben tagtäglich Leichen aus dem Boden und schleifen sie durch die Straßen. Vater Subillais entdeckt allerorten Häresie, in dieser Welt und in der nächsten. Nun ja, zumindest die Hunde der Stadt sind glücklich. Gestern sah ich, wie sich drei von ihnen um einen halb verwesten Arm rauften. Unsere guten Mönche beleidigen erst die Toten und dann auch noch die Lebenden!«

»Subillais' Ernte wird lediglich aus ein paar verwirrten, einfältigen Bauern bestehen.«

»Hier geht es nicht um Häresie, sondern um Politik! Mag Subillais auch noch so große Frömmigkeit heucheln, er weiß genau, dass die Kundschafter des Königs auf Güter und Ländereien aus sind, und soll dafür sorgen, dass sie diese auch bekommen.«

Ich verstand, was er meinte: Falls wir als Häretiker abgestempelt wurden, würden unsere Güter an die Krone zurückfallen, und ein königlicher Seneschall würde als Burgherr eingesetzt werden. Die Einnahmen aus dem Verkauf unserer Ländereien würden in die Kasse des Königlichen Verwalters für Konfiszierungen fließen, ein Teil jedoch auch zur Deckung der Kosten an das Priorat in Toulouse gehen. Raymond hatte Recht – dies allein war Grund genug für Vater Subillais, seine Untersuchung äußerst sorgsam durchzuführen.

»Eure Familie hat dem König stets treu gedient.«

»Der König hat genug Diener. Nur *Land* hat er nicht genug. Die Steuern, die er erhebt, lähmen uns doch jetzt schon.«

»Könnten wir Subillais nicht einen Anreiz bieten, damit er uns gegenüber ein wenig nachsichtiger wird?«

Mein Gatte lächelte grimmig. »Er will, dass wir ihn unterstützen. An Reichtümern ist er persönlich nicht interessiert.«

»Wir werden auch diesen Sturm überstehen«, warf ich wenig überzeugend ein.

»Ihr wart es, die den Sturm gebracht hat, Eleonore. Ihr und Eure Familie.«

»Ich bin Euch immer eine gute und treue Gemahlin gewesen«, protestierte ich, entsetzt, dass er mich plötzlich für seine Schwierigkeiten verantwortlich machte. »Ihr habt mich erwählt, damit Ihr Eure Herrschaft hier legitimieren konntet. Meine Familie hat Euch bis jetzt gute Dienste geleistet.«

Das entsprach der Wahrheit, und meine Worte schienen ihn zu beruhigen. Er schüttelte den Kopf. »Was soll ich tun?«

»Ihr habt nichts verbrochen, was der Inquisitor gegen Euch verwenden könnte.«

»Dann wird er eben etwas erfinden, genauso, wie er die Anschuldigungen gegen dieses Mädchen und die Schwachsinnige aus dem Kloster erfunden hat! Ich glaube, wenn die Dominikaner in unserem Land keine Ketzer mehr zu verbrennen hätten, würden sie sie aus Outremer herbeischaffen. Die Hunde Gottes brauchen die Häretiker und Gotteslästerer ebenso sehr, wie Simon de Montfort sie gebraucht hat.«

Die Hunde Gottes, *Domini canes* – das Wortspiel mit dem Namen des Ordens war beliebt in den Schänken und Dirnenhäusern, wo es von Ohr zu Ohr weitergeflüstert wurde. Und sahen sie nicht auch aus wie schwarz-weiß-gefleckte Hunde, in ihren weißen Habits und schwarzen Umhängen?

Doch Raymonds Bitterkeit gegen mich schwelte immer noch. Zu Unrecht, wie ich fand. Was das Gebären von Nachkommen betraf, hatte ich zwar versagt, aber in jeder anderen Hinsicht war ich ihm stets eine gute Gattin. »Ich wüsste gern, warum Ihr mir gegenüber dermaßen ungehalten seid«, bemerkte ich. »Ich habe Euch keinen Grund dafür gegeben.«

»Was ist mit Eurem Bruder?«

»Christian?«

»Ich habe Euren Vetter Guillaume als Priester von Redaux eingesetzt – auf seine und Eure Bitte hin. Ich habe keine Fragen gestellt. Und nun erklärt mir bitte, warum mir berichtet wurde, dass es Euer Bruder war, der ihm das Schwert in den Leib stieß.«

»*Was*?«

»Gebt bloß nicht vor, nichts davon zu wissen.«

Ich hatte das Gefühl, einen heftigen Schlag erhalten zu haben. Ich begriff seine Worte nicht, sie waren zu schrecklich.

»Nun?«, drängte er.

»Was soll ich dazu sagen? Von wem stammt diese ungeheuerliche Behauptung?«

»Von Vater Subillais.«

»Und wessen Beine hat er brechen lassen, um eine solche Aussage zu erzwingen?«

»Martha Fauré hat ihre Aussage aus freiem Willen gemacht, ohne Zwang.«

Raymond betrachtete prüfend mein Gesicht, wartete auf eine Reaktion. Ich muss Euch gestehen – sobald mein Entsetzen über diese Enthüllung ein wenig nachgelassen hatte, erkannte ich, dass Martha Faurés Behauptung der Wahrheit entsprechen konnte. Mein Bruder Christian war zu allem fähig, wenn es nur seinen Zwecken diente. Aber ich hatte mitnichten die Absicht, dies meinem Gatten oder einer anderen Menschenseele gegenüber zuzugeben.

»Wie könnt Ihr dem Gehör schenken, wenn Ihr genau wisst, dass dieser Subillais sich zugunsten eines positiven Verlaufs seiner Untersuchung alle möglichen Lügen ausdenkt?«

»Ihr streitet es also ab?«

»Es ist nicht an mir, die Anschuldigung zu widerlegen. Wendet Euch an meinen Bruder. Aber ich finde sie einfach unvorstellbar.

Mein Bruder ist ein Templer. Er hat vor Gott geschworen, einem anderen Christen niemals Schaden zuzufügen.«

»Unglücklicherweise scheint Subillais den Vorwurf nicht so unglaublich zu finden wie Ihr.«

»Selbst Vater Subillais kann einen Ritter des Templerordens nicht festnehmen lassen.«

»Nein, also wird er womöglich stattdessen die Schwester und den Schwager dieses Templers verfolgen, vor allem, wenn sich daraus ein Vorteil ziehen lässt. Ich schlage deshalb vor, Ihr redet mit Eurem Bruder und ergründet die Wahrheit. Ich sage Euch, teure Gemahlin – wir werden noch genauso enden wie der Graf von Foix und die anderen *Faidits*, es sei denn, wir treiben für diesen Mönch einen geeigneten Köder auf.«

»Glaubt Ihr tatsächlich, dass Christian seinen eigenen Vetter ermorden würde?«, fragte ich. »Warum sollte er so etwas tun?«

»Wer weiß schon, was in seinem Kopf vor sich geht?«

»Er ist mein eigen Fleisch und Blut!«

»Genau deshalb vertraue ich ihm nicht.« Unser Gespräch nahm plötzlich eine Wendung, mit der ich nicht gerechnet hatte. Raymond starrte mich eindringlich an. »Seit Jahren verbergt ihr beide nun schon etwas vor mir. Ihr haltet mich für einen Narren, aber ich habe gesehen, wie ihr euch verstohlene Blicke zuwerft und miteinander flüstert, und ich weiß von den Briefen, die Ihr heimlich zu Christian in die Komturei schickt. Anfangs dachte ich, ihr beide würdet eine widernatürliche Begierde füreinander empfinden …«

Ich holte tief Luft, um lautstark Einspruch gegen diese abstoßende Behauptung zu erheben, doch Raymond gebot mir mit erhobener Hand Einhalt.

»Eine abwegige Vorstellung, ich weiß. Aber ein eifersüchtiger Gatte erliegt leicht seinen Hirngespinsten und redet sich ein, sie seien echt. Als ich zur Feier von Christi Geburt in Avignon war, habt Ihr Euch dreimal mit Christian getroffen. Versucht nicht, es zu leugnen, ich verfüge über ausgezeichnete Spitzel.«

Ich bemühte mich, ruhig zu bleiben. »Während Eurer Abwesenheit obliegt mir die Herrschaft über das Chateau und die Ländereien. Selbst wenn er nicht mein Bruder wäre, müsste ich mich schon allein im Rahmen meiner Pflichten mit dem Komtur besprechen.«

»Und was habt ihr sonst miteinander zu bereden? Gibt es ein Geheimnis, das ich nicht erfahren soll?«

Als ich darauf keine Antwort gab, schien sich Raymond in seinem Verdacht bestätigt zu sehen.

»Was werdet Ihr tun, Eleonore? Unsere Familien gehen mit uns zugrunde, ist es nicht so? Wenn der König Geduld besäße, hätte er einen Mann wie Subillais gar nicht nötig. Die Ländereien würden ihm laut der Bedingungen des Vertrags ohnehin zufallen. Euer Bruder hat das Keuschheitsgelübde abgelegt, Euer Vetter war Priester und ist darüber hinaus nun tot. Und wir beide haben in zwölf Jahren kein Kind zustande gebracht, denn Ihr seid so unfruchtbar wie die Berge von Palästina.«

Seine letzten Worte fügten mir tieferen Schmerz zu als die Anschuldigung, ich würde mit meinem Bruder Blutschande begehen. Ich spürte alles Blut aus meinem Gesicht weichen.

»Ihr solltet besser mit Eurem Bruder über all dies reden«, fuhr Raymond fort. »Ich sage es Euch noch einmal – wenn wir keine Möglichkeit auftun, unseren guten Klosterbruder zu beschwichtigen, werden wir nicht mehr lange über diese ärmlichen Güter herrschen.«

»Vielleicht doch, mein Gemahl.«

Schweigen senkte sich über den Raum. Nach einer Weile fragte Raymond mit leiser Stimme: »Ihr habt mir etwas mitzuteilen?«

»Gott hat mich endlich gesegnet. Ich bin guter Hoffnung.«

»Seid Ihr sicher?«

»Natürlich bin ich sicher. Ich bin eine Frau.« Wünschte er etwa, dass ich noch deutlicher wurde? Meine Brüste waren geschwollen und schmerzten. Ich hatte seit zwei Monden nicht mehr geblutet. »Ihr werdet Euren Erben bekommen.«

Ich sah den Zweifel in seinem Gesicht. Er wollte mir glauben, wagte es aber nicht. »Nur, wenn das Kind lebend geboren wird und bis zum Erwachsenenalter überlebt.« Ich hatte nicht erwartet, dass er meine Neuigkeit mit so wenig Begeisterung aufnehmen würde. »Außerdem ist vorerst trotzdem noch alles nicht sicher, meine teure Gemahlin. Wenn wir Vater Subillais nicht zufrieden stellen, werden unsere Besitztümer nicht mehr lange uns gehören.«

*

Die Kirche der Heiligen Maria Magdalena hatte eine Zeit lang als Privatkapelle des Seigneurs gedient, gehörte nun jedoch zur Stadt und war die Hauptkirche und wichtigste Andachtsstätte der Gemeinde von Saint-Ybars. Da die Wand des neuen, südlichen Querschiffs noch nicht ganz fertig gestellt war, bedeckten dort überfrorene Schneewehen den Boden. Lichtstrahlen fielen durch das Gerüst und erhellten den Altar. Die frostige Luft brannte auf den Wangen.

Ich versuchte, die kalten Steine unter meinen Knien zu ignorieren und mich in das Gebet zu vertiefen. Eine marmorne Statue der Madonna mit dem Jesuskind im Arm blickte zu mir herunter. Ich schloss in stiller Andacht die Augen, aber ich richtete meine Bitte nicht an Gott, wie die Dominikanermönche es zweifellos gewünscht hätten, sondern an Maria, die Muttergottes, die Göttin der Sanftmut.

Ich betrachtete ihre Statue. Um wie vieles anziehender war doch ihr Abbild als dasjenige des gepeinigten Christus! Es sprach zu mir nicht von Qual, Opferung und Schuld, sondern von Erbarmen, Mütterlichkeit und Milde. Ich fragte mich, wie es auf der Welt aussähe, wenn die Menschen statt dem mächtigen, zornigen Gott der Madonna zuhören würden. Ob sie ihre Mitmenschen im Namen der Heiligen Jungfrau wohl ebenso leichtfertig auf die Folterbank und den Scheiterhaufen schicken würden?

Doch das waren gotteslästerliche Gedanken, die man in jenen Zeiten besser für sich behielt. Es war bereits unklug, sie überhaupt zu denken, ganz zu schweigen davon, sie laut zu äußern.

Die schwere Eichentür der Kirche öffnete sich knarrend. Ich hörte Schritte hinter mir. Beißender Körpergeruch stieg mir in die Nase.

»Christian!«

»Sei gegrüßt, Schwester.«

Er kniete sich neben mich und murmelte mit gesenktem Kopf ein Vaterunser. Dann richtete er seinen Blick auf das Rosettenfenster, in dem aus buntem Glas ein Bild des gekreuzigten Christus zu sehen war. »Ihr befahlt mir, herzukommen«, sagte er mit bitterem Spott in der Stimme. Meine Botschaft war tatsächlich knapp und barsch gewesen.

»In der Tat. Ein Kummer verdunkelt den Himmel über uns.«

»In Zeiten wie diesen ist das Leben niemals leicht.«

»Ihr habt gewiss vom Fortgang der Untersuchungen gehört?«

»Wie könnte ich nichts davon wissen? Die Wege des Herrn sind unergründlich. Allerorten werden Leichen ausgegraben. Auf dem Weg hierher wäre mein Ross beinahe in ein offenes Grab gestürzt. Mir war nicht bewusst, dass man so rasch in solch schlechte Gesellschaft geraten kann. Bereiten die Lebenden Euch hier ebenso viel Ärger?«

»Ihr habt gut scherzen, Ihr sitzt in Eurer Komturei in Maurac und seid sicher vor all den Problemen, die diese Mönche hier verursachen.«

»Sie handeln im Auftrag des Papstes, Schwester. Treue Anhänger des Heiligen Vaters haben nichts zu befürchten.«

»Mein Gatte ängstigt sich.«

»Euer Gatte ängstigt sich in einem fort. Das scheint ihm zur Gewohnheit geworden zu sein.«

»Diesmal hat er allen Grund dazu.«

»Das denke ich nicht. Unsere Brüder vom Predigerorden werden ein paar Krüppel, Unruhestifter und alte Weiber den Flammen übergeben und Euch dann in Frieden lassen. Es ist immer dasselbe.«

»Raymond glaubt, dass nicht die Ketzer, sondern das Chateau und unsere Ländereien ihr eigentliches Ziel sind. Für den König.«

»Der König wird das alles ohnehin schon bald bekommen, es sei denn, Ihr schenkt Raymond doch noch einen Erben, Schwester. Warum sollte der König es also derart eilig haben?«

Nun musste ich mir den Vorwurf gegen meinen unfruchtbaren Leib auch noch aus dem Mund meines Bruders anhören, was mich beinahe tiefer kränkte als die Klagen meines Gatten. Aber ich verbarg meine Wut und holte stattdessen zum Gegenschlag aus. »Vater Subillais glaubt, dass Ihr Guillaume getötet habt.«

Christian sprang auf, als hätte er den Trompetenstoß eines Heralds vernommen. Sein Benehmen veränderte sich von einem Augenblick zum nächsten völlig. »Ihr wagt es, im Hause Gottes eine solche Anschuldigung zu äußern?«

»Die Anschuldigung stammt nicht von mir, sondern von Vater Subillais.«

Die Nachricht schien ihn wirklich zu erschüttern. Außer uns befand sich niemand in der Kirche, doch Christian blickte sich hastig um, als würden plötzlich überall Feinde in den Schatten lauern. Vielleicht gab es ja einen Grund, argwöhnisch zu sein – manchmal hatten selbst Kirchenwände Ohren.

»Nicht hier«, stieß er hervor und zog mich von den kalten Steinen hoch. Wir erklommen die ausgetretene Steintreppe des Glockenturms, bis wir schließlich weit oben über der Stadt standen. Schneidend fuhr uns der eisige Wind in die Gesichter. Der Schnee leuchtete im hellen Sonnenlicht so gleißend weiß, dass meine Augen schmerzten.

»Wer ist der eigentliche Urheber dieser Anschuldigung?«, knurrte er.

»Vater Subillais hat meinem Gemahl gegenüber behauptet, die Information von Martha Fauré bekommen zu haben, Guillaumes Magd.«

»Sie hat es gesehen?«

»Gab es denn etwas zu sehen, Christian?«

Er antwortete nicht sofort, aber seine Miene verriet mir, was ich wissen wollte. »Subillais kann nichts gegen mich unternehmen«, sagte er, als wolle er damit sich selbst beruhigen.

»Dann ist es also wahr?«

Er rieb mit seiner behandschuhten Rechten über den gefrorenen Schnee, der auf der Turmbrüstung lag.

»Christian?«

»Guillaume war ein Narr und außerdem gefährlich.«

Ich brauchte eine Weile, um mich zu fassen und die bittere Wahrheit zu begreifen, dass mein Bruder tatsächlich einen Priester und Blutsverwandten ermordet hatte. »Warum? Warum habt Ihr das getan?«

»Er war starrsinnig.«

»Seid Ihr das etwa nicht?«

»Keine meiner Handlungen hat uns je in Gefahr gebracht.«

»Darüber ließe sich streiten. Ihr habt Guillaume also getötet, weil er starrsinnig war? Ist das der einzige Grund? Oder besaß er womöglich noch andere Charaktermängel, die eine solche Abneigung in Euch hervorriefen, dass Ihr ihn meucheln musstet?«

Er seufzte. »Es gibt etwas, das ich Euch sagen muss.«

»Das habe ich bereits vermutet.«

»Als ich das Grabmal öffnete, fand ich darin auch eine Genealogie, einen Stammbaum. Er war sehr viel älter als jeder andere in unserem Besitz.«

»Wie konntet Ihr mir das verschweigen?«

Christian zuckte mit seinen breiten Schultern. Eine Entschuldigung war von ihm nicht zu erwarten.

»Wie alt ist dieser Stammbaum?«

»Er war in Hebräisch geschrieben, das Pergament zerfiel mir beinahe in den Fingern. Ich brauchte Guillaume, er sollte eine Kopie in lateinischer Schrift anfertigen.« Mein Bruder sah mir eindringlich in die Augen. »Dieses Dokument schließt die Lücken im Stammbaum unseres Geschlechts, Eleonore. Es ist der endgültige Beweis, dass unsere Familie von Jesus abstammt!«

»Es gibt keine Beweise, nur Geschichten und Legenden.«

»Für mich ist es Beweis genug.«

»Warum habt Ihr mir nichts davon erzählt?«, fragte ich wieder.

Er gab mir keine Antwort, aber ich konnte es mir denken – weil ich eine Frau war, und weil er sich als alleiniger Hüter der Familiengeheimnisse betrachtete.

»Und deswegen musste Guillaume sterben?«

»Ich wurde misstrauisch, weil er sich so viel Zeit mit der Abschrift ließ. Also stattete ich ihm in jener Nacht unangemeldet einen Besuch ab. Es war genau, wie ich geahnt hatte – er stellte gerade eine zweite Kopie her. Mir graut jetzt noch, wenn ich daran denke, was er wohl damit vorhatte. Wir gerieten in Streit. Er versuchte, davonzulaufen und das Schriftstück vor mir zu verstecken. Könnt Ihr Euch vorstellen, was mit ihm – mit uns allen – geschehen wäre, wenn es in die falschen Hände gelangt wäre?«

»Und dann?«

»Und dann tat ich, was niemals meine Absicht gewesen war. Ich war rasend vor Wut und vermochte mich nicht zu beherrschen.«

»Wut muss als Entschuldigung für recht viele Eurer Taten herhalten.«

»Wir konnten Guillaume nicht mehr trauen. Ich habe bei ihm sogar eine Kopie des anderen Stammbaums gefunden, die er offensichtlich aus dem Gedächtnis angefertigt hatte. Sie steckte voller Fehler und Ungenauigkeiten. Das alles hat er vor uns verheimlicht.«

Es war kalt auf dem Glockenturm, so kalt, dass meine Zähne schmerzten. »Wo befinden sich die Dokumente jetzt?«

»Das Original und die erste Kopie sind in der Komturei in Sicherheit. Die anderen Kopien habe ich verbrannt. Ich habe alles wieder in Ordnung gebracht.«

»Aber zu welchem Preis …«

»Dafür ist kein Preis zu hoch.«

Leichter Schneefall setzte ein. Kleine Flocken fingen sich in meinem Wollumhang und schmolzen dort. Der Wind bestäubte den Stechginster auf den Hügeln mit jungfräulichem Weiß.

Für meinen Bruder und mich schien sich die Welt allzu schnell verändert zu haben. Doch wir konnten die Vergangenheit nicht wieder zurückholen. Ein weiterer Fehler war, dass wir geglaubt hatten, unser Geheimnis für immer bewahren zu können – wie die Locke eines Geliebten.

»Ich werde den Orden verlassen«, sagte Christian.

»Wegen Eurer Taten?«

»Euretwegen. Da Ihr unfähig seid, für Nachkommen zu sorgen, werde ich mein Keuschheitsgelübde brechen müssen, um einen Erben zu zeugen.«

»Einen Erben wofür? Binnen kurzem wird all unser Besitz dem König gehören, das habt Ihr selbst gesagt.«

»Unser Blut ist immer noch von Bedeutung, Eleonore.«

»In der Kirche von Redaux habe ich gesehen, wie viel Euch unser Blut bedeutet.« Ich hatte Guillaume vor Augen, blutüberströmt auf dem Boden liegend, halb bedeckt vom Altartuch. Und Christian war dafür verantwortlich. Das war aus ihm geworden, das hatte seine Vision aus ihm gemacht. Ich wusste, dass er in seinem Leben schon viele Männer umgebracht hatte, doch dabei hatte es sich um Sarazenen gehandelt, gegen die er im Namen und im Auftrag Gottes zu Felde gezogen war.

Aber damit, dass er in einem Haus Gottes einen Priester von seinem eigenen Fleisch und Blut niedergemetzelt hatte, beging er eine Todsünde. Mein Bruder hatte die Schwelle zum Haus des Teufels überschritten.

»Seht mich nicht so an«, schnappte er. »Ich weiß genau, was ich getan habe. Und Ihr könnt mir glauben, dass dieses Wissen mir unaufhörlich Qualen verursacht. Ich bin kein Ungeheuer. Ich hatte keine Wahl.«

»Jeder Mensch hat eine Wahl.«

»Jetzt klingt Ihr wie der gute Vater Subillais«, entgegnete er und kratzte über einen purpurroten, entzündeten Furunkel, der direkt über der Ader an seinem Hals saß.

»Wir müssen Raymond unverzüglich einweihen«, tat ich kund.

Er schüttelte den Kopf.

»Er ist mein Gemahl. Wir haben es lange genug vor ihm verheimlicht.«

»Er stammt aus dem Norden. Auch wenn er Euer Gatte ist – wir können ihm nicht trauen.«

Ich holte tief Luft. »Ihr habt eben angedeutet, dass ich unfruchtbar sei ... das stimmt nicht, Christian.« Er starrte mich überrascht an.

»Ihr erwartet ein Kind?«

»Es wird noch vor dem Herbst das Licht der Welt erblicken.«

»Weiß er es?«

Ich nickte. »Also müssen wir es ihm endlich sagen.«

Eine kleine Ewigkeit verging. »Na schön«, gab Christian schließlich nach. »Wir werden ihm unser Familiengeheimnis anvertrauen. Nun, da er auf einen Erben hoffen kann, begreift er vielleicht, wie bedeutend es ist. Wir werden ihm sein wahres Erbe offenbaren.«

BERNARD

Angesichts der Beweise, die Bruder Subillais gegen Aimery Maurand zusammengetragen hatte, war auch ich der Meinung, dass wir den Kaufmann unbedingt dazu bringen mussten, ein Geständnis abzulegen und der Häresie abzuschwören. Er hatte seine Sünde zwar als unwissender Knabe begangen, aber das war in diesem Fall unerheblich.

Anders als mein Ordensbruder war ich jedoch davon überzeugt, dass Maurand seinen Widerstand gegen uns nach einer gewissen Zeit in der Kerkerhaft aufgeben würde. Bruder Subillais schien allerdings nicht geneigt, die nötige Geduld aufzubringen.

»Es gibt auch andere Möglichkeiten, seine Zunge zu lösen«, sagte er.

Ich fühlte alles Blut aus meinem Gesicht weichen, so sehr bestürzte mich seine Andeutung. »Du hast doch nicht etwa die Absicht, ihn der Folter zu unterziehen?«

»Der Heilige Vater hat diese Vorgehensweise ausdrücklich gestattet.«

Subillais hatte Recht – das galt für bestimmte Fälle, wenn es sich um eine schwerwiegende Anschuldigung handelte. Dreizehn Jahre zuvor hatte Papst Innozenz IV. in seiner Bulle *Ad extirpanda* die Anwendung von Folter erlaubt, vorausgesetzt, sie gefährdete weder Leib noch Leben des Angeklagten, und vorausgesetzt, es lagen außergewöhnliche Umstände vor. Meines Wissens hatte bisher noch kein Inquisitor von dieser Möglichkeit Gebrauch gemacht.

»Ich sehe dich erbleichen. Stehst du dieser Maßnahme ablehnend gegenüber, Bruder Bernard?«

»Ja, das tue ich in der Tat, Bruder.«

»Aus welchem Grund?«

»Es würde bedeuten, dass wir versagt haben. Was nutzt uns all unsere Bildung, wenn es uns nicht gelingt, mittels unseres Verstandes zum Gewissen dieses Mannes durchzudringen?«

»Gespräche erfüllen nur ihren Zweck, wenn das Gegenüber bereit ist, sich daran zu beteiligen. Manche Menschen verschließen sich jedoch jeglicher Vernunft.«

»Aber welche Berechtigung hätten wir, ihn für ein dermaßen geringes Vergehen zu foltern? Er hat keine häretischen Ansichten geäußert und wird dessen auch nicht beschuldigt! Als er diese Sünde beging, war er noch ein Knabe.«

»Bei Häresie handelt es sich also um ein geringes Vergehen?«

»Unsere Anklage ist nicht schwerwiegend.«

»Der Vater dieses Mannes war ein Verberger! Wer weiß, wie viele ketzerische Gedanken er seinem Sohn schon als Kind eingepflanzt hat? Und wer weiß, wie viele andere Menschen dieser Sohn mit seinem giftigen Gedankengut angesteckt hat?«

»Wir haben keine weiteren Beweise gegen ihn.«

»Das heißt nicht, dass keine existieren. Und was den Einsatz eines gewissen Zwanges betrifft, so hat bereits unser Dominikanerbruder Thomas von Aquin in seiner *Summa Theologica* darauf hingewiesen, dass eine solche *correctio* eine gute Tat darstellt, wenn sie die Erhebung eines anderen Christen zum Ziel hat. Es ist ebenso viel wert, eine Person daran zu hindern, Böses zu tun, wie sie dazu zu veranlassen, Gutes zu tun.«

Ich rang mit mir. Bruder Subillais' Zusammenfassung der Lehre von Thomas von Aquin vermochte ich zuzustimmen, und das bedeutete, dass der Fall Maurand eingehend untersucht werden musste. Aber der Gedanke an Folter stieß mich ab, und das machte ich auch deutlich.

Bruder Subillais hörte sich meine Einwände an und geruhte anschließend, mich zu verspotten. »Aus Rücksicht auf deine empfindliche Veranlagung soll Maurand also der Eintritt in das himmlische Königreich versagt bleiben?«

»Das habe ich nicht gesagt.«

»Wenn man die Menschen sich selbst überlässt, gibt es kein

Halten mehr. Sie müssen geleitet werden, und dies ist nicht immer mit sanften Worten zu erreichen.«

»Du bist der Meinung, dass wir ihn zu seinem eigenen Wohl der Folter unterwerfen sollten?«

»Zum Wohl seiner unsterblichen Seele, ja. Glaubst du, dass Gott die Menschen auf die Erde geschickt hat, damit sie ihr Leben lang versuchen, Schmerz und Kränkungen zu meiden?«

»Natürlich nicht.«

»Warum sind wir also hier?«

»Um Gott zu dienen und die Sünde zu bekämpfen.«

»Genau. Ist es uns möglich, den Sieg über das Fleisch zu erringen, ohne sowohl geistigen als auch körperlichen Schmerz zu erleiden? Nein. Sollten wir demnach den Schmerz an sich fürchten? Nun, Bruder?«

»Dies ist unsere eigene Wahl. Aber es ist etwas anderes, wenn wir einem unserer Mitmenschen Schmerz zufügen.«

»Selbst, wenn wir es zu seinem eigenen Besten tun?«

»Sollte Maurand das nicht selbst beurteilen dürfen?«

»Keineswegs! Soll etwa ein Bäcker oder ein Gerber selbst darüber entscheiden, ob er ein tugendhaftes Leben führt? Die Menschen müssen zur Frömmigkeit getrieben werden wie eine Schafherde in den Stall, andernfalls wäre im Fegefeuer gar nicht genug Platz für all die verdammten Seelen. Was immer wir im Fall von Aimery Maurand tun, geschieht aus christlicher Nächstenliebe. Es ist die Bürde unseres heiligen Amtes, dass sich unsere übermäßige Nächstenliebe auf eine Weise äußert, die von den Menschen nicht verstanden wird.«

»Mir scheint, dass Folter nicht viel mit Liebe zu tun hat.«

»Was weißt du schon von Liebe, Bruder Donadieu? Ganz davon abgesehen, dass du sie mit fleischlicher Begierde verwechselst.«

Wie Ihr seht, hatte ich dank Sybille de Peyrolles jegliche moralische Autorität verloren. Wieder einmal musste ich mich geschlagen geben. Wieder einmal hatte Bruder Subillais mir seine geistige und theologische Überlegenheit bewiesen. Doch die Tatsache, dass ich ihn im Streitgespräch nicht widerlegen konnte, bedeutete keineswegs, dass ich seine Auffassung teilte.

Ich war aufgewühlt und nachdenklich. Als Knabe hatte Aimery Maurand sich auf Geheiß seines Vaters und ohne eigenes Wissen vor einem *Parfait* verbeugt. Diese Sünde rechtfertigte meiner Ansicht nach nicht die Anwendung von Folter. Ich dachte daran, dass Jesus die Sünden der Menschen auf sich genommen und für die Menschen gelitten hatte, und fragte mich plötzlich, ob Maurand am Ende nicht vielleicht größere Gnade vor seinen Augen finden würde als wir.

Ich behielt diesen Gedanken natürlich für mich, auch wenn es mich quälte, nicht mit meinem Ordensbruder darüber sprechen zu können. Doch wie ich schon einmal dargelegt habe, war aus Bruder Subillais, seit wir Toulouse verlassen hatten, ein anderer Mensch geworden. Ich hegte schlimme Befürchtungen für den armen Maurand, auch wenn ich ihn nicht sonderlich schätzte. Noch mehr aber fürchtete ich den Moment, in dem mein Ordensbruder den Fall des Bürgers abschließen und seine Aufmerksamkeit wieder auf Madeleine de Peyrolles richten würde.

*

Gott allein weiß, wie oft ich versuchte, Madeleine de Peyrolles aus meinen Gedanken zu verbannen. Ich hatte geglaubt, mich durch die Reinigung meiner Seele von der fleischlichen Begierde auch von der Sehnsucht befreien zu können. Aber ich hatte mich geirrt. Und nun quälten mich auch noch Schuldgefühle, denn ich wusste, was sie im Kerker zu erleiden hatte.

Als Bruder Subillais Madeleine in eine Einzelzelle werfen ließ, erhob ich keine Einwände. Aber innerlich zerriss es mir das Herz. Meine Gefühle waren dermaßen stark, dass sie mir körperliche Pein verursachten. Ich verspürte unerträgliche Schmerzen in Brust und Magen, bekam Schweißausbrüche und Kopfstechen. Es war, als hätte ich Madeleine verraten, anstatt ihre Seele zu retten.

Ich zog mich in die Kapelle des Chateau zurück, um durch Andacht und Gebet mein Gewissen zu erleichtern.

Die Wände schienen Jahrhunderte alten Weihrauchduft zu atmen. Eine Statue der Heiligen Jungfrau glänzte im Licht der Kerzen, von denen lange schwarze Rauchfäden hinauf in das dunkle Deckengewölbe stiegen – wie Gebete zum Himmel.

Die Flammen flackerten in einem kühlen Luftzug und die Kälte der Steine unter meinen Knien drang mir bis in die Knochen. Aber ich verharrte über drei Stunden dort, von der None bis zur Komplet, bis meine Gliedmaßen so steif waren, dass ich sie nur unter Schmerzen zu strecken vermochte. Doch mein Geist hatte keine Ruhe gefunden, und Gott hatte nicht zu mir gesprochen.

An jenem Abend sagte ich mir wieder und wieder, dass ich ein Mitglied des Predigerordens war, ein Schüler des seligen Dominik, und dass ich in erster Linie Gott zu dienen hatte. Mehr noch als andere Frauen hatte Madeleine de Peyrolles die Sünden Evas auf ihr Haupt geladen, denn sie hatte einen Priester dazu verleitet, sein Keuschheitsgelübde zu brechen.

Was also war es, das mich nach der Komplet die ausgetretenen Stufen zum Kerker hinunter trieb? Fleischeslust? Gott bewahre. Bußfertigkeit? Nein, ich hatte meiner Reue bereits stärkeren Ausdruck verliehen als jeder andere Mann.

Vielleicht war es die Zuneigung, die ich immer noch für Madeleine empfand. Was für ein abtrünniger Mönch ich doch war! Ich hatte den Auftrag, in diesen Bergen die Sünde auszurotten, dabei vermochte ich sie mir noch nicht einmal selbst aus dem Herzen zu reißen.

*

Anders als das Chateau Narbonnais in Toulouse verfügte die Burg von Saint-Ybars lediglich über eine einzige Gemeinschaftszelle, da die Zahl der Gefangenen hier nie besonders groß war. Auf dem Boden dieses *murus largus* befanden sich Falltüren, durch die man in die darunter liegenden, aus dem Grundgestein herausgehauenen Einzelzellen gelangte. Die Insassen dieser *muri stricti* wurden mit Fußfesseln an den Fels gekettet und dann ihrer Einsamkeit sowie vollkommener Dunkelheit überlassen. Der Aufenthalt in einem *murus strictus* war als Strafe für jene vorgesehen, die nur ein lückenhaftes Geständnis abgelegt oder aus dem Kerker zu fliehen versucht hatten.

Ganach, der Kerkermeister, sperrte eine der Falltüren auf. Mit einer Kerze in der Hand stieg ich die steilen Stufen in die Zelle hinab. Die Tür sollte während meines Besuchs offen stehen bleiben, da die angekettete und ausgehungerte Gefangene keinerlei Bedrohung darstellte. Am Fuß der Treppe hielt ich inne und blickte mich um.

Im *murus largus* über mir brüllte Ganach gerade einen der Gefangenen an. Ein Säugling weinte. Jemand sang ein Lied.

Madeleine wurde nun bereits seit drei Wochen in diesem stinkenden Verlies gefangen gehalten, während es Bruder Subillais beliebte, andere mutmaßliche Häretiker zu verhören. Er hatte mir gegenüber die Hoffnung geäußert, dass die Bedingungen im *murus strictus* Madeleine dazu bewegen würden, ein umfassendes Geständnis abzulegen. Sie bekam nur abgestandenes Wasser und Krusten von schimmligem Brot, und diese erbärmliche Kost hatte ihre Wirkung nicht verfehlt.

Ich hob die Kerze. Die Form von Madeleines Wangenknochen war erschreckend deutlich zu erkennen. Ihre Handgelenke waren so dünn, dass es den Eindruck machte, als könnten sie jeden Moment zerbrechen. Ihr Gesicht wirkte durchscheinend, wie nasses Leinen. Die blauschwarzen Schatten unter ihren Augen bildeten dazu einen scharfen Kontrast.

»Vater Donadieu! Ihr seid also doch noch gekommen«, murmelte sie.

Es hätte mich nicht aufwühlen dürfen, sie in diesem Zustand zu sehen, aber ich gebe zu, dass ich ihren Anblick kaum ertragen konnte. Ihre Kleidung war besudelt, ihre Haut krustig vor Dreck. Ihr Haar war zwar wieder gewachsen, nun jedoch strähnig und verfilzt. Ich dachte unwillkürlich, dass niemand es gutheißen konnte, wenn Schönheit auf diese Weise zerstört wurde.

»Madeleine! Dies muss sofort ein Ende haben!«

»Ich wäre froh darüber, wenn es ein Ende nähme.«

»Das hängt ganz von Euch ab.«

»Von Vater Subillais, meint Ihr wohl. Vielleicht könntet Ihr ihn ja bitten, mir eine gebratene Hammelkeule bringen zu lassen. Und Wein vom Tisch des Bischofs.«

»Ihr würdet gut daran tun, ihn nicht zu verspotten.«

»Ich bin keine Ketzerin, Vater, noch habe ich jemals Ketzer gesehen, ausgenommen jene Pilger, die als Buße Kreuze auf ihren Gewändern tragen. Und ich habe hier in Saint-Ybars noch niemals jemanden ein Wort gegen die Kirche sagen hören.« Sie seufzte und wandte das Gesicht ab.

»Ihr dürft nicht in Eurem Starrsinn verharren.«

»Ich weiß nicht, was Vater Subillais von mir will.«

»Die Wahrheit.«

»Ich habe ihm die Wahrheit gesagt. Er hat sie beiseite geworfen wie einen verfaulten Apfel.«

»Eure Unnachgiebigkeit ist Euch nicht gerade dienlich.«

»Aber Ihr denkt, es wäre mir dienlich, Vater Subillais gegenüber eine Lüge zu wiederholen, die Ihr mir in den Mund gelegt habt?«

Ich starrte auf die pulsierende Ader in ihrem Hals und senkte dann den Blick. Selbst während sie von Unschuld und Wahrheit sprach, konnte ich nur daran denken, wie sie mir diesen Hals einstmals zum Kuss dargeboten hatte.

Damit hatte ich nicht gerechnet. Ich war davon überzeugt gewesen, die Begierde besiegt zu haben. Madeleine allein war dafür verantwortlich, und ich verachtete sie, weil sie immer noch Macht über mich besaß.

»Warum tut Ihr all dies?«, flüsterte sie.

Ich musste meine Augen schließen. Sie war so stark, sogar in ihrer Hilflosigkeit …

»Seid Ihr dafür der Heiligen Inquisition beigetreten? Habt Ihr dafür so viel Zeit über Euren Büchern verbracht?«

»Mein einziger Wunsch ist es, Gott zu dienen«, erwiderte ich. Dies war tatsächlich mein tiefster Herzenswunsch. Zumindest glaubte ich das in jenem Augenblick.

Sie drehte ihr Gesicht der Felswand zu.

Es gab nichts mehr zu sagen. Ich erklomm die Stufen zum *murus largus*. Auf halbem Weg vermeinte ich, sie flüstern zu hören: »Bitte helft mir, Vater.« Ich hielt inne, doch als kein weiterer Laut an meine Ohren drang, nahm ich an, dass ich mir ihre flehenden Worte eingebildet haben musste.

*

Bruder Subillais schien am folgenden Morgen unter besonders großen Schmerzen zu leiden. Als er sich in seinem Stuhl aufzurichten versuchte, entfuhr ihm unwillkürlich ein Stöhnen. Offenbar ging jede Bewegung seines Beins mit unerträglichen Qualen einher. Ich erhob mich, um ihm zu helfen, aber er stieß mich fort. Er verachtete seine Gebrechlichkeit. Seit einer Woche vermochte er wieder mit Hilfe eines Stocks umherzuhumpeln und strengte sich dabei jeden Tag bis zur völligen Erschöpfung an. Der Fuß seines verletzten Beines war purpurrot und mit schwarzen Flecken übersät und schwoll gegen Abend regelmäßig an. Ich hatte meinem Ordensbruder empfohlen, sich mehr Ruhe zu gönnen, doch er hörte nicht auf mich.

Der Winter hielt Saint-Ybars fest umklammert. Bruder Subillais jedoch schien die Eiseskälte willkommen zu sein, denn er ließ die Schlagläden seines Gemachs beinahe Tag und Nacht offen stehen.

In der grauen Morgendämmerung waren dicke Eisschichten auf den Dächern und den Pflastersteinen des Innenhofs zu erkennen. Mit vor Kälte tauben Fingern brach ich das Brot zum Morgenmahl. Mein Geist war ebenfalls benommen, entsetzt über den Weg, den mein Ordensbruder eingeschlagen hatte.

Dies war nicht mehr der Mann, den ich kannte … aber vielleicht ist das nicht ganz richtig. Er war zwar der Mann, den ich kannte, doch all seine Wesenszüge schienen viel stärker ausgeprägt, sodass er kaum wiederzuerkennen war. Seine Krankheit hatte ihn verändert, und in ihm war ein Licht verloschen.

»Du wirkst sorgenvoll«, bemerkte Bruder Subillais.

»Ich kann nicht mit meinem Gewissen vereinbaren, was wir gleich tun werden.«

»Mit deinem Gewissen?«

»Ich bin nicht der Ansicht, dass die Anwendung von Folter zum Inquisitionsverfahren gehören sollte. Mir erscheint sie wie ein Eingeständnis unseres Versagens.«

»Wir haben nur dann versagt, wenn wir eine Seele an den Erzfeind verlieren.«

»Hat Paulus nicht gesagt: ,Eure Güte lasst kund sein allen Menschen'?«

»War unser Erlöser gütig, als er die Geldwechsler aus dem Tempel vertrieb, Bernard?«

»Du magst so viel reden, wie du willst, mein Gewissen lässt mir keine Ruhe.«

»Mit wessen Stimme spricht dein Gewissen zu dir, Bruder? Mit der Stimme Gottes oder mit der Stimme deiner eigenen Schwäche? Wer verzagten Herzens ist, vermag auch keine Seelen zu retten.«

»Wird ein Mensch nur lange genug gefoltert, so ist er gewiss bereit, alles zu gestehen, selbst wenn es nicht der Wahrheit entspricht. Der Heilige Vater hat die Ausübung von Zwang zwar gestattet, aber er untersagt uns, dabei Leib oder Leben des Beschuldigten in Gefahr zu bringen.«

»Keins von beidem werden wir tun.«

»Auf der Folterbank werden seine Knochen brechen.«

»Ich glaube nicht, dass es so weit kommen wird«, erwiderte Bruder Subillais. »Wir haben heute Morgen bedeutende Arbeit zu verrichten, Bruder. Uns fällt die Aufgabe zu, Aimery Maurands Seele zu retten. Angesichts seiner beharrlichen Widerspenstigkeit dürfen wir nicht zurückweichen.« Er warf mir einen Blick zu, erkannte, dass er mich noch nicht überzeugt hatte und fuhr fort: »In den Augen Gottes hat er eine Sünde begangen, ob ihm dies nun bewusst ist oder nicht. Zum Wohl seiner unsterblichen Seele muss er gestehen und von dieser Sünde losgesprochen werden. Versuche einmal, wie ein Barbier oder Arzt darüber zu denken, Bernard. Du musst dich gegen die Leiden deines Patienten verhärten, andernfalls bist du nicht fähig, alles zu tun, damit er wieder gesundet. Wenn ein Mann mit einem verfaulten Bein zu dir kommt – nimmst du es ihm dann ungeachtet seiner Schreie ab, oder lässt du ihn lieber zugrunde gehen?«

»Sollte Maurand nicht besser so lange im *murus strictus* festgesetzt bleiben, bis er seine Fehler einsieht?«

»Bruder, es verursacht mir ebenso großen Schmerz wie dir, einen Menschen leiden zu sehen. Doch mein Schmerz wäre noch größer, wenn es einem Häretiker gelänge, durch List und Bosheit seiner Strafe zu entgehen. Denn dadurch würden Ketzer ermutigt, dem rechten Glauben weiteren Schaden zuzufügen. Das ist es, was mir wahrhaftig den Schlaf raubt. Mit unserer Nachsicht haben wir an diesem Ort bereits genug Zeit verschwendet.«

»In Toulouse würden wir nicht zu dieser Maßnahme greifen.«

»Tatsächlich? Willst du damit sagen, dass ich die Verfahrensregeln nicht in angemessener Weise beachtet habe?«

»Ich will lediglich sagen, dass wir womöglich zu viel Eifer an den Tag legen, was diesen Maurand betrifft.«

»Die Ketzerei muss ausgerottet werden! Indem Maurand sich weigert, abzuschwören, gefährdet er alles um sich herum – unsere Institutionen, unsere Städte, den König, den Heiligen Vater in Rom, einfach alles, was zwischen uns Menschen und der Barbarei steht. Vergiss nicht, dass es unser Auftrag ist, über den Geist der Menschen zu wachen. Wir müssen alles vernichten, was vom Teufel kommt und was den glorreichen Tag hinauszögert, an dem das himmlische Königreich auf Erden anbricht.«

»Es muss einen anderen Weg geben, die Wahrheit herauszufinden.«

»Wir kennen die Wahrheit bereits. Wir benötigen nur noch das Geständnis des Sünders.« Bruder Subillais schüttelte den Kopf und legte eine Hand auf meine Schulter. »Es gibt zwei

Bernard Donadieus. Einer ist ein Zauderer und Hurenbock. Doch den anderen ruft Gott in seinen Dienst, weil er unerschütterlich ist und Gott wahrhaft liebt.«

Ich blickte in Bruder Subillais' Augen und vermochte wieder zu glauben – an mich selbst und an die große Aufgabe, die dem Predigerorden übertragen worden war. Er hatte Recht. Mein Gewissen sprach mit der Stimme eines Schwächlings, der von einer Frau betört worden war. Wenn ich Gott wirklich dienen wollte, musste ich mich ändern.

Ich ging in meine Zelle und flehte Gott um Erleuchtung an, doch er gewährte mir meine Bitte nicht.

Ich musste mich entscheiden. Wenn man von mir verlangte, einen Menschen zu foltern, um Christus selbst vor Qualen zu bewahren – wäre ich dazu bereit? Würde ich mit meinen eigenen Händen das Rad der Streckbank drehen, wenn unserm Herrn dadurch Leid erspart würde? War ich fähig, eine solche Entscheidung zu treffen? Bruder Subillais hatte mich in diesen Konflikt gestürzt, und nun wusste ich nicht, wie ich ihn lösen sollte.

Vielleicht stimmte ja das, was er über mich dachte. Ich wollte Gott lieben, war zu echter Hingabe jedoch nicht fähig. In meinem tiefsten Innern wusste ich allerdings, dass ich diese Hingabe auch im Verlies des Seigneurs nicht erlernen würde.

*

Zu viert stiegen wir die Stufen hinab, die in die Folterkammer führten – Bruder Subillais, der Notar Pons, der Henker des Seigneurs und ich. Als Geistliche durften mein Ordensbruder und ich unsere Hände nicht mit Blut beflecken, daher war es an der weltlichen Instanz, uns nicht nur die notwendigen Gerätschaften zur Verfügung zu stellen, sondern auch Männer, die fähig und willens waren, diese zu bedienen.

Wir warteten schweigend, allein mit unseren Gedanken. Ich warf einen verstohlenen Blick auf das Gesicht des Henkers und stellte mir vor, dass wir uns womöglich *beide* fragten, was im Kopf des jeweils anderen vorging.

Schließlich wurde Aimery Maurand vom Kerkermeister und einem seiner Gehilfen die Treppe hinuntergeschleift. Sein feines Beinkleid war zerrissen und dreckig. Als ich seinen Geruch wahrnahm, zuckten meine Nasenflügel. Maurand verströmte den unverwechselbaren Schweißgestank eines Menschen in Todesangst.

Natürlich wehrte er sich, doch er war viel zu geschwächt, und die Last der Ketten drückte ihn nieder. Als er die Folterinstrumente sah, erbrach er sich in einem dünnen, bräunlichen Strahl über sein eigenes Gewand. Dann gaben seine Beine nach.

Ganach und sein Gehilfe schleppten ihn zur Streckbank und banden ihn mit Unterstützung des Henkers fest, wobei er unaufhörlich schrille Schreie ausstieß.

Ich wunderte mich darüber, dass Maurand nicht auf der Stelle gestand – *ich* hätte es getan.

Mir ist immer noch unbegreiflich, wie die Streckbank ein Werkzeug Gottes sein kann. Sie ist eine wahrhaft Furcht erregende Vorrichtung. Ich hatte Männer von Oberarmknochen reden hören, die aus den Gelenkpfannen sprangen, von den Geräuschen, die Hüften oder Knie machten, wenn sie auseinander gezogen wurden, von Bändern und Sehnen, die mit einem Knall zerrissen, als hätte jemand eine Reitpeitsche geschwungen. Derlei Geschichten hatten mir stets einen Schauer über den Rücken gejagt. Ich fragte mich wieder einmal, warum ich so lange über meinen Büchern gesessen und gelernt hatte, die Argumente der Häretiker zu widerlegen, wenn ich mich ebenso gut in einem Schlachthaus auf meine Aufgabe hätte vorbereiten können.

Ich räume ein, dass Schmerz vonnöten ist, um die Seele zu reinigen. Aber es bedarf besonderer Unerschrockenheit, anderen Menschen um ihrer unsterblichen Seele willen solche Qualen zuzufügen, und ich glaube nicht, dass ich diese Unerschrockenheit besitze.

Bruder Subillais stützte sich auf seinen Stock. Seine eigenen Leiden hatten seinem Gesicht eine ungesunde graue Farbe verliehen. »Aimery Maurand, Ihr seid hierher gebracht worden, um Fragen bezüglich Eures Glaubens zu beantworten. Ist es Euer Wunsch, ein volles, umfassendes Geständnis abzulegen?«

»Ich bin kein Ketzer!« Selbst jetzt noch, da er so tief gesunken war, wollte sich Maurand offenbar nicht mit seiner Lage abfinden und bewahrte seinen Stolz.

»Wir werden feststellen, ob Ihr ein Häretiker seid oder nicht.«

»Selbstverständlich bin ich kein Häretiker! Ich suche regelmäßig Huren auf! Ich esse Fleisch, ich fluche, ich spiele und gehe jeden Sonntag in die Kirche! Macht mich das nicht zu einem guten, aufrechten Christen?«

Ein Katharer hätte nichts von all dem getan, das stimmte. Doch es reichte nicht als Beweis, denn es gab unter den Katharern viele *Credents*, die sich nicht so streng an die Regeln ihres Glaubens hielten wie die *Parfaits*.

»In Eurer Familie gab es Ketzer«, sagte Bruder Subillais.

»Mein Vater war ein Narr! Wollt Ihr mich für seine Sünden verantwortlich machen?«

»Gesteht, dass Ihr Euch vor einem *Parfait* verneigt habt. Eure Buße wird dann leicht ausfallen.«

»Na schön, na schön. Das alles ist völlig unnötig. Ich gestehe.«

Ich verspürte große Erleichterung. Die Angelegenheit war ausgestanden. Ich würde für Milde plädieren, da Maurands Vergehen nicht schwerwiegend war. Doch natürlich würde das Ansehen des Kaufmannes in der Stadt schweren Schaden nehmen …

Bruder Subillais hatte sein Ziel erreicht. Ich zweifelte nicht daran, dass er nun befehlen würde, Maurand von der Streckbank loszubinden. Daher erstaunte es mich, ihn sagen zu hören: »Gesteht Ihr ebenfalls, dass Ihr Steine nach einem Bildnis der Madonna geworfen und behauptet habt, sie habe ein falsches Spiel mit Euch getrieben? Dass Ihr Euch höhnisch über die Kirche geäußert habt? Dass Ihr einmal einen Pfeil in den Himmel geschossen habt, der mit blutiger Spitze wieder zur Erde fiel?«

»Was? Wer sagt solche Dinge über mich? Wer wagt es?«

»Bestreitet Ihr die Anschuldigungen?«

»Natürlich bestreite ich sie! Sie sind falsch!«

Ich fasste meinen Ordensbruder am Arm. »Bruder Subillais, was hast du vor?«

»Er ist des Ketzertums bezichtigt worden und muss dies zum Wohl seiner Seele gestehen.«

»Aber davon weiß ich nichts!«

Maurand hatte sich vor Angst selbst besudelt. In der Folterkammer herrschte nunmehr ein Gestank, den ich nicht ertragen konnte. Ich wandte mich ab und erbrach das wenige Brot, das ich an jenem Morgen zu mir genommen hatte. Mein Kopf schmerzte und meine Beine zitterten. Als ich mich wieder umdrehte, sah ich, dass auch der Notar leichenblass geworden war. Selbst Ganach und sein Gehilfe hatten es nicht mehr ausgehalten und die Kammer verlassen.

Maurands Augen traten hervor, und sein Gesicht wurde so rot, als würde er an irgendetwas ersticken. Er schüttelte wieder und wieder den Kopf, zum Zeichen, dass er Bruder Subillais' Anschuldigungen abstritt. Dann entrang sich seiner Kehle ein schriller, klagender Laut.

Ich hatte noch nie einen Menschen mit solch panischer Angst gesehen. Oh, auf dem Marktplatz von Toulouse war ich schon Zeuge bei Hinrichtungen durch den Strang gewesen, allerdings weit weniger häufig als manch anderer, der sie für eine Volksbelustigung im Rang von Bären- oder Hahnenkämpfen hielt. Doch bei allen Hinrichtungen, die ich erlebt hatte, war der Verurteile entweder vorher bewusstlos geschlagen worden, weil er sich geweigert hatte, den Schinderkarren zu besteigen, oder man hatte ihn bereits so schwer gefoltert, dass er ohnehin nicht mehr wusste, wie ihm geschah.

Dies war hier nicht der Fall. Maurand wusste nur zu genau, was ihn erwartete.

Bruder Subillais nickte dem Henker zu, der daraufhin begann, die Winde zu drehen.

Der arme Maurand brüllte wie am Spieß. Mein leerer Magen krampfte sich erneut zusammen. Ich hoffte bei Gott, dass dies ein

Ende finden würde, noch ehe die Sehnen dieses bedauernswerten Mannes rissen.

»Gesteht Eure Sünden, und die Kirche wird Euch wieder aufnehmen«, sagte Bruder Subillais.

Maurands Kopf war purpurrot geworden, und ich hegte die unsinnige Befürchtung, dass er womöglich platzen würde. Ich trat vor und beugte mich über ihn. »Gesteht, was er Euch vorwirft, dann ist all dies sofort vorbei!«

Doch er schüttelte den Kopf, dieser sture, einfältige Mann. Ich wusste genau, welcher Gedanke ihn sogar unter Qualen beschäftigte: Als Strafe für die Sünden, die Bruder Subillais aufgezählt hatte, würde man ihn in den Kerker werfen und seinen Besitz konfiszieren. Nur aus diesem Grund brachte er es nicht über sich, zu gestehen. Der Gedanke, seinen Reichtum zu verlieren, machte ihn tapfer.

Oder töricht.

»Gesteht Eure Sünden und schwört der Häresie ab, dann werdet Ihr augenblicklich losgebunden«, sagte Bruder Subillais.

»Ich … ich habe nichts zu gestehen!«

Der Henker betätigte erneut die Winde. Seile knarrten über Walzen, bis das Rad in der nächsten Stellung einrastete. Maurands Mund öffnete und schloss sich lautlos, wie das Maul eines an Land geschwemmten Fisches. Seine Hand- und Fußgelenke hatten zu bluten begonnen, und die Adern in seinem Hals schwollen immer mehr an. Ich sah meinem Ordensbruder in die Augen und bat ihn stumm, die Folter zu beenden. Doch seine Miene blieb völlig unbewegt.

Pons stand von seinem Schreibpult auf und übergab sich in eine der Ecken. Schlimmer konnte der Gestank ohnedies nicht mehr werden.

Bruder Subillais fuhr ungerührt mit seiner Befragung fort. »Gebt Ihr zu, dass Ihr die Kirche mit Worten verspottet habt?«

Noch immer harrte Maurand aus. Ich beugte mich wieder über ihn. »Er wird nicht eher damit aufhören, bis die Bank Euch in zwei Stücke gerissen hat! Gesteht und macht dem ein Ende.«

Maurands Augen waren nun blutunterlaufen und traten noch weiter hervor. Offenbar hatte er jedoch die Absicht, sich weiterhin zu widersetzen.

»Ich werde nachsichtig mit Euch sein«, versprach Bruder Subillais. »Ich könnte mir als Buße zum Beispiel eine Wallfahrt nach Santiago de Compostela vorstellen. Ihr werdet weder Euer Geld noch Eure Besitztümer verlieren.«

Das war natürlich gelogen. Für die Sünden, die Maurand zur Last gelegt wurden, konnte es keine leichte Buße geben, keine Pilgerreise oder Zeit des Fastens. Doch der Kaufmann griff nach dem Strohhalm und nickte mit dem Kopf.

»Ihr gesteht?«

»Ja, ja, ja, ja! Um Himmels willen!«

»Ihr gesteht, dass Ihr Euch höhnisch über die Kirche geäußert habt?«

»Ja!«

»Dass Ihr ein Abbild der Madonna mit Steinen beworfen habt?«

»Ja!«

»Dass Ihr Euch vor einem *Parfait* verbeugt und seiner Predigt gelauscht habt?«

Ich stieß ein Keuchen aus. Wo kam diese Anschuldigung auf einmal her?

»Ich gestehe alles!«

Auf dem Gesicht meines Ordensbruders erschien ein Ausdruck tiefen Friedens. Er stützte sich mit seinem ganzen Gewicht auf den Stock und zitterte vor Erleichterung. Dann nickte er dem Henker zu, der die Winde löste.

Als Maurand spürte, wie sich die Seile lockerten, begann er zu weinen.

Der Notar schrieb das Geständnis nach Bruder Subillais' Anweisungen nieder. Der Umstand, dass Folter angewendet worden war, fand in die Unterlagen keine Aufnahme. Laut Gesetz hatte Maurand einen Tag lang Zeit, sein Geständnis zu widerrufen. Ich hoffte, dass er klug genug war, es nicht zu tun.

Nachdem Bruder Subillais ihm erneut Milde versprochen hatte, nannte Maurand uns die Namen einiger anderer Bürger, die in Häresie mit ihm verbunden waren. Er wollte uns wohl seine guten Absichten beweisen. Mein Ordensbruder warf mir einen triumphierenden Blick zu. Er hatte die Mauer des Schweigens zum Einsturz gebracht.

Kalter Schweiß bedeckte meine Handflächen. Ich war einer Ohnmacht nahe.

Wir verließen die Folterkammer und suchten Bruder Subillais' Zelle auf, wo er sich mühsam hinkniete. Auch ich fiel auf die Knie und legte meine Hand auf sein Haupt.

Der Heilige Vater hatte den Mitgliedern unseres Ordens das Recht zugestanden, sich gegenseitig Absolution zu erteilen, falls sie sich in Erfüllung ihrer Pflichten zu regelwidrigem Verhalten gezwungen sahen. Daher hörte ich nun erst Bruder Subillais' Beichte, dann nahm er mir die Beichte ab. Wir sprachen einander von den Sünden los, die wir gerade begangen hatten.

Bevor ich ging, erinnerte er mich noch einmal daran, dass alles, was wir getan hatten, zum Wohl von Maurands unsterblicher Seele und zur Ehre unseres Herrn Jesus Christus geschehen war.

Ich gab ihm keine Antwort. Ich war von meinem Vater nicht dem Orden des Heiligen Dominik übergeben worden, um als Folterknecht zu enden. Wenn ich einen Menschen nicht vom Fehl seiner Gedanken und Handlungen überzeugen konnte, ohne dabei auf ein Instrument zurückzugreifen, das ihn eine Elle größer machte, dann – so schien es mir – hatte meine Bildung weder Sinn noch Nutzen.

Ich verbrachte den Rest des Tages allein in meiner Zelle. Selbst an den Mahlzeiten nahm ich nicht teil. Ich vermochte mein Gewissen einfach nicht zu beruhigen.

Bruder Subillais hatte meinen Verstand, auf den ich so stolz war, davon überzeugt, dass wir Gottes Werk taten. Doch es war mein Herz, mein aufsässiges Herz, das sich empörte und keinen Frieden fand.

SUBILLAIS

Der Erzfeind war überall und der Kampf gegen ihn eine schwere Bürde. Manchmal beschlichen mich Zweifel, ob das Böse in der Welt überhaupt bezwungen werden konnte, denn die Menschen hielten beharrlich daran fest und missachteten Gottes Wort. Das Lamm wurde stets von Wölfen umkreist, wir Schäfer durften niemals ausruhen, niemals schlafen.

Kurz vor der Prim wurde ich von Ganach, dem Kerkermeister, geweckt. Er klopfte an meine Tür und rief, die Gefangene Madeleine de Peyrolles sei von Dämonen besessen. Ich ließ ihn ein. Sobald sein Körpergeruch mir in die Nase stieg, wich ich unwillkürlich einen Schritt zurück. Ganach war ein grobschlächtiger, gleichmütiger Mann, doch nun wirkte er ehrlich verstört.

Mein Bein schmerzte. Ich lehnte mein ganzes Gewicht auf den Stock und sah dem Kerkermeister im schwachen Licht der Nachtkerze direkt in die Augen. »Beruhigt Euch und erzählt mir dann einmal genau, was geschehen ist.«

»Es geht um die Gefangene Madeleine de Peyrolles. Als ich in ihre Zelle kam, lag sie starr auf dem Boden und hatte Schaum vor dem Mund. Ich fürchte, dass sie vom Teufel besessen ist!«

Ich warf mir meinen Umhang über und folgte Ganach. Auf dem Weg zum Kerker mussten wir den Innenhof durchqueren. Noch immer lag völlige Dunkelheit über der Burg, dennoch waren einige Küchenmägde bereits damit beschäftigt, Holz zu holen und Wasser aus dem Brunnen zu schöpfen. Ein Wachposten urinierte von der Schutzmauer hinunter, sein Strahl platschte auf die überfrorenen Pflastersteine.

Der Kerkermeister beschleunigte immer wieder seine Schritte, sodass ich große Mühe hatte, mit ihm mitzuhalten. Ich befahl ihm, auf mich zu warten.

Als wir den Kerker erreicht hatten, zitterte ich vor Anstrengung und Kälte. Ganach öffnete die Falltür zu einem der *muri stricti* und half mir die Stufen hinunter.

Der Dämon hatte Madeleine de Peyrolles' Körper entweder wieder verlassen oder sich tiefer in ihn zurückgezogen, denn sie hockte regungslos an der Wand ihrer Zelle. Ihr Gesicht hatte die Farbe eines toten Fisches. Der sonst so unerschrockene Kerkermeister wagte nicht, sich ihr zu nähern.

Ich nahm ihm die Fackel aus der Hand und machte einen Schritt auf Madeleine zu.

Irgendetwas musste tatsächlich geschehen sein, denn auf ihrem Gewand waren Blutflecken.

»Sie blutet«, sagte ich zu Ganach. »Habt Ihr sie geschlagen?«

»Nein, Exzellenz!«

»Warum ist sie dann verletzt? Habt Ihr Euch etwa an ihr vergangen?« Zorn überkam mich. Ich beugte mich über die Gefangene, blickte sie prüfend an und entdeckte, woher all das Blut kam.

Es waren insgesamt vier Wunden, obwohl ich zuerst nur die in ihren Handflächen erkennen konnte. Irgendetwas hatte das Fleisch vollkommen durchbohrt.

»Heilige Maria Muttergottes«, hörte ich Ganach murmeln.

Ich wich zurück, als sei Madeleine eine Aussätzige. Ich bin ein gebildeter Mann und geweihter Priester, doch ich muss zugeben, dass ich nicht wusste, was ich denken sollte.

»Seht nur, ihre Füße!«, rief der Kerkermeister.

In der Tat – dort befanden sich zwei weitere Wunden, die genauso aussahen wie jene in ihren Händen, aber nicht so stark bluteten.

Ich schlug zum Schutz gegen den Erzfeind das Kreuzzeichen. Dieses Weib, dieser Dämon, beobachtete mich und schien belustigt über meine Reaktion.

»Wer seid Ihr?«, fragte ich.

»Ihr wisst, wer ich bin.«

»Woher stammen diese Wunden?«

»Ich weiß es nicht.«

»Das ist gelogen.«

»Hector Subillais«, flüsterte sie. Ich konnte mir nicht vorstellen, wie sie meinen Taufnamen erfahren hatte. »Gott kennt dich, er kennt dein Gemüt. Du wirst durch deine eigene Hand sterben, und es gibt nichts, das dich retten könnte.«

In jenem übel riechenden Verlies spürte ich die Gegenwart des Erzfeindes stärker als jemals zuvor. Er blies mir seinen heißen, stinkenden Odem in dem Nacken. Ich drehte mich panisch um, hastete an Ganachs Arm die Stufen empor und warf die Falltür hinter mir zu.

»Ihr werdet niemandem etwas davon erzählen«, befahl ich dem Kerkermeister und wusste doch genau, dass ich ebenso gut von einem Esel hätte verlangen können, das Schweigegelübde abzulegen. Ich verließ jenen verteufelten Ort, so schnell es mein Bein mir erlaubte, ging in die Kapelle und vertiefte mich dort ins Gebet.

Mein Atem verursachte Kältewölkchen in der Luft, aber es war nicht die Kälte, die mich so sehr zittern ließ, dass meine Zähne klapperten. Ich fühlte die Hand Luzifers an meiner Kehle.

Dieses Weib … Seine Besessenheit durfte sich nicht verbreiten. Je eher es auf dem Scheiterhaufen brannte, desto besser.

MADELEINE

Wie kann ich schildern, was ich an jenem schrecklichen Ort zu ertragen hatte? Wie soll ich die erstickende Enge, die Qualen beschreiben?

Die Zelle war nicht mehr als ein Loch im Fels, kalt und feucht wie ein Grab. Ratten raschelten durch das Stroh und bissen mir Fleischstücke aus den Zehen, während ich schlief. Es gab kein Gefäß, in das ich meine Notdurft hätte verrichten können. Ich war an die Wand gekettet und lebte in ständiger Dunkelheit, sodass ich schon bald jegliches Zeitgefühl verlor.

Es war, als hätte man mich bei lebendigem Leib begraben. Ich wollte nur noch sterben.

Und Maria kam nicht.

Die Visionen, die ich für Ausgeburten meines Wahnsinns gehalten hatte, waren nun meine einzige Wirklichkeit. Ich klammerte mich an die Erinnerung, an die Frau im blauen Umhang, wie ich mich auf offener See an ein Stück Holz geklammert hätte. In jener undurchdringlichen Finsternis boten mir einzig meine Visionen ein wenig Licht und Wärme.

Manchmal verspürte ich das Bedürfnis, zu schreien, um mich zu schlagen und zu toben, doch ich hatte keine Kraft mehr dazu. Mein Magen krampfte sich vor Hunger zusammen. Ich schlief unruhig, schreckte immer wieder mit zuckenden Gliedern hoch und konnte häufig Traum und Wirklichkeit nicht mehr voneinander unterscheiden.

Ich betete zu Gott um Barmherzigkeit und flehte die Madonna an, mir einen Blick auf ihr Gesicht zu gewähren.

Aber das Antlitz, das ich schließlich vor mir sah, gehörte nicht der Madonna, sondern Bernard. Als seine Gesichtszüge im flackernden Licht einer Fackel vor mir auftauchten, befand ich mich plötzlich wieder in unserem Haus in Toulouse und er saß am Feuer und sprach zu mir von Gott, den Kirchen und den Heiligen. Vergessen geglaubte, mit Schuldgefühlen verbundene Sehnsüchte regten sich in mir. Mir schoss durch den Kopf, dass ich ihretwegen bestraft wurde und es verdiente, zu leiden.

Ich dachte, auch er sei eine Traumgestalt, bis ich seine vertraute Stimme hörte. Ich nahm die Wärme seines Körpers wahr. Als ich wimmerte wie ein geprügelter Hund, wich er zurück.

»Heilige Muttergottes! Was hat man Euch angetan?«

Ich vermochte ihm keine Antwort zu geben, da der Durst meine Zunge auf ihre doppelte Größe hatte anschwellen lassen.

Er hatte einen Becher Wasser mitgebracht und hielt ihn mir an die Lippen. Gierig versuchte ich zu trinken, wobei der größte Teil des Wassers über mein Kinn rann, und ich an den wenigen Schlucken beinahe erstickte.

Bernard hob meine Hände und untersuchte sie im Schein der Fackel. »Wie habt Ihr das gemacht?«, fragte er.

Ich begriff nicht, was er meinte, und konnte ohnehin nichts erwidern.

»Der Kerkermeister behauptet, dass Ihr ein Messer eingeschmuggelt und Euch selbst verletzt habt.«

Ich begann zu weinen. Was war nur für ein jämmerliches Geschöpf aus mir geworden! Wie einfach es doch ist, einen Menschen zu brechen.

Er hielt immer noch meine Hände fest. »Ihr ahmt die Wundmale Christi nach, das ist Gotteslästerung!«

Ich erinnerte mich nicht daran, wie die Wunden entstanden waren. Vielleicht hatte ich sie mir selbst zugefügt, schließlich war ich verrückt. Ich sah Dinge, die gar nicht da waren.

»Ihr seid eine kleine Närrin«, flüsterte er. Dann stand er unvermittelt auf, stieg die Stufen hoch und ließ mich in der Dunkelheit zurück. Ich weiß noch, dass ich seinen Namen rufen wollte, aber meiner Kehle entrang sich lediglich ein schrilles Geräusch, wie der Schrei einer Katze in der Nacht. Er sollte zurückkommen, damit ich gestehen konnte, alles gestehen konnte, was er von mir zu hören wünschte.

BERNARD

Ich nahm den Kerkermeister beiseite. Er war kein so übler Mann, wie Ihr vielleicht vermutet. Sein Atem stank nach Knoblauch und seine Zähne waren verfault, doch dasselbe galt auch für Atem und Zähne vieler Bischöfe, die ich kannte. Ich hatte einige der Wärter über seinen Charakter befragt. Er stand nicht im Ruf übermäßiger Grausamkeit. Seine Stellung kam seiner Trägheit entgegen, bot ihm ein weitgehend angenehmes Leben sowie zahlreiche Gelegenheiten, Bestechungsgelder einzustreichen, vor allem von wohlhabenden Gefangenen wie Maurand.

Ganach hatte Angst vor mir. Damals behagte es mir genauso wenig wie heute, dass unser Orden Furcht verbreitete, doch wenn es nötig war, nutzte selbst ich die Tatsache zu meinem Vorteil. Ich warf dem Kerkermeister einen stechenden Blick zu und hoffte, ihm auf diese Weise vermitteln zu können, dass ich zu ebensolcher Rücksichtslosigkeit fähig war wie mein Ordensbruder.

»Ich frage Euch noch einmal: Wie sind jene Wunden entstanden?«

»Jemand hat ein Messer eingeschmuggelt.«

»Wo ist dieses Messer?«

»Es war … ich weiß es nicht. Als ich in ihre Zelle kam, hielt sie ein Messer in der Hand. Ich entwand es ihr und gab es einem der Wärter.«

»Welchem?«

»Ich erinnere mich nicht. Bitte, Vater, das alles ist nicht meine Schuld.«

»Es ist nicht Eure Schuld, wenn jemand ein Messer in Euren Kerker zu schmuggeln vermag?«

»Sie ist doch nur ein Weib. Ich hätte nie gedacht, dass so etwas …«

»Ihr habt Vater Subillais erzählt, sie sei besessen.«

»Ja, Vater, das habe ich gesagt. Besessen.«

»War das bevor oder nachdem Ihr das Messer entdeckt hattet?«

Der arme Mann stammelte irgendeine Antwort, die genauso wenig Sinn machte wie alles andere, was er bisher gesagt hatte. Selbstverständlich log er. Ich war kein Soldat, ich hatte noch nie zuvor eine Messerwunde gesehen, ich wusste nicht, ob Madeleines Verletzungen von einem Messer herrühren konnten. Aber Ganachs Aussagen ließen mich ernsthaft daran zweifeln.

Ich erlaubte ihm, wieder an die Arbeit zu gehen. Mit offenkundiger Erleichterung stapfte er davon. Inzwischen war der Kerker langsam zum Leben erwacht, überall erhob sich Geschrei und Gejammer. Mein Kopf fühlte sich an, als müsse er bersten. Was war hier geschehen?

Es drängte mich, diesem verfluchten Ort zu entfliehen, bevor uns alle der Teufel holte.

ELEONORE

Seit der Ankunft der beiden Dominikanermönche hatte sich ein Leichentuch über die Stadt gesenkt. Es war, als würde unter uns die Pest wüten, ein jeder misstraute seinem Nachbarn und wartete in düsterer Stimmung darauf, dass der Tod auch an seine Tür klopfte. Und wir hatten noch Wochen oder gar Monate vor uns, ehe wir von ihrer Anwesenheit befreit wurden.

Nachdem der reiche Bürger Maurand ein Geständnis abgelegt hatte, wurden bald mehr und mehr Einwohner der Stadt der Gotteslästerung oder kritischer Äußerungen über die Kirche angeklagt. Etliche erschraken nämlich darüber, was selbst einem dermaßen wohlhabenden und mächtigen Mann wie Maurand zustoßen konnte, und begannen zu fürchten, Vater Subillais könne einen allzu genauen Blick in seine Register werfen. Also lieferten sie ihm im Tausch für eine milde Strafe ihre Nachbarn aus.

Ich war natürlich darüber unterrichtet, dass Maurand gefoltert worden war, befand mich jedoch nicht in der Position, die Methoden des Inquisitors beurteilen zu können. Mein Gatte wendete derlei Verfahren nur sehr selten an. Einmal hatte ich ihn allerdings anordnen hören, dass ein Dieb mit dem Ohr an das Rad eines Karrens genagelt und der Karren dann einen Hügel hinabgestoßen werden sollte. Aber bei dem fraglichen Mann hatte es sich ohnedies um einen Tunichtgut gehandelt, der seine Lektion verdiente.

Maurands Unglück hatte jedoch zur Folge, dass in unserer Diözese keine einzige Familie vom Makel der Häresie verschont blieb. Angeblich besaß der Handschuhmacher eine Ziege, die das Vaterunser hersagen konnte. Der Schneider wiederum musste zusehen, wie einer seiner Verwandten aus dem Grab geholt und durch die Straßen geschleift wurde, weil er vor mehr als dreißig Jahren einen Katharer in seinem Haus versteckt hatte. Einen Bauern hatte man sagen hören, es sei gewiss der Teufel, der über die Welt herrsche, da es ringsum nur Leid gebe. Zu seiner Verteidigung sei angeführt, dass er diese Äußerung tätigte, nachdem seine Frau am Fieber und die Kinder in einem Feuer gestorben waren.

Vater Subillais drohte den Bürgern, dass jeder, der mit jemandem verwandt war, der sich später als Häretiker herausstellte, als Verberger oder Verteidiger angeklagt werden würde. Falls es bei einem Mann oder einer Frau das kleinste Anzeichen für die Neigung zur Ketzerei gebe, müsse ihm dies berichtet werden. Er ermunterte Männer, ihre Ehefrauen zu diffamieren, und Kinder, ihre Eltern zu verleumden. Bekehrte Ketzer, Verbrecher und sogar kleine Kinder traten als Zeugen auf, obwohl ihre Aussagen an weltlichen Gerichtshöfen nicht zulässig waren.

Eine alte Frau erinnerte sich an Einzelheiten einer Ketzerversammlung, die beinahe dreißig Jahre zurücklag, und nannte die Namen Dutzender Personen – einige von ihnen waren noch am Leben –, die angeblich daran teilgenommen hatten.

Sybille de Peyrolles war inzwischen ebenso wie ihre Tochter angeklagt worden, ihre Nachbarn mit Zaubersprüchen belegt zu haben, die sie unfruchtbar machten oder ihre Schafe eingehen ließen.

Vater Subillais behauptete immer wieder, sein Ziel sei Buße und nicht Bestrafung. Ich wünschte es glauben zu können.

Ich war davon überzeugt, dass er seine Untersuchungen letztlich gegen uns richten würde, und hegte daher natürlich Zweifel an dem, was Christian und ich vorhatten. Aber wir wurden von der Zeit und den Umständen dazu getrieben. Subillais war lediglich der Auslöser gewesen.

*

Wir hatten die Pferde zum Nordtor bringen lassen, das nur selten benutzt wurde und vom Hauptturm aus nicht zu sehen war. Wir saßen auf, bedeuteten dem Wachposten, das Tor zu öffnen, und ritten hindurch, eingehüllt in schwere Umhänge mit Kapuzen, die uns vor der eisigen Kälte schützten und unsere Identität vor jedem Menschen verbargen, der zu dieser späten Stunde noch auf sein mochte.

Christian erwartete uns vor der Burg auf seinem riesigen Schlachtross. Er hatte eine Fackel in der Hand. Die Pferde tänzelten unruhig über den vereisten Boden und stießen dicke Atemwolken aus ihren Nüstern.

»Wohin reiten wir?«, wollte Raymond von meinem Bruder wissen.

Doch Christian gab seinem Ross ohne ein Wort die Sporen. Wir hatten keine andere Wahl, als ihm zu folgen.

*

Die Sterne funkelten wie Eissplitter auf dunklem Samt. Langsam ritten wir durch die Nacht, deren Stille nur von dem Geräusch der Hufe und Pferdegeschirre durchbrochen wurde. Mein Bruder ritt voran, Raymond und ich folgten dem Schein der Fackel. Christian trug unter seinem Templerumhang ein Kettenhemd. In den Wäldern streiften Räuber umher, und obwohl es unwahrscheinlich war, dass einer von ihnen sein Glück bei einem bewaffneten Ritter versuchen würde, fühlte er sich in dem Hemd offenbar sicherer.

Wir ritten eine leichte Anhöhe hinauf. Ich erkannte die Ruinen der alten Kirche von Montazels. Im Mondlicht wirkten sie wie die Knochen eines riesigen toten Tieres. Als das Dorf von Simon de Montforts Schlächtern angegriffen worden war, hatten sowohl die Einwohner als auch viele Katharer in der Kirche Zuflucht gesucht. Doch die Soldaten legten Feuer an das Gotteshaus, sodass die guten Christen von Montazels gemeinsam mit den Ketzern verbrannten, genau wie in Bèziers.

Die Kirche und das Dorf waren nie wieder aufgebaut worden.

Wir stiegen von den Pferden und schritten hinter Christian her über den Friedhof, vorbei an den geschwärzten, zerfallenen Grabmälern von Grafen und ihren Gemahlinnen.

In den Bergen heulte ein Wolf. Ich zog den Umhang fester um meine Schultern.

Vom Altar und Chorraum der Kirche war nichts übrig geblieben außer zwei uralten Säulen, die in den Himmel ragten. Es hieß, sie seien zu Zeiten der Westgoten erbaut worden. Christian reichte Raymond die Fackel, kniete am Fuß einer der Säulen nieder und stemmte sein Schwert in den Spalt zwischen zwei Bodenplatten. Es knirschte, dann gab der Stein nach.

»Was soll das?«, fragte Raymond.

»Kommt her und helft mir«, knurrte Christian. Nachdem Raymond mir die Fackel übergeben hatte, schoben er und mein Bruder gemeinsam die Platte beiseite. Ich hielt die Fackel über die entstandene Öffnung. Ungefähr ein Dutzend Stufen führte hinab in ein Gewölbe.

Raymond machte auf der Stelle Anstalten, hinunterzugehen, aber Christian hielt ihn am Arm zurück. »Bevor Ihr hinuntersteigt, müsst Ihr bei Eurer Ehre schwören, das, was Ihr gleich dort sehen werdet, zu schützen und zu verteidigen, und zwar mit Eurem Leben.«

»Wovon redet Ihr eigentlich? Was habt Ihr vor?«

»Ihr müsst es schwören«, wiederholte Christian.

»Was befindet sich da unten, das so wichtig ist?«

»Schwört. Bei Eurer Ehre.«

»Ich schwöre. Und nun lasst mich endlich sehen, was ihr beide für ein Geheimnis habt.«

*

Die Stufen waren abgetreten und stellenweise vereist. Ich rutschte aus und wäre beinahe gestürzt. Wir gelangten in eine kleine, modrig riechende Kammer. Die Decke wurde von zwei breiten Holzbalken getragen. In den Nischen, die aus dem bloßen Fels herausgehauen waren, hatte man einstmals Könige bestattet. Ihre Gebeine waren jedoch schon vor langer Zeit entfernt worden.

Es war ein bedrückender Ort. Ich muss gestehen, dass der

grässliche Gestank meines Bruders in jenem engen Raum noch unerträglicher wurde.

Ich glaube, dass Raymond enttäuscht war. Vielleicht hatte er mit einem Schatz gerechnet. Als Christian aus einer der Nischen eine Gebeinurne hervorholte, seufzte mein Gemahl voller Ungeduld. Christian entnahm der Urne ein in Öltuch gewickeltes Bündel, legte es ehrfürchtig auf den Boden und begann, es zu öffnen.

»Seht«, flüsterte er dann, erhob sich und trat zurück.

Eine Ansammlung weißer Knochen kam zum Vorschein, kaum genug, um ein ganzes Skelett zu bilden. Der Schädel fehlte.

Christian fiel auf die Knie. Ich tat es ihm nach. Raymond starrte uns an, als wären wir wahnsinnig geworden.

»Was ist das?«, wollte er wissen.

Christian schlug das Kreuzeichen und sagte: »Das ist der Leib Christi.«

BERNARD

Pons, der Notar, der mit uns aus Toulouse gekommen war, bat mich um eine Unterredung. Er war uns gegenüber keineswegs so unterwürfig, dass er es nicht gewagt hätte, sich eine eigene Meinung über unsere Arbeit zu bilden. Ich hatte ihn schon häufig Anmerkungen bezüglich der Wirksamkeit dieser oder jener Befragungsmethode äußern hören. In seiner Gegenwart war ich oftmals angespannt, da ich den Eindruck hatte, dass er mein Tun unablässig einer Beurteilung unterzog.

Pons betrat meine Zelle und neigte den Kopf. »Guten Tag, Vater.«

»Ihr habt etwas mit mir zu bereden, Pons?«

»Ja, Vater.« Es folgte ein langes Schweigen.

»Nun?«, fragte ich schließlich.

»Die Angelegenheit ist ein wenig heikel, Vater. Sie betrifft Vater Subillais.«

»Ihr könnt offen mit mir sprechen.«

Pons zögerte immer noch. Es sah ihm gar nicht ähnlich, dermaßen zurückhaltend zu sein.

»Was bekümmert Euch, Pons?«

»Ich bin zutiefst beunruhigt, Vater. Sicherlich wisst Ihr, dass ich der Heiligen Inquisition stets treu gedient habe. Aber ich war immer der Ansicht, dass die Verfahrensregeln in angemessener Weise beachtet werden soll ...«

»Ihr denkt, dass wir die Regeln nicht beachtet haben, Pons?«, unterbrach ich ihn mitten im Wort.

Er holte tief Luft. »Als Vater Subillais zum zweiten Mal diese Frau verhörte – diese Martha Fauré –, brachte er sie dazu, Dinge zu behaupten, die nach meinem Ermessen nicht von ihr selbst stammten.«

»Fahrt fort.«

Nun, da der Damm gebrochen war, sprudelten die Worte geradezu aus Pons heraus. »Nachdem sie ihre Sünden gestanden hatte, fragte Vater Subillais sie nach den Namen jener, die in Häresie mit ihr verbunden waren, und sie nannte sie ihm. Dann wollte er wissen, ob sie den Bürger Maurand jemals ketzerische Ansichten habe äußern hören. Sie erwiderte, dass sie Maurand nicht persönlich kenne und ihn in der Stadt nur zweimal von weitem gesehen habe. Daraufhin ließ Vater Subillais den Henker des Seigneurs rufen und befahl ihm, Martha Fauré in die Folterkammer zu führen, ihr dort die Gerätschaften zu zeigen und eingehend ihre Anwendungen zu erklären. Nach ihrer Rückkehr erkundigte sich Vater Subillais bei ihr noch einmal über Aimery Maurand. Er stellte ihr viele Fragen. Ob sie Maurand habe sagen hören, dass der Teufel die Welt beherrsche, ob sie ihn Steine nach einem Abbild der Madonna habe werfen sehen und so weiter. Der Vater machte ihr mehr als deutlich, welche Antworten erwünscht waren. Also diffamierte sie Maurand.«

Plötzlich fühlte ich mich sehr müde. »Martha Fauré stand nicht unter Zwang, Pons. Es war ein freiwilliges Geständnis, das sie nun nicht mehr widerrufen kann.«

»Sie hat dieses freiwillige Geständnis erst abgelegt, nachdem man ihr ausführlich die Funktionsweise der Streckbank erläutert hatte.«

»Ich kann nichts daran ändern.«

»Das mag sein. Doch ich bitte darum, von meinen Pflichten entbunden zu werden, Vater.«

»Sobald wir nach Toulouse zurückgekehrt sind.«

»Aber Va …«

»Erst wenn wir wieder in Toulouse sind, Pons.«

Er verneigte sich und ging. Ich blieb noch lange in meiner Zelle sitzen und starrte grübelnd vor mich hin.

*

Er war einmal ein feiner Herr gewesen, doch davon war nichts mehr zu sehen.

Maurands tiefer Fall bereitete mir keinerlei Vergnügen. Die Unbeugsamkeit meines Ordensbruders hatte ihn zu Grunde gerichtet. Als feiner Kaufmann war er uns zum ersten Mal entgegengetreten, in Pelz gehüllt und nach Lavendelwasser duftend. Nun waren seine Kleider voller Kerkerdreck, seine Haare voller Läuse, und er stank wie all die anderen Gefangenen.

Bruder Subillais pflegte zu sagen, dass der Kerker einen Menschen die Demut lehre, und Aimery Maurand hatte sie in allen Einzelheiten gelernt. Als ich den *murus largus* betrat, kauerte er in einer Ecke und murmelte vor sich hin. Sein einstmals adrett gestutzter Bart hing ihm zottelig auf die Brust und er verharrte in der gebeugten Haltung eines Straßenbettlers.

Der Barbier hatte gesagt, dass Maurand bei seiner Bekanntschaft mit der Streckbank keine Knochenbrüche davongetragen hatte und bald wieder laufen können würde. Wenigstens lastete mir also nicht auch noch die Sünde auf dem Gewissen, einen Mann zum Krüppel gemacht zu haben.

Ich hockte mich vor ihn und sprach ihn an, aber er reagierte nicht. Also schüttelte ich ihn behutsam an der Schulter.

»Maurand?«

Er blickte auf. Seine Miene verriet mir, dass er mich nicht erkannte.

»Ich bin es. Vater Bernard.«

Er hatte geweint. Auswurf verklebte seinen Bart. »Vater Bernard«, flüsterte er, zuckte ängstlich zusammen und starrte über meine Schulter hinweg auf Ganach und die Wärter.

»Ihr werdet freigelassen, Maurand. Morgen werdet Ihr Euren Sünden noch einmal abschwören, und danach könnt Ihr nach Hause gehen.«

Ich hasste mich selbst dafür, dass ich es nicht über mich brachte es nicht über mich, ihm die ganze Wahrheit zu sagen.

Bruder Subillais und ich hatten seit drei Tagen über die Häretiker von Saint-Ybars zu Gericht gesessen, gemeinsam mit Père

Michel, seinem Kanonikus, dem Prior des nächst gelegenen Klosters und natürlich Seigneur Raymond. Viele halten Inquisitoren für die gedungenen Meuchelmörder des Heiligen Vaters. Angesichts dieser Verleumdung kann ich nur darauf hinweisen, dass wir im Durchschnitt lediglich einen von hundert Häretikern dem Scheiterhaufen überantworteten und vielleicht zehn zu Kerkerhaft verurteilten.

Für die meisten Angeklagten würde auch diesmal die Buße aus einer Pilgerreise oder einer Zeit des Fastens bestehen, oder daraus, sich an Sonn- und Feiertagen vor der Kirche zu geißeln. Andere würden für eine gewisse Zeit gelbe Kreuze auf ihrer Kleidung tragen müssen. Dies mag Euch als geringfügige Strafe erscheinen, doch es war tatsächlich für schwerwiegendere Fälle vorgesehen und besonders gefürchtet, da es den Büßer der allgemeinen Verachtung aussetzte. Er wurde häufig auf offener Straße beleidigt, mit Steinen beworfen und fand zumeist nirgendwo mehr Arbeit.

Aimery Maurand würde es wohl kaum als die von Bruder Subillais versprochene leichte Strafe betrachten, dass er sieben Jahre lang das gelbe Kreuz tragen sollte und all sein Besitz konfisziert werden würde ...

Ich war der Meinung, dass Bruder Subillais sein Versprechen, Maurand mit einer tatsächlich geringfügigen Strafe zu belegen, einhalten musste, und hatte dies auch gesagt. Aber er hatte die übrigen Mitglieder der Kommission gedrängt, meine Einwände nicht zu beachten und seiner Strafe zuzustimmen.

Maurand würde seinen ganzen Besitz verlieren und als Bettler sterben. Dies war nicht die Art von Werk, mit der ich Gott zu gefallen wünschte.

»Was habt Ihr getan, Maurand, dass Vater Subillais Euch so sehr hasst?«, wandte ich mich erneut dem Gefangenen zu.

»Ich weiß es nicht«, flüsterte er. Sein Atem roch widerlich. Ich zuckte zusammen und wandte mein Gesicht ab.

»Nun, irgendeinen Grund muss es doch geben.«

»Er hat versprochen, nachsichtig zu sein. Er wird doch nachsichtig sein?«

»Ihr werdet morgen erfahren, welche Strafe Euch erwartet. Doch deshalb bin ich nicht hier. Ich möchte mit Euch über Madeleine de Peyrolles sprechen.«

Furcht blitzte in seinen Augen auf. Ich kannte diesen Blick, ich war bereits lange genug bei der Heiligen Inquisition, um sofort zu sehen, wenn ein Mann etwas zu verbergen hatte.

»Sie hat Euch als ihren Feind bezeichnet. Warum?«

»Ich weiß es nicht, Vater. Ich habe stets eine freundschaftliche Beziehung zu dem Mädchen gehabt.«

»Zwei Männer, Bürger dieser Stadt, meldeten sich bei der Heiligen Inquisition in Toulouse und bezichtigten Madeleine de Peyrolles der Hexerei und Häresie. Könnte es sein, dass diese Männer in Eurer Schuld standen und Ihr Euren Einfluss geltend machtet, damit sie das Mädchen zu Unrecht anklagten?«

»Nein, Vater! Aus welchem Grund sollte ich so etwas tun?«

»Aus Gehässigkeit? Oder weil sie sich weigerte, Euch zu heiraten?«

»Haben diese Männer das behauptet?«

Nein, das hatten sie nicht getan. Ich hatte sowohl den Müller als auch den Karrenmacher noch einmal persönlich verhört, aber sie stritten beharrlich alles ab. Ich hatte nichts anderes erwartet. Die Mindeststrafe für einen Meineid betrug immerhin viele Jahre Kerkerhaft.

»Wieso tut Ihr mir das an?«, jammerte Maurand. »Habe ich nicht schon genug gelitten? Ich habe alles gestanden, was Vater Subillais von mir hören wollte, obwohl ich unschuldig bin. Was wollt Ihr denn noch?« Er winselte und greinte, und Tränen und Nasenschleim liefen ihm über das Gesicht und in den Bart.

Seine Vorstellung ekelte mich an. Ich erhob mich und verließ die Zelle.

MADELEINE

Das Gefühl war mir vertraut. Zuerst wurde mir so übel, dass ich glaubte, mich erbrechen zu müssen, auch wenn ich kaum etwas im Magen hatte. Seit Wochen bekam ich nichts anderes als schimmlige Brotkrusten und faulig stinkendes Wasser. Einen Augenblick lang dachte ich, ich würde in Ohnmacht fallen, doch dann erschien plötzlich ein Licht in der pechschwarzen Finsternis.

Wenig später drang das wohlbekannte Summen an mein Ohr. Das Licht schwoll an und pulsierte wie die Haut einer Trommel.

Auf einmal war sie da, in der Ecke meiner Zelle. Solange sie still verharrte, wirkte sie wie aus Fleisch und Blut, doch wenn sie sich bewegte, konnte ich nur noch verschwommene Farben erkennen. Es war die Frau, die mir am Teich erschienen war. Sie sprach kein Wort, sondern lächelte nur, als wolle sie sagen: Warum siehst du so verloren aus?

Ein Lächeln voll unendlichen Mitleids und grenzenloser Güte. Das Lächeln einer Mutter.

Ich vermag nicht zu sagen, wie lang die Erscheinung bei mir blieb. Einen Tag, eine Nacht oder vielleicht lediglich einen Wimpernschlag lang? Ich senkte kurz den Blick, und als ich wieder hinsah, war sie verschwunden.

An ihrer Stelle sah ich den Mönch in einer Schlinge von der Decke baumeln. Seine Zunge hing schwarz aus dem Mund. Die Vision zuckte durch die Zelle wie ein Blitz und war ebenso schnell wieder vorbei. Danach kehrte die vollkommene Dunkelheit zurück.

SUBILLAIS

In der Kirche der Heiligen Maria Magdalena drängten sich die Menschen. Im Hauptschiff war ein großes hölzernes Podest errichtet worden, und Bruder Donadieu und ich hatten alle bedeutenden Bürger der Stadt eingeladen, dort mit uns Platz zu nehmen – oder vielmehr jene Bürger von Rang, die nicht unter den Angeklagten waren. Auch das niedere Volk strömte in das Gotteshaus, um sich die Verkündigung der Strafen nicht entgehen zu lassen. Es sollte für sie alle eine lehrreiche Erfahrung sein. Einhundertsiebenundsechzig Einwohner von Saint-Ybars hatten vor dem Ketzergericht zu erscheinen. Sie wurden alle auf einmal in die Kirche getrieben. Vor uns lag ein langer Tag, aber wir hatten gute Arbeit verrichtet, gelobt seien Unser Herr und Erlöser und der Heilige Dominik.

Pons las das Geständnis eines jeden Büßers laut vor. Danach folgten die Urteilssprüche.

»Wir, die Mönche des Predigerordens, Hector Subillais und Bernard Donadieu, durch apostolische Befugnis Inquisitoren der ketzerischen Verderbtheit in der Diözese von Toulouse, verkünden hiermit: Wir erachten es angesichts des freiwilligen Geständnisses von Martha Fauré als erwiesen, dass sie mit einem Häretiker verkehrt hat, wenn auch unwissentlich. Daher ist es unser Wille, dass sie zum Wohl ihrer unsterblichen Seele eine Pilgerreise nach Santiago de Compostela, zur Kirche Saint Maximin in Aix-en-Provence und zur Kirche Saint Julien in Anjou antrete und von den Geistlichen dieser Orte Briefe mitbringe, um zu bezeugen, dass sie die Wallfahrt ordnungsgemäß durchgeführt hat. Diese Buße ist in einem Zeitraum von einem Jahr zu vollenden …«

Die Büßer wurden aufgefordert, aller Häresie abzuschwören, dem Heiligen Vater und der Kirche Gehorsam zu geloben und ihren Glauben an die Gegenwart des Leibes und Blutes Christi in den Sakramenten zu bekräftigen. Sobald sie nicht nur ihren eigenen Sünden, sondern auch der Ketzerei im Allgemeinen abgeschworen hatten, wurde ihre Exkommunikation rückgängig gemacht und ihnen Gnade zugesichert – unter der Bedingung, dass sie der Kirche gegenüber Treue bewiesen und die Bußen erfüllten, die ihnen auferlegt worden waren.

»... Da Sybille de Peyrolles gestanden hat, dass sie Hexerei getrieben, ihre Nachbarn mit Zaubersprüchen belegt und sich in gotteslästerlicher Weise geäußert hat, ist es unser Wille, dass sie für diese Sünden gegen Gott und seine Heilige Kirche für sieben Jahre in den Kerker geworfen werde. Wir mahnen sie kraft des von ihr geschworenen Eides, die Buße zu vollenden ...«

Der Tag schritt voran. Pons' Stimme wurde heiser, und der Seigneur nickte in seinem Stuhl ein. Ich war gezwungen, ihn immer wieder wachzurütteln.

»... Da Aimery Maurand gestanden hat, sich vor einem Häretiker verneigt und seiner Predigt gelauscht zu haben, sich viele Male verächtlich über die Kirche geäußert zu haben, Steine auf ein Abbild der Madonna geworfen zu haben und des Weiteren so vieler verschiedener Gotteslästerungen schuldig ist, dass sie hier nicht alle aufgezählt werden können, ist es unser Wille, dass er sieben Jahre lang ein gelbes Kreuz auf seiner Kleidung trage, sowohl auf der Brust als auch auf dem Rücken. Außerdem sollen all seine Besitztümer dem Königlichen Verwalter, der für beschlagnahmte Güter zuständig ist, übergeben werden. Wir mahnen ihn, kraft des von ihm abgelegten Eides die Buße zu vollenden ...«

Maurand fiel auf die Knie und riss den Mund auf, als hätte ihm jemand ein Messer in die Eingeweide gestoßen. Dann begann er zu schreien, was den Seigneur immerhin endgültig aufweckte und die unruhige Menge noch weiter aufstörte.

Mari de Vezay wurde als rückfällige Ketzerin verurteilt. Unglücklicherweise war sie im Kerker gestorben. Ich ordnete an, ihren Leichnam zu verbrennen und die Asche in den Wind zu streuen. Es gab keine andere Möglichkeit. Ich würde für ihre Seele beten.

Madeleine de Peyrolles war nicht zum Ketzergericht gebracht worden, da sie immer noch bei Wasser und Brot im *murus strictus* über ihre Sünden nachdenken musste.

Agnes Roiand trat als Letzte vor.

»… Wir erachten es angesichts des freiwilligen Geständnisses von Agnes Roiand als erwiesen, dass sie mit dem Teufel verkehrt hat, dass sie Zaubertränke gebraut und Hexerei betrieben hat, dass sie von vielerlei Dämonen besessen ist, was sich auch in ihrem unzüchtigen Benehmen in aller Öffentlichkeit zeigte: Daher überstellen wir sie den weltlichen Behörden, die das Todesurteil aussprechen und vollstrecken werden.«

Anschließend verlas Pons noch einige weitere Anordnungen, darunter die Exkommunikation mehrerer Bürger, die es vorgezogen hatten, zu fliehen, statt sich unserem Urteil zu unterwerfen, sowie die Exhumierung verschiedener Ketzer, die in geweihtem Boden begraben worden waren.

Ich bemerkte, dass ein erwartungsvolles Zittern durch die Gemeinde ging. Die Einwohner von Saint-Ybars mochten uns hassen, doch die Aussicht auf eine Hinrichtung rief freudige Erregung in ihnen hervor, besonders, da es sich um dieses grässliche Ungetüm von Nonne handelte, das von jedermann verabscheut wurde.

»So geschehen in Saint-Ybars, in der Kirche der Heiligen Maria Magdalena, im Beisein von Roger Albioni, dem Abt des Klosters von Couiza, von Père Michel, dem Priester der Kirche der Heiligen Maria Magdalena in der Diözese von Toulouse, von Bertrand de Serres, dem Kanonikus, von Raymond, dem Herren von Saint-Ybars, und von Pons de Roaix, dem Notar für die Inquisition.«

Als wir die Kirche verließen, bedachte Bernard mich mit einem vorwurfsvollen Blick.

Leider muss ich sagen, dass ich meinem Vikar nicht mehr vertraute. Ich wünschte mir, wieder in Toulouse zu sein, denn ich hatte Angst. Die Mächte der Finsternis drangen von allen Seiten auf mich ein.

Mein Ordensbruder hatte einem unserer Diener einen Brief

anvertraut, den dieser zusammen mit anderen Schriftstücken dem Legaten in Toulouse überbringen sollte. Doch der treue Diener händigte den besagten Brief stattdessen mir aus. Als ich ihn las, blutete mir das Herz. Bruder Donadieu behauptete darin, dass ich mich nicht an die Vorschriften gehalten hätte, die jeder Inquisitor von ketzerischer Verderbtheit zu beachten hatte. Darüber hinaus schrieb er, ich hätte den Bürger Aimery Maurand ohne angemessenen Grund foltern lassen und mit meinen Handlungen die Grenzen der Maßregelung überschritten.

Bernard ging sogar so weit, die Ansicht zu äußern, dass meine Verletzung meinen Verstand beeinträchtigt hatte. Aber wie konnte das sein, da doch mein Bein verwundet worden war und nicht mein Kopf?

Ich war sicher, dass er nur aus Sorge um mich und die Heilige Inquisition so gehandelt hatte. Ich glaubte immer noch, dass keine Bosheit in ihm steckte. Nichtsdestotrotz erstaunte es mich, wie er solche Unwahrheiten verbreiten konnte. Maurand war nicht gefoltert worden, auch wenn Bruder Bernard Euch etwas anderes erzählen würde. Als ich Maurand das Register vorlegte, das ich aus Toulouse mitgebracht hatte, und ihn mit den Beweisen konfrontierte, legte er freiwillig ein Geständnis ab.

Ich erkannte, dass es ein Fehler gewesen war, Bruder Donadieu mehr zu geben, als ihm zustand. Ich hatte ihn behandelt wie einen Sohn, und er vergalt es mir, indem er meine Bemühungen untergrub und die Stellung der Kirche dort in den Bergen gefährdete.

Mir war inzwischen klar geworden, dass er sich nicht für die Aufgaben eines Inquisitors eignete. Er besaß einen ausgezeichneten Verstand, der im theologischen Disput oder in der Auslegung und Erläuterung großer Werke von unschätzbarem Nutzen war. Aber ein Inquisitor muss über mehr als einen scharfen Intellekt verfügen, er benötigt eine gewisse Festigkeit in seiner Geisteshaltung, um den Listen des Erzfeindes zu trotzen, und ein gerüttelt Maß an innerer Stärke, denn seine Arbeit bringt Qualen mit sich – solche, die er selbst ertragen muss, und solche, die er mit anzusehen gezwungen ist. Bruder Donadieu fehlte es zudem eindeutig an Tapferkeit. Er hatte den Wunsch, Seelen zu retten, ohne dabei Kränkungen oder Pein zu verursachen, doch das war schlichtweg unmöglich.

Nach unserer Rückkehr nach Toulouse würde ich ihn seiner Stellung als Vikar entheben und ihm empfehlen, einen anderen Lebensweg einzuschlagen. Dennoch wünschte ich ihm nur Gutes, auch wenn dies offensichtlich nicht auf Gegenseitigkeit beruhte.

*

Ich hatte bereits viele Male mit Bruder Donadieu über das Schicksal von Madeleine de Peyrolles debattiert. Sie musste unbedingt dazu gebracht werden, zu gestehen. Die Beweise gegen sie reichten aus, um die Anwendung härterer Methoden zu rechtfertigen: Zwei Zeugen hatten unabhängig voneinander gegen sie ausgesagt, des Weiteren war sie die Gefährtin einer Nonne, die erwiesenermaßen von Dämonen besessen war, und nicht zuletzt hatte ihre Mutter gestanden, Hexerei zu betreiben. Hinzu kam noch, dass wir in der Nähe des Ortes, an dem ihr angeblich die Madonna erschienen war, ein heidnisches Grabmal entdeckt hatten.

»Wir wandeln auf dem Pfad der Sünde«, wagte Bruder Donadieu einzuwenden. »Dies ist nicht der sanfte Weg des Lamms. Ich bin der Ansicht, dass Aimery Maurand sowohl den Müller Almaric du Foix als auch den Karrenmacher Pierre Antignac dazu überredet hat, ein falsches Zeugnis über Madeleine de Peyrolles abzulegen.«

Der Grund für Bruder Donadieus Einwand war offensichtlich. »Hegst du immer noch fleischliche Begierde für dieses Mädchen?«, fragte ich ihn. Die Farbe seiner Wangen verriet mir, dass ich ins Schwarze getroffen hatte.

»Das ist nicht der Grund für meine Bedenken.«

»Möchtest du vielleicht beichten?«

»Ich habe meine Sünde schon vor drei Jahren gebeichtet, Bruder. Ich tat Buße und erhielt die Absolution. Nun verspüre ich keinerlei Wollust mehr in mir.«

Er schien von der Wahrheit seiner Behauptung überzeugt zu sein, aber mir war klar, dass seine Gefühle für diese Frau seinem und ihrem Seelenheil im Wege standen. Wenn wir doch nur schon wieder in Toulouse gewesen wären! Dann hätte ich sein widerspenstiges Herz heilen können.

»Ihre Mutter ist eine Hexe, und für sie gilt dasselbe.«

»Ihre Mutter hat dir das Leben gerettet.«

»Was sagst du da, Bruder?«

»Der Knochensetzer hätte dein Bein amputiert und war außerdem der Ansicht, dass du ohnehin sterben würdest. Ich suchte Sybille de Peyrolles auf und bat sie um ein Heilmittel.«

Ich starrte ihn verwundert an. »Du bist zu einer Hexe gegangen und hast sie gebeten, mich zu heilen? Ist dir klar, dass du dich und mich damit in große Gefahr gebracht hast?«

»Ich habe es getan, um dein Leben zu retten.«

»Du hast mich ihrem Einfluss ausgesetzt. Ich danke Gott, dass er mir die Kraft gab, ihm zu widerstehen.« Seit unserer Ankunft in Saint-Ybars waren mir viele Dinge über Bernard offenbart worden. Bis dahin hatte ich ihn für vernünftig, wenn auch ein wenig fehlgeleitet gehalten. Doch inzwischen musste ich ernsthaft sein Urteilsvermögen in Frage stellen, ja sogar sein Verständnis bezüglich der Natur unserer Feinde.

»Diese Madeleine de Peyrolles hat selbst zugegeben, dass sie sich mit Kräutern und Tränken auskennt. Womöglich bist du ja deswegen so unwillig, sie zu belangen.«

»Was willst du damit sagen?«

»Hat sie dir irgendetwas zu essen oder zu trinken aufgedrängt, als du bei ihr warst? Hat sie dich vielleicht durch Hexerei zu ihrem Sklaven gemacht?«

»Das ist absurd.«

»Hast du in den vergangenen drei Jahren von ihr geträumt? Ist ihr Gesicht dir überallhin gefolgt?«

Er schüttelte den Kopf, aber es war offenkundig, dass er log. Mein Verdacht bestätigte sich – das Böse umgab mich von allen Seiten, selbst mein Vikar stank danach.

Als Pons und Père Michel die Wachstube betraten, unterbrachen wir unsere Diskussion. Sie nahmen neben Bruder Donadieu Platz. Kurz darauf wurde Madeleine de Peyrolles hereingeführt. Ihre Zeit im *murus strictus* hatte ihren Leib verändert, jedoch nicht ihre Haltung mir oder meiner Aufgabe gegenüber. Ihre grünen Teufelsaugen starrten mich hasserfüllt an. Doch diesen Hass vermochte ich durchaus zu ertragen, schließlich stand eine menschliche Seele auf dem Spiel. »Madeleine de Peyrolles, Ihr hattet ausreichend Zeit, Euer Gewissen zu prüfen. Ich hoffe, dass Ihr diese Zeit genutzt habt, um eingehend über Eure Lage nachzudenken.«

Sie schwieg. Bösartigkeit strahlte von ihr ab wie Hitze von einem Feuer.

»Wenn Ihr Eurer Häresie abschwört und freiwillig all Eure Sünden gesteht, vermögen wir Euch wieder in den Schoß der Heiligen Kirche aufzunehmen.«

»Aber ich bin unschuldig.«

»Ihr habt Hexerei getrieben und gotteslästerliche Gedanken geäußert. Schwört dem Teufel ab, damit Euch vergeben werden kann.«

Ich bemerkte, dass sie ihren Blick auf Bruder Donadieu richtete. Was sollte ich nur mit ihr machen? Ich hatte nur den einen Wunsch – ihre Seele zu retten. Wenn sie gestand, würde ich Nachsicht walten lassen. Eine Pilgerreise nach Santiago de Compostela und an einige andere heilige Stätten, dazu sieben Jahre lang das gelbe Kreuz. Aber sie zog es vor, mich zu verspotten.

»Ich kann kein Geständnis ablegen, wenn ich gar nichts verbrochen habe!«

»Warum verharrt Ihr in Eurem Widerstand? Ich möchte Euch lediglich in die Arme der Kirche zurückführen!«

»Ich habe die Arme der Kirche niemals verlassen«, entgegnete sie. »Ich habe nichts von dem getan, wessen Ihr mich beschuldigt.« Dann beschimpfte sie mich, schmähte mein Amt und stieß abscheuliche Drohungen und Verwünschungen gegen mich und die Kirche aus.

Mein Bein schmerzte. Ich bemühte mich, es zu ignorieren und nickte dem Kerkermeister zu, wie wir es vorher besprochen hatten. Die Spanier haben ein Sprichwort: Wenn man seinen Willen nicht mit einem Segen bekommt, dann vielleicht mit einem großen Stock.

Es gibt viele Stufen der Folter. Die erste besteht im Anblick der Instrumente. Häufig ist dies völlig ausreichend. Dieses Mädchen hatte es sich offenbar in den Kopf gesetzt, die heilsame Arznei zurückzuweisen, die wir ihm für seine kranke Seele boten. Und wie ein Arzt mit seinen Aderlässen und Purgativa mussten auch wir nun eine gewisse Mitleidslosigkeit an den Tag legen, um die Gesundung herbeizuführen.

Ich hob einen Finger vom Tisch. Ganach packte Madeleine de Peyrolles Arme und schleifte sie aus der Wachstube.

MADELEINE

Es war ihre Absicht, mich zu demütigen. Ich wurde eine enge Treppe hinuntergestoßen, in ein tief gelegenes Verlies, wo es nach Blut und Angst roch. Der Henker des Seigneurs wartete bereits auf mich. Sie hatten all das schon vorher geplant.

Eine Fackel steckte in einer Halterung an der Wand und verbreitete flackerndes Licht. In der Mitte der Kammer stand die Folterbank. Das Holz war voller dunkler Flecken, über deren Herkunft ich lieber nicht nachdenken wollte.

Der Henker trug eine schwarze Kapuze, damit ich sein Gesicht nicht sehen konnte. Dafür roch ich seinen stinkenden Atem, als er sich zu meinem Ohr neigte und knurrte: »Bei einem mageren Ding wie dir … fünf oder sechs Drehungen, bis die Schulterknochen herausspringen.«

Meine Knie gaben nach. Ganach hielt mich fest.

»Ich habe hier schon Männer gehabt, die dreimal breiter waren als du. Sie denken alle, sie wären tapfer, bis ich anfange, die Winde zu drehen. Willst du es auch mal versuchen?«

Ich glaubte, dass ich nun auf der Stelle gefoltert werden sollte, und spürte, wie mir der Harn heiß an den Innenseiten der Oberschenkel hinabrann. Ich fing an zu weinen.

»Du wirst nicht lange durchhalten«, sagte der Henker.

»Bist du nun bereit zu gestehen?«, zischte Ganach.

Ich nickte stumm, denn meine Kehle war wie zugeschnürt.

Er schleifte mich die Stufen hoch. Als wir wieder in die Wachstube traten, lächelte Vater Subillais mich an, als sei ich eine kluge, aber dickköpfige Schülerin, die durch eine ordentliche Tracht Prügel endlich zur Vernunft gekommen war. Meine Beine wollten mich nicht mehr tragen. Als der Kerkermeister mich losließ, sank ich zu Boden.

Père Michel und der Notar konnten mir nicht in die Augen sehen. Bernard wirkte niedergeschlagen.

Vater Subillais erhob sich von seinem Stuhl, stützte sich schwer auf seinen Stock und humpelte zu mir. Trotz der Kälte trug er Sandalen. Die Zehen seines verletzten Beines waren blau angelaufen und geschwollen. Sein Geruch ließ mich unwillkürlich zurückzucken. »Der Herr hat Euch nicht aufgegeben, Madeleine de Peyrolles, auch wenn Ihr ihn aufgegeben habt.« Er streckte mir seine Hand entgegen. An seinem kleinen Finger steckte ein großer Rubin. »Kommt zu mir und schwört der Häresie ab, dann wird die Kirche Euch wieder mit ihren liebenden Armen umfangen.«

Ich berührte seine Finger mit den meinen.

»Blickt in Euer Herz«, sagte er. »Begreift doch, dass Gott sich über jedes verlorene Lamm freut, das zu ihm zurückfindet. Verbannt den Stolz aus Eurer Seele und übt Euch in Reue.«

Einen Augenblick lang empfand ich sogar eine Art von Liebe für ihn. Er hatte mich vor Qualen bewahrt, nun würde er mich vor der Hölle bewahren.

»Möchtet Ihr ein Geständnis ablegen?«

Ich richtete mich auf, bis ich vor ihm kniete, und küsste den Saum seines Habits.

Dann tat ich, was er von mir verlangte. Ich gestand all die Sünden, derer er mich beschuldigte, und der Notar schrieb sie sorgfältig auf.

Ich glaubte, der Alptraum sei vorüber. Nun wollte ich nur noch, dass jemand mir ein paar freundliche Worte sagte und versprach, dass ich nicht wieder in jenes finstere Loch geworfen würde, wo die Ratten und die bittere Kälte an mir nagten. Dass ich nicht wieder in das Verlies gebracht würde, wo jener schreckliche Mann mit der Kapuze auf mich wartete.

»Madeleine de Peyrolles, Ihr müsst uns nun die Namen Eurer Komplizen verraten.«

»Meiner Komplizen?«

»Als Zeichen Eures treuen Glaubens und guten Willens.«

Ich verstand seine Frage nicht. »Aber ich hatte keine Komplizen.«

»Wer hat von Euch Zaubertränke bekommen? Wer hat sich in Eurer Gegenwart abfällig über die Kirche und ihre Priester geäußert?«

»Niemand, Vater.«

Einige Zeit lang herrschte Schweigen. Dann fuhr er mit verändertem Tonfall fort: »Wenn wir Euch von Euren Sünden lossprechen sollen, müsst Ihr ein *vollständiges* Geständnis ablegen, Madeleine de Peyrolles.«

Ich blickte in sein Gesicht hoch. Trotz meiner Tränen sah ich, dass ein harter Ausdruck in seine Augen getreten war. Seine Lippen waren weiß vor Zorn.

»Ich habe alles gestanden, Vater. Es gibt keine Komplizen.«

»Überlegt Euch gut, was Ihr sagt und was es für Euch bedeuten könnte.«

»Ich sage die Wahrheit!«

»Ihr wisst nicht, was die Wahrheit ist. Was soll ich nur mit Euch machen?«

»Bitte, Vater! Ich habe ein Geständnis abgelegt. Ich bin eine treue Anhängerin der Kirche! Was wollt Ihr denn noch?«

»Ich will einen Beweis für Euren treuen Glauben.«

»Den habe ich durch mein Geständnis gegeben!« Ich klammerte mich an sein Habit, doch er riss mir den Saum aus der Hand und humpelte davon.

»Nennt uns die Namen Eurer Komplizen, oder es wird Euch noch schlechter ergehen!«

Ich warf Bernard einen Blick zu. Sein Gesicht war wie versteinert.

»Ihr verlangt von mir, ein falsches Zeugnis abzulegen.«

»Ich verlange von Euch, Eure Seele von der Sünde zu reinigen.«

»Indem ich meine Freunde verrate?«

»Indem Ihr jene rettet, die ansonsten zum Fegefeuer verdammt sind.«

Ich wollte ihm die Namen nennen, das könnt Ihr mir glauben. Es war nicht Tapferkeit, die mich davon abhielt, Unschuldige zu verraten. Aber meine Kehle war wie zugeschnürt. Ich brachte keinen Ton heraus.

»Lasst sie darüber nachdenken«, sagte Vater Subillais schließlich. »So Gott will, wird sie morgen vielleicht echte Reue zeigen. Falls nicht, werden wir wohl einen anderen Weg gehen müssen.«

Ganach und einer der Wärter schleiften mich auf dem Rücken aus der Wachstube. Schreie hallten durch die Korridore. Es müssen meine gewesen sein.

ELEONORE

Schwester Agnes Roiand wurde im Morgengrauen den Flammen übergeben. Rechtlich gesehen war es nicht die Kirche, die jene bedauernswerte Frau zum Tode verurteilt hatte. Als sie während des Ketzergerichts der weltlichen Gerichtsbarkeit und damit Raymond überstellt worden war, hatte Vater Subillais um Barmherzigkeit gebeten. Doch dies war natürlich ein Schachzug geschickter gewesen – Barmherzigkeit war undenkbar. Hätte mein Gemahl in Erwägung gezogen, Gnade zu zeigen, wären wir in den Verdacht geraten, Häretiker zu begünstigen und von Subillais sofort zugrunde gerichtet worden.

Uns blieb also keine andere Wahl. Pflichtbewusst verbrannten wir eine Schwachsinnige, um unsere eigene Haut zu retten.

*

Die bleiche Sonne stieg langsam an einem trostlosen Himmel empor. Die Söldner stampften auf der Stelle, um sich warm zu halten. Von Norden fegten kalte Winde heran, die an den Ohren brannten. Eine Gruppe von Menschen trat durch das Westtor, angeführt von Vater Donadieu, der laut aus einem Gebetbuch las. Hinter ihm folgte Agnes Roiand auf einem Ochsenkarren. Ihrem Gesicht war anzusehen, dass man sie geschlagen hatte, wohl, um sie zu zähmen.

Verbrennungen wurden stets an einem Sonn- oder Feiertag vollzogen, damit die Bevölkerung daran teilhaben konnte. Was für einen Sinn macht eine Verbrennung, wenn niemand zuschauen kommt?, pflegte Raymond zu sagen.

Agnes war an den Knöcheln, unter und über den Knien, um die Leibesmitte und an den Händen mit Stricken gefesselt. Um ihren Hals lag eine Kette. Sie war wohl kaum bei Bewusstsein. Ich zweifle daran, dass sie begriff, was mit ihr geschah.

Vater Donadieu betete lauter, um das Knistern und Knacken der Reisigbündel zu übertönen. Der stürmische Wind fachte das Feuer an. Leider muss ich zugeben, dass einige von uns näher herantraten, um sich zu wärmen. Doch schon bald bliesen die Windstöße uns erstickenden schwarzen Rauch in die Gesichter, sodass wir gezwungen waren, wieder zurückzuweichen.

Vater Subillais saß auf einem grauen Pferd und beobachtete das Geschehen. Wegen seines verletzten Beines vermochte er die Zeremonie nicht selbst durchzuführen. Der Feuerschein erhellte seine Gesichtszüge. Er fand offenbar nicht so großen Gefallen an dem Schauspiel wie manche der Stadtbewohner.

Auch Sicard Paylaurens befand sich unter den Zuschauern. Unsere Blicke trafen sich. Ich kannte sein Geheimnis, doch er wusste nichts von meinem.

BERNARD

Die ketzerische Nonne wurde vor den Toren der Stadt verbrannt, Ehre sei Jesus Christus, unserem Herrn und Erlöser, Amen.

Von Norden wehte ein stürmischer Wind, der nach Schnee roch. Ich selbst führte die Prozession aus der Stadt hinaus, begleitet von den Kanonikern in den entsprechenden Ornaten und unter dem Zeichen des Heiligen Kreuzes. Der Seigneur erwartete uns an dem vereinbarten Ort außerhalb der Stadtmauern.

Trotz der Kälte und Trostlosigkeit des Morgens waren nur wenige Stadtbewohner zu Hause geblieben, denn die Bevölkerung fand stets großes Vergnügen an Hinrichtungen. Der eigentliche Zweck von öffentlichen Hinrichtungen bestand natürlich darin, den Menschen die Folgen der Ketzerei vorzuführen, und in dieser Hinsicht war die Anwesenheit möglichst vieler Zuschauer durchaus wünschenswert.

Die Männer des Seigneurs standen mit Fackeln in der Hand rings um den Scheiterhaufen. Schließlich war die Verbrennung von einem weltlichen Gericht angeordnet worden. Mein Ordensbruder, Père Michel, der Abt und die Kanoniker waren lediglich als Zeugen zugegen.

Als der Ochsenkarren mit der an Händen und Füßen gefesselten Agnes herankam, ging ein Raunen durch die Menge. Die Gegenwart so vieler Menschen schien Agnes zu erschrecken, denn sie begann zu heulen wie ein Wolf. Schaum trat ihr vor den Mund.

Dieser Anblick machte die vor Kälte zitternden Zuschauer lebendig. Einige der Kinder johlten und schleuderten Dreck und Steine nach Agnes, andere rannten vor, um sie anzuspucken, zogen sich aus Angst aber ebenso schnell wieder zurück, obwohl Agnes gefesselt war.

Die Dämonen in ihrem Leib versuchten nun zu entfliehen, da sie wussten, dass sie mit ihr in den Flammen sterben würden. Agnes warf sich auf dem Karren zu Boden, wand sich in Zuckungen und schlug so heftig um sich, dass die beiden ausgemergelten Ochsen zu taumeln begannen.

Als die Männer des Seigneurs sie schließlich vom Karren hinunterzerrten, schien sie gar nicht mehr wahrzunehmen, was mit ihr geschah.

Sie schleiften Agnes zum Scheiterhaufen, banden sie fest und häuften Reisigbündel rings um sie an, bis nur noch ihr Kopf zu sehen war.

Nachdem alles vorbereitet war, nickte der Seigneur mir zu. Ich trat zu Agnes und bot ihr die letzten Tröstungen der Kirche dar. Im Angesicht des Kreuzes verschwanden die Teufel aus ihren Augen. Demutsvoll legte sie ihre Beichte ab, was mich ungeheuer erleichterte.

Dann war es so weit.

Die Männer des Seigneurs setzten die Reisigbündel in Brand. Der beißende Rauch ließ meine Nasenflügel zittern. Ich sprach ein Gebet für Agnes' Seele, mit lauter Stimme, um ihr Stöhnen zu übertönen. Ihre Qualen mussten furchtbar sein. Das Feuer begann erst richtig zu brennen, als einige Windstöße hineinfuhren.

Ich blickte mich um und war überrascht, den Templer zu sehen, Christian de Saint Ybars, der aus Richtung Maurac herbeigeritten kam. Sein weißer Umhang mit dem roten Kreuz leuchtete im fahlen Licht der Sonne. Er hielt irgendetwas in der rechten Hand.

Er sprang von seinem Schlachtross und schritt auf den Scheiterhaufen zu. Die Männer des Seigneurs starrten ihm beunruhigt entgegen. Vielleicht fürchteten sie eine Auseinandersetzung.

Ich erkannte nun, dass er ein Buch in der Hand hielt. Kurz darauf warf er es ins Feuer und sah zu, wie die Flammen es verzehrten. Dann stolzierte er davon.

Wie gern hätte ich diesen Schatz aus dem Scheiterhaufen geklaubt! Ich fragte mich, was für ein Buch es sein konnte, das einem Tempelritter dermaßen missfiel. Gerüchten zufolge enthielten die Bibliotheken der Templer Bücher von Juden, Mauren und Alchemisten, große Sammlungen der Werke von Claudius Galen und Hippokrates, Bücher über Astronomie und Mathematik, geheimnisvolle und womöglich sogar häretische Bücher, die überall sonst im christlichen Abendland verboten waren. Mir als Gelehrtem tat es Leid, wenn ein Buch vernichtet wurde, mochte es möglicherweise auch gefährlich sein. Was das betraf, siegte der Archivar in mir stets über den Geistlichen.

Doch nun konnte ich lediglich danebenstehen und beobachten, wie die Flammen sich durch jenes rätselhafte Buch fraßen, wie das Pergament schwarz wurde und sich schnell in Asche verwandelte.

Ich wagte es nicht, meinen Blick zu heben und das grausige Werk zu betrachten, das die Flammen bei Agnes vollbrachten. Ihr ahnt nicht, wie es ist, einen Menschen verbrennen zu sehen. Ihr habt noch nie versengtes Fleisch gerochen. Ich empfand keinerlei Genugtuung angesichts dieser Hinrichtung. Sie war eine traurige Pflicht, die ich für Gott zu erfüllen hatte.

Als es endlich ausgestanden war, dankte ich unserem Herrn Jesus Christus und blickte auf. Der Seigneur starrte übellaunig auf den verbrannten Leichnam. Dann warf er mir einen angeekelten Blick zu, wendete sein Pferd und ritt zurück in die Stadt.

*

Nachdem das Feuer niedergebrannt war, stocherten die Männer des Seigneurs in der glühenden Asche herum. Sie zogen die Überreste des Leichnams mit langen Stöcken heraus, zertrümmerten die Knochen mit eisernen Stangen und verbrannten alles noch einmal, denn vom Körper eines Ketzers durfte nichts übrig bleiben, was die Erde verpesten konnte. Das letzte bisschen Asche würde später in den Wind gestreut werden.

Außer mir gab es mittlerweile keine Zuschauer mehr. Ich harrte allerdings nicht aus einem Gefühl schauriger Befriedigung dort aus, sondern um herauszufinden, ob vielleicht ein Teil des geheimnisvollen Buches die Flammen überstanden hatte. Ich entdeckte jedoch nur ein verkohltes Stück des Ledereinbands.

Gerade wollte ich mich enttäuscht abwenden, da sah ich durch die grauen Rauchschwaden einen Mann auf mich zukommen. Es war Anselm de Peyrolles.

Es widerstrebte mir, ihm gegenüberzutreten. Schon allein bei seinem Anblick krampfte sich mein Magen zusammen. Das war im Grunde seltsam, denn schließlich hatte ich mich in Bezug auf unsere Inquisition keines Fehlverhaltens schuldig gemacht.

Der einstmals so beeindruckend große, breitschultrige Steinmetz wirkte merkwürdig zusammengeschrumpft, wie eine riesige Frucht, aus der man allen Saft herausgepresst hatte. Ja, genau das war aus ihm geworden: Er war nur noch die Schale eines Mannes.

»Guten Tag, Vater Donadieu«, begrüßte er mich.

»Guten Tag, Anselm.«

Er stieß einen schweren Seufzer aus. »Wie konnte nur all dieses Unheil über uns kommen? Alles, was ich in diesem Leben tun wollte, war, zur Ehre Gottes Steine zu meißeln. Für mich ist jeder Stein ein Gebet, Vater.«

»Ihr betet gut, Anselm.«

»Nicht gut genug.« Er blickte hinüber zum Hauptturm der Burg. »Was wird mit Madeleine geschehen?«

»Vertraut auf Gott, Anselm.«

»Ich hätte sie ins Kloster gehen lassen sollen. Dann wären wir nie in dieses Unglück geraten.« Langsam schlurfte er davon. Während ich hinter ihm her sah, rührte sich etwas in mir. Es war, als würde ein großer Tisch knarrend über Steinplatten gezerrt. Danach war nichts mehr wie zuvor.

*

Man sagt, dass es jeder Seele gut tue, zu leiden. Möge Gott mir vergeben, aber ich bin zu der Überzeugung gelangt, dass Leid nur für jene bestimmt ist, die es willkommen heißen. Wenn wir es Menschen zuteil werden lassen, die gar nicht gewillt sind, das Leid anzunehmen, handeln wir wie Knaben, die den Fliegen die Flügel ausreißen.

Einige Stunden nach der Verbrennung von Agnes suchten Vater Subillais und ich Madeleine de Peyrolles in ihrer Zelle auf. Als ich sah, wie sehr Madeleine litt, fragte ich mich, ob der Heiland dies wirklich gewollt hatte. Im Licht der Kerze betrachtete ich ihre bleiche, bis auf das Skelett abgemagerte Gestalt und hoffte, dass mein Ordensbruder tatsächlich ihre Seele retten konnte, denn viel mehr war ohnehin nicht von ihr übrig. Bruder Subillais stand gereizt und mit schmerzverzerrtem Gesicht neben mir. Seit der Hinrichtung war er nicht zur Ruhe gekommen und die ganze Zeit auf den Beinen gewesen. Nun zuckte er bei jedem Schritt zusammen.

Er war nicht gerade in versöhnlicher Stimmung. »Wie ich von Bruder Donadieu höre, habt Ihr Eurer Geständnis widerrufen«, sagte er.

Madeleine nickte kaum merklich mit dem Kopf.

»Ihr seid verstockt.«

»Ich habe nichts zu bereuen. Ich liebe Gott und habe mich immer bemüht, ihm so gut wie möglich zu dienen.«

»In diesem Fall werden wir das Verhör morgen früh fortsetzen.«

Mit Ganachs Hilfe bewältigte Bruder Subillais die steilen Stufen, die aus der Einzelzelle hinaufführten.

Ich blieb zurück und blickte auf Madeleine nieder. Mir schossen Bruder Subillais' Worte durch den Kopf: »Sie ist eine Hexe.« War ich verhext? Hatte sie mir drei Jahre zuvor in Toulouse einen Liebestrank verabreicht, dessen Wirkung immer noch anhielt? Begehrte ich sie noch, obwohl sie inzwischen eine derart erbarmungswürdige Gestalt war? Ich versuchte, mich zu erinnern – hatte ich während meiner Besuche in Anselms Haus irgendetwas getrunken? Aber im Grunde war die Frage müßig, denn gewiss waren damals ein paar meiner Haare auf dem Boden zurückgeblieben, die sie bei Bedarf für ihre Zaubersprüche hätte verwenden können.

War das der Grund, warum ich nicht von ihr loskam?

»Warum habt Ihr Euer Geständnis widerrufen?«, fragte ich sie.

»Vater Subillais möchte offenbar, dass ich unschuldige Menschen verleumde, um mir selbst Schmerz zu ersparen. Ich kann darin nichts Gutes oder Frommes sehen. Ich werde es deshalb nicht tun.«

»Es würde Eure Qualen beenden.«

»Meine Qualen würden damit erst beginnen. Mein Gewissen würde mich schlimmer peinigen als jedes Folterinstrument, das Vater Subillais aufbieten kann.«

Noch konnte sie so reden – sie hatte schließlich noch keine nähere Bekanntschaft mit der Streckbank gemacht.

»Ihr müsst doch keine schwerwiegenden Anschuldigungen gegen Eure Freunde erheben«, wandte ich ein. »Sprecht von einer gotteslästerlichen Äußerung, einem beiläufigen Wort ... Die Buße wäre gering! Gebt ihm, was er will.« Das darf nicht wahr sein, dachte ich. Du feilschst um Häresie und Buße wie ein gewissenloser Ablasshändler.

»Er verlangt von mir, meine Schwestern im Kloster zu verraten, meine Familie, vielleicht die ganze Stadt ... Das werde ich keinesfalls tun.«

Ich wusste, dass es sinnlos war, das Gespräch fortzuführen, also kniete ich nieder und untersuchte die Wunden an ihren Händen und Füßen. »Es gibt keine Anzeichen für eine Entzündung«, bemerkte ich – nicht, um sie zu beruhigen, sondern aus reinem Erstaunen. In diesem schmutzigen, feuchten Verlies hätte sich eigentlich jede offene Wunde entzünden und mit Eiter füllen müssen.

Ich dachte an Anselm, an seine hängenden Schultern, daran, wie er am Morgen durch die Rauchschwaden davongetrottet war. Diese Erinnerung bestätigte mich noch einmal in der Entscheidung, die ich getroffen hatte. »Trinkt dies.«

»Was ist das?«

»Der Trank wird Euch helfen zu schlafen. Ihr braucht morgen all Eure Stärke.«

Als sie das Fläschchen geleert hatte, erhob ich mich. Sie warf mir einen hasserfüllten Blick zu. »Ich habe Euch einmal geliebt. Ich hielt Euch für den vollkommensten aller Männer. Was ist nur aus Euch geworden ...«

»Prüft Eure eigene Seele, Madeleine de Peyrolles, nicht meine. Denkt über Eure Sünden nach und seid darauf gefasst, bei Tagesanbruch Vater Subillais gegenüber ein vollständiges Geständnis abzulegen.«

Ich erklomm die Stufen, und Ganach schlug die Falltür hinter mir zu. Wir überließen Madeleine de Peyrolles ihren Sünden.

ELEONORE

Ich erhielt direkt am Abend jenes Tages, an dem Agnes Roiand verbrannt worden war, den Auftrag, meinem Herrn und Meister den Rücken zu schrubben. Eimerweise heißes, mit getrockneten Rosenblüten versetztes Wasser war in unser Schlafgemach gebracht worden, da mein Gatte dort sein Bad nehmen wollte. Der Zuber hatte die Form eines großen Fasses und enthielt einen Schemel, damit Raymond so lange einweichen konnte, wie es ihm beliebte. Manchmal pflegte er während seines Bades sogar Besucher zu empfangen, so auch an jenem Abend. Es war Vater Subillais, der humpelnd hereinschlurfte und sich dabei schwer auf seinen Stock stützte. Ich war überzeugt, dass Raymond ihn absichtlich die vielen steilen Stufen zu unserem Gemach hatte hochsteigen lassen.

Vater Subillais war gekommen, um uns darüber in Kenntnis zu setzen, dass er seine Inquisition im Prinzip abgeschlossen hatte. Er gab sich höflich und untertänig und sprach dennoch unter dem Deckmantel von Frömmigkeit und Eifer Drohungen aus. Subillais konnte offenbar nicht ruhig schlafen, so lange noch ein Mensch am Leben war, der über seine Religion nicht genauso dachte wie er selbst.

»Wir reisen ab, sobald das Wetter es gestattet«, verkündete er.

»Ich hoffe, dass Ihr dem Bischof in Toulouse einen wohl wollenden Bericht über uns vorlegen werdet«, sagte Raymond.

»Ich werde ihm alles berichten, was ich gesehen und gehört habe«, entgegnete Vater Subillais mit einem falschen Lächeln.

»Was ist mit dem Mädchen?«, erkundigte ich mich.

»Die Tochter des Steinmetzes? Zu unserem äußersten Verdruss hat sie ihr Geständnis widerrufen. Wir werden morgen früh noch einmal mit der Befragung fortfahren.«

»Ihr müsst mit Eurer Arbeit hier sehr zufrieden sein«, bemerkte ich.

»Wir haben viele Seelen für Gott gerettet.«

»Einschließlich der von Aimery Maurand«, warf ich ein. Ich konnte nicht anders. Die einzige Möglichkeit, mich am Reden zu hindern, hätte darin bestanden, mir die Lippen zuzunähen.

Subillais wirkte beunruhigt und verwirrt zugleich. »Aimery Maurand?«

»Der arme Maurand! Ich habe übrigens gehört, dass sich sein Vater damals in Carcassonne viele Feinde gemacht. Angeblich hat er einen seiner Mitbürger zugrunde gerichtet, indem er ihn als Häretiker denunzieren ließ. Der gesamte Besitz jenes Mannes wurde konfisziert, und seine Söhne blieben mittellos zurück. Einer von ihnen soll gezwungen gewesen sein, einem Orden beizutreten.«

Falls Ihr jemals einen Mann an einer Fischgräte habt ersticken sehen, dann wisst Ihr, dass erst sein Gesicht rot anläuft und er dann ein leises Keuchen von sich gibt. Danach wird er stumm und starrt Euch aus kugelrunden Augen an.

Ich hatte den Eindruck, als würde unser guter Vater Subillais gerade an einer Gräte ersticken.

»Ihr scheint viel über ihn zu wissen«, stieß er schließlich hervor und flüchtete dann humpelnd aus unserem Gemach.

Raymond erhob sich. Das Wasser im Zuber war ihm zu kalt geworden. Ich reichte ihm ein Tuch, und er begann sich abzutrocknen. »Was hatte das gerade zu bedeuten?«

»Offenbar glaubt unser guter Vater Subillais, der Einzige zu sein, der hier von Geheimnissen weiß.«

»Wer war dieser Bürger, den Maurands Vater angeblich ruiniert hat?«

»Sein Name war Pierre Subillais.«

Daraufhin sagte Raymond für eine ganze Weile gar nichts. Schließlich bemerkte er nachdenklich: »Wenn das bekannt würde …«

»Der Beweis befindet sich in einem Register, das schon vor

langer Zeit auf rätselhafte Weise verschwand. Möchtet Ihr eine solche Infamie verbreiten, ohne Beweise vorlegen zu können?«

»Woher wisst Ihr all dies?«, fragte er, gab sich jedoch im nächsten Moment selbst die Antwort. »Von Eurem Bruder.«

Ich nickte.

»Haben die Templer sogar im Chateau Narbonnais ihre Spitzel?«

»Sie haben überall Spitzel.«

Mein Gemahl schien ebenso bestürzt zu sein wie ich – nicht darüber, dass ein Geistlicher seine Macht für eigene Zwecke missbrauchte, sondern dass gerade Christian dies tat. Ich hatte ihn stets für einen Mann gehalten, der allein von seinem Glauben angetrieben wurde. Nun hatte sich herausgestellt, dass er doch nur ein Mensch war. Es irritierte mich, dass ich ihn dermaßen falsch eingeschätzt hatte.

»Seid Ihr der Meinung, dass es klug war, Subillais derart herauszufordern?«

»Ich weiß es nicht«, antwortete ich. »Wie denkt Ihr darüber?«

Er zuckte mit den Schultern. »Ich denke, dass es wahrscheinlich gleichgültig ist. Vater Subillais hat ohnehin die Absicht, uns zugrunde zu richten.«

Ich fragte mich, was besser war – von der Willkür eines religiösen Eiferers abzuhängen oder sich in der Gewalt eines Mannes zu befinden, der von Hassgefühlen zerfressen wurde. Wenn man einem durchgegangenen Pferd im Weg steht – ist es dann noch von Bedeutung, ob das Pferd verrückt ist oder blind?

*

Ich ließ den Eindringling in die Wachstube über dem Nordtor bringen. Sie wurde selten benutzt, so dass wir die Angelegenheit dort ungestört erledigen konnten.

Die beiden Wachposten, die er bestochen hatte, führten ihn selbst herein.

Ich begriff nicht, wie ein Mann dermaßen töricht sein konnte. Nichtsdestotrotz bewunderte ich seinen Wagemut.

Die Wachen hatten ihm die Hände auf dem Rücken gefesselt und ihre Schwerter gezogen, denn offenbar wirkte ihr hünenhafter Gefangener selbst in diesem Zustand noch gefährlich auf sie. Sie hatten ihn mit dem Gesicht voran zu Boden gestoßen. Erstaunt blickte er nun zu mir empor. Er hatte gewiss nicht erwartet, dass ich es sein würde, vor der er sich zu verantworten hatte.

»Euer Name lautet Sicard Paylaurens. Wisst Ihr, wer ich bin?«

»Natürlich, Herrin.«

»Ihr wisst auch, warum Ihr hier seid?«

»Diese Männer haben mich verraten.«

»Im Gegenteil. Sie haben ihrem Herrn gegenüber ihre Pflicht erfüllt. Sie hätten nur dann einen Verrat begangen, wenn sie das getan hätten, wozu Ihr sie bestechen wolltet. Habt Ihr tatsächlich geglaubt, sie würden Euer Geld nehmen und auf Euer Geheiß handeln? Stellt Euch doch nur einmal vor, dass sie morgen früh erklären müssten, wohin eine Gefangene der Heiligen Inquisition verschwunden ist! Habt Ihr daran gedacht, was dann geschehen würde? Wenn die Wachen eine solche Gefangene entfliehen ließen, würde auch der Herr dieser Burg nicht ungeschoren davonkommen. Die Kirche würde sich gegen uns wenden. Und wenn der Seigneur Ungemach ertragen müsste, würde er jenen, die an seiner Lage schuld sind, noch viel größeres Ungemach bereiten. Glaubt Ihr wirklich, diese Männer hätten es riskiert, für ein paar Sol gefoltert und gehängt zu werden?«

»Ich war verzweifelt«, gestand Sicard Paylaurens freimütig.

»Nein, Ihr wart töricht.«

Sicard Paylaurens konnte sich glücklich schätzen, dass mein Gemahl betrunken und schnarchend in unserem Schlafgemach lag. Raymond hatte während des Abendmahls zu viel Wein zu sich genommen – vielleicht, um Subillais' bevorstehende Abreise zu feiern, vielleicht aber auch, um seine Verzweiflung zu ertränken, da er ja von unserem unabwendbaren Untergang überzeugt war.

Daher hatten die Wachen *mir* den Eindringling gemeldet. Es blieb mir überlassen, ihn zu bestrafen, und das war der einzige

Grund, warum dieses Gespräch überhaupt stattfand. Im anderen Fall hätte Sicard bereits in einem Käfig über einem der Tore gehangen.

Ich wandte mich den beiden Wachposten zu. »Lasst uns allein.«

»Er ist gefährlich, Herrin.«

Ich war es nicht gewohnt, dass meine Befehle in Frage gestellt wurden. Ein Blick genügte. Die Männer stampften davon.

Ich setzte dem Gefangenen meinen Fuß in den Nacken und drückte ihn mit dem Absatz meines Kalbslederstiefels nieder. Er sollte wissen, dass ich weder Furcht noch Sanftmut kannte, auch wenn ich eine Frau war. Sicard ächzte vor Schmerz, blieb jedoch vollkommen ruhig liegen. Er schien sich mit seinem Schicksal abgefunden zu haben.

»Ihr habt Glück, dass ich Euch ein gewisses Maß an Mitleid entgegenbringe, Sicard Paylaurens«, sagte ich und zog meinen Fuß zurück.

»Herrin?«

»Wenn unsere beiden Dominikanerbrüder von Eurem Ansinnen erfahren, werdet Ihr verbrannt, das wisst Ihr.«

»Ich muss sie retten!«

»Das könnt Ihr nicht.«

»Dann werde ich gemeinsam mit ihr sterben.«

»Das wäre ein sinnloser Tod.«

Was sollte ich mit ihm machen? Ich wollte ihn keinesfalls Subillais ausliefern. »Vielleicht werdet Ihr wegen dieser ganzen Angelegenheit tatsächlich bald sterben, Sicard. Es würde mich nicht überraschen, denn Ihr verfügt über den Scharfsinn und die Gerissenheit eines Rammbocks. Aber Ihr werdet nicht heute sterben, und nicht auf meinen Befehl.«

Er hob das Gesicht nicht vom Boden. »Ich liebe sie! Ich kann nicht einfach zusehen, wie sie leidet.«

Wie gesagt, ich bewunderte seine Kühnheit. Aber es gab nichts, was ich für ihn hätte tun können.

Ich ließ ihn in der Wachstube zurück, überquerte den Innenhof und trat wieder in den Hauptturm. Als ich die Treppe zur großen Halle hinaufschritt, durchzuckte mich plötzlich ein so starker, scharfer Schmerz, dass ich aufschrie und mich zusammenkrümmte. Einer der Söldner hörte mich und lief davon, um eine Magd zu holen. Sie halfen mir, die Stufen zu unserem Schlafgemach zu bewältigen, wo Raymond ausgestreckt auf dem Bett lag und schnarchte wie ein Bär.

Die Magd wälzte ihn vom Bett hinunter und scheuchte ihn aus dem Raum. Er musste auf allen vieren kriechen …

Ich spürte etwas Feuchtes zwischen meinen Schenkeln und sah Blut auf den Boden tropfen. Da wusste ich, dass etwas Schlimmes geschehen war.

Ich hätte die weise Frau kommen lassen, doch Sybille de Peyrolles schmachtete als Gefangene der Inquisition im *murus largus*. Was den Barbier betraf – eher hätte ich mich in die Hände des Henkers begeben. Also vermochte ich nichts weiter zu tun als die Schmerzen zu ertragen und zu beten – nicht für mich, sondern für das Kind.

Früh am anderen Morgen trat Raymond in unser Gemach. Er hatte blutunterlaufene Augen und stank nach schalem Wein. Nach einem Blick auf sein Gesicht wusste ich, dass er erraten hatte, was passiert war. Ich hatte das Bedürfnis, ihm zu sagen, er solle Vertrauen haben, brachte jedoch kein Wort über die Lippen. Der Raum war voller Mägde, die mit Wassereimern und Tüchern geschäftig hin und her eilten, während mein Gemahl am Fenster stand, mit einer Miene von solch unbeschreiblicher Traurigkeit, dass ich gemeinsam mit ihm hätte weinen mögen.

BERNARD

Am folgenden Morgen warteten wir in der Folterkammer des Seigneurs auf unsere Gefangene. Bruder Subillais saß auf einem Stuhl, der aus der Wachstube für ihn hergebracht worden war, und hatte sein verletztes Bein auf einen Schemel gelegt. Ich war zu aufgewühlt, um ruhig stehen zu bleiben, und schritt stattdessen zwischen den Folterinstrumenten auf und ab. Ich wusste genau, dass ich meinen Ordensbruder damit reizte, aber er sagte kein Wort.

Der Folterknecht wartete mit gelassener Gleichgültigkeit. Ich hatte Erkundungen über ihn eingezogen, einerseits, um meine Neugierde zu befriedigen, andererseits aber auch in der Hoffnung, ihn irgendeiner Unregelmäßigkeit überführen zu können, möge Gott mir verzeihen. Unglücklicherweise hatte er eine Frau, er aß Fleisch, spielte, trank oft bis zum Exzess und wurde daher als guter Christ betrachtet. Er nahm regelmäßig an der Messe teil und galt als treuer Anhänger sowohl der Kirche als auch des Seigneurs.

Bruder Subillais wurde langsam ungeduldig. Ich vermeinte, eine gewisse Traurigkeit an ihm zu entdecken. Offensichtlich behagte ihm die Aussicht auf das, was wir in wenigen Momenten tun würden, ebenso wenig wie mir. Ich hatte im Fall des Bürgers Maurand den Eindruck gehabt, dass er eine grimmige Befriedigung empfand, doch diesmal war seine Haltung völlig anders.

Endlich hörten wir Schritte. Der Kerkermeister kam die Stufen herab. Er war allein und blickte uns verzagt an.

»Eure Exzellenzen sollten mit mir kommen, wenn … wenn es Euren Exzellenzen beliebt«, stammelte er.

»Was hat das zu bedeuten, Ganach?«

»Es gibt etwas, was Eure Exzellenzen sich ansehen sollten.« Er verbeugte sich so tief vor uns, dass seine Nase beinahe den Boden berührte, und wirkte so unterwürfig wie ein Hund, der mit einer Tracht Prügel rechnet.

Wir folgten ihm durch die Korridore des Kerkers bis in den *murus largus*. Die Falltür zu Madeleines Einzelzelle stand offen. Ich half Bruder Subillais die Stufen hinunter. Madeleine de Peyrolles lag in sich zusammengesunken an der Wand. Ihr Gesicht war kalkweiß, ihr Unterkiefer hing herab, ihre Augen blickten leer.

»Ich fürchte, sie ist tot«, sagte Ganach.

»Wie ist das möglich?«, knurrte Bruder Subillais.

»Vielleicht waren es doch die Unbilden des Kerkers. Selbst Männer haben hier unten noch kaum so lange überlebt wie sie.«

Ich kniete nieder, um sie zu untersuchen. »Ich kann weder Atem noch Herzschlag feststellen.«

Bruder Subillais fuhr Ganach an: »Habt Ihr diesem Mädchen etwas angetan?«

»Ich habe ihr keinen Schaden zugefügt, das schwöre ich, Euer Exzellenz.«

»Keiner Eurer Wärter hat versucht, sie zu belästigen?«

Als ob sie in ihrer Verfassung irgendjemandem begehrenswert erscheinen könnte, dachte ich.

Ganach beteuerte wieder und wieder, sie sei ordnungsgemäß behandelt worden.

Mein Ordensbruder wirkte wie vom Donner gerührt. Ich hatte ihn noch nie dermaßen fassungslos erlebt. »Sie ist gestorben, ohne die Beichte abgelegt zu haben! Ich habe ihr gegenüber versagt. Ich habe Gott gegenüber versagt!«

Ich erhob mich. »Was sollen wir tun?«

»Du musst ihren Leichnam vor den Toren der Stadt verbrennen. Dies ist die einzig mögliche Strafe für einen Häretiker, der nicht abgeschworen hat, sei er nun tot oder lebendig.« Er sah mir direkt in die Augen. »Ihre Seele schmort in der Hölle, und wir sind gescheitert. Wenn sie gestern nicht widerrufen hätte, wäre sie inzwischen wieder mit der Kirche ausgesöhnt.«

Er warf mir einen Blick zu, als trüge ich die Schuld an dem Umglück. Dann erklomm er mit Ganachs Hilfe die Stufen und verschwand.

Ich starrte Madeleine einfach nur an. Ich wusste nicht, was ich fühlen sollte. Aber was geschehen war, war nun einmal geschehen, es gab kein Zurück. Ich hoffte, dass Gott mir meinen Stolz und meine Begierde in Bezug auf Madeleine de Peyrolles vergeben würde.

*

Eine trübe Morgendämmerung, schneidende Kälte, die in den Knochen schmerzte, die Gerüche der zum Leben erwachenden Stadt – Holzfeuer, entleerte Nachttöpfe, die Ausdünstungen der Pferde in den Ställen. Nicht mehr lange, dann würden die Tore geöffnet und das geschäftige Treiben von neuem beginnen.

Ich hatte dafür Sorge zu tragen, dass Madeleine de Peyrolles den Wünschen der Kirche gemäß verbrannt wurde. Ihr Körper war zusammen mit einigen Reisigbündeln für das Feuer auf einen Handkarren geworfen worden. Im grauen Licht sah sie aus wie ein Bündel Lumpen. Ganach und sein Gehilfe murrten über die lästige Aufgabe und stritten sich darum, wer den Karren schieben sollte.

Ich gab dem Kerkermeister einen Beutel und sagte: »Ich werde mich um alles kümmern.«

»Ihr, Euer Exzellenz?«, rief er überrascht.

»Ihr könnt Euch wieder Euren anderen Pflichten und Eurem Morgenmahl zuwenden«, sagte ich.

»Aber der Karren ist schwer!«

»Ich bin ein Mönch. Ich bin daran gewöhnt, körperliche Arbeit zu leisten.«

Ganachs Gehilfe hielt die Fackel hoch, damit sein Meister die Münzen in dem Beutel zählen konnte. Im Lichtschein vermochte ich Madeleines Gesicht deutlich zu sehen, ihre halb geschlossenen Lider, die bläulichen Lippen. Tränen stiegen mir in die Augen. Mir wurde klar, dass ich womöglich einen schrecklichen Fehler begangen hatte.

Ich richtete meine Aufmerksamkeit wieder auf Ganach. Es war nicht schwer, seine Gedanken zu erraten: *Was willst du mit einer toten Frau?* Seine Miene zeugte nicht mehr von übertriebener Unterwürfigkeit, sondern von Gerissenheit und Verachtung.

»Wenn Ihr wisst, was gut für Euch ist, sagt niemanden ein Wort«, warnte ich ihn. Die Selbstgefälligkeit fiel von ihm ab. Die Drohung eines Inquisitors besaß schließlich ein gewisses Gewicht, auch wenn sie von einem Mönch kam, der nach Ganachs Ansicht durch und durch verdorben war. Er beugte den Kopf und senkte den Blick.

»Gewiss, Euer Exzellenz.«

»Und nun geht an Eure Arbeit. Ich werde sicherstellen, dass alles ordnungsgemäß vonstatten geht.«

Der Kerkermeister und sein Gehilfe schlurften davon. Ich beugte mich über den Karren. Madeleines Augen waren glasig. Ich wollte sie in die Arme nehmen und festhalten, doch es war wohl besser, diesem Drang zu widerstehen.

Nachdem ich mein Pferd aus dem Stall geholt hatte, legte ich Madeleines Körper quer über den Widerrist. Einen Augenblick später wurden die Stadttore geöffnet, und ich ritt mit Madeleine hindurch. Ich war überzeugt, dass Bruder Subillais davon erfahren würde, trotz meiner Drohungen gegenüber Ganach. Aber das kümmerte mich nicht länger. Ich hatte mich für einen Weg entschieden. Nun konnte ich nicht mehr zurück, selbst wenn ich es gewollt hätte.

MADELEINE

Kalt, so eisig kalt.

Ich öffnete meine Augen und nahm die bröckelnden Wände einer verlassenen Hütte wahr, vier Mauern aus Lehm und ein Strohdach, in dem große Löcher klafften. Er hatte ein paar klägliche Zweige aufgeschichtet und ein Feuer entzündet, das kaum Wärme abgab. Die festgestampfte und gefrorene Erde unter mir war so hart, als läge ich auf Stein.

Er stand in der Türöffnung und blickte hinaus. Die Bäume waren mit einer dünnen Schneeschicht bedeckt. Kein Lüftchen schien sich zu regen. Ich hörte ein Pferd schnauben und ungeduldig mit den Hufen stampfen.

Ich wollte in die Nebelwelt des Schlafes zurückkehren, aber die Kälte hinderte mich daran.

Er drehte sich um, bemerkte, dass ich wach war und beugte sich rasch zu mir nieder. Sein Gesicht war schön, genauso makellos wie bei unserer ersten Begegnung in Toulouse. Mir fiel auf, dass seine Hände vollkommen geformt waren und so weiß wie die eines Engels. »Ich hielt Euch schon für tot! Ich dachte, der Trank sei vielleicht zu stark gewesen.«

Er brachte einen Becher mit Wasser an meine Lippen.

Ich versuchte, meinen Kopf zu heben, doch er war so schwer, als sei er aus Eisen. Also kostete ich die kleineren Freuden meiner neu gewonnenen Freiheit aus. Endlich konnte ich wieder frische Luft atmen und statt undurchdringlicher Finsternis Farben sehen – das Dunkelgrün der Bäume zwischen den Schneeflecken, das Winterblau des tief hängenden Himmels.

Aber noch immer drang mir ein übler Gestank nach Schweiß und Kot in die Nase. Dann wurde mir klar, dass ich selbst ihn verströmte.

»Zieht diese Fetzen aus«, flüsterte er und reichte mir ein Bündel mit sauberer Kleidung.

Ich rang mit den verrotteten Lumpen, die mir moderig am Leib klebten, aber die Nachwirkung des Tranks und die Eiseskälte hatten meine Finger gefühllos und ungeschickt gemacht.

Bernard kauerte vor mir und sah mir zu.

»Dreht Euch um«, forderte ich mit schwacher Stimme.

»Ich will Euch ansehen. Ich will mich an Euch erinnern können. Ich will mich daran erinnern können, wie schön Ihr seid.«

»Ich bin nicht mehr schön, dank Eures Ordensbruders. Es sei denn, Ihr findet welke Haut und einen ausgezehrten Körper anziehend.« Ich konnte mich einfach nicht vor ihm ausziehen, ich schämte mich zu sehr.

Bernard nickte verständnisvoll, erhob sich und wandte sich ab. Langsam und mühevoll entledigte ich mich der vor Dreck starrenden Kerkerkleidung. Dann betrachtete ich meinen Körper, geradezu unbeteiligt, als würde er jemand anderem gehören. Überall dort, wo die Ratten an meinen Füßen genagt hatten, befanden sich schwärende Wunden, und der Schmutz war so tief in meine Haut eingedrungen wie Tinte in Pergament. Wo einst festes Fleisch gewesen war, stachen jetzt überall die Knochen hervor.

Ich zog das neue Oberkleid und den Umhang an, die er mir gegeben hatte. Der Umhang war aus Bärenfell, hatte eine Kapuze und fühlte sich auf meiner Haut wunderbar schwer und warm an. Ich hatte schon beinahe vergessen, wie es war, nicht frieren zu müssen.

Erst jetzt, da ich ganz wach war, begriff ich, was er getan hatte, welcher Gefahr er sich ausgesetzt hatte. Ich wusste nicht, was ich sagen, wie ich ihm danken sollte.

»Warum habt Ihr mir geholfen?«, fragte ich leise.

Er drehte sich wieder zu mir um und starrte mich lange Zeit schweigend an. Dann begann er plötzlich, seinen Umhang abzulegen. Dahin gingen also seine Gedanken? Ich konnte mich ihm nicht verweigern, wenn das der Dankeszoll war, den er verlangte. Aber ich war enttäuscht – hatte er wirklich so viel riskiert, nur um etwas zu bekommen, was jedes Mädchen ihm leichtherziger und reinlicher bieten konnte?

Er kniete vor mir nieder. Seine Brust war glatt und rein wie Marmor. Er zitterte in der Kälte. »Denkt Ihr oft daran, was wir an jenem Tag taten?«

»Ich denke sehr oft daran«, erwiderte ich, und das entsprach der Wahrheit. Es war der entscheidende Moment in meinem Leben gewesen. Er hatte Schande und Unglück über meine Familie gebracht und Bernard in Sünde verstrickt. Dennoch bereute ich nicht, was an jenem Tag vor drei Jahren geschehen war.

Bernard ließ seine Kutte zu Boden gleiten. Ich starrte auf seinen Unterleib und dachte einen Augenblick lang, ich würde ohnmächtig. Mein Magen krampfte sich zusammen, und meine Kehle war wie zugeschnürt.

»Ich wollte ein keusches Leben führen, wie Christus, doch der Gedanke an Euch verfolgte mich Tag und Nacht, sogar noch, nachdem ich dem Prior alles gebeichtet hatte. Ich versuchte, mein Fleisch durch Schmerz zu reinigen, ich geißelte meinen Rücken, bis das Blut an mir hinabrann, aber immer noch dachte ich manchmal an Euch, selbst während des Gebets, selbst während ich zur Komplet einen Psalm sang. Also tat ich mir *dies* an. Ich glaubte, dass ich für meine Aufgaben in der Kirche frei sein würde, wenn ich die niedrigste Gliedmaße entfernte. Ich tat es für Gott, ich tat es, um mich von Euch zu befreien.« Er schüttelte den Kopf. »Ich wäre beinahe gestorben. Monatelang lag ich im Infirmarium. Die Wunde ist zwar verheilt, aber ich leide oft Schmerzen und vermag nicht mehr richtig Wasser zu lassen. Ihr seht also, dass ich weiß, was wahre Reue und Buße ist.« Er zog seine Kutte wieder an und strich sie glatt. »Ich glaubte, durch meine Tat die Begierde ein für allemal bezwungen zu haben. Doch in dem Augenblick, da ich Euch im Kloster Beausaint wieder sah, kehrte mein Verlangen zurück, auch wenn ich nicht mehr die Möglichkeit habe, es zu befriedigen.«

Ich musste mein Gesicht abwenden. Mir war klar, dass er sich mir nicht gezeigt hatte, um *mich* zu demütigen, sondern um sich selbst zu erniedrigen. Tränen strömten über sein Gesicht. Bereute er, was er getan hatte? Ich wusste es nicht und habe es auch niemals erfahren. Die Verstümmelung war furchtbar. Ich fragte ihn nicht, ob er sie sich selbst zugefügt hatte oder ob sie das Werk eines Barbiers war. Es ging über meine Vorstellungskraft, wie sehr er gelitten haben musste.

»Die Kirche verabscheut Eunuchen, daher habe ich versucht, es geheim zu halten. Nur der Prior und der Infirmarius in Toulouse wissen davon. Ich fürchtete um meinen Werdegang innerhalb des Ordens.« Er trat wieder an die Tür. »Nach meiner Tat würde ich nicht mehr sündigen können – das dachte ich zumindest. Aber ich sündige immer noch, denn ich habe noch immer den Wunsch, mich mit Euch zu vereinen. Selbst jetzt noch. Und das verstehe ich nicht. Mir scheint, als hätte ich mich auf die Folterbank gelegt und selbst für alle Zeit dort festgebunden. Ich habe Euch mehr geliebt als Gott, und das ist eine Sünde, die keiner von uns auszulöschen vermag.«

Ich hatte keine Worte zum Trost. Doch er erwartete wohl auch keine.

Er sah durch das löcherige Dach zum Himmel hinauf. »Der Morgen schreitet voran. Ich muss jetzt gehen. Die nötigen Vorbereitungen für Eure Flucht sind bereits getroffen. Geht mit Gott, Madeleine de Peyrolles.«

Ich beobachtete durch die Türöffnung, wie er auf sein Pferd stieg und davonritt. Er blickte sich nicht um, obwohl ich hinter ihm her rief. Er blickte kein einziges Mal zurück.

SUBILLAIS

Ich mochte weder die Stille jener Berge noch die Art, wie die Nebelschwaden morgens über die Hänge krochen, als seien sie böse Geister, die Übles im Schilde führten. Ich wollte fort, zurück nach Toulouse. Dort hatte ich mich sicherer gefühlt.

Der Erzfeind ist ein listenreicher Gegner, und hier in Saint-Ybars wäre ein weniger standhafter Inquisitor vielleicht in eine Glaubenskrise geraten – denn dies war zweifellos, was der Teufel beabsichtigte. Er hatte an diesem Ort Legenden, Lasterhaftigkeit und Häresie äußerst geschickt miteinander verwoben, zu einem Spinnennetz aus seidenen, tückischen Fäden.

Die Dame Eleonore setzte sich in ihrem Bett auf. Ihr Gesicht war so weiß wie Marmor. Ihre Diener schienen zu glauben, dass sie sterben würde, doch der Seigneur hatte mir berichtet, es handele sich lediglich um ein Frauenproblem.

Als ihre Augen auf das in Öltuch gewickelte Bündel unter meinem Arm fielen, weiteten sie sich vor Entsetzen. Sie starrte ihren Gemahl an, der hinter mir das Gemach betreten hatte. Sie schien nicht begreifen zu können, warum er sie verraten hatte.

In meinen Augen war die Antwort offensichtlich – er stammte aus Burgund, sie nicht.

Die Kammerzofen wurden weggeschickt. Nachdem die Tür fest verschlossen war, öffnete ich das Bündel und ließ die Gebeine am Fußende des Bettes auf die Decke gleiten.

Ich fragte mich immer noch, warum der Schädel fehlte.

»Was habt Ihr getan?«, schrie Eleonore ihren Gatten an.

»Das könnte ich Euch ebenso gut fragen, meine Gemahlin.«

Sie begann zu toben. »Ihr habt bei Eurer Ehre geschworen!«, kreischte sie. »Ihr habt bei Eurer Ehre geschworen, das Geheimnis der Gebeine zu bewahren!«

»Meine Ehre zwingt mich nicht dazu, Eure grässlichen Häresien zu unterstützen! Christus ist am Kreuz gestorben, auferstanden und zum Himmel gefahren. Wer kann sagen, wessen Knochen dies sind? Vielleicht haben wir uns in Ehrfurcht vor einem Bettler oder einem alten Weib verneigt.«

»Aber wir haben Beweise!«

Beweise … Deshalb war ich hergekommen und hatte sie mit ihren Sünden konfrontiert. Ich musste herausfinden, was sie sonst noch vor mir verbarg.

»Es gibt Beweise?«, fragte ich.

Sie schwieg und starrte mich hasserfüllt an.

»Es gibt ein Dokument, einen Stammbaum«, erklärte Raymond.

»Wenn Ihr über einen solchen Beweis verfügt, dann solltet Ihr ihn vorlegen«, mahnte ich sie. Ihre Beweise würden lediglich bezeugen, dass sie eine Häretikerin war. Die Bibel war der einzig wahre Stammbaum, den ich kannte.

»Er wurde vernichtet.«

»Vernichtet?«

Sie sagte nichts mehr, doch mir fiel das Buch ein, das ihr widerwärtiger Bruder auf den Scheiterhaufen der Ketzerin Agnes Roiand geworfen hatte. Er hatte also einen Stammbaum verbrannt, in dem behauptet wurde, dass es sich bei jenen Knochen um die sterblichen Überreste des Erlösers handelte. Dass unser Heiland Nachkommen gezeugt hatte und dass die Blutlinie immer noch existierte. Es wunderte mich nicht, dass Christian de Saint Ybars jenes Buch den heiligen Flammen überantwortet hatte.

»Begreift Ihr nun, was Ihr getan habt?«, zischte der Seigneur seine Gemahlin höhnisch an.

»Unsere hohe Abstammung ist alles, was wir haben. Aus diesem Grund habt Ihr mich doch geheiratet – Euer Sohn sollte von hohem Geblüt sein!«

»Ihr seid nicht fähig, mir einen Sohn zu schenken. Ihr habt ihn auf den Boden geblutet.«

Ich sah, dass Raymonds Worte Eleonore zutiefst verletzten. Ich fürchtete, dass noch viele Jahre voller Schmerz und Qualen vor ihr lagen, ehe sie zu Gott zurück finden und es bereuen würde, jemals an diese Lügengeschichte geglaubt zu haben. Sie wandte den Blick von ihrem Gatten ab und starrte gramerfüllt auf die Knochen, die er aus der Krypta von Montazels zu mir gebracht hatte.

»Ihr habt uns alle der Verdammung anheim gestellt«, warf sie ihm vor.

»Nein, ich habe Euch und Eure unsterbliche Seele gerettet. Ich habe auch Euren Bruder gerettet. Ich habe uns alle gerettet.«

Sie begann zu schluchzen, was dem Seigneur offenkundig sehr missfiel. Er befahl ihr, still zu sein, und als sie ihn nicht beachtete, drehte er sich auf dem Absatz um, stürmte zur Tür, riss sie auf und verschwand.

»Ihr habt mir Euer Wort gegeben!«, schrie sie ihm nach. Ich hörte, wie sich seine Schritte auf der Treppe entfernten. »Ihr habt nicht nur mein Vertrauen gebrochen, sondern auch das Vertrauen all jener, die ihr Leben ließen, um diesen Schatz zu bewahren! Wisst Ihr eigentlich, was Ihr angerichtet habt?«

Es war peinigend, all dies mit ansehen zu müssen, aber ich hatte solche Auftritte schon oft erlebt. Die Menschen schlugen vielerlei verschiedene Irrwege ein und vermochten sich auf zahllose Arten selbst zu täuschen, doch letzten Endes führte Gott sie auf den rechten Pfad zurück. Der Weg zum Heil war allerdings nicht freudenreich. Gutes erreichte man nur durch Schmerz und Buße.

Ich beugte mich zu Eleonore hinab und sagte versöhnlich: »Ihr habt Euch getäuscht. Diese Knochen stammen nicht von unserem Heiland. Der Heiland ist in den Himmel gefahren.«

Sie spuckte mir ins Gesicht und verdammte sich damit selbst. Ich konnte nichts mehr für sie tun. Ich nahm die häretischen Überreste an mich und ließ sie allein.

ELEONORE

Tauwetter setzte ein. Die Eiszapfen, die an Dächern und Fensterstürzen hingen, begannen zu schmelzen und tropften stetig auf das Kopfsteinpflaster des Innenhofs. Überall verwandelte sich der weiße Schnee in graubraunen Matsch.

Der Frühling kam näher, und obwohl es den Sonnenstrahlen noch an Kraft fehlte, versprach der klare blaue Himmel bereits, dass bessere Tage kommen würden.

In mir wuchs neues Leben heran. Zuerst hatte ich dies für reine Einbildung gehalten, denn nach der Blutung war ich davon überzeugt gewesen, das Kind verloren zu haben. Doch eines Tages war ich allein zum Teich der Madonna geritten. Ich hatte in das dunkle Wasser gestarrt und mein Spiegelbild gesehen, mit einem Knaben auf dem Arm – Raymonds Sohn. Das Kind war immer noch in mir, ich spürte, wie es sich bewegte. Der unterirdische Fluss, der geheime Fluss des Blutes, der seit alten Zeiten durch dieses Tal strömte, würde weiterfließen, weit in die Zukunft, genau, wie ich es Raymond und Christian versprochen hatte.

*

Wenn aus einem Freund ein Feind wird, fragen wir uns, warum wir ihn jemals bewundert haben. Was haben wir in ihm gesehen, das uns liebenswert erschien? Ich blickte Raymond an und sah lediglich seine Fehler, seine Feigheit, seine Kälte, seinen Mangel an Güte.

Er hatte mich wie eine Dienstmagd zu sich in die große Halle befohlen. Er saß am Kamin, seine Jagdhunde hatten sich zu seinen Füßen zusammengerollt. Als ich mich näherte, warf er mir nur einen flüchtigen Blick zu. Ich nahm neben ihm Platz, und er befahl einem der Diener, uns Glühwein zu holen. Danach verfiel er in Schweigen und starrte verdrießlich vor sich hin.

Lange Zeit sagte keiner von uns ein Wort. Schließlich holte Raymond tief Luft und verkündete: »Unsere Verbindung hat keine Früchte getragen. Ich betrachte sie als beendet.«

Das war alles. Auf diese Weise machte Raymond zwölf Jahre der Freundschaft und Vertrautheit zunichte. Was hätte ich erwidern sollen? Ich fühlte mich, als sei mir das Herz aus der Brust gerissen worden. Ich wusste, dass unsere Ehe nicht viel mit Liebe zu tun hatte, aber im Laufe der Zeit waren wir einander gute Gefährten geworden, und zumindest unsere körperliche Leidenschaft hatte tatsächlich existiert. Doch auch wenn wir nur aus politischen Gründen geheiratet hatten, verdiente ich nach so vielen Jahren etwas Besseres als dies.

»Ihr werdet in das Kloster Beausaint eintreten und den Rest Eurer Tage in Andacht und Gebet verbringen. Man wird gut für Euch sorgen.«

Ich hätte ihm am liebsten die Augen ausgekratzt. »Gut für mich sorgen? In welcher Hinsicht, mein Herr?«

»Ich möchte nicht weiter über diese Angelegenheit sprechen.«

»Wie könnte man in einem Nonnenkloster gut für mich sorgen?«

Er gab keine Antwort.

Meine Demütigung war nicht unbemerkt geblieben. Die Wachposten an den Türen und die Dienstmägde beobachteten uns mit unverhohlener Neugier. Heiße Tränen stiegen mir in die Augen. Ich wollte nicht, dass Raymond mich weinen sah, denn das verschaffte mir das Gefühl, ein törichtes junges Mädchen zu sein und nicht die Herrin dieser Burg, die seine Güter und Bücher geführt und seine Bündnispartner bei Laune gehalten hatte, während er sich auf der Jagd und mit den Küchenmägden vergnügte.

»Ich bitte Euch, mein Herr, tut dies nicht. Habt Erbarmen!«

»Mein Entschluss steht fest.«

Ich verspürte den Drang, ihm einen Dolch ins Herz zu stoßen, doch stattdessen saß ich einfach nur da, hielt den Rücken gerade und klammerte mich an das letzte bisschen Würde, das mir noch geblieben war. Raymond trank seinen Glühwein aus, erhob sich und warf den Becher beiseite. Dann rief er nach seinem Falkner und verließ die große Halle. Nach einer Weile hörte ich ihn durch den Innenhof davonreiten.

Ich saß vor dem Kamin, starrte ins Feuer und sah ein Leben voller bitterer Gedanken vor mir, eine endlose Aneinanderreihung von Tagen, die ich mit Gebeten füllen sollte – ich, eine Frau, die geboren war, um zu herrschen! Wie konnte er mir das antun?

Ich führte mir das Leben vor Augen, das er mir zugedacht hatte, und wusste, wie ich es ihm vergelten würde.

*

Ich fuhr mit der Hand über die kalten Steine der Brüstung.

Der Tag war klar, der Himmel wolkenlos. In weiter Entfernung konnte ich die blassblauen Gipfel der Pyrenäen erkennen. Das Leben im Chateau ging seinen gewohnten Gang – in der Schmiede wurden Hufeisen gehämmert, Hühner liefen gackernd über den Hof, die Reitknechte und Stallburschen würfelten, schrieen und lachten.

Ich hatte den guten Mönch um eine Unterredung auf dem Turm gebeten, hatte ihn glauben lassen, es gebe noch ein weiteres Geheimnis, das ich ihm mitteilen wolle und das ausschließlich für seine Ohren bestimmt sei. Geheimnissen vermochte er nicht zu widerstehen. Sie waren alles, wofür er lebte.

Er humpelte an Vater Bernards Arm auf mich zu. Bei seinem Anblick stieg überwältigender Zorn in mir auf. Vater Subillais' Miene verriet, dass ihn keinerlei Zweifel belasteten, dass er keine fremde Meinung gelten ließ.

Gott bewahre uns vor Männern, die zu viel denken und zu wenig leben.

»Ihr wünschtet mich zu sprechen, Madame?«

»In der Tat. Habt Ihr vernommen, was mit mir geschehen soll? Wisst Ihr, dass ich fortgeschickt werde?«

»Wohin Ihr auch geht, Ihr müsst zu Gott finden. Sucht ihn im Gebet und in der Bibel, dann werdet Ihr Euren Frieden finden. Unser Leben ist bedeutungslos, wenn wir es nicht Gott widmen.«

Ich lächelte ihn an, um meine Wut zu verbergen. Ich würde ihm nicht den Gefallen tun, zu schreien und zu toben, denn das würde er nur zum Anlass für weitere fromme Worte nehmen. Er hatte hier in Saint-Ybars bereits sehr viel mehr bekommen, als er ursprünglich erwarten durfte. Zweifellos hatte sich Raymond durch die Auslieferung der Gebeine sein Überleben und eine gesicherte Stellung erkauft.

»Euer Diener sagte mir, dass Ihr mir etwas Wichtiges mitzuteilen hättet. Möchtet Ihr vielleicht, dass ich Euch die Beichte abnehme?«

»Es ist wohl tatsächlich eine Art von Beichte.«

»Falls Euch die Last, die auf Eurer Seele liegt, dadurch leichter wird, höre ich mir mit Freuden an, was Ihr mir zu sagen habt.«

Vater Subillais' Vikar stand einige Schritte von uns entfernt und beobachtete mich, also wandte ich mich ab, damit Vater Bernard mir nicht die Worte von den Lippen ablesen konnte. »Mein Gatte glaubt, ich sei unfruchtbar. Genau wie Ihr soll auch ich fortan ein Leben in Keuschheit führen. Ich frage mich, wie dies zu bewerkstelligen ist! Für eine Frau ist es doch gewiss schwerer als für einen Mann, da wir schwache Geschöpfe voller schamloser Begierden sind.«

»Die Antwort auf unsere menschliche Natur liegt im Gebet und in der Beichte.«

»In der Beichte?«

»Gott vergibt uns jede Sünde, wenn wir es zulassen.«

»Das mag wahr sein. Aber ist denn ein guter Mönch wie Ihr nicht stets frei von Sünde?«

»Ich bin auch nur ein Sterblicher. Ich sündige in Worten und Taten, aber ich vertraue auf die Erlösung durch Jesus Christus, unseren Herrn.«

»Ihr seid also doch ein Mensch, Vater. Ich habe schon geglaubt, Ihr wäret gegen alles Menschliche gefeit.«

Ich blickte ihm direkt in die Augen. Er starrte verwirrt zurück. Ich trat einen Schritt auf ihn zu. »Welche Art von Sünde ist es, die Euch zu schaffen macht, Vater?«

Er wirkte verblüfft und gab keine Antwort.

»Geratet Ihr nicht auch manchmal in Versuchung? Fragt Ihr Euch nicht hin und wieder, wie es sich anfühlen würde, eine Frau zu berühren?«

Zum ersten Mal sah ich Angst in seinem Gesicht. Er warf seinem Vikar einen Blick zu, doch Vater Bernard blieb im Hintergrund. Vielleicht wollte er dem Leib einer Frau nicht zu nahe kommen, weil er für seine eigene unsterbliche Seele fürchtete. Noch ehe Subillais zurückweichen konnte, legte ich ihm rasch meine Arme um den Hals. Er schrie auf, als hätte ich ihn geschlagen, und versuchte, mich wegzustoßen, aber ich klammerte mich fest an ihn. Ich presste meine Hüfte gegen seine und spürte eine Bewegung seiner Lenden, die mir verriet, dass auch er nur ein gewöhnlicher Mann war wie alle anderen.

Vater Bernard rief nach den Wachen. Plötzlich bekam ich Angst vor dem, was ich zu tun beabsichtigte, aber es war zu spät. Ich konnte nicht mehr zurück. Seltsam – unsere Feigheit steht uns im Weg, selbst wenn es keine Hoffnung mehr gibt. Ich wusste, dass ich schnell handeln musste, bevor ich endgültig allen Mut verlor.

Ich schlang meine Beine um seine Hüften und ließ mich nach hinten fallen, über die Brüstung hinaus. Einen Augenblick lang hingen wir dort zwischen Himmel und Erde.

»Vereinigt Euch mit mir in Liebe und Tod«, flüsterte ich.

Vater Subillais versuchte, meine Hände von seinem Hals zu lösen, begann dabei jedoch zu wanken und konnte seinen Sturz nur verhindern, indem er sich mit einer Hand an der Brüstung festhielt. Er trug nun das Gewicht unserer beiden Körper und ächzte vor Anstrengung.

»Sehnt Ihr Euch nicht manchmal danach, Euer Keuschheitsgelübde zu brechen und in den Armen einer Frau zu leben und zu sterben?« Ich hörte ihn keuchen, während seine Finger langsam den Halt verloren. Er musste nun auch die andere Hand zu Hilfe nehmen, um sich zu retten.

»Kommt mit mir, wir werden gemeinsam vor den Schöpfer treten, Vater. Beichtet mir Eure Sünden, damit Ihr mit reinem Gewissen sterben könnt. Sagt mir, was Ihr mit mir tun wolltet. Sagt mir, was Ihr seit Eurer Ankunft in Saint-Ybars mit mir tun wolltet!«

»Ihr seid der Teufel!«

Ich hatte meinen Vorteil nicht nutzen können. Jener erste, kurze Moment der Überraschung war meine einzige Chance gewesen, aber nun hatte er sein Gleichgewicht wiedergefunden und hielt sich mit aller Macht an der Brüstung fest. Vater Bernard war ihm zu Hilfe gekommen und zog ihn an seiner Kutte zurück. Ich hörte die Wachen herbeieilen, hörte das metallische Klappern ihrer Waffen. Mir blieb nur, loszulassen.

»Sagt meinem Gemahl, dass ich immer noch sein Kind unter dem Herzen trage!«, rief ich. Dann löste ich meine Hände von Vater Subillais und begann zu fallen, fort von all den Mönchen dieser Welt, hinunter auf die Pflastersteine, wo mich die ausgebreiteten Arme Gottes erwarteten.

SUBILLAIS

Sobald ich sie sah wusste ich, dass etwas nicht stimmte.

Allein ihre ersten Worte störten mich: »Ihr hinterlasst uns Blut, Kummer und Misstrauen, Vater. Ihr habt in Saint-Ybars gute Arbeit geleistet.«

»Ich bin hierher gekommen, um Seelen zu retten und der Heiligen Kirche zu dienen. Wenn mir dies gelungen ist, kann ich in der Tat zufrieden sein.«

»Habt Ihr vernommen, was mit mir geschehen soll? Mein Gatte wird mich fortschicken.«

»Wohin Ihr auch geht, Ihr müsst zu Gott finden. Sucht ihn im Gebet und in der Bibel, dann werdet Ihr Euren Frieden finden. Unser Leben ist bedeutungslos, wenn wir es nicht Gott widmen.«

Sie versuchte zu lächeln, doch es wurde lediglich eine Grimasse daraus. Sie wusste, dass ihre Pläne vereitelt worden waren und das Lamm gesiegt hatte – gelobt seien unser Herr Jesus Christus und der Heilige Dominik.

»Euer Diener sagte mir, es sei Euer Wunsch, dass ich Euch die Beichte abnehme.«Sie war keineswegs reuig, das konnte ich ihrer Miene ansehen. Gott sei dank war Bruder Bernard in der Nähe, denn ich fürchtete, dass es ihre Absicht war, mich in Versuchung zu führen oder mir vielleicht sogar Schaden zuzufügen. Aber wenn ein Mensch behauptet, beichten zu wollen, kann kein Mönch ihm dies verweigern.

»Ihr hattet Recht, was mich betrifft, Vater.«

»Gehört dies bereits zu Eurer Beichte?«

»Beichte? Ich habe nichts zu beichten. Ich empfinde nichts als Verachtung für Euch und Eure Kirche. Ihr selbst seid es, der Buße tun sollte für all das Leid, das er verursacht hat. Diese Welt wird tatsächlich vom Teufel beherrscht, und Ihr seid sein schwärzester Engel.«

Ihre Worte waren reine Häresie. Sie gehörte also tatsächlich zu den *Credentes*, den gläubigen Katharern, genau wie all die anderen Mitglieder ihrer Familie. Aus einem Schlangennest entspringt eben keine Taube.

»Kehrt in den Schoß der Kirche zurück. Es ist noch nicht zu spät.«

Statt zu antworten stürzte sie mit verzerrtem Gesicht und ausgestreckten Händen auf mich zu. Ihre Fingernägel glichen den Krallen einer Katze. Ich hob die Hände, um mich zu schützen, doch sie kratzte mich nicht, sondern schlang ihre Arme um meinen Nacken und lehnte sich über die Brüstung.

»Wache!«, hörte ich Bruder Bernard schreien. »Wache, zu Hilfe! Schnell!«

Ein scharfer Schmerz schoss durch mein verletztes Bein. Ich ließ meinen Stock fallen und wäre beinahe mit Eleonore über die Brüstung gestürzt. Doch mit beiden Händen klammerte ich mich an die Mauer. Gott verlieh mir die Kraft dazu. In der Not stand er seinem treuen Diener bei.

Als die gottlose Frau erkannte, dass ich zu stark für sie war, löste sie ihre Umklammerung und wollte sich offenbar in die Tiefe stürzen. Ich griff nach ihrem Gewand und hielt es fest. Ich wollte ihre Seele retten. Es ist schließlich eine Todsünde, sich das Leben zu nehmen.

Ich sah die Gesichter der Stallburschen, Knappen und Mägde, die zu uns emporstarrten. Für einen Augenblick gelang es mir noch, Eleonore zu halten. Dann riss der Stoff, und sie entglitt mir.

Bruder Bernard war mir zu Hilfe geeilt, jedoch zu spät.

»Bittet Gott, er möge eine gute Christin aus mir machen und mir ein gutes Ende bringen«, hatte sie noch geflüstert. Es waren die Worte des Konsolamentum, des letzten Ritus der Katharer. Und so fiel sie, reuelos bis zum Schluss. Ihr Kopf schlug auf die Pflastersteine und entließ ihre widerspenstige Seele.

BERNARD

Ich rannte so schnell ich konnte die Stufen zum Innenhof hinunter, in der Hoffnung, dass sich Eleonore im Angesicht des Todes einsichtig zeigen und beichten möge. Ich wollte ihrer Seele die Absolution erteilen, bevor sie auf ihre letzte Reise ging. Aber sobald ich Eleonore erblickte, wusste ich, dass ich zu spät kam. Ihr Hals war auf unnatürliche Weise verdreht, und ihr Schädel war gespalten. Sie war sofort tot, als sie auf dem Boden aufschlug, dessen bin ich sicher. Ihre Seele würde zur Hölle fahren, und das bedauerte ich.

Ich senkte meinen Blick und bemerkte entsetzt, dass ich mitten in einer Blutlache stand. Sofort wich ich zurück, während Mägde und Söldner sich um die Leiche scharten und sie fassungslos anstarrten.

Doch dann eilte der Seigneur herbei, und die Bediensteten traten beiseite.

Gern würde ich berichten, dass er seine tote Gemahlin mit einem Ausdruck von Trauer betrachtete, aber das entspräche nicht der Wahrheit. Seine Miene war ernst und streng. Er befahl vier Söldnern, sie in die Wachstube zu bringen, drehte sich anschließend auf dem Absatz um und verließ den Hof.

Ich sah zu, wie die Söldner die tote Burgherrin an Armen und Beinen hochhoben und über den Innenhof trugen. Ihr Kopf baumelte hin und her, Blut tropfte auf die Pflastersteine. Ich wandte mich ab und bemerkte, dass Bruder Subillais mir vom Turm herunter gefolgt war.

»Sie hätte mich beinahe getötet! Sie war von einem Dämon besessen«, stieß er hervor.

»Ein Glück, dass du verschont geblieben bist«, erwiderte ich knapp und wandte mich ab.

*

Einer der Diener berichtete mir aufgebracht, was in der Wachstube vor sich ging. Er hielt es wohl für gottlos und hoffte, ich könnte dem Einhalt gebieten. Ich wusste, dass ich im Grunde vollkommen machtlos war, machte mich aber trotzdem auf den Weg.

Als ich die Wachstube betrat, schlug mir bereits der Blutgeruch entgegen. Was ich dort sah, grub sich in mein Gedächtnis ein und wird mich für den Rest meines Lebens verfolgen. Ich kann mir noch immer nicht erklären, was den Seigneur zu einer solchen Handlung trieb.

Er hatte den zerschundenen Leib seiner Frau auf einen Tisch legen lassen und stand neben dem Henker, während dieser seine Arbeit verrichtete. Er war ein Mann, der seine Aufgaben für gewöhnlich mit dem Gleichmut und der Genauigkeit eines Schlachters erledigte, doch diesmal schien er die Befehle seines Herrn nur mit Widerwillen auszuführen.

Auf Drängen des Seigneurs schnitt er der Leiche den Bauch auf und schob die Eingeweide beiseite. Dampf stieg aus der Bauchhöhle auf, während der Henker mit der Hand darin wühlte. Schließlich zog er etwas Blasses, Blutiges heraus, das aussah wie ein Frosch.

Raymond blickte mir in die Augen. Zum ersten Mal vermochte ich ehrliche Bestürzung in seinem Gesicht zu erkennen. »Sie hat die Wahrheit gesagt. Sie erwartete ein Kind. Einen Sohn.«

In meinem kurzen, unglücklichen Leben hatte ich bereits viele schreckliche Dinge gesehen, aber dies erschütterte mich bis ins Mark.

Übelkeit stieg in mir auf. Ich schlug die Hände vor den Mund. Es ging über meinen Verstand, wie ein Mann seiner Frau so etwas antun konnte. Vielleicht hatten die Ereignisse jenes Winters uns alle an den Rand des Wahnsinns gebracht.

Ich starrte auf den verstümmelten Leib der toten Frau und das noch kaum entwickelte Kind, das der Henker in seiner Hand hielt. Schließlich murmelte ich ein Gebet für die Seelen jener beiden unglücklichen Geschöpfe. Es war meine Pflicht. Wir müssen für all jene beten, die ohne Beichte sterben und tief in Gottes Schuld stehen.

*

In der Nacht überfielen mich die Dämonen des Zweifels.

Ich fand keinen Schlaf. Der Teufel schlägt immer dann zu, wenn wir am schwächsten sind. In der Schwärze der Nacht ist der Geist eines Mannes anfällig für Dämonen, die von Versagen und Tod künden und von der kurzen Zeit, die wir auf Erden wandeln. Jene grässlichen Geschöpfe ließen mir keine Ruhe und füllten meinen Kopf mit ihrem Geschrei und ihren Klagen. Tausend verlorene Seelen entstiegen den Flammen und zeigten anklagend mit dem Finger auf mich, als sei ich es, der sie zu ihren Qualen verdammt hatte. In jenen Tagen träumte ich oft vom Fegefeuer.

Ich stand auf und warf mir meinen Umhang über. Durch einen Spalt in den Fensterläden sah ich den Mond, der durch die Wolken zu jagen schien. Die Geschehnisse des Tages ließen mich nicht los. Ich schritt in meiner Zelle auf und ab, vermochte jedoch die Beklommenheit nicht abzuschütteln, die sich wie ein Leichentuch über mich gesenkt hatte.

Ich bat Gott inständig, mir inneren Frieden zu schenken, aber mein Gebet wurde nicht erhört.

SUBILLAIS

Ich hatte die Gebeine wieder in das Öltuch gewickelt und sie auf die verschlossene Truhe in meiner Zelle gelegt. Sie sollten die Nacht über dort bleiben, nur wenige Ellen von meinem Lager entfernt. Wenn ich am Morgen die Augen aufschlug, würden sie das Erste sein, was ich erblickte.

Lasst mich eines sagen: Ich hatte keinen Zweifel, dass jene Gebeine die Knochen irgendeines Häretikers oder Heiden waren und dass es sich bei jener gotteslästerlichen Angelegenheit um eine Lügengeschichte handelte. Mit dem Tod der Dame Eleonore war ich am Ende meiner Untersuchungen angelangt. Ihr Bruder, Christian de Saint Ybars, war plötzlich nach Acre befohlen worden und kurz darauf in Marseille mit einem Templerschiff in See gestochen, mit Kurs auf das Heilige Land.

Ich hätte gern von ihm selbst erfahren, warum er den Priester Guillaume ermordet hatte, aber selbst wenn er noch in Maurac gewesen wäre, hätte es schließlich nicht in meiner Macht gestanden, ihn vorzuladen und zu befragen. Daher konnte ich nur Vermutungen anstellen.

Eines war jedoch gewiss: Sowohl er als auch sein Vetter würden bis in alle Ewigkeit für ihre Sünden büßen.

Mit Sicherheit waren die Knochen, die sich nun in meinem Besitz befanden, dieselben Gebeine, die in jener Grabstätte in der Höhle über dem Teich der Madonna geruht hatten. Und die beiden Leichen ohne Kopf, die man ganz in der Nähe gefunden hatte, mussten jene Männer gewesen sein, die Christian de Saint Ybars beim Öffnen der Grabstätte zur Hand gegangen waren. Er hatte mit seinem Schwert dafür gesorgt, dass sie Stillschweigen bewahrten, und ihre Köpfe entfernt, damit ihr geschorenes Haar und ihre Bärte sie nicht als Templer entlarvten.

Ich sagte mir noch einmal, dass diese Knochen nicht die Gebeine Gottes oder eines Heiligen waren, sondern lediglich die sterblichen Überreste eines vor langer Zeit gestorbenen Ungläubigen. Ich wusste, dass ich in jener Nacht tief und fest schlafen würde, mit gutem Gewissen, unerschüttert in meinem Glauben.

BERNARD

Spät in jener schlaflosen Nacht klopfte ich an Bruder Subillais' Tür und stellte fest, dass auch er noch wach war und die Gebeine anstarrte, die er auf ihrem Tuch ausgebreitet hatte. Ich sah sie im Schein der Kerze dort liegen, kreideweiß und zerbrechlich. Vermutlich waren sie im Laufe der Zeiten an vielen verschiedenen Stätten aufbewahrt worden – in Reliquienschreinen, Grabmälern, Katakomben. Ich konnte einen Beinknochen erkennen, Hüftknochen, Teile der Wirbelsäule, der Hände und Knöchel. Der Schädel fehlte, was mich aus irgendeinem Grund beunruhigte.

Mein Ordensbruder saß mit Feder, Tinte und Pergament an seinem Tisch. Ich nahm an, dass er bereits seit geraumer Zeit über den Brief nachdachte, den er nach Rom würde schicken müssen. Ich hatte nie zuvor Zweifel oder Furcht in seinem Gesicht gesehen, doch nun nahm ich beide Gefühle in seinem Ausdruck wahr.

»Bruder Subillais, geht es dir gut?«

»Es ist dunkel heute Nacht«, erwiderte er. »Der Mond ist hinter den Wolken verschwunden.«

»Fühlst du dich nicht wohl? Du bist so blass.«

»Mein Bein macht mir wie immer zu schaffen.« Die ständigen Schmerzen in den letzten Monaten hatten ihn altern lassen. Tiefe Furchen hatten sich in sein Gesicht gegraben. »Auch du wirkst bekümmert, Bruder.«

»Es sind diese Gebeine«, sagte ich. Ich versuchte, seine Miene zu deuten, und fragte mich, ob er dasselbe dachte wie ich, ob derselbe Zweifel an ihm nagte. »Könnten diese Knochen nicht vielleicht doch wertvoll sein? Wäre es möglich, dass es sich um die Gebeine eines Heiligen handelt?«

»Ihre Herkunft ist ungewiss.«

Gott vergib mir, aber derartige Bedenken hatten noch keinen Geistlichen daran gehindert, sich Relikte zunutze zu machen.

Allerdings war es ein unantastbarer Glaubenssatz unserer Kirche, dass der Heiland von den Toten auferstanden und zum Himmel gefahren war. Er konnte keine Gebeine auf Erden hinterlassen haben. Gewiss waren jene Knochen die unbedeutenden Überreste eines vergessenen Römers oder Juden.

Und dennoch – was mich über alle Maßen beunruhigte, war die Frage, ob Eleonores Behauptung nicht doch der Wahrheit entsprach. Was, wenn es sich tatsächlich um die Gebeine von Jesus Christus handelte?

Ich hatte schließlich die Inschrift auf der Deckelplatte des Grabmals gelesen.

Schon als Kind kannte ich die Legende, der zufolge Maria und Maria Magdalena nach der Kreuzigung ins heutige Frankreich geflohen waren.

Ich hatte während zahlloser Ketzerbefragungen immer wieder die Aussage gehört, dass nicht Christus, sondern ein Dieb am Kreuz gestorben sei.

Ich hatte derlei Behauptungen so viele Male vernommen, dass ich sie inzwischen ebenso gut kannte wie den Katechismus. Und noch nie zuvor hatte ich einen Moment des Zweifels erlebt. Bis zu jener Nacht.

Es war Bruder Subillais selbst, der aussprach, was ich nur zu denken wagte. »Du hast dir gestattet, dich zu fragen, ob diese Gebeine nicht vielleicht doch dem Heiland gehören. Das ist es, was dich beunruhigt, nicht wahr?«

Ich nickte nicht mit dem Kopf, zeigte ihm nicht, dass er meine Gedanken erraten hatte.

»Aber wie sollte das möglich sein?«, fuhr er fort und beantwortete damit auch seine eigene Frage. »Unser Herr ist zum Himmel gefahren. Er ist von den Toten auferstanden und hat keine sterblichen Überreste hinterlassen.«

Ich senkte den Blick. Ich hatte meinen Glauben für unerschütterlich gehalten und schämte mich.

»Ach Bernard … Du verstehst es nicht. Du begreifst nicht, dass diese Frage nicht wichtig ist.«

»Was meinst du damit, Bruder?«

»Jesus Christus ist eine *Idee*. Es ist nicht von Bedeutung, ob diese Knochen dort seine Gebeine sind oder nicht. Allein die Idee zählt. Sie ist es, an die wir uns klammern, sie macht unseren Glauben aus.«

»Aber wenn es keine Auferstehung gab, woran glauben wir dann?«

»Wir glauben an den Glauben«, erwiderte er in einem Tonfall, als könne er nicht verstehen, dass ich dies nicht wusste. Er sprach zu mir wie zu einem unwissenden Kind.

»Du denkst also, dass die Gebeine echt sein könnten?«

»Was ich denke? Ich denke, dass eine andere Frage wichtiger ist. Sollen wir den Häretikern das Wort reden oder müssen wir nicht eher unsere Heilige Kirche schützen, die auf dem langen Weg zwischen Geburt und Tod der einzige Quell der Hoffnung für die Menschen ist?«

»Ich möchte an die Wahrheit glauben.«

»Die Wahrheit ist das, *woran* wir glauben.«

In jenem Augenblick starb ich. Ich vermag es nicht zu erklären. Ich starb und wurde als anderer Mönch, als anderer Mensch, wiedergeboren. Doch in meiner Seele klaffte nun ein Loch, von dem ich wusste, dass es sich niemals wieder schließen würde.

»Was wird mit den Gebeinen geschehen?«, fragte ich Bruder Subillais.

»Ich weiß es nicht. Dieses Problem müssen klügere Köpfe lösen.«

Er erhob sich, humpelte zum Fenster und blieb regungslos dort stehen. In der Zelle war es eiskalt.

Ich trat hinter den Tisch und las im Licht der Kerze, was er geschrieben hatte:

An den Heiligen Apostolischen Vater … von Hector Subillais, Mönch des Predigerordens des Heiligen Dominik …

Ich überflog die lange, förmliche Anrede.

... empfehle ich Euch diese Gebeine an, gefunden im Besitz von ...

Ich las flüchtig die Erklärung, wie er an die Relikte gekommen war, bis ich auf den Satz stieß:

Ich gestehe, dass ich von Zweifeln geplagt werde, denn seit ihrer Auffindung vermag ich nicht mehr zu schlafen.

Ich blickte schuldbewusst auf, wohl wissend, dass Subillais mich beobachtete, dass es seine Absicht gewesen war, mich diesen Brief lesen zu lassen. War dies seine Beichte?

»Nun, und was glaubst du, Bruder Donadieu?«

»Ich glaube ... ich glaube, dass es unmöglich ist, die Herkunft dieser Gebeine zu bestimmen, wie du bereits sagtest. Sie sind viel zu alt.«

Der Zweifel ist der Todfeind des Glaubens. Ein Augenblick des Zweifelns konnte die eiserne Gewissheit eines ganzen Lebens zunichte machen. Wie ein Holzwurm bohrt sich der Zweifel auch noch in den mächtigsten Balken und zerstört ihn von Innen heraus. Armer Hector. Der Wurm würde von nun an in aller Ruhe sein Inneres zerfressen, all die Jahre lang, die ihm noch blieben. Und eines Tages, wenn Hector Subillais alt war und seinen Glauben am nötigsten brauchte, würde dieser bei der leisesten Berührung zu Staub zerfallen.

»Wir werden die Knochen nach Rom schicken, mit einer Erklärung, was wir von der Sache halten. Dort soll entschieden werden, was mit ihnen zu geschehen hat.«

Ich konnte mir vorstellen, was passieren würde – die Gebeine würden in der Krypta irgendeiner Kirche und das Schreiben bezüglich ihrer Herkunft in einem staubigen Regal verschwinden.

»Du bist erschöpft, Bruder«, bemerkte ich. »Du solltest ein wenig ruhen.«

Ich griff nach dem Weinkrug, der auf dem Tisch stand, und schenkte einen Becher ein. Subillais nahm ihn ohne ein Wort entgegen. Ich erkundigte mich, ob ich die Schlagläden schließen sollte, aber er schien meine Frage noch nicht einmal zu hören.

»Der Wein wird dich schlafen lassen«, murmelte ich. Bruder Subillais nickte dankbar. Einst hätte er sich gewiss jedes tröstende Wort aus meinem Mund verbeten. Doch es kam mir vor, als läge jene Zeit bereits seit einer Ewigkeit hinter uns.

*

Bruder Subillais erschien weder zur Matutin noch zu den Laudes, und seine Abwesenheit gab Anlass zu aufgeregtem Getuschel. Bruder Subillais erschien auch nicht zur Prim, doch als ich nach dem Gottesdienst aus der Kapelle trat, wartete bereits der Seneschall des Seigneurs auf mich. Sein Gesicht war grau.

»Würdet Ihr bitte mit mir kommen, Vater?«, sagte er.

Ich folgte ihm in das Chateau zu Bruder Subillais' Zelle. Der Seigneur hatte Wachen neben der Tür postiert. Ich hastete an ihnen vorbei, und das Herz klopfte mir bis zum Hals.

Bruder Subillais befand sich immer noch in seiner Zelle und zeigte auch keine Neigung, sie zu verlassen, denn er war tot.

Als Erstes fiel mein Blick auf die Füße meines Ordensbruders, da er mit einem Strick um den Hals vom Querbalken des Deckengewölbes hing. Sein Gesicht war fleckig blau, seine Zunge schwarz. Sie wölbte sich aus seinem Mund heraus wie ein vollgesogener Blutegel. Der Stuhl, auf den er geklettert sein musste, um den Strick zu befestigen, war umgestürzt.

Der Seigneur stand mit dem Rücken zu mir am Fenster, genau dort, wo Bruder Subillais wenige Stunden zuvor selbst noch gestanden hatte. Er wandte sich um. Sein Gesicht war ebenso grau wie das des Seneschalls. Doch natürlich war es nicht der Anblick des Todes, der ihm zu schaffen machte. Er fürchtete um seinen eigenen Hals, und das zu Recht.

»Lasst uns allein«, befahl er dem Seneschall und den Wachposten.

Es dauerte einige Zeit, bis er zu sprechen begann.

»Dies ist eine schwierige Situation, Vater.«

Mir fiel nichts ein, was ich hätte erwidern können.

»Es tut mir Leid, dass ich Euch den Anblick nicht ersparen kann, aber ich hielt es für wichtig, Zeugen zu haben.«

Wieder wartete er auf eine Antwort, doch ich brachte keinen Ton heraus.

»Einer Eurer Diener hat ihn gefunden.«

»Oh«, stieß ich hervor. Bruder Subillais würde wie Judas in den tiefsten Tiefen des Fegefeuers landen. So stand es unmissverständlich in der Bibel. Mir schauderte bei dem Gedanken.

»Wir müssen darüber nachdenken, was zu tun ist.«

»Wie meint Ihr das?«

»Wir müssen das Ansehen der Kirche schützen«, erklärte Raymond und meinte damit, dass er sein eigenes Ansehen bewahren wollte – beim Bischof, beim Legaten und natürlich beim Heiligen Vater in Rom. Der gute Seigneur hegte offenkundig die Befürchtung, dass der Tod eines Inquisitors innerhalb der Mauern seiner Burg ihm und seiner Stellung großen Schaden zufügen könnte.

Ich warf einen Blick auf den Tisch. Die Gebeine und der Brief befanden sich noch genau da, wo sie in der Nacht gelegen hatten.

»Ihr solltet diesen Brief lesen«, sagte Raymond.

An den Heiligen Apostolischen Vater …

Dem Brief war seit der vergangenen Nacht kein Wort hinzugefügt worden.

… seit ihrer Auffindung vermag ich nicht mehr zu schlafen.

Als ich am Abend zuvor zum letzten Mal mit meinem Ordensbruder gesprochen hatte, war ich darüber betroffen gewesen, dass sich der Geist dieses guten, unbeugsamen Mannes als dermaßen zerbrechlich erwiesen hatte. Ich hatte das Feuer seiner religiösen

Inbrunst stets für ein Flammenmeer gehalten, doch es war so leicht verlöscht wie eine Kerze.

»Ihr seht ja, was er über die Herkunft der Gebeine schreibt.«

»Unsere Pflichten führen oft dazu, dass wir überanstrengt sind. Daraus kann solcher Wahnsinn entstehen.«

»Für Euch ist es also ein Anfall von Wahnsinn?«

»Was sollte es sonst sein?«

»Gewiss.«

Ich hatte nur noch das Bedürfnis, den Raum zu verlassen, da ich Bruder Subillais' Anblick nicht mehr ertragen konnte. Aber der Seigneur schien keine große Eile zu haben.

»Etwas an der Sache stört mich«, sagte er.

»Was meint Ihr, Raymond?«

Er wies auf den umgestürzten Stuhl. »Wie hält ein Mann mit einem schmerzenden Bein sich lange genug auf einem Stuhl im Gleichgewicht, um einen Strick über den Balken zu werfen und sich daran aufzuhängen? Versteht Ihr?«

»Ihr glaubt, dass jemand bei ihm war?«

»Erscheint Euch das unmöglich?«

Mein Mund war auf einmal staubtrocken. »Ich fürchte, dass ein Inquisitor sich im Laufe seines Lebens viele Feinde macht.«

»In der Tat. Vermutlich gibt es viele Menschen, die Vater Subillais als einen Quell ständigen Ärgernisses betrachteten.«

Für eine Weile hingen wir schweigend unseren Gedanken nach.

»Wünscht Ihr, dass Euer Seneschall oder ich selbst weitere Untersuchungen anstellen?«, fragte ich ihn schließlich.

»Haltet Ihr das für nötig, Vater?«

Ich schüttelte den Kopf.

»Gut.«

»Er war ein verzweifelter und entschlossener Mann. Ich bin sicher, dass alles genau so geschehen ist, wie es aussieht.«

Raymond überlegte lange und fragte dann: »Was werdet Ihr nun tun, Vater?«

»Ich werde die Knochen in einer Gebeinurne nach Rom

schicken, zusammen mit einem Brief an Seine Heiligkeit. Ich werde auch den Brief von Vater Subillais beilegen, vielleicht genügt er als Erklärung, warum mein armer Bruder diese schreckliche Tat begangen hat.«

»Und dann?«

»Dann werde ich nach Toulouse zurückkehren. Unsere Arbeit hier ist beendet.«

Raymond nickte zufrieden. »Ich hatte nichts damit zu tun«, versicherte er.

»Ich verstehe.«

Er hielt einen Moment lang inne und schien noch einmal über die Ungereimtheiten in Zusammenhang mit Bruder Subillais' Tod nachzudenken. Dann nickte er wieder. Offenbar sah er keine Gefahr für sich. »Ihr wirkt ausgesprochen gefasst, Vater. Das ist löblich.«

»Ich versichere Euch, dass ich innerlich keineswegs gefasst bin.«

Raymond verließ den Raum.

Ich überlegte, was nun zu tun war. Zuerst würde ich natürlich den Strick durchschneiden und Bruder Subillais von seinem Galgen nehmen. Und danach? Ich durfte ihn nicht in geweihter Erde begraben. Er würde seine letzte Ruhestätte in einem unmarkierten Erdloch vor den Toren der Stadt finden, seine sterblichen Überreste würden in Vergessenheit geraten und seine Seele musste im Fegefeuer brennen.

Manch einer mag behaupten, dass er dort glücklich sei.

*

Meine Rückreise nach Toulouse verlief ereignislos. Unterwegs warf ich das Fläschchen mit dem Schlaftrunk, das mir Sybille de Peyrolles gegeben hatte, von einem Bergpass in die Tiefe. Das Wissen, welchem Zweck es gedient hatte, würde ihr die sieben Jahre Kerkerhaft gewiss erträglicher machen.

Der Inhalt von Bruder Subillais' Brief verhinderte vermutlich wirkungsvoll eine Untersuchung bezüglich seines Todes. Der Brief würde in Rom reines Entsetzen hervorrufen und umgehend verbrannt werden, dessen war ich mir sicher. Es stimmte, was Bruder Subillais in der letzten Nacht seines Lebens mir gegenüber angedeutet hatte: Keiner von uns will die Wahrheit wissen, denn sie konnte unserem Glauben im Weg stehen. Ich wollte die Wahrheit nicht wissen, auch Bruder Subillais hatte sie sicherlich nicht wissen wollen, und der Heilige Vater in Rom würde mit Grausen vor ihr zurückweichen. Wir hatten unsere Religion, und sie leistete uns gute Dienste, darin war kein Platz für alte Gebeine.

Und Bruder Bernard Donadieu – woran glaubt er jetzt? Er glaubt selbstverständlich an die Kirche. Er glaubt, dass sich in einer Gebeinurne irgendwo in Rom die Knochen eines Juden befinden, der zu Zeiten der Cäsaren starb, mehr nicht. Mein Glaube ist stark, ich werde bis zum Ende meiner Tage die Mönchskutte tragen und die Häresie bekämpfen. Fragt mich nie wieder nach Madeleine de Peyrolles – ich habe nun ein Leben lang Zeit, für meine Sünden zu büßen, und ich fürchte, selbst das ist nicht genug.

MADELEINE

Wir versteckten uns beinahe eine Woche lang in der verlassenen Hütte, dann erst war Sicard der Meinung, dass es mir wieder gut genug ging, dass ich die Strapazen der Reise auf mich nehmen konnte. Natürlich war es Bernard gewesen, der ihm gesagt hatte, wo er mich finden konnte. Ihm hatten wir auch den Maulesel zu verdanken. Wir waren sicher, dass die Söldner des Seigneurs nach uns suchen würden.

Wir waren drei Tage bis zur Grenze nach Aragon unterwegs. In den Tälern mochte zwar bereits der Frühling angebrochen sein, in den Bergen herrschte jedoch immer noch Winter, und die Reise war keineswegs ungefährlich.

Wir wären wohl für jeden guten Christen ein vertrauter Anblick gewesen – eine Frau, die neues Leben in sich trägt und auf einem Maulesel sitzt, der von ihrem Mann geführt wird. Doch wir flohen in eine ungewisse Zukunft. Falls wir nicht den Männern des Seigneurs zum Opfer fielen, dann vielleicht den Unbilden des beharrlichen Winters.

Wie weit, wie lange wir an jenem Morgen bereits gereist waren? Ich erinnere mich nicht. Mein Martyrium hatte mich dermaßen geschwächt, dass ich ständig einer Ohnmacht nahe war und Mühe hatte, mich auf dem Reittier zu halten. Mein Körper war taub vor Kälte, trotz des Umhangs aus Bärenfell, den Bernard mir gegeben hatte. Selbst mein Geist kam mir vor wie eingefroren. Ich war zu erschöpft, um zu denken oder zu fühlen. Wenn Sicard mir sagte, ich solle auf den Maulesel steigen, dann tat ich es, und wenn er mir sagte, ich solle absteigen, gehorchte ich ebenfalls.

Aber mein Geist war nicht vollkommen leer. Manchmal dachte ich an Bernard.

*

Schnee bedeckte den Bergpass. Alles war still, bis auf das gelegentliche Krachen, wenn der Ast einer Tanne unter seiner weißen Last brach. Sicard zog zitternd seinen dünnen Umhang enger um sich. Er lief mit gebeugtem Kopf neben mir her, wie ein alter Mann.

Plötzlich hielt er abrupt inne.

Auf dem Weg vor uns befand sich ein Reiter. Er trug einen Mantel mit Kapuze und saß auf einem schwarzen Zelter. Sein Gewand war voller Schnee. Selbst nachdem er uns erblickt hatte, rührte er sich nicht. Er sah aus wie festgefroren. Sein Pferd scharrte mit einem Huf auf dem Boden und schnaubte leise.

Ich fragte mich, wie lange er schon dort auf uns gewartet hatte.

»Ich wusste genau, dass Ihr nicht tot seid, auch wenn alle das behauptet haben.«

Sicard ließ die Zügel des Maulesels fallen und schritt dem Reiter entgegen.

»Was wollt Ihr?«

Maurand trug das gelbe Kreuz auf seinem Mantel. Der feine Bürger war nun ein Häretiker und auch als solcher zu erkennen. »Ich bin gekommen, um diese Angelegenheit zu Ende zu bringen«, sagte er.

Sicard lachte. »Glaubt Ihr etwa, dass Ihr uns aufhalten könnt?«

Maurand gab keine Antwort.

Sicard schüttelte den Kopf. »Ihr seid ein Narr.« Er kam zu mir zurück, nahm wieder die Zügel in die Hand und führte uns an Maurand vorbei, ohne noch einmal aufzusehen.

Doch auch ein ungeschickt geworfener Dolch ist immer noch ein Dolch, und er traf Sicard unterhalb des Schulterblatts. Sicard keuchte und ging in die Knie. Ich rutschte vom Maulesel und versuchte, ihn aufrecht zu halten, aber er war zu schwer für mich und fiel mit dem Gesicht voran in den Schnee.

Maurand packte mich und schleuderte mich beiseite. Ich schrie Sicards Namen, nicht, damit er mir zu Hilfe kam, sondern weil ich glaubte, er sei tot.

Maurand drehte mich auf den Rücken und zwang seine Knie zwischen meine Beine. Er hielt meine Handgelenke am Boden fest. »Ihr habt meinen Gedanken keine Ruhe gelassen und mich Tag und Nacht gepeinigt, und jetzt habt Ihr mich auch noch ruiniert!«, brüllte er.

Solche Worte hatte auch Bernard zu mir gesagt – ich hatte ihn in Versuchung geführt, ich hatte sein Übel verursacht. Ich war schuld. Maurand zerrte mit einer Hand an seinem Beinkleid. Er wollte sich an mir vergehen, doch ihm war kalt, er hatte Angst – er konnte es nicht. Zudem begehrte er mich im Grunde wohl gar nicht mehr. Hass trieb ihn voran, nicht Verlangen.

»Ihr seid ein Dämon«, zischte er mir zu. »Seht nur, was Ihr aus mir gemacht habt!« Er begann zu schluchzen und schlug gleichzeitig mit den Fäusten auf mich ein.

Ich weiß nicht, wie lange ich dort unter ihm im Schnee lag, doch plötzlich wurde sein Gewicht von mir genommen, und ich sah, dass Sicard ihn gepackt hatte, obwohl der Dolch immer noch in seiner Schulter steckte. Er schleifte Maurand zum Rand des Pfades und schleuderte ihn den Abhang hinunter. Ich hörte einen Schrei – und dann nur noch das Poltern von Geröll.

Sicards Gesicht war kalkweiß. Blut sickerte durch seinen Umhang. Ich versuchte, den Dolch herauszuziehen, aber es gelang mir nicht. Also zog ich Sicard unter Aufbietung all meiner Kräfte zu unserem Maulesel und half ihm, aufzusteigen. Das arme Tier taumelte unter seinem Gewicht. Und obgleich ich noch wenige Augenblicke zuvor vor Schwäche kaum meinen Kopf hatte heben können, fand ich nun die Kraft, den Maulesel über den Pass zu führen. In jener Nacht suchten wir Schutz in einer Schäferhütte und träumten vom Leben in Katalonien.

*

Hier endet meine Geschichte, denn von jenem Zeitpunkt an führte ich ein ganz gewöhnliches Leben. Ich möchte all die Tage vergessen, die ich im Kerker des Seigneurs zubrachte, die Finsternis, die Einsamkeit, das Ungeziefer. Aber die Erinnerungen verfolgen mich, und noch immer wache ich manchmal mitten in der Nacht schreiend auf. Dann muss Sicard mich in seine starken Arme nehmen und sanft wieder in den Schlaf wiegen.

Kurz nach unserer Begegnung mit Maurand überquerten wir die Grenze nach Aragon und fanden Zuflucht in einem kleinen Dorf, wo Sicard sich langsam von seiner Verletzung erholte. Im Sommer jenes Jahres wanderten wir auf der Suche nach Arbeit für Sicard von Ort zu Ort. Wir schlossen uns dem Pilgerstrom nach Santiago de Compostela an, und es war in Saragossa, wo ihn die Zunft der Steinmetze aufnahm, so dass er wieder die Arbeit tun konnte, die er am meisten liebte. Er half beim Bau einer neuen Kathedrale.

Seit unser Sohn geboren ist, suchen mich keine Visionen mehr heim. Ich vermisse diese Gabe nicht. Aber in der Kathedrale betrachte ich noch immer gern die Statue der Madonna und finde in der reinen Güte ihres Antlitzes größeren Trost als in den leuchtend bunten Glasfenstern oder den hoch aufragenden Bögen des Hauptschiffs. Die Jungfrau streckt mir nicht mehr eine Hand aus Fleisch und Blut entgegen, doch ihr marmornes Abbild genügt mir nun. Es kündet mir von Liebe, Erbarmen und Geduld.

Ich denke oft an Bernard, obwohl ich nichts mehr von ihm gehört habe. Ich frage mich, was aus ihm geworden ist, ob er nach Toulouse in das Dominikanerpriorat zurückkehrte oder vielleicht einen anderen Weg eingeschlagen hat, auf dem das Feuer Gottes ihn nicht länger mit seinen Flammen peinigt.

Ich kann nicht anders, als darüber nachzudenken, was am Tag des Jüngsten Gerichts mit uns beiden geschehen wird. Und ich frage mich, ob Gottes ewiger Widersacher auf die Geschöpfe vorbereitet ist, die an jenem Tag zu ihm in die Hölle strömen werden. Angesichts dessen könnte ich beinahe Mitleid empfinden – Mitleid mit dem Teufel.